JEAN RENO

Emma

JEAN RENO

EMMA

Übersetzung aus dem
Französischen von
Monika Buchgeister

THRILLER

Lübbe

NACHHALTIG PRODUZIERT

Die Bastei Lübbe AG verfolgt eine nachhaltige Buchproduktion. Wir verwenden Papiere aus nachhaltiger Forstwirtschaft und verzichten darauf, Bücher einzeln in Folie zu verpacken. Wir stellen unsere Bücher in Deutschland und Europa (EU) her und arbeiten mit den Druckereien kontinuierlich an einer positiven Ökobilanz.

FSC
www.fsc.org
MIX
Papier | Fördert gute Waldnutzung
FSC® C014496

Titel der französischen Originalausgabe:
»Emma«

Bei Fragen zur Produktsicherheit wenden Sie sich bitte an:
Produktsicherheit@bastei-luebbe.de

Textredaktion: Dr. Arno Hoven, Düsseldorf
Umschlaggestaltung: www.buerosued.de
Umschlagmotiv: © Alexey Kazantsev/Trevillion Images
Satz: hanseatenSatz-bremen, Bremen
Gesetzt aus der Adobe Caslon Pro
Druck und Verarbeitung: GGP Media GmbH, Pößneck

Printed in Germany
ISBN 978-3-7577-0118-5

5 4 3 2 1

Sie finden uns im Internet unter luebbe.de
Bitte beachten Sie auch: lesejury.de

Für meine Frau und meine Kinder

Unser größtes Abenteuer
ist wahrlich das Abenteuer unseres Lebens.

Prolog

Vermutlich ist es nicht einmal zehn Grad unter dem tiefblauen Novemberhimmel. Auf der vierspurigen Straße ist kaum jemand unterwegs, nur ein Lastwagen weit vorne, der beim Fahren hin und her schwankt. Die Tachonadel zittert sich über die Hundertdreißig hinaus. Emma beschleunigt weiter. Sie hält den Blick starr nach vorn gerichtet, die Straße jagt an ihr vorbei. Das Lenkrad vibriert in ihren Händen. Sie überlegt, ob sie ihre aktuelle Lieblings-CD einlegen soll – eine von CocoRosie –, aber ihre Mutter Jeanne döst auf dem Beifahrersitz vor sich hin.

Inzwischen hat sie den Lastwagen fast eingeholt. Hinter ihr hat sich ein älterer Citroën dicht an ihre Stoßstange geheftet. Der Fernfahrer fährt schneller als die an seinem Heck ausgewiesenen neunzig Kilometer pro Stunde. Mindestens hundertzehn Kilometer pro Stunde. Emma setzt ihren Blinker, um zu überholen.

Und nun geschieht alles gleichzeitig: in einem Chaos, das sie wie in Zeitlupe erlebt.

Der Citroën schert aus, ein gleißender Sonnenstrahl blendet, der Fuß rutscht vom Bremspedal, ihre Mutter schreit auf, ein Aufprall. Der Schrei hört nicht auf, dann dreht sich alles und kippt.

Eins … zwei … drei, und du bist frei!, schießt es ihr unpassenderweise durch den Kopf.

Der Himmel, die Straße, der Himmel, Grasbüschel, ein Lichtblitz, dann reglose Stille wie nach einem Donner.

Eingezwängt in ihren Gurt, schlägt Emma die Augen auf. Die Welt scheint auf dem Kopf zu stehen. Als Erstes ist da der Geruch, sogar noch vor den Schmerzen: verbranntes Gummi,

Benzin, Erde … und noch etwas anderes. Ein Geruch, der ihr wie mit eisernem Griff den Hals zuschnürt.

Gedankenfetzen jagen ihr durch den Kopf. Mühsam wendet sie sich zur Seite.

Ihre Mutter hängt ebenfalls kopfüber im Gurt. Ihre Augen sind ebenfalls offen. Aber sie blickt starr in den Himmel, während ihr Blutstropfen übers Gesicht rinnen.

Blickt starr in den Himmel.

Emma versinkt im Dunkel.

1

Sie fliegt durch einen Regen aus Glas, sie fliegt, und ihr Körper wirbelt in einem endlosen Fall in die Tiefe. Es muss laut sein, das Quietschen der Bremsen, das berstende Blech – und doch hört sie nichts, es ist ein lautloses Getöse, ein tonloser Schrei, der ihr im Hals stecken bleibt …

Emma richtet sich im Bett auf, ihr Herz rast, sie nimmt einen Geschmack wie Eisen in ihrem Mund wahr. Sie schüttelt ihren Kopf hin und her, wird die quälenden Bilder aber nicht sofort los. Der Albtraum reißt sie gewöhnlich einmal im Monat aus dem Schlaf.

Mardi gibt ein protestierendes Miauen von sich, bevor er sich lustvoll streckt. Ein fahles Licht dringt durch die Fensterläden herein. Der Wecker zeigt 6.11 Uhr an. Emma kriecht unter die Bettdecke und beschließt, wieder einzuschlafen. Da lässt sich ein gebieterisches Schnurren vernehmen.

»Du gestattest?«

Nein. Der Kater gestattet nichts, außer einer uneingeschränkten Zusammenarbeit. Er stupst sie mit der Nase an und leckt energisch über ihre Schulter, bis sie aus dem Bett steigt. Dieser Kater muss die Reinkarnation des Sonnenkönigs sein, bei Majestätsbeleidigungen kennt er kein Pardon.

Im Wohnzimmer liegen Schuhe auf dem Boden, außerdem ein Stapel Wäsche, die noch zusammengelegt werden müsste, eine Menüschale vom Vorabend, Bücher, ein Maßband – wofür war das noch mal? –, vereinzelte Strümpfe … Aus dem auf einem zitronengelb gestrichenen Regalschrank stehenden Bilderrahmen lächelt Jeanne versonnen in den Raum. Wie jeden Morgen streicht Emma im Vorübergehen zärtlich darüber.

»Coucou, maman.«

Sie liebt ihre Wohnung. Vor der Renovierung war das der ehemalige Schuhladen ihres Großvaters. Das einstige Schaufenster ist jetzt einer Wand aus transparenten Glasbausteinen gewichen, die das Zimmer ein wenig wie ein Aquarium wirken lässt. An die Stelle des hinten gelegenen Lagers sind ein Schlafzimmer und ein kleiner Waschraum getreten, die zum Garten hinausgehen, dem Jagdgebiet von Mardi. Die alte Werkbank dient nun als zentrale Insel und grenzt den Küchenbereich vom Aquarium-Wohnzimmer ab. Emma hängt sehr an diesem massiven, verschrammten Möbelstück. Beim Schneiden ihres Gemüses fühlt sie sich an die tausendfach wiederholten Bewegungen des über seine Arbeit gebeugten Schuhmachers erinnert – an das Zuschneiden, Abschleifen, Nähen oder Nageln, Einfetten, Polieren –, und sie sieht dann wieder seine knochigen, so wunderbar geschickten Hände, die sie als Kind faszinierten. Es besteht etwas weiter von ihm in diesem gemaserten Holz.

Die Fliesen des Küchenbodens kommen ihr heute Morgen eiskalt vor, was gewiss daran liegt, dass sie bis tief in die Nacht keinen Schlaf gefunden hat. Sie öffnet den Kühlschrank, greift nach der Dose mit dem Premiumfutter und befördert den Inhalt in kleinen Stücken in eine dafür vorgesehene Schale: »Ente pur für die anspruchsvolle Katze«, stellt das Etikett in Aussicht. Eine halbe Dose morgens und abends – so lauten die Empfehlungen des Tierarztes. Die Gesundheit ist der einzige Punkt, an dem sie Mardi ihren eigenen Willen aufzwingt. Ansonsten trägt Mardi den Sieg davon …

Während der Kaffee durchläuft, lehnt sie sich an die Fenstertür, die zum Garten hinausgeht. Ein Trompetenbaum erhebt sich in der Mitte eines feuchten Grasstücks, und neben der Steinmauer blüht der Enzianstrauch. Jedes Jahr nimmt sie sich fest vor, einen Gemüsegarten anzulegen, aber bisher hat sie sich nie dazu aufraffen können. Gartenarbeit erfordert Vorausplanung, und das ist nicht ihr Ding.

Der Schlafmangel ruft eine angenehme Trägheit hervor. Paradoxerweise verfeinert sich ihr Tastsinn bei einer gewissen Müdigkeit, und sie massiert dann besonders gut. Beinahe so, als würde die Überanstrengung sie dazu bringen, loszulassen und den Verstand auszuschalten. Aber wie auch immer, hätte man ihr die Wahl gelassen, wäre es ihr lieber gewesen, sieben Stunden am Stück zu schlafen, bevor sie diesen Tag in Angriff nimmt.

Verflixter D-Day!

Die Wolken hängen tief, aber der Regen hat aufgehört. Lemonier würde höchstwahrscheinlich einen Anfall bekommen, sollten die VIP-Gäste bei strömendem Regen eintreffen. Bei der Vorstellung muss sie kichern, und sie empfindet eine leichte Schadenfreude: eine kleine Rache für die Woche, die hinter ihr liegt. Der Leiter des Thalassozentrums von Portivy hat ihr so sehr zugesetzt, dass es beinahe an Belästigung grenzte. Je näher die Ankunft rückte, desto schlimmer wurde es. Alles musste minutiös überprüft werden – Überstundenausgleich und freie Wochenenden wurden für die Zeit des Besuchs schlicht und ergreifend gestrichen, eine externe Putzkolonne wurde zur Verstärkung angeheuert, neue, golden bestickte Handtücher wurden ebenso angeschafft wie eine besondere Uniform für das Personal, das Seiner Exzellenz und Seinem Gefolge zu Diensten sein würde. Emma stehen die Großbuchstaben förmlich vor Augen, wenn der Big Boss von dieser Delegation spricht. Schenkt man ihrer Kollegin Claire Glauben, hat er sogar sein Büro in Rot und Grün streichen lassen – den Farben des Oman! Dabei sind sie es durchaus gewohnt, prominente Gäste aus der Wirtschaft und dem Filmgeschäft zu empfangen. Aber niemals zuvor hat er eine solche Nervosität an den Tag gelegt … *Geht es ums Geld oder ums Prestige?*

Lemonier ist etwa fünfzig Jahre alt, umgänglich, von bescheidener Körpergröße und mit beginnender Glatze – kurzum, ein eher gewöhnlicher Mann, den allein sein Ehrgeiz auszeichnet. Für Emma ist seine Höflichkeit jedoch eine schlecht sitzende Maske. Er hat seine Berufung zum Tyrannen verpasst und leidet darunter, lediglich einen Hotelkomplex zu leiten – wenn auch einen namhaften. Das Erstaunlichste ist, dass ihm das vermutlich nicht einmal klar ist. Er jagt den Mächtigen nach in der Hoffnung, ihr Glanz möge auf ihn abfärben. Und die Delegation aus dem Sultanat Oman hat eine regelrechte Explosion ausgelöst. Seit der Ankündigung ihres Besuchs vor acht Wochen machen in der Stadt die verrücktesten Gerüchte und Hypothesen die Runde. Emma würde dem Ganzen keinerlei Beachtung schenken, hätte Lemonier sie nicht dazu auserkoren, die persönliche Masseurin Seiner Exzellenz zu sein: *»ein riesiges Privileg, ich hoffe, dass Sie sich dieses Vorzugs würdig erweisen!«* Und da er ihr kaum bis in den Behandlungsraum folgen kann, muss er es wohl oder übel dabei belassen, auf den kleinsten Details herumzureiten und die gesamte Logistik dreimal am Tag zu überprüfen.

Normalerweise ist der Leiter des Thalassozentrums klug genug, um Distanz zu wahren. Schließlich steht er an der Spitze eines Luxusunternehmens, während Emma lediglich eine Angestellte ist – und keine mustergültige obendrein. Im Grunde hätte er sie wohl am liebsten gefeuert, wenn ihre Massagen gerade bei den anspruchsvollsten Kunden nicht so außerordentlich geschätzt würden. Und noch dazu bei den reichsten … Aber auch wenn Lemonier dem Stereotyp eines Chefs zum Davonlaufen entspricht, verspürt Emma ihrerseits nicht die geringste Lust, sich eine andere Arbeit zu suchen oder gar ihre eigene Praxis zu eröffnen. Über die Zukunft nachzudenken – das heißt für sie so viel wie, sich über einen schwindelerregenden Abgrund zu beugen. Die Verbindung zur Gartenarbeit kommt ihr plötzlich in den Sinn: Ohne Wurzeln kann man nichts pflanzen, und sie fühlt sich obendrein außerstande, ihr Leben auch nur über das nächste Wochenende hinaus zu planen. Nicht bei der Vergangenheit, die sie immer wieder zurückholt …

Der Kaffee ist lauwarm. Sie schluckt ihn in einem Zug herunter. Es ist erst 7.10 Uhr, und die Vorstellung, gestiefelt und gespornt darauf zu warten, bis sie aufbrechen muss, bringt sie schon jetzt in Rage. Sie soll um Punkt zehn Uhr im Zentrum sein, auch wenn die Delegation erst gegen elf Uhr erwartet wird. Lemonier hat jedoch ganz klar ausgegeben: Jeder hat rechtzeitig auf seinem Posten zu sein! Wenn sie sich beeilt, kann sie vorher noch im Meer schwimmen gehen.

Die Straßen sind so gut wie menschenleer, hier und da ziehen ein paar Alte einen Einkaufstrolley oder einen widerspenstigen Hund hinter sich her. Emma muss ordentlich in die Pedale treten. Ihr Fahrrad besitzt lediglich drei Gänge, außerdem läuft das Hinterrad nicht mehr rund. Trotzdem benutzt sie es täglich, ob es nun stürmt oder schneit. Ihre Freundin Pénélope versteht nicht, wie man auf ein Auto verzichten kann, und ist überzeugt, dass auch dieser Umstand zum »Problem Emma« gehört: Sie sieht bombig aus und ist unkonventionell, auch wenn das das eine oder andere Problem im Sozialverhalten mit sich bringt. Emma erinnert Pénélope gern an ihr Umweltbewusstsein. Ohne Erfolg. Das interessiert Pénélope nicht. Emmas Mutter hingegen hat die Natur sehr geliebt und war eine überzeugte Aktivistin. Das Fahrrad ist für Emma gleichermaßen Glücksbringer und Erinnerung an die Werte, die ihre Mutter ihr vermittelt hat.

Weil sie alles auf ihre Mutter zurückführen muss, kommt es ihr manchmal so vor, als sei sie immer noch ein Kind, das lustvoll eine Kruste abkratzt, bis es wieder blutet. Sie braucht ihre

Dosis, um zu funktionieren: eine Mischung aus Schuldgefühl und glücklichen Erinnerungen …

Vom Boulevard de la Teignouse biegt sie auf den Fahrradweg, der an der Küste entlangführt. Der Himmel bietet einen dramatischen Anblick von Licht und Schatten, der die Wasseroberfläche in einem Spektrum von Grün bis Schwarz schimmern lässt. An stürmischen Tagen spült die Flut Wasser über den Weg, aber heute zeichnet sich eine Wetterbesserung ab. Vom Wind umtost, beschleunigt sie ihre Trittfrequenz, fährt mit offenem Mund, um die Gischt aufzunehmen. Der Ozean ruft in ihr das Gefühl wach, frei und ungebunden zu sein.

Sie beginnt, im Einklang mit ihren Tritten eine Ballade von Pete Doherty zu trällern: *The Fantasy Life of Poetry and Crime.*

Bevor sie die Pointe du Conguel an der Spitze der Halbinsel erreicht, hält sie an und zieht sich ein Sweatshirt über. Ein plötzlicher Windstoß nimmt ihre Fröhlichkeit mit sich. Conguel ist der Lieblingsstrand ihrer Mutter. *War ihr Lieblingsstrand.* Emma bringt die Zeiten absichtlich durcheinander. Es ist ihre Art, eine Verbindung aufrechtzuerhalten oder auch das Gefühl der Leere abzumildern – egal, wie man es nennen mag. Die Erinnerungen, das Fahrrad, dieses vom Nordwestwind heimgesuchte Stück Erde, die Gespräche in ihrem Kopf … Jeanne ist hier, irgendwo.

»Du fehlst mir, *maman!*«

Die Welt der Lebenden und die der Toten besaßen für sie immer schon etwas Fluktuierendes. Es gibt keine Trauer, keine wirkliche Abwesenheit, eher ein körperliches Bedürfnis nach Liebkosungen und Gerüchen. Emma würde beinahe alles für eine Umarmung ihrer Mutter geben. Dieses Jahr ist es neun Jahre her, das Ende eines Zyklus.

Du hast ihr den Tod gebracht …

Sie vertreibt die leise Stimme in ihrem Kopf und fährt schneller, lässt den Vier-Sterne-Campingplatz mit seiner langen Reihe von Wohnwagen hinter sich. Unter dem Ansturm des Windes sehen die Pinien beinahe wie umgeklappte Regenschirme aus.

Der Weg durch den Sand am Ende des Parkplatzes ist für Zweiräder verboten. Sie biegt ein, ohne sich um das Hinweisschild zu scheren. Um Viertel nach acht am Morgen wird kaum jemand aufkreuzen, um sie darauf hinzuweisen.

Erst bei der Orientierungstafel steigt sie ab. Mit weit geöffneten Armen geht sie zu Fuß aufs Meer zu. Der Wind bläst so stark, dass er ihr fast den Atem nimmt und auf ihrer Zunge den salzigen Geschmack von Tränen hinterlässt. Ihre Mutter hat ihr erzählt, dass sie schon mit drei Jahren so aufs Meer zugelaufen war: die Ärmchen ausgebreitet wie Flügel, überzeugt davon, wegfliegen zu können.

»Ich hatte Angst, dass ein Windstoß dich mitnimmt, mein Liebes …«

Ihre Mutter ist hier überall. Emma versucht, ihr Bild wachzurufen – ihre anmutige Gestalt, wie sie sich hier in die Fluten stürzt. Jeanne war übermütig und verrückt und außerdem so schön, dass sie alle Herzen im Sturm eroberte. Sie liebte es, im Winter schwimmen zu gehen: *»um meine Zellen zum Tanzen zu bringen«*, pflegte sie lachend zu sagen.

Weit draußen tauchen zwei winzige Inselchen auf, Toul-Bihan und Toul-Bras. Bei Niedrigwasser ist Toul-Bihan zu Fuß zu erreichen. Auf Toul-Bras hat man gallische Grabstätten gefunden.

Eigentlich sollten dort die sterblichen Überreste ihrer Mutter ruhen.

An Allerheiligen wird ihr Vater Michel sie wieder zum Friedhof schleppen. Für Emma ergibt das keinerlei Sinn, abgesehen von dem höchst trivialen, dass hier Holzkisten mit zerfallenden Körpern Reihe um Reihe ihren Platz gefunden haben. Warum sollte die Seele sich an diesen düsteren Ort klammern? Bei dem

Gedanken an ihren Vater steigt Ärger in ihr auf. Auch wenn sie ihn liebt – sein Konformismus ist ihr unbegreiflich. Wie konnte ihr Großvater Gérard, der Schuhmacher und Kriegsheld, einen so folgsamen Sohn hervorgebracht haben, der immer ein wenig wie ein geprügelter Hund wirkt?

Und Jeanne? Sie müssen wohl tatsächlich ineinander verliebt gewesen sein …

Emma zieht sich schnell aus. Sie hat bereits zu Hause einen alten Badeanzug angezogen und die Unterwäsche mit einem Handtuch in den Rucksack gesteckt. Der Wind lässt sie nach ein paar Sekunden frieren. Sie klettert die Granitfelsen hinunter bis zu einer Stelle, wo das Wasser an den steinernen Kanten emporleckt. Eine Welle schafft es bis auf den Felsen, auf dem sie steht, rollt über ihre Füße hinweg und erfüllt sie mit fiebriger Erregung und zugleich sehnsüchtiger Liebe, als bildeten dieser Ort und ihre Mutter eine unverrückbare Einheit. Ihr wird ein wenig schwindlig. Sie geht in die Hocke und legt ihre flachen Hände auf den nassen Felsen, um die Kraft in ihren Handflächen besser zu spüren.

»Siehst du, ich bringe meine Zellen auch zum Tanzen!«

Der Wind bleibt eine Antwort schuldig. Also richtet sie sich wieder auf, gibt sich einen Ruck und geht ins Meer hinein. Das eisige Wasser fühlt sich an wie tausend Nadelstiche. Sie schreit vor Schmerz auf, spürt die Kälte bis auf die Knochen. Wenn jemand sie bei ihrem Tun ertappt, bekäme sie eine Lektion darüber, welchen Gefahren sie sich durch ihr verantwortungsloses Verhalten aussetzt, aber darum schert sie sich nicht. Ohne Risiko wäre das Vergnügen längst nicht so groß.

Denk nicht nach!

Sie wirft sich nach vorn in eine große Welle hinein und beginnt, frenetisch zu kraulen, lässt sich von der Kraft des Ozeans tragen. Der Temperaturschock lässt die Kälte jetzt wie etwas Brennendes wirken und löst einen unbändigen Energieschub bei ihr aus.

Die Strömung zieht sie hinaus, aber sie nutzt die anbrandenden Wellen, um nicht zu weit vom Ufer weggezogen zu werden. Einen Augenblick lang muss sie trotzdem gegen die Strömung ankämpfen, um in der Bucht zu bleiben, dann hat sie ihren Rhythmus und ihre Bahn gefunden. In regelmäßigen Abständen hebt sie den Kopf, um sicherzustellen, dass sie nicht zu der kleinen Insel abgetrieben wird, von der sie es nicht zurückschaffen würde. Das Ganze gleicht einem Kampf zwischen dem Meer und ihr, dem kleinen Mädchen, das von seiner Wut auf den Ozean-Titanen angetrieben wird.

In diesem Augenblick ist Emma voller Leben. Alles andere existiert nicht mehr.

2

Ein Dröhnen zerreißt den Himmel, und wie aus dem Nichts tauchen zwei Jets auf, die einen perfekt synchronisierten Halbkreis beschreiben, bevor sie schließlich auf der Landebahn zum Stehen kommen.

Auf dem Rollfeld von Lorient herrscht heller Aufruhr. Soweit das Gedächtnis der Bretonen reicht, haben sie noch nie zuvor ein solches Ausmaß an Pomp und Sicherheitsvorkehrungen gesehen. Genau gegenüber der beiden Falcon 7X stehen fünf gepanzerte Mercedes-Limousinen in Reih und Glied und warten mit laufendem Motor darauf, dass sich die Türen der Flugzeuge öffnen. Nicht weit davon steht das Empfangskomitee in Habachtstellung: der Stellvertreter des Präfekten, der Bürgermeister samt seinem Gefolge aus gewählten Gemeinderatsmitgliedern, Guillaume Lemonier, der Leiter des Thalassozentrums, und Doktor Armand Mittois, Teilhaber des Unternehmens. Vor zwanzig Jahren hatte Mittois für eine japanische, auf Meeresbiologie spezialisierte Gesellschaft gearbeitet und dort mit einem jungen Forscher namens Bunji Sato Freundschaft geschlossen. Gemeinsam hatten sie auf der Basis von *Fucus vesiculosus*, schwarzem Seetang und Makroalgen eine Mixtur erstellt, die eine deutliche Linderung rheumatischer Erkrankungen verhieß. Dank ihrer Rezeptur, die genauso streng geheim gehalten wurde wie die Codes der Atom-U-Boote, zählt das hiesige Zentrum heute zu den besten Thalasso-Einrichtungen in der ganzen Welt. Sato, der früh durch ein geplatztes Aneurysma verstarb, hatte von dieser Erfolgsgeschichte nicht mehr profitieren können. Und obwohl es Lemonier widerstrebte – denn er war nicht sonderlich geneigt, auf dem Gemäuer seiner Einrichtung »einen berühmten Unbekannten« zu ehren –, ziert jetzt eine Gedenktafel den Eingangsbereich des Gebäudes, wie Mittois es gewünscht hatte.

Die Türen der Flugzeuge öffnen sich nun gleichzeitig und geben etwa zwanzig Passagieren den Weg frei. Die Leibwächter tragen schwarze Anzüge, die VIPs weiße Dschellabas und ihre Anwälte graue Dreiteiler feinster Machart. Ein Mann hebt sich von allen anderen ab: jung, gebräunt, freundlich. Tariq Khan.

Er ist der Einzige, der lächelt – der Einzige, der sich das erlauben kann, fährt es Lemonier mit einem Anflug von Neid blitzartig durch den Kopf.

Sein Händedruck hingegen kennt kein Erbarmen, so sehr werden die Knochen gequetscht.

Man wechselt ein paar Worte. Nichts von Bedeutung, das klassische Protokoll eben. Während die Anwälte die Zollkontrollen abwickeln, begeben sich die VIPs unter den wachsamen Blicken ihrer Eskorte zu den Mercedes-Limousinen. Lemonier und Mittois steigen in den zweiten Wagen, hinter dem Seiner Exzellenz. Das Thalassozentrum liegt nicht einmal eine Wegstunde entfernt, aber trotzdem hat der Bürgermeister eine Motorradstaffel als Aufpasser verordnet.

Das Programm für diesen Tag ist randvoll, und von einem guten Verlauf hängt eine verheißungsvolle Zusammenarbeit ab. In diesem Punkt hatte Tariq Khan keine Missverständnisse aufkommen lassen. Er will alles besichtigen, die Teams befragen, das Fachwissen und die Fertigkeiten überprüfen. Seine Anwälte werden das drei Monate zuvor aufgestellte Audit präzisieren und eine finale Version erstellen. Lemonier zählt darauf, mit dem Mittagessen einen großen Coup zu landen: Die Mahlzeit ist eigens von einem Sternekoch zusammengestellt und zubereitet worden, die Gäste wurden sorgfältig ausgewählt – Unternehmer aus der Region sowie zwei französische Berühmtheiten –, damit es nicht allzu protokollarisch aussieht.

Die Behandlungen sollen am späten Nachmittag stattfinden und wurden auf der Grundlage eines Informationsbogens zusammengestellt, der eines Geheimdienstes würdig gewesen wäre: die bevorzugten Parfums und Texturen von Monsieur Khan, die Hintergrundmusik, zu vermeidende Gesten, die Farbe der Bademäntel … Zudem wurde ein Köfferchen mit personalisierten Produkten zum Mitnehmen zusammengestellt.

Als sie das Portal der Einrichtung passieren, unterdrückt Guillaume Lemonier einen Seufzer der Erleichterung. Die Angestellten haben sich draußen in einem Halbkreis aufgestellt. Die Empfangsdamen tragen Rosa – die Röcke wurden vorsichtshalber um zehn Zentimeter verlängert –, das therapeutische Personal trägt eine makellose Uniform: weißes Hemd und weiße Hose.

Der lukrative Auftrag ist in Reichweite …

Eine halbe Stunde zuvor ist auch Emma mit reichlich Verspätung zum Team gestoßen. Ihr Ausflug zum Ozean hatte länger gedauert als vorgesehen, außerdem musste sie noch eine eilige Maniküre einschieben, nachdem sie sich ihren Nagellack an den Felsen ruiniert hatte. Ihre Hände sind ihr Werkzeug – kräftige Handflächen und lange, schlanke Finger –, und sie pflegt sie beinahe manisch. Aus Zeitmangel hat sie es dabei belassen, ihre noch feuchte Mähne einzurollen und zu einer Art Banana Bun hochzustecken. Allzu korrekt sieht das Gebilde jedoch nicht aus. Darüber hinaus hat sie lediglich ihrer Haut etwas Feuchtigkeitscreme gegönnt.

Während sie dort vor ihren Kolleginnen und Kollegen steht, spürt sie ein unbändiges, nervöses Lachen in sich aufsteigen. Sie stehen da wie bei einer Militärparade oder aber wie ein Simulacrum von *Downton Abbey*. Lemonier hat Wert darauf gelegt, Emma unter dem Vorwand, dass sie mit der Behandlung Seiner

Exzellenz betraut ist, wie ein Aushängeschild zu platzieren. In Wirklichkeit sind alle Gelegenheiten gut, bei denen Emma zur Schau gestellt werden kann – ganz besonders in den Prospekten des Zentrums –, und zwar nicht so sehr aufgrund ihrer Fähigkeiten als Masseurin, sondern aufgrund ihrer außergewöhnlichen Schönheit: eine Art blonde Ava Gardner mit einem unberechenbaren Talent …

»Sie kommen!«

In dem Augenblick, als die Autos auf dem großen Hof vorfahren, hat Emma ihre Beherrschung wiedergefunden und geht in Gedanken noch einmal die Unterlagen durch, die Lemonier ihr gegeben hat, um Fehltritte zu vermeiden. Das Sultanat Oman, dessen Wirtschaft von der Erdölproduktion lebt, hat einen Plan zur Diversifizierung entwickelt, dessen Hauptpfeiler ein hochkarätiger Tourismus sowie Großveranstaltungen und das kulturelle Erbe sein sollen. Zu den geplanten Großprojekten zählt eine Einrichtung, in der Thalassotherapie angeboten werden soll. Die Räumlichkeiten sollen mit einem Palast unweit der Hauptstadt Maskat verbunden werden und möglichst bald ihre Pforten öffnen. Die Leitung dieses zukünftigen Resorts möchte dort hochqualifizierte Techniken anbieten, und da kommen die therapeutischen Behandlungsansätze von Doktor Mittois ins Spiel. Einziger Konkurrent des Zentrums von Portivy ist ein berühmtes thailändisches Institut. Lemonier zufolge wird dieser Besuch entscheidenden Einfluss auf die Vormachtstellung haben: Im Falle eines Erfolges würde das den Ruf ihres Thalassozentrums auf internationaler Ebene festigen.

Wie bei einem perfekt einstudierten Ballett entsteigen die Besucher den Limousinen. Emma bemerkt die etwas zu markanten Muskeln unter den Anzügen – gewiss die Leibwächter –, dann folgt eine kleine Gruppe von Männern in der traditionellen Kleidung des Sultanats. Der Jüngste von ihnen bewegt sich geschmeidig wie eine Katze, verströmt etwas Magnetisches, das sie sofort anspringt … Lemonier eilt ihm entgegen, und Emma begreift, dass es sich um die fragliche »Exzellenz« handelt – mit anderen Worten, um Tariq Khan, dreißig Jahre alt, ältester Sohn des stellvertretenden Premierministers, mit einem Abschluss an der Universität Oxford und vorgesehen für eines der höchsten Staatsämter im Oman. Der Mann besitzt Charisma, das spürt sie schon aus der Ferne. Sie beobachtet ihn heimlich, während er mit Mittois spricht und sich dabei – recht offensiv – zu seinem Gesprächspartner vorbeugt.

Im Allgemeinen lässt sie sich von ihrer Kundschaft nicht beeindrucken. Ob Anwalt oder Star, Hausfrau oder Geschäftsführerin eines börsennotierten Unternehmens – all diese Leute tauchen bei ihr halbnackt unter ihrem Bademantel auf und tragen die gleichen bequemen, aber hässlichen Badeschlappen an den Füßen. Muskulös oder schlaff, zurechtgemacht oder ungeschminkt – ist der erste Moment der Scheu überwunden, lockern sich die Körper, und der Kunde entspannt sich unter ihren Fingern. Barrieren werden hinfällig, wenn man die Haut berührt. Die Intimität drängt die soziale Distanz in den Hintergrund, persönliche Differenzen spielen keine Rolle … Dennoch verspürt Emma in diesem Augenblick, dass sich bereits jetzt eine Art nervöser Ungeduld bei ihr einstellt. Das Bild eines Boxrings geistert ihr flüchtig durch den Kopf. Der Termin mit ihm wurde auf 17.30 Uhr festgelegt. Bis dahin wird sie noch eine ganze Reihe von Behandlungen durchführen, um den Zeitverlust dieser vormittäglichen, nicht enden wollenden Parade wettzumachen. Ist das der Grund für ihr Unbehagen?

Die Gäste gehen die Stufen zur Eingangshalle hinauf. Eine widerspenstige Haarsträhne fällt Emma ins Gesicht. Hastig versucht sie, diese wieder festzuklemmen. Der Mann blickt zu ihr herüber. Das Ganze dauert kaum eine Sekunde, dann betritt die Delegation das Gebäude. Als Emma sich umwendet, stößt sie mit ihrem Nachbarn zusammen – Ludo, Physiotherapeut im

Zentrum, homosexuell, Vegetarier und Anarchist. Er zwinkert ihr boshaft zu.

»Nur Mut, die Sansculotten sind weg!«

Sie verzieht das Gesicht und beschließt, einen Umweg über die Kantine zu machen. Besser, man hat etwas im Magen, bevor man loslegt. Das Team läuft bereits auseinander: ein Schwarm von Uniformen, noch dazu mit streng frisiertem Haar. *Beinahe wie Playmobil-Köpfe*, denkt Emma belustigt.

Die Delegation hat sich vor dem bombastischen Tresen in der Eingangshalle zusammengefunden. Lemonier spricht zu laut, gerade so, als würde er meinen, eine ganze Horde im Schlepptau zu haben. Gleich werden sie mit der Besichtigung beginnen – lediglich drei Behandlungsräume sind dafür unbesetzt geblieben, da Seine Exzellenz verlangt hat, dass der Betrieb ganz normal weiterläuft. Danach folgen das Mittagessen und die Auditsitzungen. Viel Glück auch! Emma selbst hat fünf Termine vor diesem Monsieur Khan. Denn sie wird bei »Monsieur« bleiben. »Seine Exzellenz« kommt nicht infrage, Etikette hin oder her! Sie könnte sich fast dafür ohrfeigen, dass sie ihr Englisch aufgefrischt hat, für alle Fälle.

Ihre Wut erstaunt sie. Daran muss die Müdigkeit schuld sein – oder der ansteckende Stress der Leitung. Ganz zu schweigen von der kollektiven Hysterie.

Es ist 11.35 Uhr. Sie hätte gern Pénélope begrüßt, aber ihre Freundin steht sicher unter Druck. Im Restaurant des Zentrums, wo sie Oberkellnerin ist, mussten sie in Vorbereitung auf den großen Tag den kompletten Ablauf dreimal durchspielen – vom kompletten Menü bis zum Service am Tisch. Die Teams haben sogar nachts gearbeitet und dabei Belugalinsen und Seeteufel mit thailändischen Gewürzen verkosten dürfen. Ein schwacher Trost!

Emma schreibt eine kurze SMS.

Treffen wir uns heute Abend für ein Briefing der besonderen Art?

Pénélope muss gerade Pause haben, denn sie antwortet unmittelbar.

Alles klar! Im BDA?
BDA, um halb acht?
Good luck, Fingerfee!
Good luck, Majordomus!
Oh je! Dein Humor verdirbt mir gleich die Sauce …

Der Nachmittag verflog durch die aufeinanderfolgenden Termine, und Emma hoffte, dass es so bleiben würde. Dann aber benachrichtigte Lemonier die Teams, dass sich alles verspäten würde – vermutlich, um auf jeden Fall Terminkollisionen vorzubeugen. Die implizite Botschaft war deutlich: Alle bleiben auf ihren Posten! In Alarmbereitschaft!

Inzwischen ist es 18 Uhr, und Tariq Khan ist immer noch nicht aufgetaucht. Emma geht auf und ab. Ihre Nervosität steigt von Minute zu Minute. Sie muss unbedingt wieder herunterkommen. Eine hochgradig aufgeregte oder gestresste Masseurin kann keine gute Arbeit leisten.

Auf die Gefahr hin, dabei überrascht zu werden, setzt sie sich in den Lotussitz, schließt die Augen und legt die Hände im Schoß übereinander – die Handflächen weisen nach oben, die Daumen berühren sich. Die Stellung *Dhyana Mudra* soll die Konzentration fördern. Emma atmet tief ein, dann langsam aus, um auf diese Weise ihre Unruhe zu vertreiben. Als sie die Augen wieder öffnet, sind drei Minuten vergangen. Sie ist bereit.

Um 18.40 Uhr erscheint Tariq Khan endlich im Behandlungsraum. Ihm voraus geht ein hektischer Lemonier mit angespannten Gesichtszügen. Emma hätte beinahe Mitleid mit ihm bekommen – bis er sie vorstellt, und zwar nur in eine Richtung: Wie ein Werkzeug wird sie dem wichtigen Mann präsentiert.

»Das ist Emma, unsere beste Masseurin. Mehr möchte ich gar nicht sagen. Ich überlasse Sie ihren Händen. Die Erfahrung spricht für sich, Kommentare sind überflüssig, Sie werden sehen. Ich warte im rosa Salon auf Sie, und wir brechen dann auf, wann immer Sie es wünschen …«

Emma hat auf Durchzug geschaltet. Der Kunde sieht sie mit einem leichten Lächeln an, als würde er ihre Vorbehalte ahnen. Sie hält seinem Blick stand und entscheidet sich für die ungezwungene Anrede.

»Monsieur Khan.«

Lemonier verschluckt sich beinahe, Zornesröte steigt ihm ins Gesicht.

Aber bevor er eingreifen kann, erklärt der Mann trocken: »Mir ist das lieber als ›Seine Exzellenz‹, Monsieur Lemonier. Außerhalb des Sultanats ist diese Anrede nicht notwendig. ›*Sir*‹ oder ›Monsieur‹ sind angemessener.«

Sein Französisch ist etwas geschraubt, der Tonfall eisig. Der Leiter verlässt quasi im Rückwärtsgang den Raum. Und Emma begreift unmittelbar, in welchem Ausmaß dieser Mann es offenbar gewohnt ist, dass man ihm gehorcht. Niemals zuvor, nicht einmal bei den bedeutendsten Wirtschaftsbossen, hat sie gespürt, dass jemand eine ähnliche Autorität verströmt. Sie tut, als hätte sie nichts bemerkt, und weist auf die Tür zur Umkleidekabine.

»Hier können Sie Ihre Kleider ablegen. Sie finden auch Handtücher und Badeschlappen.«

Ohne darauf etwas zu erwidern, betritt er die Kabine. Sie beginnt, die Mischung aus den eigens für ihn zusammengestellten Duftessenzen zuzubereiten: Feigenkaktuskernöl, das teuerste Öl auf der Welt, römische Kamille, Zeder, dazu ein Hauch Patschuli. Das Ganze wird durch eine Algenmixtur ergänzt, die nach der Rezeptur von Mittois hergestellt wurde. Während Emma damit beschäftigt ist, hört sie das Rascheln von Kleidungsstücken, die abgelegt werden, nimmt wahr, wie ein Schuh zu Boden fällt. Die Stille gewinnt spürbare Präsenz. Trotz ihrer Anspannung stellt sie fest, dass ihre Hände nicht zittern.

Er kommt aus der Kabine, mit einem Handtuch um die Taille gewunden. Ihr fällt auf, wie groß er ist, mindestens einen Meter achtzig, breite Schultern, schmale Hüften und gut sichtbare Muskelstränge. Und er verfügt über ein Körperbewusstsein, das genau um die Wirkung weiß, die sein Typ hervorruft.

»Rücken oder Bauch?«

Er hat als Erster das Wort ergriffen, um zu zeigen, dass er die Kontrolle behält. Die scheinbar gleichgültige Frage wird jedoch in einem etwas zu herausfordernden Tonfall gestellt, um wirklich als gleichgültig durchzugehen. Emma unterdrückt ein Lächeln. Seine Absicht ist leicht zu durchschauen, und sie hat nicht im Geringsten vor, sich aus der Fassung bringen zu lassen.

»Bauch.«

Er nickt bedächtig und schickt sich an, sich auf den Behandlungstisch zu legen. Sie wartet, bis er eine bequeme Position gefunden und das Gesicht zur Wand gedreht hat.

»Irgendwelche Besonderheiten? Alte Verletzungen?«

Gewöhnlich ist sie vorsichtiger bei ihrer Wortwahl. Ihre Kundschaft breitet gern die ganze Litanei ihrer Wehwehchen aus, während sie entscheidet, welche Technik zu bevorzugen ist – eher eine ayurvedische oder eine japanische Massage. Es sind ihre Hände, die ihren Willen leiten. Heute allerdings hat Lemonier verlangt, dass sie am Schluss eine Algenpackung anwenden soll, die berühmte Spezialität des Hauses, die keine Massage im eigentlichen Sinn ist. In diesem besonderen Fall hat er ihr keine Wahl gelassen.

Der Mann antwortet mit heiserer Stimme: »Nichts, außer der Müdigkeit des langen Tages. Ihr Chef hat sich sehr bemüht, alles richtig zu machen. Ich glaube, er hat nichts dem Zufall überlassen …«

Er spielt ein Spiel, und er testet sie. Anstatt die Befragung fortzusetzen, legt Emma ihre Handflächen auf seinen Nackenansatz, um ihm auf diese Weise Schweigen aufzuerlegen.

Der Kontakt überrascht sie. Ihre Haut kribbelt, obwohl sie noch nicht einmal begonnen hat. Auch er hat kurz gezittert. *Feuer reagiert auf Feuer*, murmelt die leise Stimme in ihrem Kopf. Reflexartig zieht sie ihre Hände eine Sekunde lang zurück.

Sie atmet tief ein, bevor sie erneut ansetzt und ihn berührt. Ihre Finger umfassen die Schlüsselbeine, streichen und kneten die Haut bis zur Wirbelsäule. Dann gleiten sie die Wölbungen der Wirbelkörper entlang nach unten, ziehen links und rechts eine Furche, bis sie eine erste Verspannung auf Höhe der Brustwirbel T3 und T4 ertasten. *Sollte Monsieur K tatsächlich seine Emotionen zu verbergen suchen?* Die Finger gleiten weiter nach unten, hinterlassen Wirbel für Wirbel einen leichten Abdruck. Nicht nur die oberste Hautschicht soll mit sanftem Druck erreicht werden, sondern auch die darunterliegenden Schichten, so als könne sie von dort aus genau erspüren, was er empfindet.

Durch das Massieren haben ihre Handflächen zu pulsieren begonnen. Flüchtig kommen ihr »die tanzenden Zellen« ihrer Mutter in den Sinn.

Die Lenden des Mannes verströmen eine beinahe unangenehme Wärme. Erneute Verspannung, diesmal bei T12, und ihr Perfektionsanspruch. Emma muss innerlich lächeln, als ihr bewusst wird, dass sie die Augen geschlossen hat. Sie zwingt sich, diese wieder zu öffnen, und beobachtet das Handeln ihrer Hände, so als besäßen sie ein von ihr losgelöstes Eigenleben. Sie hatte geglaubt, ihre Arbeit gewohnheitsmäßig zu verrichten, aber noch nie zuvor hat sie eine solche Abspaltung empfunden …

Das Steißbein – *sein innerer Schwerpunkt* – ist widerspenstig, nicht weiter erstaunlich bei seiner dominanten Körperhaltung. Selbst wenn das tiefgründige Geheimnis verborgen bleibt, kann sie in ihm die großen Linien, seine Widerstände und Ängste lesen.

Auf einmal packt sie eine wilde Lust, an seiner Haut zu riechen, vorsichtshalber weicht sie etwas vom Tisch zurück, um dem Taumel entgegenzuwirken, der sie nach unten zieht. Ihre Hände lassen die fleischige Wölbung seiner von dem Handtuch bedeckten Gesäßbacken aus und setzen die Arbeit an den Oberschenkeln fort, die bei der ersten Berührung zucken. Sie darf nicht vergessen, dass auch er den besonderen Energiefluss zwischen ihnen spürt. Es ist höchst seltsam – gleichzeitig hypnotisch und von verstörender Intensität.

Sie verändert ihre Stellung, um stabiler zu stehen, und holt tief Luft, fest entschlossen, sich auf den Lebermeridian zu konzentrieren. Sie fährt mit der Akupunktmassage weiter fort und bemerkt, dass er etwas zu unterdrücken versucht – dass sich in seinem Gesicht eine widersprüchliche Regung widerspiegelt – Vertrauen, verdrängte Wut. Sie verharrt an dieser Stelle und presst ihre Fingerkuppen stärker auf die Druckpunkte, bis sie spürt, wie sie sich unter ihren Fingern lösen.

Monsieur Khan entfährt ein kurzer Seufzer.

Er kontrolliert, denkt sie.

Sie kehrt zum Nacken zurück, streicht von der Schulter zum rechten Arm, die Finger drücken in die oberste Fettschicht der Haut. Der Herzmeridian ist schmerzhaft, das war voraussehbar. Die Zeit verschwimmt, eine perfekte Berührung hält sie fest, bis sie seine Handfläche berührt. Das Bild ihrer ineinander verschlungenen Hände lässt sie erneut so erbeben, dass sie wieder den Kontakt abbricht.

Die linke Seite, mach schon, du wirst nicht nur eine Hälfte massieren!

Ihr Ablaufplan läuft völlig aus dem Ruder. Sie versucht,

wieder einen klaren Kopf zu bekommen, indem sie sich an die handfesten Details klammert. An den schweren Duft der Öle, den in anatomische Sequenzen unterteilten Körper des Mannes: Rumpf – Beine, Kopf – Hals, Finger – Handwurzelknochen und Handmittelknochen – wie bei einem Puzzle müssen die Teile zueinander passen. Dazu muss nur ein wenig Fleisch durchgeknetet werden. Nichts weiter …

»Drehen Sie sich auf den Rücken … bitte!«

»… *bitte!*« Die Anweisung klingt wie ein Flehen. So angetörnt, wie Monsieur Khan ist, kann er allerdings nicht mehr viel mitbekommen. Emma könnte sich ohrfeigen … Die Körper sprechen, das ist vollkommen logisch. Und sie versteht diese Sprache so gut wie niemand sonst, aber nie zuvor ist sie so ins Schleudern geraten. Man könnte sie geradezu für einen von den eigenen Fantasien beduselten Teenager halten!

Zum Glück hat er die Augen geschlossen. Seine Haut hat die Farbe von Karamell. Emma konzentriert sich auf die Schultern und vermeidet zunächst den Rumpf. Kurze, sehr schwarze Haare laufen in einer Linie vom Brustkorb zum Bauch. Seine Muskeln sind angespannt, und er atmet zu schnell.

Weiß, dass sie weiß, was er weiß.

An einer Seite weist er zwei hässliche Narben auf. Und an der linken Wade ebenfalls. Er musste dort ziemlich übel aufgeschlitzt worden sein. Seltsam, dass ihm nicht der Gedanke gekommen ist, das korrigieren zu lassen. Ganz kurz denkt Emma an ihre eigene Narbe, die von der Schläfe bis zum Nacken verläuft, gut verborgen unter ihrer Haarmähne – wie ein heimliches Tattoo, eine Hautritzung. Sie mag es, die Narbe dort zu wissen. Die Spur des Unfalls …

Ihre Hände nehmen den linken Oberschenkel in Angriff – zunächst die gefahrlose Außenseite. Dann streichen sie, noch immer druckvoll, zur Wade hinunter, um das verwachsene Narbengewebe zu kneten, und wechseln dann über die Füße auf die rechte Seite, um sich dort erneut vom Oberschenkel zur Wade vorzuarbeiten.

Sie massiert zu hastig. Aber was soll's. Sie umgreift die Knöchel, übt dann mit den Fingerkuppen sanften Druck auf die Zehen aus. Anschließend fährt sie das Fußgewölbe entlang zur Ferse. Ein kaum hörbares Stöhnen entfährt ihm und verleiht ihr eine Sekunde lang das Gefühl eines Triumphes. Nicht lange, denn ihre Kräfte verlassen sie, und in ihren Händen weicht die Energie zurück wie die Ebbe am Meer.

Sie beendet die Behandlung mit einem großflächigen Ausstreichen, um die letzten Spannungen zu lösen. Aber jetzt klingelt etwas bei ihr. Sie hat eine wichtige Kleinigkeit von den Anordnungen Lemoniers vergessen …

Die Algen!

Noch kann sie das nachholen. Die Mischung steht wohltemperiert bereit. Aber es erscheint ihr absurd, jetzt eine Art Salbe aufzutragen, geradezu ein Sakrileg.

Sie tritt einen Schritt zurück, beobachtet ihn, während er noch ausgestreckt auf dem Behandlungstisch liegt – er ist umwerfend schön.

Um ihre Verwirrung zu verbergen, murmelt sie: »Beiben Sie liegen, solange Sie möchten.«

Bevor er darauf etwas erwidern kann, huscht sie in einen dem Personal vorbehaltenen Nebenraum. Schnell hält sie die Hände unter das kalte Wasser und reibt sie frenetisch. Aber trotz der Abkühlung glühen sie weiter. Ob er das Gleiche spürt?

Mit Sicherheit!

Er kann ihr gestohlen bleiben! Emma hat nicht vor, auf ihn zu warten. Was riskiert sie im schlimmsten Fall denn auch? Dass er sie anschwärzt, weil sie sich nicht ans Protokoll gehalten hat?

Bevor sie ihre Meinung wieder ändert, schnappt sie sich das Täschchen, das sie ihm nach der Behandlung übergeben sollte, und kritzelt auf einen Zettel: »Diese Produkte werden die Wirkung der Massage verlängern. Gute Heimreise, Monsieur Khan. Emma.«

Den Stift noch in den Fingern, zögert sie eine Sekunde. Dieses »Emma« gefällt ihr nicht. Es klingt zu unterwürfig und intim. Sie setzt ihren Nachnamen dazu – »Morvan« – und blickt zufrieden auf das Resultat. Zumindest hier in der Behandlungskabine stehen sie auf einer Stufe. Sie haben den gleichen Schock verspürt.

Sie stellt die Tasche auf das Tischchen im Vorraum, wo man sie unmöglich übersehen kann. Sie fragt sich, was er sich wohl denken wird. Ob er enttäuscht sein wird. Der Gedanke freut sie.

3

Ich bin gerade fertig geworden! Bleibt es dabei?
Klar! Rosé. Prost!
Bin unterwegs. Grrh!

Pénélope schüttelt den Kopf, gleichermaßen verärgert und gerührt. Emma ist das coolste Mädchen der Welt, solange man nicht über die Arbeit spricht und hinnimmt, dass sie einen sitzen lässt, um sich in ihrem Bunker einzuschließen.

Sie winkt ihrem Mann zu. Julien sieht ausgelaugt aus, wie jedes Jahr, wenn sich die Saison dem Ende zuneigt. Er bedient einen Tisch mit Touristen, Belgier oder Engländer, wenn man den Biergläsern vor ihnen Glauben schenken darf. Er mag es leugnen, aber die Müdigkeit verstärkt seine depressiven Verstimmungen. Andererseits ist es besser gewesen, die *Bar des Amis* zu übernehmen und zu einem der beliebtesten Treffpunkte in dieser Ecke der Bretagne zu machen, als sich ständig im Kreis zu drehen.

Am 13. November 2015 unterhielt sich Julien gerade mit Gästen in seiner Bar, als die Schüsse aus den Kalaschnikows losgingen. Er blickte in Richtung von *La Belle Équipe* und sah, wie die tödlich Getroffenen zu Boden stürzten, niedergemäht wie die Figuren an einem Jahrmarktstand. Die Schießerei dauerte ein bis zwei Minuten, eine Ewigkeit, die ihn fast jede Nacht in seinen Albträumen heimsucht.

Einhundertvierundsechzig Patronenhülsen. Einundzwanzig Tote. Die Zahlen entsprechen den kleinen Fahnen, die am Tatort aufgestellt wurden. Sie sagen nichts über das Blut, den Geruch des Gemetzels oder die Schockstarre aus, sondern weisen nur auf die entfesselte Gewalt hin.

In den Tagen nach dem Anschlag öffnete Julien seine Bar nicht. Ein Jahr später verkaufte er seine Anteile, verließ Paris und war ein paar Monate lang unter dem Vorwand, reisen zu wollen, ziellos unterwegs. Die Bretagne sollte nur ein Zwischenstopp sein. Aber dort lernte er Pénélope kennen. Seitdem haben sie sich nicht mehr getrennt. Ihre leidenschaftliche Liebe ließ die fünfzehn Jahre Altersunterschied vergessen, der bedächtige Ernst des einen, die ungebremste Fantasie des anderen. Sie gleichen einander aus und sind einander in tiefer Liebe zugetan.

Pénélope hängt immer noch ihren Gedanken nach, als Julien sie plötzlich überrascht. Er bringt ihr ein Dutzend Kween, die besten Austern der Welt, hier aus der Bucht von Quiberon – und reicht ihr mit großer Geste ihr unentbehrliches Tabasco dazu.

»Dein fehlender Gaumen ist immer wieder erstaunlich, Pénélope!«

Anstatt darauf etwas zu erwidern, träufelt sie ein wenig Tabasco auf jede Auster, bevor sie gleich drei hintereinander hinunterstürzt und wohlig dabei seufzt.

»Ich brauche nicht ernsthaft zu fragen, ob es dir schmeckt, oder?«

»Ein perfekt gewürztes Vergnügen.«

»Lässt du deiner Freundin nichts übrig?«

»Sie wird in fünf Minuten da sein. Bringst du uns etwas aus der Pfanne?«

Sie sieht ihn mit einem Augenaufschlag an, für den man ihr die Tabasco-Ketchup-Mayo-Geschmacksverirrungen gerne verzeiht.

»Wenn man vom Teufel spricht …«

Emma stellt ihr Fahrrad ab und kommt über die Terrasse auf Pénélope zu, während Julien losmarschiert, um etwas zu essen zu holen. Ihr Erscheinen ruft den üblichen Wirbel hervor:

»Mann« wirft sich in die Brust, richtet sich plötzlich wundersam auf und folgt ihren Bewegungen mit leuchtendem Blick. Sie bemerkt nichts, oder aber es ist ihr vollkommen egal, was auf das Gleiche hinausläuft. Als sie bei ihrer Freundin ankommt, lässt sie sich auf ihren Stuhl fallen, schnappt sich ihr schon gefülltes Glas Rosé und leert es mit einem Zug bis zur Hälfte.

»Wow! So schlimm war es also?«

»Hör bloß auf!«

»Also ...?«

»Was also?«

»Ich wette, dass Seine Exzellenz nackt noch toller ist!«

»Er ist nicht übel ...«

Emma wirkt erschöpft, aber diese Verschwiegenheit passt nicht zu ihr.

»Glaub bloß nicht, dass du mir so davonkommst!«

»Was willst du denn wissen?«

»Alles!«

»Es gibt nicht viel zu erzählen. Ich habe ihn massiert, und das war sehr gut. Das war's auch schon. Ich nehme an, dass wir ein Feedback von unserem geliebten Chef bekommen und vielleicht sogar einen Tag frei. Und bei dir?«

»Hör auf! Ich kenne dich, da war noch etwas anderes!«

Julien taucht gerade rechtzeitig auf, um sie aus der heiklen Situation zu retten. Während er einen Teller mit Austern und ein Servierkörbchen mit frittierten Garnelen vor ihnen platziert, zögert Emma. Sie kennt ihre Freundin und ihr Gespür. Wenn sie versucht, dem Thema auszuweichen, wird ihre Freundin sich daran festbeißen.

Sobald Julien wieder fort ist, gibt sie daher in lockerem Ton preis: »Okay, Sherlock, ich ergebe mich. Es war wirklich gut, aber ungewöhnlich.«

»Ungewöhnlich ... im Sinn von ›seltsam‹?«

»Schlimmer.«

Emma hebt die Handflächen, als böte sie sie ihrer Freundin zur Beurteilung dar.

»Ich hatte das Gefühl, dass meine Hände in Flammen stehen. Und zwar vom ersten Augenblick an, in dem ich ihn berührt habe, bis zum Ende der Behandlung. Ich habe es nicht einmal geschafft, mich an den Ablaufplan zu halten. Es war, als würden meine Hände alles ganz allein entscheiden. So etwas ist mir noch nie passiert.«

»Aber das ist doch einfach genial!«

»Von wegen, das ist der Horror.«

»Emma, kapierst du nicht, was da geschehen ist? Dieser Typ ist für dich bestimmt!«

»Pénélope, verschon mich mit deinen Klischeebildern! Dieser Typ, wie du sagst, ähnelt einer TikTok-Vision von retardierten jungen Frauen. Wir leben nicht auf demselben Planeten, und sollten wir uns noch mal über den Weg laufen, hätten wir uns wahrscheinlich nichts zu sagen! Sieht so deine Idealvorstellung von einem Mann aus?«

Um nach diesem Sermon nicht unvermittelt in Tränen auszubrechen – eine weitere aus dem Nichts aufgetauchte Gefühlswallung –, schiebt sie sich eine Handvoll Garnelen in den Mund und beginnt, wie wild zu kauen.

»Okay, du Spaßbremse! Ich habe ein wenig dick aufgetragen, aber es ist doch nicht die Rede von Heirat, sondern nur von einer einzigen, leidenschaftlichen Nacht. Das, was man eben macht, wenn man den anderen gut findet und es wie verrückt knistert, verstehst du? Wie lange ist das letzte Mal bei dir denn eigentlich her?«

»Das weißt du ganz genau, da du diejenige bist, die das für mich im Kopf hat.«

»Eben. Acht Monate! Der Skipper, der hier zufällig einen Stopp eingelegt hat. Mike hieß er, glaube ich …?«

»Pénélope!«

»Wie, Pénélope?«

»Darum geht es doch gar nicht! Ich spreche von dem, was ich gespürt habe, eine Art Energiefluss, den ich kaum noch kontrollieren konnte …«

Emma hält mit einem Mal inne, ihre Kehle ist wie zugeschnürt. Ihre Freundin greift nach ihrer Hand und drückt sie liebevoll.

»Ich glaube dir. Ich sagte ja auch nur, dass es dir guttäte, einmal loszulassen. Seit ich dich kenne, wiederholst du mir immer wieder das Gleiche: dass du am liebsten allein lebst, dass Tinder Mist ist, dass es hier ohnehin keine brauchbaren Typen gibt. Emma, du bist noch keine dreißig! Das ist doch zum Fürchten!«

In dem Moment sieht Pénélope, dass Julien sie aus der Ferne neugierig beobachtet. Sie macht ihm ein Zeichen, dann wendet sie sich wieder ihrer Freundin zu und fragt ernst: »Glaubst du nicht, dass es endlich Zeit wäre, diesen Feigling zu vergessen?«

Emma sieht sie ratlos an, und Pénélope wird klar, dass sie sich geirrt hat.

»Ich spreche von deinem Ex – Monsieur ›Ich mach mich aus dem Staub‹ höchstpersönlich.«

»Ach je! An den denke ich doch schon lange nicht mehr!«

»Warum bist du dann immer noch Single?«

»Na, wahrscheinlich, weil ich den richtigen Kerl noch nicht gefunden habe.«

Bevor sich ihre Freundin jetzt über die Vorzüge eines reichen und leidenschaftlichen Liebeslebens auslässt, hebt Emma mit gezwungenem Lächeln ihr Glas und erklärt: »Hör zu, ich brauche einfach etwas Ruhe. Die Woche hat mich echt fertiggemacht. Aber ich verspreche dir, ich denke noch mal über alles nach … nicht über Monsieur Khan natürlich, sondern über eine lockere Geschichte. Einverstanden, *Captain?*«

Pénélope hat nicht die geringste Lust, den Abend zu verderben, und Emma wirkt in der Tat erledigt. Sie beschließt, ihr zuzuprosten, allerdings mit dem Gefühl, dass sie sich ein wenig hat einwickeln lassen.

In der Wohnung herrscht Grabesstille. Doch da kommt Mardi angestürmt, streckt sich, bis die Vorderpfoten flach auf dem Boden liegen und das Hinterteil in die Höhe gereckt ist. Emma beugt sich zu dem Kater hinunter, muss dabei aber gegen eine plötzliche Übelkeit ankämpfen.

»Hast du Hunger, mein Lieblingskater?«

Ein spitzes »Miau« ist die Antwort. Emma richtet sich kerzengerade auf, geht zum Kühlschrank und füllt den restlichen Inhalt einer Dose in Mardis Napf. Nachdem der Kater zufriedengestellt ist, zwingt sie sich, zwei große Gläser Wasser zu trinken, um einer schlimmen Migräne vorzubeugen. Zum Glück muss sie morgen nicht arbeiten! Die Wanduhr ihres Großvaters zeigt an, dass es bereits zwanzig vor zwei in der Nacht ist. Normalerweise geht sie gegen 23 Uhr ins Bett. Diese Feststellung bringt sie beinahe zum Weinen.

Meine Güte, Emma, man könnte dich für eine alte Jungfer halten!

Ihre Freundin hat vorhin genau ins Schwarze getroffen. Sie kann einfach nicht so weitermachen. Ihr kleines, behagliches Zuhause kommt ihr auf einmal zu beengt vor: die Decke zu niedrig, die Lichter zu gedämpft. Ihre Mutter fixiert sie unergründlich aus ihrem Rahmen. Eine unbekannte Wut packt Emma.

»Wohin soll ich gehen, *maman?* Es ist neun Jahre her, und ich strample mich immer noch ab, um diesen verfluchten Unfall zu vergessen! Wie soll ich da neu starten? Und wie jemanden lieben ohne den Gedanken, dass ich ihm eines Tages den Tod bringe?«

Sie wartet, richtet den Blick intensiv auf das Porträt ihrer

Mutter. Nichts geschieht. Keine Intuition, keine Zuwendung. Jeanne bleibt still.

Blitzartig begreift Emma, dass es bei der fließenden Energie genau so sein muss: Der Wille hat nichts damit zu tun. Nur der gegenwärtige Augenblick zählt. Die vollkommene Körperhaltung. Sie stellt sich einen Seiltänzer vor, der sich auf einem Seil in die ideale Ausrichtung bringt, von der Fußspitze bis zu den weit geöffneten Armen. *Loslassen und ins Gleichgewicht kommen.* Ihre Mutter tritt nie mit ihr in Kontakt, wenn sie herumjammert. Vorhin hat die Müdigkeit sie empfänglich gemacht, die geheimnisvolle Anziehung hat den Rest besorgt. Jetzt bedauert sie, dass sie nicht auf Tariq Khan gewartet hat. So bleibt ungeklärt, was tatsächlich geschehen ist: einfach nur eine chemische Reaktion oder etwas anderes …

Pénélope hat recht. Es ist zum Fürchten. Sie wird sich amüsieren, sich einen Liebhaber suchen, einfach so – den langen Tunnel verlassen, in den der Tod ihrer Mutter sie gestoßen hat.

Operation Beryll/Französische Botschaft, Maskat
An den diensthabenden Einsatzleiter

Notiz 2384
Vertraulich

Richard,

anbei finden Sie die Unterlagen bezüglich des potenziellen Informanten, seines psychologischen Profils, seiner Familie, Umgebung usw.

Der Verbindungsoffizier darf nicht zu offensiv vorgehen.

Sie werden benachrichtigt, sobald sich etwas tut. Voraussichtliche Ankunft: Anfang bis Mitte Oktober.

Sorgen Sie für eine Überwachung der Zielperson vor Ort.

Operation Beryll/Französische Spionageabwehr, Paris
An die Direktion der Abteilung Recherche und Operation

Notiz 2385
Vertraulich

Monsieur le directeur,

der mit der Operation betraute Führungsoffizier ist seit einem Jahr vor Ort und gut vernetzt. Codename: Lysistra.

Er wird von einem weiteren Mitglied der betreffenden Abteilung unterstützt, das bereits für die Zielperson gearbeitet hat. Codename: Iris.

Es ist alles für die Ankunft des Informanten vorbereitet.

Richard

4

25. September. Der Monat ist so schnell vergangen, dass nur ein verschwommener Eindruck zurückbleibt. Emma hält sich an ihr neues Routineprogramm: Sie geht regelmäßig am Strand von Conguel schwimmen, obwohl die Wassertemperatur des Ozeans bei weniger als achtzehn Grad liegt, sie hat mit einem attraktiven Saisonarbeiter geflirtet und auch mit einem Krankengymnasten aus Vannes. Ihr erstes Date hat es nicht bis in ihre Wohnung geschafft, da zu betrunken, das zweite hat die Nacht zwar bei ihr verbracht, sich dann aber als regelrechte Klette erwiesen. Die siebte Textnachricht hat Emma mit einem »Game over«-Bild beantwortet und den Typen anschließend geblockt.

Was die Arbeit angeht, so versucht sie, diesen Energiefluss während der Behandlung von Tariq Khan noch einmal wachzurufen. Warme Hände sind für einen Masseur durchaus üblich, nicht aber das quasi übernatürliche Gespür, genau zu wissen, wo und wie man den anderen berühren muss. Seit dieser Erfahrung hat sie die allzu festgezurrten Ablaufpläne zurückgestellt und lässt sich vom Feeling leiten, auch wenn sie dabei einer Blinden ähnelt, die mit einem Lichtschwert hantiert. Was sie das »Wollen, ohne zu wollen« nennt, erfordert einen beinahe meditativen Zustand. Das wiederum kostet viel Kraft, und am Ende ihrer Arbeitstage ist sie vollkommen erschöpft, aber ihre Technik macht Fortschritte.

Bleibt ihr etwas Zeit, sucht sie im Internet nach weitergehenden Informationen und Quellen: vom französischen Spiritisten Allan Kardec aus dem neunzehnten Jahrhundert bis zur NLP, der neurolinguistischen Programmierung, vom Feuerheiler bis zur Telekinese, von den intuitiven Fähigkeiten bis zum

Achtsamkeitstraining. Es gibt eine Überfülle an Angeboten, seit die Persönlichkeitsentwicklung so im Aufwind ist. Doch ganz gleich, welcher Richtung man sich anschließt, eine Botschaft ist immer gleich: Je mehr man übt, desto besser wird man.

Trotz dieser reizvollen Aussicht kommt Emma sich wie eine Laborratte vor, die in einem Labyrinth feststeckt. Ihre Technik mag sich verfeinert haben, aber eine leise Stimme flüstert ihr zu, dass die Erklärung für diesen Energiefluss nicht in Büchern zu finden ist – ebenso wenig wie der dünne, aber unzerreißbare Faden, der sie mit der Seele ihrer Mutter verbindet.

An diesem Morgen ist Emma mit Madame Lachaume beschäftigt, als jemand an die Behandlungskabine klopft. Claire taucht an der Tür auf und bedeutet ihr sichtlich verlegen, zu ihr zu kommen. Emma entschuldigt sich bei der Patientin und geht zu ihrer Kollegin. Da die Vorgaben streng sind – abgesehen von einer Naturkatastrophe gibt es keinen Grund, eine Behandlung zu unterbrechen –, ist Emma äußerst neugierig, zu erfahren, was der Grund für diese Störung ist.

»Du sollst jetzt sofort zu Monsieur Lemonier kommen.«

»Ich bin gerade mitten in einer Behandlung. Kannst du ihm sagen, dass ich danach komme?«

»Er hat darauf bestanden, dass es ›sofort‹ sein muss.«

Emma verbirgt ihre Überraschung. Ihr Chef mag zwar stumpfsinnig sein, aber diese Art Kommando passt nicht zu ihm.

»Sag ihm, in zwanzig Minuten bin ich da.« Sie senkt ihre Stimme und weist auf ihre Patientin. »Ich werde Madame Lachaume nicht einfach mitten in einer Shiatsu-Massage hier liegen lassen.«

»Ich richte es aus.«

Die Kollegin tritt auf Zehenspitzen den Rückzug an und

brennt vermutlich darauf, zu erfahren, wie die Auseinandersetzung zwischen dem Chef und der Star-Masseurin verlaufen wird. Heikel an der Sache ist, dass Madame Lachaume, die als Leiterin eines börsennotierten Unternehmens einmal pro Monat für ein Wochenende herkommt und dann eine Suite bewohnt, zu den eher sensiblen Patientinnen zählt. Was also ist in den Direktor gefahren?

In der Kabine lässt die »sensible Patientin«, der kein Wort entgangen ist, fröhlich verlauten: »Die Männer mögen es nicht, wenn man sich ihnen widersetzt, vor allem dann nicht, wenn es um Macht geht. Ich fand Ihren Monsieur Lemonier noch nie sonderlich sympathisch, aber das hier … Haben Sie irgendeinen Rechtsstreit mit ihm?«

»Nicht, dass ich wüsste.«

»Dann haben Sie alles richtig gemacht. Eine Frau hat es immer noch schwerer als ein Mann, sich Respekt zu verschaffen. Als ich mein Unternehmen aufgebaut habe, konnte ich es nicht ertragen, unverschämte Typen in leitenden Funktionen zu sehen. In meinem Unternehmen gebe ich das Tempo vor …«

Sie unterbricht sich kurz, um dann ernster fortzufahren: »Für jemanden zu arbeiten heißt noch lange nicht, dass man sein Lakai ist.«

Mit diesen weisen Worten schließt sie die Augen und gibt einen langen Seufzer von sich.

»Sie haben magische Hände, meine Liebe …«

Nach Beendigung der Behandlung nimmt Emma sich noch die Zeit, den Kittel auszuziehen und ihre Haare in Ordnung zu bringen. Da der Direktor es für angebracht hält, sie ohne Ankündigung einzubestellen, wird sie in Zivilkleidung zu ihm gehen. Was riskiert sie schon? Gefeuert zu werden? *Das wäre zumindest die Gelegenheit, wirklich etwas zu verändern!*

Sie hat keine Ahnung, was Lemonier ihr vorwerfen kann, aber seit dem Besuch der Delegation aus dem Oman verhält er sich ihr gegenüber seltsam. Er geht ihr aus dem Weg, und sie hat ihn mehrmals dabei ertappt, wie er sie merkwürdig beobachtete. Sein Gesichtsausdruck sieht dann ein wenig so aus, als hätte er gerade in eine Zitrone gebissen.

Auch wenn sie sich immer wieder sagt, dass sie nichts zu verlieren hat, spürt Emma ihre Nervosität, als sie den Raum betritt.

Die Wände sind tatsächlich rot und grün gestrichen worden und passen so gar nicht zu den lachsfarbenen Vorhängen.

Lemonier erwartet sie hinter seinem Schreibtisch. Sie geht unverzüglich zum Angriff über.

»Ich war mitten in einer Behandlung, die ich gern zu Ende bringen wollte.«

»Ja, das war richtig.«

Er weist auf ein Dokument, das unter seine lederne Schreibtischunterlage geklemmt ist, trommelt mit den Fingern und seufzt.

»Setzen Sie sich bitte! Ich habe eine gute Neuigkeit.«

Nach seinem Gesichtsausdruck zu urteilen, könnte man allerdings eher annehmen, dass er gleich seinen Hund beerdigen muss. Sie kommt seiner Aufforderung schweigend nach.

»Also … Sie können sich ja denken, dass ich mit Ihrer Arbeit überaus zufrieden bin.«

Als sie nichts erwidert, spricht er in einem kühlen Tonfall weiter.

»Unser Zentrum hat die Ausschreibung gewonnen, unsere thailändischen Konkurrenten hatten das Nachsehen. Wir sind also die zukünftigen Partner der Thalasso-Einrichtung im Sultanat. Ich brauche Ihnen nicht zu sagen, dass dies ein ungeheurer Erfolg ist. Ein Erfolg von uns allen. Jeder hat sein Bestes gegeben.«

Er hält inne, um eine gewichtige Stille einkehren zu lassen.

Emma gibt keinen Mucks von sich. Wenn er es darauf angelegt hat, eine Spannung aufzubauen, so ist ihm das gelungen. Hat er erfahren, dass sie die Algenpackung weggelassen hat? Für diesen Fall würde sie nicht mehr viel auf ihren Kopf setzen.

»Damit es jedoch tatsächlich zu dieser Partnerschaft kommt, gibt es da allerdings eine Klausel – besser gesagt, eine Bedingung *sine qua non*. Und an diesem Punkt kommen Sie ins Spiel.«

»Das verstehe ich nicht.«

»Wirklich nicht?«

»Entschuldigen Sie bitte?«

»Haben Sie tatsächlich nicht die geringste Ahnung?«

Emma hat das Gefühl, dass Lemonier ihr ganz kurz einen vernichtenden Blick zuwirft.

»Nun gut … Monsieur Khan wünscht Ihre Anwesenheit dort unten.«

»Dort unten?«

In dieser Sekunde ist es Emma vollkommen egal, ob sie versteht, worüber er spricht. Lemonier ist überzeugt davon, dass sie heimlich gegen ihn intrigiert hat. *Du hast ihm den süßen Geschmack seines Sieges verdorben, und das wird er dir nie verzeihen …*

Sie weiß nicht, woher sie ihre Überzeugung nimmt, aber er muss ihre Gedanken erraten haben, denn er fährt in einem etwas freundlicheren Tonfall fort: »Sie werden in den kommenden zwei Wochen in Maskat erwartet. Je früher, desto besser. Ihr Auftrag ist es, das Team des dortigen Spa-Bereichs auszubilden, bis der Komplex circa Mitte Februar eröffnet wird. Das bedeutet, dass Sie unser Wissen, unsere Behandlungstechniken, unsere Abläufe und natürlich unsere Verwendung der Algen weitergeben …«

»In mehr als vier Monaten?«

»Ja.«

Offenbar sucht er nach etwas Schmeichelhaftem, das er hinzufügen kann, und verzieht mühsam das Gesicht. Natürlich weiß er, dass man nur mit Speck Mäuse fängt.

»In Ihrem Alter ist das ist eine außergewöhnliche Chance.«

»Ich besitze keinerlei Diplom, um andere darin zu unterrichten.«

»Sie leisten hervorragende Arbeit, das ist ja wohl unbestritten, nicht wahr? Und Monsieur Khan hat das offenbar sehr zu schätzen gewusst …«

Bei dieser Anspielung spürt Emma, wie ihr die Röte in die Wangen steigt. Lemonier fährt fort, als hätte er nichts bemerkt.

»Es handelt sich um eine Gelegenheit, wie sie sich kein zweites Mal im Leben bietet. Kann ich auf Sie zählen?«

Sie ist nicht in der Lage, einen klaren Gedanken zu fassen, nicht mit den Andeutungen, die hier in der Luft liegen. *Die Chance deines Lebens – oder einfach nur ein Scheißdeal?*

»Kann ich darüber nachdenken?«

Lemonier wird anscheinend klar, dass er seine schlechte Laune nicht so hätte durchscheinen lassen sollen, und schlägt deshalb plötzlich einen zuckersüßen Tonfall an.

»Ich brauche Ihnen nicht zu versichern, dass Ihre Stelle hier für Sie freigehalten wird. Auch ein höheres Gehalt ist nach Ihrer Rückkehr vorgesehen. Und was Ihren Aufenthalt dort unten betrifft, wird er in vollem Umfang von Ihren Arbeitgebern im Oman übernommen, sogar das Essen. Und was den Lohn angeht …«

Er schiebt ein Blatt Papier zu ihr hinüber und weist auf eine fett gedruckte Zahl.

»Er ist ausgesprochen großzügig.«

Angesichts der Summe staunt sie nicht schlecht. 15.000 Euro pro Monat. Das sieht beinahe wie ein Scherz aus.

Lemonier hat sich mittlerweile in eine Salzsäule verwandelt. Er wartet auf ihre Zustimmung. Ohne sie wird es keinen Vertrag geben. So gemein das klingen mag, aber genau darum geht es.

Da schießt ein anderer, in hohem Maße verwirrender Gedanke Emma durch den Kopf: Tariq Khan hat sie nicht vergessen.

Lemonier hat erneut das Wort ergriffen, und sie muss sich einen Ruck geben, um ihm zuzuhören.

»… mit Ihren Freunden, Ihrem Vater – aber ganz unter uns, ich sehe nichts Negatives an diesem Vorschlag. Im Übrigen gebe ich Ihnen heute frei, damit Sie in aller Ruhe darüber nachdenken können. Im Oman wartet man auf unsere Antwort und … sie haben es recht eilig. Kann ich bis morgen Abend mit Ihrer Antwort rechnen?«

Mit dieser Frage kehrt erneut Schweigen ein. Emma ahnt, dass er dieses Gespräch so lange wie möglich aufgeschoben hat. Vermutlich hat er nach einer Möglichkeit gesucht, diese Klausel auszuhebeln. Auch egal. Sie denkt einerseits an ihren Kater Mardi, den sie jemandem anvertrauen müsste, andererseits an ihren in Routine erstarrten Tagesablauf, der ihr wie eine Sackgasse vorkommt …

Sie steht auf.

»Ich rufe Sie morgen an«, murmelt sie.

»Hier, nehmen Sie den Vertrag mit. Dann können Sie ihn in Ruhe lesen. Es ist ein fantastisches Angebot. Rufen Sie mich gerne an, wenn Sie noch Fragen haben. Ich habe Ihnen meine Handynummer notiert …«

Lemonier würde sie offenbar gerne noch aufhalten, aber sie lässt ihm keine Gelegenheit dazu, sondern steht auf, schnappt sich das Dokument und wendet sich hastig zur Tür.

Die Pointe du Conguel strahlt in der Sonne. Auf einen Felsen an dieser Landspitze gekauert, versucht Emma, den Kopf freizubekommen, um mit ihrer Mutter in Kontakt zu treten. Jeanne ist da, diffus, ungreifbar und doch real. Es reicht aus, fest an diese Zwiesprache zu glauben. Wie in einem Spiel – dem ernsthaften Spiel von Kindern, die die Welt mit der Intensität des »ersten Mals« entdecken. Normalerweise liebt Emma diese Augenblicke, aber manchmal macht es sie auch wütend, mit einer Toten sprechen zu müssen, damit die Verbindung nicht abreißt. Wenn einem das Gegenüber fehlt – seine Liebkosungen, sein Lachen, sogar sein Duft –, dann ist es so, als würde sich auch die übrige Welt entziehen. Heute ist die Vorstellung, wie gut es ihr täte, sich ihrer Mutter anvertrauen zu können, besonders intensiv. Sie würden am Küchentisch einander gegenübersitzen, Tee trinken oder ein Glas Wein, und sie würden die Vor- und Nachteile dieser Reise auflisten.

Emma wird zusagen, das ist klar. Nicht wegen des Geldes und auch nicht wegen dieses Mannes, der so vielen Klischees entspricht, sondern weil sie es nicht mehr erträgt, nicht vorwärtszukommen.

»Ich weiß, dass du mich dazu ermuntern würdest, dorthin zu gehen, *maman*. Dich hat schließlich auch niemals etwas zurückgehalten! Aber es gibt da etwas Komisches …«

Sie öffnet ihre Hände, dreht sie so, dass die Innenseiten zum Himmel zeigen, und schon spürt sie, wie der Energiefluss in Gang kommt. Es reicht, an ihn zu denken, damit das geschieht: zunächst das Kribbeln, dann die sich ausbreitende Wärme.

»So als hätte ich in einen Ameisenhaufen gegriffen. Kann das so etwas sein wie Magnetismus? Ich habe das Gefühl, dass ich diesen Energiefluss verstehen und in den Griff bekommen muss, ansonsten könnte ich jemanden verletzen oder sogar …«

Töten. Sie schluckt dieses verbotene Wort hinunter. Es laut auszusprechen würde ihre Mutter verscheuchen. Schenkt sie den Botschaften ihrer Mutter Glauben, dann war der Unfall eine neutrale Gegebenheit. Jeanne ist gestorben, weil ihre Stunde gekommen war. Schuldvorwürfe haben keinerlei Resonanz. Im Gegenteil, wenn Emma zu viel jammert oder trauert, verschwindet ihre Mutter. Ihre spürbare Gegenwart löst sich auf wie der Traum beim Aufwachen.

Die Frage nach Schuld und Verantwortung gleicht der Schrift auf einer Zaubertafel, die nach einer Weile von selbst erlischt.

Vor langer Zeit, als Jeanne noch lebte, hatte sie ihre Tochter gewarnt, dass Dinge, die man verflucht, letztlich wie ein Fluch zurückkehren.

Diese Vorstellung hat Emma nie wieder losgelassen. Mit ihrer toten Mutter zu sprechen, das hat ihr in einem Nebel von Trugbildern und Ausreden stets den klarsten Weg gewiesen.

Aber heute kostet sie das unendlich viel Kraft. Heute bräuchte sie eine Frau aus Fleisch und Blut: eine Mutter, die sie in die Arme schließt, die sie rügt oder berät – aber nicht dieses Ungreifbare.

»Du fehlst mir, und das bringt mich so in Wut! Okay, ich weiß, dass all das nicht die geringste Bedeutung in deiner Welt hat. Die Trauer, die Ungerechtigkeit, das spielt dort, wo du bist, keine Rolle. Ich kenne deinen Wahlspruch, *maman:* ›Schau nach vorn, geh voran und bereu nichts und so weiter!‹ Von deiner Wolke aus gesehen ist das leicht! Der Oman, stell dir das doch einmal vor! Es ist weniger das Geld, das mich reizt, selbst wenn 60.000 Euro in vier Monaten schon der Wahnsinn sind … Hier zu Hause ist alles zu einfach, ich bin in meinem Trott. Ich gehe aus, ich lache, ich arbeite, ich treibe Sport, ich treffe mich mit Freunden, aber nichts von alldem kommt mir wie das wirkliche Leben vor, verstehst du? Alles ist wie gefiltert, gedämpft, als sei ich immerzu benommen … Andererseits wäre es doch auch dumm, das Angebot nur deshalb anzunehmen, um von hier zu fliehen, oder?«

Es herrscht unverrückbare Stille um sie herum. Und dann, ganz plötzlich und unvorhersehbar, schwappt eine Brandungswelle über den Felsen, auf dem sie hockt. Trotz der Kälte lacht Emma laut auf.

»Okay! Die Botschaft ist klar! Ich liebe dich auch!«

Durchnässt springt sie auf, spürt eine unglaubliche Kraft in sich. Sie möchte schreien, tanzen und bis zur Erschöpfung schwimmen. Niemals hat sie sich so lebendig gefühlt. Nicht seit dem Unfall …

5

»Das Sultanat ist nicht mit Dubai vergleichbar. Man entwickelt eher einen kulturorientierten Tourismus. Wenn Sie den echten Oman kennenlernen wollen, dann müssen Sie die richtigen Adressen kennen …«

Christophe »der Eroberer« unterstreicht seine letzten Worte mit einem betonten Augenzwinkern. Emma erwägt kurz, ob sie ihn darauf hinweisen soll, dass seine kleinen Zweideutigkeiten in #MeToo-Zeiten fehl am Platz sind. Aber das lohnt sich nicht für die verbleibende Zeit. Er ist erst seit Kurzem ihr Sitznachbar, denn er kam bei dem Zwischenstopp der Maschine in Dubai an Bord, aber sie weiß bereits alles über ihn: seinen leitenden Posten in der Firma X, seine vielen VIP-Freunde – und jetzt hat er auch noch die richtigen Tipps parat, die natürlich nur er kennt. Wie könnte es anders sein …

»Woran liegt das?«

Angesichts einer solchen Begriffsstutzigkeit wandelt sich der etwas anzügliche Blick ihres Gegenübers zu dem eines toten Fisches.

»Worin besteht der Unterschied zu Dubai?«, fragt sie mit der Ernsthaftigkeit einer Ordensschwester.

»Oh! … Im ehemaligen Sultan Qabus ibn Said. Er gehörte einem sehr unterrepräsentierten Zweig des Islams an, der als recht gemäßigt gilt, dem Ibadismus. Sie werden immer noch überall in der Hauptstadt auf sein Porträt stoßen. Fünfzig Jahre lang, bis zu seinem Tod im Januar 2020, ist der Sultan für die religiöse Toleranz und die Emanzipation der Frauen eingetreten: Wahlrecht, Alphabetisierung, Stipendien, Sie wissen schon, was ich meine. Die Frauen im Oman dürfen Auto fahren und arbeiten. Und in der Verwaltung erhalten manche von ihnen sogar das gleiche Gehalt wie die Männer.«

»Unglaublich ...«

»Nicht unbedingt. Im Vergleich mit den Vereinigten Arabischen Emiraten ist das zwar sehr fortschrittlich, aber die kulturellen und familiären Beschränkungen wiegen weiterhin schwer.«

Er mustert Emmas Outfit und ergänzt leise: »Ich hoffe, dass Sie sich nicht in die dort übliche *abaya* hüllen. Das wäre wirklich schade ...«

Emma sieht aus dem Flugzeugfenster in der Hoffnung, der Unterhaltung so ein Ende zu setzen. Von oben vermittelt die endlose Weite der Dünen den Eindruck, die Erde verlöre sich in hypnotischen Wellenlinien. Nach den Wolkenkratzern von Katar und den riesigen Marinas, die sie inzwischen hinter sich gelassen haben, ist der Kontrast beinahe surreal. Hier ist es nicht die unermessliche Weite des Ozeans oder eines Sternenhimmels, sondern die unendliche Sandwüste.

Unvermittelt weichen die Dünen einem schroffen Bergmassiv aus grauem Felsgestein. Hier und da erkennt Emma die zerzausten Blätter von Palmen und die weißen Gebäude von kleinen Oasen, zu denen sich schmale, serpentinenreiche Straßen schlängeln, oder aber einen der seltenen, in der Sonne glitzernden Flussläufe. Dann ist wieder das Meer zu sehen in seinem beinahe indigoblauen Farbton.

Plötzlich spürt sie einen Atemzug an ihrer Wange. Ihr Nachbar hat sich weit über seinen Sitz hinaus zu ihr gebeugt und tut so, als würde er die Landschaft unter ihnen genau ins Auge fassen wollen.

»Die Nächte in der Wüste sind märchenhaft! Ich kenne einen Ort, der nur von Omanis besucht wird – ein unvergessliches Erlebnis ...«

Jetzt ist er eindeutig zu weit gegangen. Sie wirft ihm ihren gekonnt eisigen Blick zu, der den kleinen Christophe auf der Stelle erstarren lässt.

»Was hier nicht vergessen wird, ist vor allem der Satz: Wenn eine Frau ›Nein‹ sagt, meint sie auch ›Nein‹. Haben Sie das verstanden, oder benötigen Sie eine Erklärung?«

Der Kerl wird buchstäblich ganz klein auf seinem Sitz. Er wird sie nicht mehr belästigen. Sie wirft einen Blick auf ihr Handy und stellt fest, dass noch mit einer halben Stunde Flugzeit zu rechnen ist. Sie überlegt kurz, ob sie die dicke Mappe über den Oman zur Hand nehmen soll, die ihr die Geschäftsführung des Resorts vor ihrer Abreise zugeschickt hatte und die sie bereits studiert hat. Mittlerweile ist es mehr als vierzehn Stunden her, dass sie ihre Halbinsel verlassen hat, und trotz der komfortablen Reisebedingungen hat sie nur hin und wieder ein bisschen vor sich hin gedöst. Alles kommt ihr übertrieben vor: ihr Businessclass-Sessel, der sich zu einem Bett verstellen lässt, die eilfertige Bemühtheit der Flugbegleiterin und das Gastromenü mit Hummer und grünem Spargel, Geflügelbrust mit Oliven und schwarzen Trüffeln, Granita und ein Sablé mit Zitrone aus Menton. Dazu diese wahnsinnigen Landschaften und der hartnäckige Eindruck, eine andere Realität betreten zu haben.

In Portivy waren die Umgangsformen ihrer reichen Kundschaft nie ein Problem für sie. Sie führte ihr Leben so, wie es ihr beliebte. Im Oman wird sie von ihren Arbeitgebern abhängig sein. Und wenn sie sich danebenbenimmt, wird Lemonier nicht davor zurückschrecken, sie zu feuern.

In der Businessclass sitzen mehrheitlich Männer, von denen drei Viertel die gleiche makellos weiße Dschellaba tragen – die *dishdasha*, wie es im Wörterbuch heißt. Ausnahmen sind lediglich ein europäisches Paar, das am Tablet hängt, eine stark geschminkte junge Frau, die alle Kriterien einer Influencerin erfüllt – sie hat mindestens schon fünfzig Selfies im Modus

Ich-trinke-Champagner, Ich-am-Fensterplatz, Ich-ziehe-eine-Schnute gemacht – und eine omanische Familie, der Vater in weißer Dschellaba, die Mutter in schwarzer *abaya*, dazu ein mürrischer Teenager, der die letzten Stunden damit verbracht hat, Snacks zu essen und Videos anzusehen. Und natürlich Christophe Wie-auch-immer, der seit seinem scharfen »Platzverweis« in einen Reiseführer vertieft zu sein scheint.

Emma hat Tariq Khan gegoogelt und ist fest davon überzeugt gewesen, eine ganze Flut von Fotos zu finden, die ihn als schicken Playboy zeigt. Aber erstaunlicherweise ist er weder auf Facebook noch auf Instagram zu finden, lediglich auf LinkedIn taucht sein Profil auf, samt einem Porträt im Organigramm seines Unternehmens. Die anderen Verweise gelten seinem Vater, dem stellvertretenden Premierminister Khan.

Neben ihrer Arbeit und dem Online-Kurs für Physiotherapielehrkräfte, der während der vergangenen Woche größtenteils ihre Zeit in Anspruch genommen hat, hat sie sich in den letzten Tagen auch durch Videos über den Oman geklickt. Das Land ist ohne Zweifel schön und birgt in jedem Fall mehr Geheimnisse als Dubai.

Die Stimme der Flugbegleiterin kündigt die bevorstehende Landung an.

Emmas Mund wird vor Ungeduld trocken. In diesem Augenblick würde sie am liebsten vor Freude und Aufregung losschreien.

Etwas Neues beginnt, und diese Gewissheit berauscht sie.

»*Welcome to Oman, Miss Morvan!* Sie brauchen sich nicht um Ihr Gepäck zu kümmern. Es wird zu Ihrem Chauffeur gebracht.«

Der Zollbeamte nickt mit wohlwollendem Lächeln. Er hat lediglich einen flüchtigen Blick auf das von dem stellvertretenden Premierminister unterschriebene Empfehlungsschreiben geworfen … Emma murmelt ein Dankeschön, dann heftet sie sich an die Fersen der Familie aus der Businessclass und geht dem schlurfenden Jugendlichen hinterher. Als sie durch die Glastüren tritt, bleibt sie einen Augenblick wie erstarrt stehen, verblüfft von dem Anblick, der sich ihr bietet. Mit dem Glas und Marmor überall ähnelt das Flughafengebäude eher einer Kathedrale als einem internationalen Terminal. Die zentrale Halle ist von riesigen Sockeln gesäumt, auf denen Palmen thronen. Überall sieht man Männer in einer *dishdasha*, dem ortsüblichen Gewand, und mit einem Turban oder der für den Oman typischen, bestickten *kumma* auf dem Kopf – ein Wort, das sie aus ihrem Glossar für die Reise kennt. Abgesehen davon gibt es nur ein paar wenige Gestalten in schwarzen Gewändern. Emma muss an die schwarzen und weißen Tasten eines Klaviers denken. Sie hat etwas anderes erwartet: mehr Unordnung oder mehr Gegensätze und nicht diesen so zivilisierten Anblick …

Ein Mann mustert sie eingehend. Er reckt ein Schild in die Höhe, auf dem »Dr. Scott« steht.

»*Sorry, no.*«

Sie sieht ihn entschuldigend an, dann bemerkt sie eine Omani, die zielgerichtet auf sie zusteuert. Die Frau nickt ihr mit dem Anflug eines Lächelns zu, das nicht bis zu ihren Augen reicht. Über ihrem schlichten schwarzen Gewand trägt sie einen grünen Schal mit einem glitzernden Galonstreifen, den sie sich lässig um den Kopf gewunden hat, sodass eine dicke Haarsträhne hervorlugt. Eine sehr elegante grüne Tasche komplettiert ihr Outfit.

»Mademoiselle Morvan, ich bin Zainab Al Ismailiya.«

Sie muss auf die vierzig zugehen. Ihr Französisch ist perfekt, ihr Akzent kaum zu bemerken. Neben ihr kommt Emma sich etwas zerzaust, schmutzig und müde vor.

»Oh, freut mich, Sie kennenzulernen, Zainab. Nennen Sie mich bitte Emma!«

»Gern, Emma! Draußen wartet ein Wagen auf uns. Ich hoffe, dass Sie eine gute Reise hatten.«

Sie sieht auf ihr iPad und nickt, sichtlich zufrieden. »Ihr Gepäck ist bereits im Kofferraum.«

Ohne eine Antwort abzuwarten, wendet sie sich um und geht Richtung Ausgang. Emma folgt ihr eilig.

Draußen schlägt ihnen die drückende Hitze entgegen. Emma zieht ihre Jacke aus und klemmt sie beim Gehen unter den Griff ihrer Tasche. Vor einem nagelneuen, mitten auf der Zufahrt geparkten Range Rover bleibt Zainab stehen. Ein Mann hält die rückwärtige Tür auf und schielt in ihre Richtung.

»Darf ich Ihnen Anwar vorstellen, Ihren Fahrer.«

»Nice to meet you, Miss Morvan!«

Einfach unglaublich, sie haben alle meinen Namen gelernt!

»Hi, Anwar! So pleased to meet you too!«

Bravo, Emma! Zehn von zehn Punkten für die Vorstellungszeremonie! Klingt allerdings mehr nach einer mondänen Abendparty!

Sie schwingt sich in den Geländewagen und stellt erleichtert fest, dass sich niemand darin befindet. Es hätte ihr wahrlich den Rest gegeben, wenn hinter den getönten Scheiben Seine Exzellenz mit seiner überheblichen Miene auf sie gewartet hätte.

Der Chauffeur schließt die Tür, lässt Zainab auf der anderen Seite einsteigen und begibt sich auf seinen Platz. Es sieht aus, als hätten sie diesen Ablauf so lange geprobt, bis er auf die Sekunde genau durchgetaktet vonstattengeht. Warum nur machen sie solche Umstände für eine Masseurin? *Ausbilderin für Masseurinnen, meine Liebe!* Sie kann Pénélopes Richtigstellung geradezu hören und unterdrückt ein Glucksen.

Im Wagen herrscht eine angenehme Temperatur. Anwar hat die Klimaanlage weit heruntergeschaltet. Emma kommt in den Sinn, dass möglicherweise eine Liste mit ihren Vorlieben erstellt worden ist: hasst Klimaanlagen, isst keine Tierbabys – weder Kalb noch Lamm –, führt Selbstgespräche, trinkt gern

Aperol Spritz, plant ein Leben als alte Jungfer mit einem Haufen Katzen.

Zainab reißt sie aus ihren Gedanken, während sie auf eine schnurgerade Autobahn auffahren.

»Wir befinden uns etwa zehn Kilometer vor Maskat. Wir haben ein vornehmes Wohnviertel für Ihren Aufenthalt gewählt. Sie werden dort sehr gut arbeiten können, alles ist sehr komfortabel.«

Emma nickt. Sie ist neugierig auf die Stadt. Ein Hitzeschleier hüllt die nahe gelegene Bergkette in Dunst. Es wird bereits Abend, und der Himmel färbt sich orangerot. Die ausgetrocknete Landschaft steht im Kontrast zum makellosen Weiß der Häuser. Zainab scheint ihre Gedanken zu erahnen, denn sie weist auf ein Gebäude in gedämpftem Ockerton.

»Dieser Farbton ist die einzige Abweichung vom sonst vorherrschenden Weiß, die unser einstiger Sultan zugelassen hat. Er nimmt die Farbe des Sandes, der Wüste und unserer früheren Wohnstätten auf.«

Hier und da ragt ein Minarett über die Dächer hinaus oder eine anmutig gewölbte Kuppel mit bogenförmig geschwungenen Fenstern. In der Mitte der Kreisverkehre befinden sich verschiedene Skulpturen oder sogar Bauwerke: mal ein riesiger Krug, mal zwei hoch aufragende steinerne Fische oder ein wie ein Triumphbogen aussehendes Minarett. Überall stehen Baukräne, ganze Häuserzeilen werden hochgezogen, und ihr staubiges Aussehen erinnert an die Trockenheit der Wüste. Auf den Gehsteigen ist niemand zu sehen.

Das sanfte Schaukeln des Geländewagens macht Emma etwas schläfrig. Zum Glück reicht Zainab ihr eine Mappe, die beinahe genauso dick ist wie diejenige, die sich in ihrem Gepäck befindet.

»Hier finden Sie viele nützliche Informationen und die wichtigsten Telefonnummern – darunter meine sowie die von

Hassan Kumar, dem Verantwortlichen für das Resort. Auch die Nummer der französischen Botschaft. Zudem sind hier die Kontaktdaten Ihres Hotels und eines französischen Arztes aufgeführt. Darüber hinaus habe ich eine Auswahl von Restaurants und eine Liste von Orten in unserem Land beigelegt, die Sie unbedingt besichtigen sollten. In der Mappe finden Sie ebenfalls Ihre Aufwandsentschädigung für die ersten beiden Tage. Für die Zeit danach erhalten Sie jeden Sonntag einen Umschlag. Und Ihr Gehalt wird Ihnen wie vereinbart auf Ihr Konto überwiesen … Ach, und das hätte ich fast vergessen!«

Zainab zieht ein brandneues Samsung aus ihrer Tasche.

»Ihr Handy, über das wir Sie erreichen können. Die Nummer steht auf der Rückseite. Tragen Sie es immer bei sich. Im Übrigen rate ich Ihnen, Ihr französisches Handy in Ihrem Koffer zu verstauen und es am besten zu vergessen, wenn Sie keine böse Überraschung erleben wollen hinsichtlich möglicher anfallender Kosten. Für Ihre Gespräche nach Frankreich sollten Sie dieses Samsung benutzen. Die Rechnung übernehmen wir.«

Sie muss ihre Ausführungen präzise geplant haben, denn genau in diesem Augenblick hält Anwar vor einem beeindruckenden Gebäude an, dessen Brüstungen reichlich verziert sind. Auf einem blau-goldenen Schild steht: »Wadi Bani Resort«. Zainab weist mit dem Finger darauf.

»Das ist Ihre Hotelresidenz. Wir haben Ihnen ein Appartement reserviert, das ist sicher am praktischsten. Sie werden sehen, dass es sehr ruhig hier ist. Nehmen Sie sich die Zeit, die Sie brauchen, um sich einzurichten. Ich werde Sie morgen früh um neun Uhr abholen, um Sie in das Thalassozentrum zu begleiten. An den weiteren Tagen werden wir bereits um sieben Uhr starten, außer am Freitag, der bei uns frei ist. Passt Ihnen das?«

Ohne die Antwort abzuwarten, setzt sie ihren Vortrag fort.

»Das Kuf Siriun liegt fünfundvierzig Minuten von Ihrem Hotel entfernt an einem abgelegenen Strand. Im näheren Umkreis befinden sich keine Wohnansiedlungen, es profitiert daher von einer außergewöhnlich bevorzugten Lage. Der Name bedeutet so viel wie ›geheime Bucht‹. Wir hatten erwogen, Sie dort unterzubringen, aber der Hotelbereich ist noch nicht ganz fertiggestellt …«

Emma ist gespannt, wer sich hinter diesem »wir« verbirgt, beschränkt ihre Reaktion aber auf ein beiläufiges Nicken.

»Anwar wird Sie jeden Tag zum Resort fahren, und ich bin Ihre Dolmetscherin.«

»Wollen Sie damit sagen …«

Sie zögert, weil sie nicht recht weiß, wie sie ihre Frage formulieren soll, um nicht naiv zu wirken. *Wollen Sie damit sagen, dass zwei Personen mir zu Diensten sind?* Aber Zainab fährt schon wieder fort.

»Ich werde Sie während der gesamten Ausbildungszeit begleiten. Die meisten Mitglieder des Teams sprechen kein Französisch, sondern nur Englisch. Soweit ich weiß, sind Ihre Englischkenntnisse nur mäßig, und wir legen Wert darauf, dass Ihr Unterricht in vollem Umfang aufgenommen wird.«

Emma muss ein nervöses Lachen unterdrücken. Es sieht so aus, als sei hier alles perfekt unter Kontrolle! Sogar ihre Englischkenntnisse wurden überprüft. Und die sind – in der Tat – jämmerlich.

»Haben Sie noch Fragen?«

Jede Menge. Nur lösen die Omani und ihr Mona-Lisa-Lächeln langsam, aber sicher eine Migräne bei Emma aus. Sie sehnt sich nur noch danach, sich auf ein Sofa fallen zu lassen, ohne befürchten zu müssen, von *Miss Productivity* auseinandergenommen zu werden.

»Ich kümmere mich um Ihren Check-in.«

Die Eingangstür geht auf. Emma überlässt es Anwar, ihren Koffer zu nehmen, und folgt Zainab.

Sie durchqueren eine vom Fußboden bis zur Decke mit

Marmor ausgekleidete Halle. Säulen in Tulpenform tragen eine filigran gearbeitete Kuppel, in der unzählige Glühbirnen glitzern wie die Milchstraße. Emma bleibt von dem Eindruck überwältigt stehen. Wenn sie nicht befürchten müsste, unbedarft zu wirken, hätte sie schon längst unzählige Fotos von der Örtlichkeit geschossen und sich einen trashigen Kommentar ausgedacht, der Pénélope zum Lachen brächte: *»Bastel-Bau-Deko aus dem Oman – die Ewigkeit zum Schnäppchenpreis!«*

Am Empfangstresen ist ihre Begleiterin in ein intensives Gespräch mit dem Chefportier vertieft. Der Mann beugt sich ein wenig vor und sieht in ihre Richtung. *Huhu, ich bin's, ja, die verschreckte Blondine …*

Draußen hat sich der Himmel inzwischen tiefblau gefärbt. Emma fragt sich, wo das Meer ist. Wahrscheinlich haben sie einen Stadtplan in ihre Mappe geschoben, wenn nicht, gibt es aber sicher massivgoldene Pläne an der Rezeption. Ihr wäre ein kleineres Hotel mit etwas mehr Charme und vielleicht einem direkten Zugang zum Strand lieber gewesen, aber es käme sicher nicht gut an, sich diesbezüglich bei *Miss Perfect* zu erkundigen.

»Sie sind jetzt registriert. Wenden Sie sich einfach an den Herrn am Empfang, wenn Sie irgendetwas benötigen.«

Einen Augenblick schämt Emma sich für ihre nicht gerade wohlwollenden Gedanken, aber nach fünfzehn Stunden Reise ist ihr Vorrat an verbindlichem Sozialverhalten aufgebraucht.

»Danke, das werde ich tun, ja.«

Man lächelt ihr zu, man begleitet sie zu einem gläsernen Aufzug, in dem man während der Fahrt alle fünf Etagen des Gebäudekomplexes bewundern kann. Anwar ist verschwunden und durch einen Pagen ersetzt worden, der ihren Koffer trägt, als handele es sich um ein sakrales Objekt. *Es heißt doch »Page«, oder?* Emma fühlt sich ein wenig dumm dabei, so umsorgt zu werden, und das Bedürfnis, allein zu sein, überfällt sie erneut.

Der »Page-oder-wie-auch-immer« folgt ihr in den Glaskäfig, steht still und wartet diensteifrig auf das Zeichen, wie es weitergehen soll.

Zainab gibt mit einer Geste zu verstehen, dass sie nicht einsteigen wird.

»Ich erwarte Sie morgen um neun Uhr an der Rezeption.«

Emma bringt ein mühsames »Auf Wiedersehen« hervor, die Türen schließen sich, und sie fahren sanft nach oben. Sie beobachtet, wie die *abaya* mit dem grünen Tuch inmitten der weißen Gewänder von dannen zieht. Dann schweift ihr Blick noch kurz zu den massiven Clubsesseln in der Bar, dem Mahagoni-Tresen und einem Stück Innengarten …

In Portivy würde ein Gebäude mit einer solchen Ausstattung zur Kategorie der Paläste zählen.

Erst auf ihre nachdrückliche Bitte hin stellt der Page den Koffer an der Tür ab. Für einen Moment befürchtet Emma, dass er damit beginnen wird, ihre Kleidung auszupacken, was angesichts der fehlenden Eleganz ihrer Garderobe und des hier herrschenden Standards nicht gerade begrüßenswert wäre. An ihrem nächsten freien Tag, dem kommenden Freitag also, wird sie ein paar entsprechende Einkäufe tätigen müssen.

Und hast du vor, Paillettenglitzer gleich im Kilopack zu erstehen?, flüstert eine leise Stimme in ihrem Kopf.

Verglichen mit den öffentlich zugänglichen Räumlichkeiten ist das Appartement eher enttäuschend. Sie hat mit einer Art Ali-Baba-Höhle gerechnet, ausgelegt mit einem roten Teppich und mit Kristallleuchtern überall. Aber die Suite weist lediglich die Kennzeichen eines internationalen Luxus auf, die Pénélope als den »griechisch-belgischen Stil« bezeichnet.

Das L-förmige Appartement hat eine Küchenzeile und ein Wohnzimmer, dessen Fenstertüren sich zu einer großen Terrasse hin öffnen, von der man direkt in den bereits entdeckten Garten hinunterblickt, der jetzt von versteckt angebrachten Punktstrahlern beleuchtet wird. Im Flur gibt es Wandschränke, und am Ende geht es zum geräumigen Badezimmer und zu einem Schlafzimmer. Kingsize-Bett mit einer Damastdecke, auf der vier prachtvolle Kissen thronen. Eines Tests bedarf es nicht, um sicher zu sein, dass die Matratze von bester Qualität ist. Die Dekoration ist in Beige- und Grautönen gehalten und angemessen nüchtern. Alles ist stimmig, aber nicht wirklich hübsch.

Als sie ins Badezimmer geht, stolpert Emma gewissermaßen über ihr Spiegelbild. Sie taxiert die blonde junge Frau mit den vor Müdigkeit geröteten Augen und versucht, sich mit einem »Blick von außen« zu sehen.

»Ich bin Emma im Oman.«

Die Worte klingen seltsam in ihren Ohren. Schonungslos mustert sie die breite Stirn unter ihren vom Schweiß gelockten Haaren, die von der Erschöpfung klein wirkenden, dunklen Augen, die korrigierte Nase, die sie verabscheut – ihr Herz hat die plastische Chirurgie nicht wieder zusammengeflickt –, ihre vollen Lippen, die sie an ihre Kindheit erinnern. Wie sagte ihre Mutter immer: *»Dein Pflaumenmündchen!«* Ihre Pin-up-Erscheinung nervt sie oft, auch wenn sie es durchaus zu schätzen weiß, dass sie sich keine Gedanken um ihr Aussehen machen muss. In dieser Hinsicht muss sie sich nicht den Kopf zerbrechen und sich auch keine Diät auferlegen. Diese Schönheit ist aber auch ein bitteres Geschenk, denn sie ist ein Erbteil ihrer Mutter und erinnert sie jeden Tag an deren Verlust.

Du hast ihr den Tod gebracht, flüstert das Schuldgefühl ihr zu.

Sie wendet sich ab, um sich auszuziehen.

Die ebenerdige Dusche bietet eine ganze Reihe von Hebeln, die das reinste Rätselspiel darstellen. Sie muss fünf Minuten lang herumprobieren, bevor sie begreift, wie sie einen beinahe kalten Wasserfall auslöst, der ihr ein wohliges Stöhnen entlockt.

Sie kauert sich unter den Wasserstrahl und überlässt sich der Bilderflut, die sie erfasst. Mardi und sein neues Katzenleben, das Gesicht ihres Vaters beim Abschied, ihre Traurigkeit, die sich nicht abschütteln lässt … Könnte sie doch nur ihre Erinnerung wegätzen und einfach ihr Leben genießen!

Zwanzig Minuten später müht sich Emma, in einen Bademantel gehüllt, mit der Klimaanlage ab, um sie möglichst weit herunterzuschalten. Die Aussicht, ihren Vater anzurufen, drückt bereits jetzt auf ihre Stimmung. Ihm gefällt der Gedanke nicht, dass sie in diesem Teil der Welt »umherspaziert«. Auch er hat sich nicht wieder von dem Unfall erholt, der seiner Frau das Leben genommen und das seiner Tochter zerstört hat. Emma hat ihm nie von Jeannes blutüberströmtem Gesicht erzählt – nicht davon, dass sie mit dem Kopf nach unten im Sitz hing. Das zählt zu den unausgesprochenen Dingen zwischen ihnen. Er hegt inzwischen bescheidene Träume, was sie betrifft, in der Hoffnung, dass ihr weitere Prüfungen erspart bleiben: eine sichere Arbeit, ein netter Partner, ein geregelter Alltag … Natürlich ist er froh darüber, dass sie »ihre eigenen Erfahrungen macht«, das hat er ihr immer wieder gesagt, aber seine Befürchtungen und seine Sorge sind nur allzu offensichtlich. Die einzig wirklich gute Neuigkeit bei diesem seltsamen Arbeitsverhältnis ist seine kurze Dauer. Vier Monate bezahltes Abenteuer, dann wird Emma in die Heimat zurückkehren und ihr Erwachsenenleben beginnen.

Vielleicht ist es meinem Vater ganz recht, wenn ich in der Vergangenheit feststecke?

Dann denkt sie an ihren Großvater, der mit nicht einmal siebzehn Jahren Bomben legte, um deutsche Züge zum Entgleisen zu bringen.

Sie wird sich etwas zum Abendessen bestellen, eine halbe

Flasche Wein dazu trinken, ein Aspirin schlucken und dann ab ins Bett! Es ist allerdings mehr als wahrscheinlich, dass Zainab ihre Spesenabrechnungen kontrollieren und sie dann gleich zu Beginn ihres Aufenthalts als Alkoholikerin einstufen wird. Den Reiseberichten zufolge schenken lediglich die Luxushotels im Oman Alkohol an westliche Touristen aus. Aber sie ist nicht wirklich eine Touristin, jedenfalls nicht in dieser Residenz.

Na und? Wie lange willst du dich wie ein Feigling benehmen?

Sie beginnt, ihre Kleidungsstücke aufzuhängen, um nicht am ersten Arbeitstag wie ein zerknittertes Küchenhandtuch auszusehen. Als sie diese lästige Aufgabe erledigt hat, greift sie nach der neuen Mappe, die Zainab ihr gegeben hat, und lässt sich auf das riesige Sofa im Wohnzimmer fallen. Als sie den Umschlag mit den Spesengeldern öffnet, staunt sie nicht schlecht: 150 Dollar, dazu eine große Anzahl von Geldscheinen in Omanischem Rial. Ein beiliegendes Post-it verrät, dass diese Summe als Erstattung für anfallende Kosten am heutigen und morgigen Tag gedacht ist. Das bedeutet, dass sie außer ihrem Gehalt 75 Dollar pro Tag erhält, zu denen die Rial noch dazukommen! Nicht schlecht für eine Ausbilderin … Jetzt muss sie sich nur noch informieren, was hier in Dollar bezahlt wird.

Aufgemuntert durch diese Entdeckung, gesteht sie sich das Recht zu, ihren Vater nicht anzurufen. Eine freundliche Nachricht tut es sicher auch. Er wird sich nicht daran stoßen. Sie öffnet ihr MacBook, verbindet sich mit dem lokalen Wi-Fi und schreibt ein paar warme Zeilen an ihn. Das wird reichen, um ihn zu beruhigen. Für Pénélope weiht sie ihr neues Samsung ein und schickt ihr ein Foto von der Terrasse und ein weiteres von der Speisekarte. Dann tippt sie dazu:

Bin zu kaputt, um noch zu quatschen. Ich rufe dich morgen an, hoch und heilig versprochen! Seit ich omanischen Boden betreten habe, fühle ich mich wie eine fehlgesteuerte Barbie. Ich hätte auf dich hören und die Abteilung für damenhafte Oberbekleidung plündern sollen. Geht es Mardi gut?

Prompt erscheint die Antwort:

Ich will alles wissen, du treulose Tomate! Mardi spielt den Pascha in unserem Bett. Am Ende will Julien ihn dir gar nicht mehr zurückgeben, wer weiß …

Es folgt ein Foto: Ihr in einen Kaschmirschal gewickelter Kater blickt prüfend in die Kamera. Emma schickt eine ganze Reihe von Herzchen zurück und schaltet ihr Handy aus, um nicht der Versuchung zu erliegen, doch noch weiter zu chatten.

Eine Sache hat sie vergessen. Sie springt auf und läuft zum Wandschrank im Flur, öffnet hastig ihren Koffer und tastet in der Innentasche nach dem Porträt. Es ist in dem gepolsterten Papierumschlag heil geblieben. Sie überlegt kurz, ob sie es auf dem Nachttisch aufstellen soll, aber das scheint ihr dann doch zu extrem. Auf der Schubladenkommode neben der Tür zur Terrasse findet es einen sehr schönen Platz.

»Gefällt es dir hier?«

Ihre Mutter scheint zu lächeln – oder ist das eine vom Himmel hervorgerufene Spiegelung?

Morgen beginnt ihr neues Leben …

6

»Für Ihren ersten Tag haben wir ein nicht ganz so umfangreiches Programm vorgesehen. Der Unterricht beginnt normalerweise um acht Uhr und endet um vierzehn Uhr. Danach können Sie sich die Zeit frei einteilen, um weitere Kursstunden vorzubereiten oder die Stadt zu besichtigen.«

Zainab legt zwar die Höflichkeit eines Buddha an den Tag, aber Emma hat bereits begriffen, dass sie in ihr nie eine Freundin haben wird. Im Rückspiegel fängt sie den Blick von Anwar auf, den sie nicht zu entziffern vermag. Heute Morgen hat sie ihre Kleidung sorgsam zusammengestellt – eine beigefarbene Stoffhose und eine langärmlige Leinenbluse, dazu weiße Sneaker.

Immerhin passend zum Dekor. Der Sarkasmus tut ihr gut.

Die Vororte, durch die sie fahren, haben nichts wirklich Landestypisches an sich. Gerade, breite Straßen, neue und noch nicht ganz fertiggestellte Gebäudekomplexe, breite, menschenleere Gehsteige und überall diese staubige Erde, die so gar nicht zu der strengen Bauweise passt. Das Ganze wirkt ein wenig wie ein Modellbau aus Pappmaché.

Zainab scheint munterer zu werden, denn sie weist jetzt mit dem Finger nach links.

»Die Altstadt wird Ihnen gefallen. Sie müssen unbedingt den Souk und den Fischmarkt besuchen. Und natürlich die Befestigungsanlagen. Von dort aus hat man einen Hundertachtzig-Grad-Blick auf das Hadschar-Gebirge. Man kann sogar die Kuppel der Moschee erkennen. Es ist großartig«, schwärmt sie stolz.

»Gibt es Busse?«

»Ja, aber ich rate Ihnen, immer ein Taxi zu nehmen. Sie könnten sich verirren …«

Sie lassen die Stadt allmählich hinter sich und erreichen die ersten Hügel. Eine ganze Weile herrscht Schweigen im Wagen. Emma würde Zainab gern nach dem »wir« fragen, das sie auch heute wieder verwendet hat. Zählt Tariq Khan dazu? Emma hat mit Claire, der leitenden Physiotherapeutin von Portivy, zwar ein einigermaßen seriöses Programm ausgearbeitet, aber sie fragt sich dennoch, ob das ausreichen wird, um hier jemanden zu beeindrucken …

Als sie den Pass der ersten Bergkette erreichen, taucht plötzlich auf der anderen Seite das Meer auf. Der Anblick dieses smaragdgrünen Wassers tief unter ihnen fegt alle Fragen hinweg. Emma beugt sich fasziniert nach vorn. Anwar biegt nach links und gelangt auf eine schmale, ungeteerte Fahrbahn, die sich in Richtung Küste hinabschlängelt.

»Sind wir bald da?«

Zainab nickt und präzisiert:

»Ja, bald. Dieser Zufahrtsweg wurde eigens dafür angelegt, damit das Resort mit dem Auto erreichbar ist. Vorher konnte man nur über das Meer zur Bucht gelangen. Ziemlich aufwendig …«

Einen Kilometer später hält der Wagen an einem Kontrollpunkt an. Ein Wachposten in Uniform tritt aus seinem Wachhäuschen und mustert sie eingehend, bevor er ihnen das Weiterfahren gestattet. Der Geländewagen nimmt noch eine Haarnadelkurve und erreicht dann eine recht ebene Stelle, auf der er für einen Moment anhält. Direkt vor ihnen scheint die unbefestigte Straße zum Meer hinunterzustürzen. Emma muss sich beherrschen, um nicht loszuschreien. Sie klammert sich an den Türgriff. Der Ausblick ist unglaublich, spektakulär. Eine steile, jäh in den Felsen geschlagene Piste, das vom Sonnenlicht durchwobene Meer und ganz unten, in einem Felsrund, eine kleine Bucht mit smaragdgrünem Wasser. Dort liegt das berühmte Resort, wie eine Meeresspinne, die es auf den weißen Sand verschlagen hat.

Emma wird schwindlig, sie wendet den Blick ab, um sich auf den Weg zu konzentrieren, der aus einer Abfolge von Kurven besteht, die haarscharf am Abgrund vorbeiführen. Ungefähr alle fünfzig Meter sind kleine Ausbuchtungen in den Stein gehauen worden, damit entgegenkommende Autos einander ausweichen können. Anwar fährt ruhig und routiniert, erlaubt sich aber, ihr einen spöttischen Blick zuzuwerfen. Nach einer Ewigkeit von genau achthundert Metern, wie Zainab ihr erklärt, und einer Reihe von weiteren Haarnadelkurven erreichen sie die Bucht.

Der Geländewagen kommt auf einem brandneuen Parkplatz zum Stehen. Mit wackligen Beinen steigt Emma aus. Sie holt tief Luft, atmet den Geruch der salzigen Gischt und des unter der Sonne glühenden Gesteins ein. Es ist nicht schwer zu begreifen, warum dieser Ort ausgewählt wurde. Er ist wild, trocken, von einer brutalen Schönheit. Sie erinnert sich an das Gefühl, das sie im Flugzeug erfasst hatte, als sie über die Wüste und ihre wandernden Dünen geflogen waren.

Das mitten in der Bucht errichtete Resort wirkt mit seiner imposanten Architektur beinahe störend. Die runden Formen des zentralen Gebäudes werden von Terrassen flankiert, die sich weit spannenden Bögen sehen aus wie die Scheren von Krabben, und die üppige Bepflanzung ist ganz offensichtlich importiert worden … Es ist überwältigend, hat aber zugleich etwas Übermäßiges, als sollte den Felsen trotzig, mit aller Macht, etwas entgegengesetzt werden. Auf einer dicken, von der Bewässerung noch feuchten Schicht Erde erzeugen Hunderte von Palmen und Büschen die Illusion einer in dieser Mondlandschaft aufgetauchten Oase, vor der nur noch das glitzernde Meer des Oman liegt.

»Unglaublich!«

»Nicht wahr? Gehen wir, man erwartet uns schon.«

Zainab hat sich bereits in Bewegung gesetzt. Emma folgt ihr, nachdem sie noch rasch Anwar zugenickt hat, der bei seinem Geländewagen stehen geblieben ist.

»Nennen Sie mich bitte Hassan!«

Der Direktor des brandneuen Resorts ist ein etwa vierzigjähriger Omani. Er ist etwas rundlich, hat einen scharfen Blick und ein breites Lächeln. Nach der Vorstellungsrunde erkundigt er sich nach ihrer Reise, dem Hotel und nach ihrer Verfassung. Er hat einen ausgeprägten Akzent, spricht aber trotz seines nur mäßigen Französisch sehr schnell. Unvermittelt verbeugt er sich in seiner Flut von Freundlichkeiten ehrerbietig vor ihr.

»Es ist uns eine große Ehre, Emma. *Mister* Khan hat mir von deinem *extraordinary* Werdegang erzählt!«

Er öffnet begeistert die Arme, und einen Augenblick scheint es so, als wolle er sie umarmen. Von welchem Werdegang spricht er? Emma befällt ein leichtes Unbehagen, und sie sucht nach einem Satz, der seinem Enthusiasmus Einhalt gebieten könnte. Aber da könnte man auch versuchen, einen Falken in seinem Flug aufzuhalten. Zainab scheint aufmerksam zuzuhören, doch etwas sagt Emma, dass die Omani sich lediglich in Geduld übt.

»Ich zeige Ihnen jetzt die Räumlichkeiten. Die Ingenieure werden sich uns anschließen. Es sind Landsleute von dir. Das Hotel ist noch eine Baustelle, wird aber demnächst fertiggestellt sein. Du musst uns zu allem deine Meinung sagen. Monsieur Khan besteht darauf! Nach der Besichtigung stelle ich dir das Team vor. Alle sind sehr gute Masseure … Setz das auf, für alle Fälle!«

Hassan reicht ihr und Zainab jeweils einen Schutzhelm und setzt selbst auch einen auf, der etwas merkwürdig hoch oben auf seinem breiten Schädel thront. In seinem bestickten Gewand ähnelt er einem Hahn mit gelbem Kamm, und Emma beißt sich auf die Lippen, um einen aufsteigenden Lachanfall zurückzuhalten.

So behelmt, durchqueren sie die Eingangshalle, um ins Herz des Komplexes zu gelangen. Auch dort ist alles atemberaubend. Zwischen sechs monumentalen Steinbögen – den berühmten Krabbenscheren – liegt ein großer, mit Marmor ausgelegter Vorplatz, der einem antiken Forum gleicht und zu einer Gartenanlage führt, die sich noch in der Entstehung befindet. Zahlreiche Arbeiter in orangefarbener Kleidung eilen zwischen den Erdbewegungsmaschinen und Baggern hin und her. Einige von ihnen verschwinden in dem kronenförmigen Gebäude, das die Bögen verbindet. Aber das Erstaunlichste ist die vom Parkplatz aus nicht sichtbare, haarnetzartige Konstruktion, die das gesamte Forum überspannt und ein Wechselspiel von Licht und Schatten erzeugt.

Hassan lacht wie befreit, als er sieht, wie beeindruckt Emma ist.

»Der Baldachin aus Bambus! Sechshundert Quadratmeter! Im Oman kann es sehr heiß werden, mehr als vierzig oder sogar mehr als fünfundvierzig Grad! Morgen legen die Arbeiter die Springbrunnen an. Weiter hinten befindet sich der Meerwasserpool. Und dort …«

Er macht eine ausholende Armbewegung und verkündet voller Stolz.

»*The beach resort!* Fast einen Kilometer lang!«

Unterhalb des Gartens erstreckt sich die Bucht, schmiegt sich in ein zerklüftetes Felsenrund mit dem endlos weiten Ozean als Hintergrund. Hassan weist mit dem Finger zu den Arbeitern hinüber, die vermutlich von den Philippinen oder aus Indien kommen, und seine Miene verfinstert sich ein wenig.

»Sie sind noch jeden Tag hier, um die Arbeiten zeitnah abzuschließen. Aber mach dir keine Sorgen, das Spa ist in Ordnung und fertiggestellt. Du kannst mit dem Team problemlos arbeiten! Folgen Sie mir bitte, wir werden jetzt die Villen besichtigen.«

Er führt sie zwischen den Baumaschinen hindurch und zeigt auf eine zweifache Kuppel.

»Das hier sind zwei Restaurants! Etwas weiter entfernt befinden sich die Villen. Jede hat einen eigenen Pool.«

Zwischen der Vegetation tauchen Konstruktionen aus Trockensteinmauern auf, die in der weiteren Entfernung geradezu mit der Landschaft verschmelzen.

»Und hier, das Wadi! Für noch mehr Schatten werden wir noch einhundert Palmen pflanzen.«

Der Direktor weist auf das Bett eines künstlichen Flusslaufes, der sich zwischen den Steinen und der für die bevorstehende Bepflanzung umgegrabenen Erde entlangschlängelt.

Emma nickt ein wenig benommen. Der Luxus erdrückt sie beinahe, sie fühlt sich winzig klein. Was hat sie hier zu suchen? Von der maßlosen Architektur schweifen ihre Gedanken zu der eigenen Hochstapelei. Man wählt doch niemanden aus, nur weil der oder die Betreffende außergewöhnliche Hände besitzt. Und doch hat Tariq Khan sie aufgrund einer einzigen Behandlung hierherkommen lassen! Dabei gibt es doch Hunderte von Therapeuten, die qualifizierter sind als eine kleine Masseurin aus der Bretagne …

Während ihr Guide ihnen die Verbindung des künstlichen Wasserfalls mit dem Bewässerungssystem darlegt, überlegt sie, wie sie diesem Wahnsinn Einhalt gebieten und ihnen erklären kann, dass sie sich geirrt haben.

Die Stimmen rauschen an ihr vorbei, und sie muss sich zwingen, Zainab zuzuhören, die jetzt in ihrem makellosen Französisch übernommen hat.

»Monsieur Kumar überwacht den morgen beginnenden, letzten Arbeitsabschnitt sehr streng. Dazu gehören die Einrichtung der Zimmer und einige Verschönerungen im Außenbereich. Dieses Ensemble wurde von einem japanischen Architekten und einem omanischen Landschaftsgärtner entworfen, die Moderne und Tradition miteinander verbinden wollen. Die Villen, das Wadi und die Gärten sind von omanischen Oasen inspiriert, während der Blätterbaldachin aus Bambus und die Linienführung des Gebäudekomplexes etwas Symbolistisches …«

Hier gerät *Miss Perfect* tatsächlich ins Stocken.

Kumar freut sich über die Unterbrechung und schaltet sich rasch wieder ein.

»Es ist das schönste Resort des Landes! *The best palace!* Mit *non plus ultra* Service!«

Sein Gesicht legt sich in Falten, um seine Verachtung für gewöhnlichen Luxus zum Ausdruck zu bringen. Beifall heischend dreht er sich zu Emma um, die aber von der letzten Phase der Besichtigungstour kaum ein Wort mitbekommen hat.

Ihre Gedanken verwirren sich zu einem vollkommen sinnfreien Knäuel. Sie sucht nach einem passenden Kompliment, und doch schießen ihr nur idiotische Formulierungen durch den Kopf … *Wow! Verrückt! Wie viele kostenlose Mahlzeiten könnte man dafür verteilen? Milliarden?*

»Großartig! Mir fehlen die Worte.«

Mit dieser Äußerung scheint sie indes ins Schwarze getroffen zu haben, denn das bestätigende Nicken von Hassan ist so energisch, dass er fast seinen Helm verliert.

Die Temperatur ist seit ihrer Ankunft spürbar in die Höhe geklettert. Sie gehen jetzt auf eine Erweiterung des kranzförmigen Gebäudes zu. Auf dem Frontgiebel steht eine Inschrift in goldenen Lettern: »Spa Kuf Siriun.«

Am Eingang des Gebäudes warten zwei Europäer. Der jüngere von beiden beugt sich über einen Plan, den er auf einem Stapel Backsteine vor sich ausgebreitet hat. Der ältere raucht derweil, ohne den anderen weiter zu beachten. Als er die kleine

Gruppe erblickt, stößt er seinen Kompagnon kurz mit dem Ellbogen in die Seite und geht mit ausgestreckter Hand auf Emma zu.

»Guy Charron, ich bin der leitende Architekt.«

Fester Händedruck, kantige Gesichtszüge. Er hat die fünfzig sicher schon überschritten, und in seinen knappen Worten liegt eine gewisse Impertinenz. Es kommt bestimmt nicht alle Tage vor, dass er eine Angestellte herumführen soll, und das gestaltet er dann offenbar gern mit einer ordentlichen Portion Arroganz.

Er macht dem Jüngeren Platz, der deutlich freundlicher wirkt.

»Liam Tremblay, Wasserbauingenieur. Sollen wir uns duzen? Ich bin für die Sanitäreinrichtungen zuständig, und ich arbeite mit den Leuten in Portivy zusammen, damit alles den Anforderungen entspricht.«

Liam sieht ein bisschen aus wie Brad Pitt und hat einen Akzent wie die Bewohner von Quebec, der zum Lachen verführt.

»Alles ganz schön fremd hier, nicht wahr?«

Ihre Frage ist ein wenig debil, aber etwas Besseres ist Emma im Augenblick nicht eingefallen.

»Meine Güte, ja! Wenn ich einmal frei habe, möchte ich mir einiges ansehen. Aber im Augenblick sehe ich kein Land mehr! *Anyway!* Ich habe schon gespannt auf deine Ankunft gewartet. Denn du und ich – wir müssen einige technische Details durchgehen.«

»Ach ja?«

Das wird ja immer besser. Wenn es so weitergeht, erschöpft sich ihre Ausdrucksweise demnächst in purer Wortmalerei. Zum Glück scharrt Hassan bereits ungeduldig mit den Füßen, und der Rundgang wird fortgesetzt. Sie betreten eine Halle, die mit Marmor ausgelegt ist – offenbar das im Oman am häufigsten für Fliesen verwendete Gestein. Guy benennt im Vorübergehen alle Einrichtungen, die sich hier befinden:

Hammams, Saunen, moderat temperierter Raum, heißer Raum, Erlebnisduschen, japanisches Onsenbad, Wickelbäder, Kaltdusche, Eiswanne. Und schließlich gelangen sie zu den Suiten, die der Behandlung mit Algen vorbehalten sind.

Nun ergreift Liam das Wort und weist auf eine Windfangtür.

»Hier entlang geht es zum Maschinenraum. Wir verfügen über ein zweifaches Sicherheitssystem, um zu gewährleisten, dass die Algen bei richtiger Temperatur aufbewahrt werden. Ich zeige es dir später …«

Sie gehen durch einen endlos langen Flur, vorbei an weiteren Behandlungsräumen, deren genaue Anzahl Emma gar nicht überblicken kann. Sie fühlt sich wie Alice im Wunderland, die dem weißen Kaninchen in seinen Tunnelbau folgt, der dann zu einem wahren Labyrinth wird.

»Hier befinden sich die Massagekabinen, die mit hydraulischen Liegen ausgestattet sind, sowie die Kabinen, in denen Kosmetikerinnen arbeiten, wo Maniküre, Epilationen und auch Zahnbleaching angeboten wird.«

Gepflegte Ausstattung, edle Materialien, gedämpftes Licht … Obwohl sie im Stechschritt unterwegs sind, erkennt Emma sofort, dass es sich um modernstes Equipment handelt, meist von deutschen Firmen.

Schließlich stoßen sie auf eine Flügeltür, die sich wie von Zauberhand öffnet, als sie sich ihr nähern. Der Balneo-Bereich ist vollkommen verglast und bietet einen Panoramablick auf das Meer von Oman. Ein gigantisches, bereits gefülltes Schwimmbecken liegt glitzernd vor ihnen. Es sind weniger seine Ausmaße als die türkis- und orangefarbenen Keramikfliesen, die einen atemberaubenden Effekt haben. Den Boden des Beckens ziert ein riesiges Fresko, das sich über die Seitenwände fortsetzt: eine Blütenpracht von Korallen und Anemonen, der die spiegelnde Wasserfläche zusätzlich Leben einzuhauchen scheint.

Sprachlos lässt Emma ihren Blick auf dem Becken ruhen und schenkt weder dem blassblauen Marmorboden der Terrasse noch den hinter den Scheiben aufgereihten Liegestühlen Beachtung. Sie stellt sich vor, wie sie über diesem Blütenmeer ihre Bahnen zieht. Lediglich einzelne Wörter dringen an ihr Ohr – »Whirlpool-Bereich«, »Hochdruckdüsen«, »revolutionäres System«. Ihre Hände beginnen zu kribbeln wie zu Beginn einer Behandlung.

Liam muss ihre Verwirrung bemerkt haben, denn er kommt ihr zu Hilfe.

»Umwerfend, nicht wahr? Als ich zum ersten Mal hier hineinkam, dachte ich tatsächlich, ich hätte Halluzinationen!«

Guy hingegen macht ungerührt mit seinen Ausführungen weiter.

»Das Spa umfasst insgesamt mehr als dreitausend Quadratmeter – der größte Wellnessbereich im Mittleren Osten! Das Meereswasser wird auf hoher See entnommen, etwa fünf Kilometer von der Küste entfernt, um jegliche Verschmutzung zu vermeiden.«

»Bevor Dubai alles noch übertrifft«, ergänzt Liam sarkastisch.

Hassan hebt abwehrend die Hände, um ihm Schweigen zu gebieten, und dreht sich zu Emma um.

»Wie findest du es?«

»Ich habe noch nie zuvor etwas Vergleichbares gesehen!«

Sie ist nahe daran, ihn um die Erlaubnis zu bitten, hier in diesem unglaublichen Becken schwimmen zu dürfen, besinnt sich aber sogleich eines Besseren. Die Angestellten sollen wohl kaum im Schwimmbecken der VIP-Gäste herumplantschen.

Und dann sind sie auch schon wieder auf dem Rückweg. Hassan möchte Emma ihr Büro zeigen, bevor er ihr das Team vorstellt.

»Emma?«

Liam hält sie am Arm zurück. Er spricht gedämpft, offenbar sollen die anderen ihn nicht hören.

»Wir organisieren ein Abendessen mit anderen Ausländern, um deine Ankunft zu feiern. Das Ganze findet im Sheraton-Hotel statt, um 19 Uhr. Es ist ganz leicht zu finden. Alle Taxis kennen den Weg.«

»Oh, super! Ich komme auf jeden Fall.«

»Gib mir doch kurz dein Handy. Ich speichere meine Nummer darin ab. Wir haben zwar noch einiges an Arbeit vor uns, aber du kannst mich immer anrufen, wenn etwas ist.«

Während sie ihre Nummern austauschen, ist Guy schon in einem Flur verschwunden.

»Bis heute Abend!«

Das ihr zugewiesene Büro ist doppelt so groß wie das von Lemonier höchstpersönlich. Nach der ersten Überraschung sagt sich Emma, dass es besser ist, auf solche Vergleiche zu verzichten.

Hassan Kumar hat ihr einen Kaffee serviert – seinen Worten zufolge »den besten der Welt«. *Vorausgesetzt, man mag mit Gewürzen aromatisierten Blümchenkaffee.*

Zainab klärt nun die letzten Details ab.

»Wir haben genaue Anweisungen erhalten, wie wir diesen Raum gestalten sollen, Monsieur Khan hat sich dazu sehr explizit geäußert. Sollte irgendetwas nicht zu Ihrer Zufriedenheit sein, können Sie selbstverständlich Monsieur Kumar oder mich selbst davon in Kenntnis setzen. Es soll alles Ihren Wünschen entsprechen.«

»Soweit ich sehe, ist das alles perfekt.«

Ihr Kompliment verpufft. Ohne darauf einzugehen, fährt die Dolmetscherin mit dem Tagesplan, den Essenszeiten und den Notfallnummern fort. Das steht zwar alles in den ihr ausgehändigten Unterlagen, aber Emma bemüht sich, dass sie weiterhin eine aufmerksame Miene macht. Dass sie ein »Pokerface« aufsetzt, wie ihr Vater das nennt. Sie empfindet diese übertriebene Genauigkeit als störend, da sie eine Falle wittert.

»Hier ist der Schlüssel zu Ihrem Büro. Monsieur Kumar ist der Einzige, der über einen Ersatzschlüssel verfügt. Ihre Sachen sind also völlig sicher. Die Baustelle steht Tag und Nacht unter Bewachung. Wenn Sie bereit sind, werden wir Ihnen jetzt Ihr Team vorstellen. Wir haben sechs Personen ausgewählt, die besten im ganzen Land. Ich hoffe, dass sie Ihrem Unterricht folgen können.«

Zainab steht auf und bittet sie mit einer Geste, ihr zu folgen. Emma nimmt einen letzten Schluck von ihrem Kaffee. Die Vorstellung, gleich auf eine Reihe hochgradig effizienter Roboter zu treffen, schreckt sie ziemlich ab. Und sie hat immer noch nicht festgelegt, wie sie vorgehen wird.

Niemand kann aus seiner Haut – entscheide dich für das, was dir liegt!

Die leise Stimme in ihr klingt nach dem spöttischen Tonfall ihrer Mutter.

Das Team erwartet sie in ihrem zukünftigen Unterrichtsraum. Vier Frauen und zwei Männer sitzen um einen großen Tisch herum und stehen zur Begrüßung auf. *Vier abayas, zwei dishdashas.* Emma bemüht sich, keine Miene zu verziehen. Die gute Neuigkeit ist, dass ihre Schülerinnen und Schüler bis auf eine der Frauen ungefähr in ihrem Alter sind.

»Ich möchte Ihnen jetzt Bushra, Salma, Raneem, Yasmin, Khalil und Said vorstellen, Emma.«

»Guten Tag. Ich freue mich, Sie kennenzulernen. Entschuldigen Sie bitte, wenn ich in den ersten Tagen Ihre Vornamen noch verwechseln sollte …«

Sie hält inne, da sie befürchtet, sich in einem völlig sinnfreien Satz zu verlieren. Dass Zainab alles übersetzt, verpflichtet sie dazu, sich prägnant auszudrücken. Die Gesichter sind ernst und aufmerksam. Sind sie durch die Anwesenheit des Direktors eingeschüchtert, sind sie verunsichert, dass ihnen eine westliche Masseurin vor die Nase gesetzt wird?

Ihre kleine, sorgfältig vorbereitete Ansprache hat sich aufgelöst wie Schnee in der Sonne. Sie versucht, den Faden wiederzufinden, aber schon schaltet sich Hassan wieder ein, um ihr mitzuteilen, dass der Raum mit einem Beamer ausgestattet ist. Er weist auf eine an der Decke angebrachte Kamera.

»Die Stunden werden allesamt aufgezeichnet.«

»Wie bitte?«

Zainab springt ihm eilig bei, um sie zu besänftigen.

»Die Personen, die Sie ausbilden, werden zukünftige Führungspositionen einnehmen. Im Januar werden wir weitere Personen auswählen, und wir werden die Videos Ihres Unterrichts für die Weiterbildung verwenden. Ist das für Sie in Ordnung?«

»Also gut, aber Sie hätten mich im Vorfeld darüber informieren können.«

Bei näherem Überlegen stört sie dieser Umstand gewaltig. Die Vorgehensweise erscheint ihr grenzwertig. Die Vorstellung, dass alles aufgenommen wird, jede ihrer Handbewegungen und jedes noch so achtlos dahingesagte Wort, behagt ihr gar nicht.

Hassan hat dem kurzen Wortwechsel keine Bedeutung beigemessen und führt sie in das angrenzende Behandlungszimmer.

Der Raum ist weitläufig und bestens ausgestattet: vier ultramoderne Massageliegen und ein schickes Waschbecken in einer Ecke. Auch hier hängt an der Decke eine Kamera. Vor allen Blicken geschützt sind allerdings die beiden Umkleideräume samt Duschen, einer für die Frauen, einer für die Männer.

Emma lässt Hassan reden, nickt im passenden Moment mit

dem Kopf und lächelt. Er hat offensichtlich nicht vor, sich zurückzuziehen, und diese Tatsache ärgert sie zunehmend. Die erste Begegnung mit dem Team ist entscheidend, und im Augenblick kann man nicht sagen, dass sie dabei besonders geglänzt hat. Ganz davon zu schweigen, dass sie Zainab in Schach halten muss …

Ostentativ wirft sie einen Blick auf ihre Armbanduhr. Einer der Schüler räuspert sich plötzlich vernehmlich. Die Botschaft ist angekommen. Hassan Kumar grüßt in die Runde und geht mit schleppendem Schritt seines Weges.

7

Da Emma davon ausgegangen ist, dass ihre Schülerinnen und Schüler zwangsläufig sehr gut sein würden, hat sie beschlossen, ihre einführenden Worte schlicht zu halten. Jetzt beglückwünscht sie sich zu dieser Entscheidung, denn Bluffen wäre hier vollkommen fehl am Platz. Als sie nun das Wort ergreifen will, fühlt sie sich dennoch wie eine Klippenspringerin, die ganz vorn an der Kante steht und eine gähnende Leere unter sich sieht.

Spring!

Die ersten Worte klingen wie von fern, aber dann kommt nach und nach alles zurück, der Rhythmus und die Überzeugungskraft.

»Ich heiße Emma Morvan, bin Französin, werde bald neunundzwanzig und arbeite nun schon fünf Jahre im Thalassozentrum von Portivy. Ich bin staatlich examinierte Masseurin und Physiotherapeutin … Mein Aufenthalt hier ist nicht dazu da, Ihnen Grundkenntnisse zu vermitteln, denn die haben Sie bereits, vielmehr möchte ich Ihnen Möglichkeiten aufzeigen, Ihre Behandlungsweise zu erweitern … In den kommenden vier Monaten habe ich vor, zum Ursprung der Massage zurückzukehren: der Berührung. Ausgehend von der möglichst unverfälschten und tiefen Berührung werden wir grundlegende Techniken anwenden, von der Lymphdrainage bis zur Cranio-Sacral-Therapie. Dabei geht es im Kern immer und überall darum, den Körper in ein psychisches und physisches Gleichgewicht zu bringen. Ich beziehe in meine Behandlungen gerne die Meridiane, die Akupunkturpunkte und die Faszien ein, aber ich bin offen für andere Ansätze. Jeder Körper spricht, davon bin ich fest überzeugt, und wenn man aufmerksam und absolut präsent ist, wissen unsere Hände, was sie zu tun haben. Weil dieser Zustand der Aufmerksamkeit so wichtig ist, werden wir jeden Arbeitstag mit einer Atemmeditation beginnen. Wie heißt es so schön: Ein Haus braucht ein gutes Fundament. Der Masseur sendet Signale und empfängt Signale, er muss sich in den Augenblick hineinbegeben, dabei entspannt und gelassen sein. Zum Schluss möchte ich noch ergänzen, dass die Massage eine Art universelle Sprache ist, die es seit Menschengedenken gibt. Bei manchen Völkern ist sie sogar die Grundlage jeder Medizin. Dieses mächtige Wissen um den Körper ist zugleich extrem einfach und höchst komplex. Der von mir vorgeschlagene Weg soll es Ihnen ermöglichen, Ihr eigenes Vermögen bestmöglich zu entfalten.«

Ihr Herz schlägt heftig. Immer wieder hat sie in ihrer Rede innegehalten, um Zainab Zeit zu geben, alles zu übersetzen. Diese Langsamkeit lässt ihre Worte ungewohnt bedeutsam klingen. Die Schüler mustern sie auf eigenartige Weise. *Sind sie schockiert oder einfach nur überrascht?* Sie beeilt sich, zum Schluss zu kommen, um nicht doch noch den Faden zu verlieren.

»So viel zu mir und meiner Sicht auf diesen Beruf, jetzt möchte ich jeden von Ihnen bitten, sich vorzustellen. Sagen Sie mir in ein paar Worten, wer Sie sind, wie alt Sie sind, was Sie bisher gemacht haben, wie Ihre Pläne aussehen. Erzählen Sie gern auch von Ihren Hobbys und sonstigen Dingen, die mir helfen, Sie ein wenig kennenzulernen.«

Bevor das sich nun einstellende Schweigen allzu peinlich wird, ergreift Said, einer der beiden Männer, die Initiative und steht auf. *Na klar*, denkt Emma. *Die Frauen lassen ihm den Vortritt*. Der Masseur gefällt ihr aber dennoch. Sein Aussehen ist nicht außergewöhnlich, aber er wirkt offen und energisch. *Auf ihn werde ich zählen können …*

Said ist vierundzwanzig Jahre alt, hat in Europa gearbeitet

und seine beruflichen Fähigkeiten in Japan um die dort üblichen traditionellen Badetechniken erweitert. Er fotografiert gern, treibt viel Sport und interessiert sich für alle Massagetechniken. Er ist weder verheiratet noch verlobt und sehr froh, hier im Kuf Siriun arbeiten zu dürfen. Und er spricht sogar ein paar Worte Französisch.

Als es wieder still wird, ergreift Emma die Gelegenheit, um Bushra, die älteste der Frauen, direkt anzusprechen. Diese Frau fällt unter den Schülern auf, und das nicht nur wegen ihres Alters. In ihren Augen liegt ein Leuchten, das Emma neugierig macht.

Groß, schönes Gesicht, wunderbare Hände, denkt sie und ist sorgsam darauf bedacht, sich ihren ersten Eindruck gut einzuprägen.

Bushra ist sechsunddreißig Jahre alt, Witwe und Mutter von zwei jugendlichen Töchtern, die bei ihr leben. Nach dem Tod ihres Mannes hat sie beschlossen, ihren Beruf als Masseurin wieder aufzunehmen, den sie während der ersten Schwangerschaft aufgegeben hatte. Sie war in einem Palast in Maskat beschäftigt, als sie vom Resort Kuf Siriun kontaktiert wurde, und nun ist Bushra sehr froh, ihre Kenntnisse erweitern zu können. Sie liebt persische Dichtung.

Khalil ist dreißig Jahre alt. Er massiert seit zehn Jahren und wurde im Oman ausgebildet. Er ist verheiratet und Vater von drei Kindern. Er liebt die Wüste.

Kein Funken Humor. Ziemlich steif.

Khalil sieht recht gut aus, aber Emma würde darauf wetten, dass er nicht sonderlich davon begeistert ist, von einer Frau angeleitet zu werden, schon gar nicht von einer Europäerin, die jünger ist als er. Wenn jemand aus dem Team aufbegehrt, dann vermutlich er.

Raneem könnte seine Schwester sein, was die Steifheit anbelangt. Sie ist dreiundzwanzig Jahre alt und hat gerade ihre

Ausbildung mit Auszeichnung abgeschlossen. Sie hat vor, drei Jahre im Kuf Siriun zu arbeiten, dann will sie heiraten. Sie mag es, wenn alles seine Ordnung hat. Sie liebt ihr Land.

Trotzige Haltung, wenig anziehendes Gesicht, wirkt ernst. Wenn sie Khalil in die Quere kommt, könnte es explosiv werden.

Jetzt ist eine weitere Frau aufgestanden. Ihre Stimme überrascht Emma, die sogleich festzulegen versucht, was für ein Gefühl das bei ihr auslöst. Das Wort »Begeisterung« kommt ihr in den Sinn, noch bevor Zainab mit ihrer Übersetzung begonnen hat.

Yasmin ist vierundzwanzig Jahre alt. Sie arbeitet seit einem Jahr, und auch sie wurde vom Resort angeworben. Sie ist weder verheiratet noch verlobt. Sie ist Mitglied in einem Segelclub und träumt davon, in die Frauennationalmannschaft aufgenommen zu werden. Wie die beiden Profiseglerinnen Marwa Al-Khaifi und Ibtissam Al-Salmi möchte sie an Wettkämpfen teilnehmen und Rennen gewinnen.

Als Yasmin von ihrer Leidenschaft spricht, leuchten ihre Augen. *Dynamisch, idealistisch, kreativ.*

Salma ist neunundzwanzig Jahre alt, verheiratet, kinderlos. Sie hat Medizin studiert, bevor sie dann noch eine Ausbildung zur Masseurin und Physiotherapeutin gemacht hat. Sie arbeitet seit vier Jahren und liebt ihre Tätigkeit. Salma belässt es bei diesen wenigen Worten, ihre traurigen Augen verraten Wehmut und Verzicht.

Gezeichnet von einer tiefen Verletzung. Da besteht eine Ähnlichkeit.

Emma gibt der nun einkehrenden Stille Raum. Der stumme Schmerz der jungen Frau rührt sie, und sie ist bemüht, sich das nicht anmerken zu lassen.

»Die wesentlichen Punkte meiner Ausführungen habe ich Ihnen in einem Handout zusammengestellt – nur zur Erinnerung. Und denken Sie morgen an bequeme Kleidung!«

Mehr sagt sie dazu lieber nicht. Es ist eher recht unwahrscheinlich, dass ihre Schüler die vorgeschriebene Berufskleidung aus Hose und Kittel nicht anlegen werden. Schließlich tragen auch die Flugbegleiterinnen stets ihre obligatorischen wadenlangen Röcke. Nur für die heutige Begrüßung sind die sechs in normaler Alltagskleidung erschienen.

Ihre erst heute fertiggestellte Arbeitsunterlage ist gerade einmal eine Seite lang und trägt den Titel »Programm für die erste Woche«. Sie hat sie vom Portier des Wadi Bani ausdrucken lassen. Der Stundenplan benennt die Themen, die sie anschneiden werden. Außerdem hat sie ein paar Worte über das Berühren als solches hinzugefügt und ein paar Links zu interessanten Videos, darunter auch eines über die weltbeste Masseurin des Jahres 2022 (eine Französin wie sie und ebenfalls Verfechterin des kreativen Berührens).

Als sie den Unterrichtsraum verlässt, spürt Emma, wie die Müdigkeit sie übermannt. Heftige Emotionen und große Selbstbeherrschung fordern ihren Tribut. Jetzt muss sie erst einmal alles sacken lassen.

Das Bild einer Herde wilder Pferde geistert ihr durch den Kopf.

Vertrau auf deinen Instinkt.

Ihre Mutter ist da, irgendwo.

Emma weiß nicht sehr viel über den Oman, aber sie ahnt, dass dieses Land weitaus komplexer ist, als es den Anschein hat. Auf der einen Seite gibt es die breiten, sauberen Avenuen, die glatten und weißen Häuserfronten, die allermodernsten Geländewagen, ihre perfekten Schülerinnen und Schüler sowie die mit etwas Spott untermalte Höflichkeit eines Chauffeurs. Auf der anderen Seite die unzugänglichen Felsen des Küstenstreifens, die ausgetrockneten Landschaften, die jäh aufragende

Bergkette rund um die Stadt, die beherrschte Strenge ihrer Dolmetscherin, die undurchsichtige Beflissenheit von Hassan Kumar …

Als sie das Gebäude verlässt, schlägt ihr die Hitze gnadenlos entgegen. Plötzlich scheint alles um sie herum wie in einen gelben Dunstschleier gehüllt, ein Pfeifton gellt in ihren Ohren. Sie strauchelt und droht zu fallen, als eine Hand ihr gerade noch rechtzeitig Halt gibt. Zainab.

Emma versucht, den peinlichen Augenblick mit einem leisen Lachen zu überspielen.

»Ich bin eine solche Hitze nicht gewohnt. Danke … und danke auch für das Übersetzen! Ich habe den Eindruck, dass alles ganz gut gelaufen ist.«

Die Frau nickt, ohne auch nur ein einziges Wort hinzuzufügen.

An der bereits geöffneten Autotür steht Anwar und reicht ihr eine Flasche Wasser. Emma leert sie in einem Zug. Als sie endlich sitzt, sucht sie seinen Blick im Rückspiegel und lächelt ihm komplizenhaft zu. Er wirkt amüsiert, und es hat tatsächlich den Anschein, als wäre er einer der wenigen Omani, der ein Gespür für Ironie besitzt in einem Land, dessen Verhaltensregeln ihr wie ein enges Korsett geschnürt zu sein scheinen. *Wie cool! Mein einziger Verbündeter ist ein Chauffeur, der mich für eine Loserin hält.*

Während das Fahrzeug die steile Bergstraße in Angriff nimmt, schließt sie die Augen. Tief einatmen und wieder ausatmen. Sich konzentrieren. Im Hier und Jetzt sein.

Das scheint so einfach zu sein, wenn es in einem Unterrichtsraum gelehrt wird.

»Du bist tatsächlich gekommen! Super!«

Die Worte tönen so laut durch den gesamten Barraum des Sheraton, dass einige der mit Turban bedeckten Köpfe sich umdrehen. Aber ganz offensichtlich stört das Liam nicht, der mit dem Arm wedelt wie ein aus dem Takt geratener Eisenbahn-Signalgeber.

Als sie zu der kleinen Gruppe von Europäern hinübergeht, stellt Emma überrascht fest, dass auch Guy Charron, der leitende Architekt, dabei ist. Sie schnappt ein paar Vornamen auf: Maud, Thomas, Romain, Lili. Nach der ausgelassenen Stimmung zu schließen, wurde dem Alkohol bereits ganz gut zugesprochen.

»Was trinkst du? Bier? Einen Cocktail? Ich warne dich allerdings schon einmal vor: Es ist schweineteuer hier, also nimmst du es hin, wie es ist – oder du übst dich in Abstinenz! Wir sind gerade bei einem Mojito.«

»Ich nehme lieber etwas weniger Hinterhältiges, morgen muss ich früh raus. Gibt es hier auch Rotwein?«

»Du bist im Sheraton, *Sweetie*. Du kannst eine Wanne voller Granatapfelsirup mit Aquavit bestellen, wenn es dir beliebt!«

»Großartig. Sag mal, ich wollte dich etwas fragen …«

Vielleicht ist es ein Fehler, diesen Kerl so schnell ins Vertrauen zu ziehen, aber Emma weiß nicht, an wen sie sich sonst wenden könnte.

»Kumar, der Direktor, möchte meinen Unterricht gern filmen. Ich nehme an, du hast die Kameras gesehen?«

»*Yep!* Das ist hier vollkommen in Ordnung! Jeder überwacht hier jeden. Man muss einfach nur aufpassen.«

»Worauf?«

»Nicht die öffentlichen Moralvorstellungen zu verletzen. *Anyway*, ich stelle dich jetzt den anderen vor.«

Hier und da ein billiger Witz, gefolgt von ein paar Lachern, und schon ist die Vorstellungsrunde erledigt. Das Ganze erweckt den Eindruck, als würde sich die kleine Gruppe recht häufig treffen.

Lili ist Innenarchitektin und hat hier einen Jahresvertrag,

Romain arbeitet bei Orange und hilft beim Ausbau des Telekommunikationsnetzes. Maud und Thomas, der in der Wasserentsalzungsbranche arbeitet, sind ein Paar. Liam erklärt, dass die beiden die einzigen Expats sind, die den Oman wirklich kennen, denn sie leben schon seit einigen Jahren hier. Maud muss knapp vierzig sein. Sie trägt eine wunderschöne bestickte Tunika über einer Plissee-Hose und legt offenbar Wert auf ein möglichst natürliches Aussehen.

Während Liam sich um ihre Bestellung kümmert – ein Glas Bordeaux für 14 omanische Rial, also ungefähr 35 Dollar –, fragt Emma sie wissbegierig: »Wie ist das Leben hier so?«

»Eigentlich ganz angenehm. Wie man hört, bist du eine Supermasseurin?«

Die Frage klingt komisch. Hinter der lockeren Ausdrucksweise registriert Emma eine Spur Sarkasmus, aber sie antwortet ebenso locker und gutgelaunt, wild entschlossen, sich den Abend nicht verderben zu lassen.

»Es sieht ganz so aus, ja! Jedenfalls habe ich dieser Annahme meine Vorzugsbehandlung zu verdanken.«

»Das ist nichts Ungewöhnliches, nur keine Bange. Die Löhne sind hier insgesamt ziemlich gut, vor allem für Expats. Tom arbeitet für Veolia. Sein Gehalt liegt weit über dem Durchschnitt.«

»Tom?«

»Thomas, mein Mann. Er hat eine Führungsposition, unsere dritte im Ausland. Langsam habe ich mich daran gewöhnt.«

»Was machst du denn so … den ganzen Tag über?«

Sie würde ihre Frage gern ungeschehen machen, als sie sieht, dass Maud für einen Moment zusammengezuckt ist. Das Auftauchen des Kellners mit ihrer Bestellung scheint Emma eine Gelegenheit zu bieten, die Frage auf sich beruhen zu lassen, aber ihre Gesprächspartnerin setzt bereits zu einer Erwiderung an.

»Im Wesentlichen Tourismus«, antwortet sie nicht ohne eine

gewisse Schärfe. »Ich glaube, ich kenne alle Wadis in der Region! Außerdem habe ich einen Club für ausländische Frauen gegründet. Ein paar von ihnen arbeiten auch, genau wie du. Ich unterstütze sie mit Ratschlägen und habe zudem einen Blog, in dem es um die besten Treffpunkte, die Shopping-Adressen und solche Dinge geht …«

»Genial!«

»Ja, ist nicht übel.«

»Könntest du mir behilflich sein, wenn ich mir neue Garderobe zulege? Ich glaube, ich war bei dieser Frage etwas zu zurückhaltend.«

Emma öffnet mit einem Grinsen ihre Hände, um zu signalisieren, dass ihr klar ist, wie schlecht angezogen sie in ihrem gebraucht erstandenen Rock aussieht. Hochzufrieden über diese Gelegenheit zur Revanche, mustert Maud sie unerbittlich.

»Stimmt, dir fehlt sozusagen nur noch das Kopftuch, um mit den Omani zu konkurrieren. Man kann immer etwas in der Oman Avenues Mall finden, allerdings gibt es da nichts Ausgefallenes. Ansonsten habe ich ein paar sehr hochkarätige Adressen. Übrigens, aus Prinzip lehne ich es ab, in Dubai einzukaufen …«

»Verstehe! Wie heißt denn dein Blog?«

»›Eine Französin im Oman‹.«

»Cool! Und wie sind die Leute hier so?«

»Schamhaft, zurückhaltend, nicht sehr gesprächig.«

»So schlimm? Und die Frauen? Sie haben hier doch bessere Möglichkeiten als anderswo im arabischen Raum, oder?«

»Dem Gesetz zufolge, ja. Im Vergleich zu den Emiraten gab es unter Sultan Qabus ibn Said viele Fortschritte hier. Aber der kulturelle Druck ist trotzdem groß, und die Omani schützen ihr Privatleben sehr. Der Privatraum definiert hier die Art zu leben, das wirst du bald merken.«

»Hallo, ihr zwei! Wollt ihr euch etwa den ganzen Abend abschotten?«

»Nie und nimmer, *chérie!* Emma leidet unter dem ›Neuankömmlingssyndrom‹, daher erkläre ich ihr ein paar Dinge.«

Lili hat sich zwischen sie geschoben und will unbedingt auf »Aperitifs bei Alkoholprohibition« anstoßen. Die Innenarchitektin ist Emma auf Anhieb sympathisch. Braune kurze Haare, mehr herb als hübsch. Schon fünf Minuten später haben sie beschlossen, am kommenden Freitag einen Ausflug zu machen.

»Du wirst sehen, das Wadi Shab ist das reinste Klischee. Aber es ist ein Traum, wenn du in einem türkisfarbenen Meerwasserbecken schwimmen willst.«

»Apropos Schwimmbecken: Ich habe gerade das verrückteste Schwimmbecken meines Lebens gesehen, und zwar an meinem zukünftigen Arbeitsplatz ...«

In diesem Augenblick will Emma einfach nur die Anspannung des Vormittags vergessen. Beinahe wäre sie nicht ins Sheraton gekommen, denn nach einem FaceTime-Videochat mit Pénélope war ihre Stimmung am Boden. Ihre Freundin hatte mit überschwänglicher Begeisterung gerechnet, während Emma am liebsten nur mit leiser Stimme dieses seltsame Unbehagen ergründet hätte, das sie nie ganz loslässt und wie eine Vorahnung über ihr schwebt. Im Allgemeinen mag sie die Redewendung vom »Verlassen der Komfortzone« nicht, aber diese Worte geben genau das Gefühl wieder, das Emma begleitet, seit sie im Oman gelandet ist. Vor ihr liegt eine große Ungewissheit, alles ist gewagt, alles ist widersprüchlich.

Während sie den Finger hebt, um ein zweites Glas Wein zu bestellen, fällt ihr ein Unbekannter auf, der sie beobachtet. Er trägt ein weißes Jackett zu einer Bundfaltenjeans, ist athletisch und sieht für einen Mann in den besten Jahren ausnehmend gut aus. Der Haarschnitt ist etwas zu adrett geraten. Sein Blick ist ... intensiv. Sie fühlt sich ertappt, will ihn ignorieren, aber da kommt er bereits auf ihre Gruppe zu.

Liam ist der Erste, der ihn bemerkt, und geht unerschrocken zum Angriff über.

»Sieh mal einer an! Monsieur Martel höchstpersönlich! Im Sheraton! Hast du dich verlaufen, Herr Botschafter?«

Es soll zwar spaßig klingen, aber der Tonfall ist unverhohlen scharfzüngig.

»Immer einen Witz auf Lager, Liam. Möchtest du uns nicht vorstellen?«

Was geht denn hier ab? Ein Hahnenkampf? Emma sieht, dass Maud und Lili sich aufrichten und mit leuchtenden Augen die weitere Entwicklung abwarten.

Liam fügt sich widerwillig.

»Emma, ich stelle dir – auf deine eigene Gefahr hin – Éric Martel vor, Kulturattaché der französischen Botschaft. Emma ist Masseurin und Physiotherapeutin des neuen Resorts, das an der Küste entsteht, du hast sicher schon davon gehört.«

»Sehr erfreut, Emma.«

Éric Martel deutet eine Art Verbeugung an, die mit einem flüchtigen Handkuss endet. Eine hoffnungslose Idiotin würde sich vermutlich geschmeichelt fühlen. Ganz so weit ist Emma aber noch nicht. Dennoch amüsiert er sie. In diesem Sultanat mit den Gepflogenheiten der Ostschweiz, in dem die Möglichkeiten des Zeitvertreibs immer auf einen Besuch derselben Schwimmbäder hinauslaufen, in dem nichts über ein ordentliches Streitgespräch geht, das die Gerüchteküche über Dinge anheizt, die für gewöhnlich die Spatzen von den Dächern pfeifen – wer schläft mit wem, wer verdient das meiste Geld, wer ist für Bestechungen zugänglich –, ist Éric Martel natürlich für alle Gesprächsrunden eine echte Bereicherung. Er kennt die wichtigen Leute und verkehrt mit der hiesigen Elite.

»Hören Sie nicht auf diesen kanadischen Brummbären. Schon die Vorstellung, ich könnte Sie entführen, macht ihn eifersüchtig.«

»Pah!«

»Und wenn es nur darum geht … Da bietet sich ja einiges an, um eine junge, intelligente Frau für sich einzunehmen.«

»Wie immer ganz schön altmodisch, Éric Martel. Oder ist das einfach nur, weil du dem Etikett ›Botschaft‹ gerecht werden willst?«

»Ich bekenne mich schuldig. Das Etikett ist hartnäckig.«

Monsieur Angeber kleidet sich wie ein Boomer, aber er ist schlagfertig und zeigt sich als guter Verlierer. Das unterscheidet das Ganze von der üblichen Anmache.

Die beiden liefern sich noch ein paar kleine Scharmützel, dann verwickelt Lili sie in ein Gespräch über den Nationalfeiertag am 18. November, der nach allgemeiner Auffassung seit dem Tod von Qabus ibn Said jegliche Bedeutung eingebüßt hat. Emma braucht ein paar Minuten, bis sie realisiert, dass von dem ehemaligen Sultan die Rede ist. Éric Martel beherrscht die diplomatische Gesprächsführung viel zu gut, als dass er sich zu irgendwelchen Festlegungen hinreißen lassen würde, aber er langweilt sich anscheinend, denn er benutzt den erstbesten Vorwand, um sich auszuklinken. Emma kümmert das nicht weiter, auch wenn sie dieses Intermezzo sehr unterhaltend fand.

Der Rest des Abends liefert ihr genau das, was sie braucht: eine lockere Plauderei und ein paar nützliche Informationen über Leihwagen, über die unbedingt zu besichtigenden Sehenswürdigkeiten, die lokale Küche, Wanderungen und demnächst stattfindende Festivals. Dazu der Wein, der ihr eine wohlige Entspannung beschert und alles leicht erscheinen lässt, ohne dass sich ein echter Rausch einstellt.

Maud und Thomas sind die Ersten, die das Handtuch werfen, denn sie müssen morgen früh raus. Danach brechen Romain und der mürrische Architekt auf. Guy hat kaum mehr als zwanzig Wörter herausgebracht, sodass man beinahe glauben könnte, er sei als Strohmann hier aufgetaucht.

Am Ende hat er noch den Auftrag, das Wohlverhalten der Angestellten von Kumar zu überwachen?

Emma muss über ihren plötzlichen Anfall von Paranoia selbst laut lachen. Jetzt kommt es ihr doch so vor, als sei sie etwas weggetreten. Aber hier ist alles möglich. Es ist eine Welt mit eigenen Regeln, eine Welt, in der sie ein neues Leben erfinden kann … Der Alkohol verschafft ihr das Gefühl, bereits Teil dieser kleinen Runde zu sein. Lili und ihre Witze erinnern sie an diejenigen von Pénélope – abzüglich der kleinen belehrenden Seitenhiebe – und dazu noch die gute Laune von Liam mit seiner Attitüde »Anmache einfach so zum Spaß« …

Als sie gegen Mitternacht aufbrechen will, schlägt der Kanadier vor, sie zu begleiten, akzeptiert aber ohne Murren ihre Zurückweisung. Lili hat versprochen, am nächsten Tag für eine kleine Shoppingtour vorbeizuschauen.

Operation Beryll/Französische Botschaft Maskat
Zu Händen des Führungsoffiziers Lysistra

Notiz 11
Vertraulich

Bleiben Sie auf Distanz, solange die Zielperson noch nichts unternommen hat.

Richard

8

»Emma.«

»Monsieur Khan.«

Sie weiß nicht, wie es ihr überhaupt gelingen konnte, diese Worte herauszubringen. Auch wenn sie es sich nicht eingestehen will, geistert Tariq Khan ihr seit der Ankunft im Oman unablässig durch den Kopf. Und das war vor einer Woche. Tariq, der sie ins Kuf Siriun gelockt hat aufgrund einer einzigen Massage, aufgrund dessen, was sich zwischen ihnen abgespielt hat … Es sei denn, sie hat das alles nur geträumt, und Seine Exzellenz hat lediglich vor, sie ins Bett zu kriegen, weil sie sein Typ ist und er sich ein wenig Vetternwirtschaft leisten kann.

Er steht auf der Schwelle ihres Büros, trägt seine blau eingefasste *dishdasha* und ist schön – noch schöner, als sie ihn in Erinnerung hatte. Seine Präsenz verändert den Raum und bringt Emmas Finger zum Kribbeln.

Um 15 Uhr ist niemand mehr vor Ort. Als Emma das Klopfen an der Tür vernahm, rechnete sie damit, Hassan Kumar auftauchen zu sehen, den sie inzwischen den »Wichtigtuer« nennt. Der Direktor schleicht gern um den Unterrichtsraum herum, will offenbar seine Neugier stillen: Was mag wohl darin vor sich gehen, und wie verhält sich das Team? Vermutlich sieht er sich die Videos ihrer Lehrstunden in Endlosschleife an. Aber um 14.15 Uhr, unmittelbar nach den Schülern, zieht auch der Wichtigtuer von dannen. Wäre da nicht noch eine wichtige E-Mail gewesen, die sie beantworten musste, wäre auch Emma bereits im Schwimmbecken des Wadi Bani.

Sie wartet darauf, dass Tariq Khan etwas sagt. Dieses kleine Spiel »Wer zuckt als Erster mit der Wimper« erregt sie bis in die letzte Faser ihres Körpers. Um nicht klein beizugeben, beginnt sie, im Kopf die Sekunden zu zählen.

Als sie bei sechs angekommen ist, macht er einen Schritt in ihr Büro hinein. *Ihr* Büro. Schließlich hat man ihr diesen Raum für die Zeit ihres Aufenthalts zugeteilt. Man hat sogar ihren Namen auf einem Türschild angebracht: »Emma Morvan.«

Bei zehn ist er so weit.

»Ich hatte bis jetzt zu tun. Ich hätte Sie gern persönlich empfangen.«

Eine komische Ausdrucksweise – als wolle er das Pferd von hinten aufzäumen. Kein »Es tut mir leid, aber …« Lediglich ein Anflug von Bedauern im Konditional, das aber schon sehr sexy klingt. Seine Stimme ist heiser, als hätte er seit längerem nicht gesprochen. *Lügenpoker.*

Sie antwortet trocken und den Tatsachen entsprechend: »Ich wurde großartig empfangen.«

»Ich habe Ihre Mitarbeiter unter diesem Aspekt ausgewählt …«

Er macht keine Anstalten, die sich ausdehnende Stille abzukürzen, und scheint sich nicht im Geringsten an der herrschenden Spannung zwischen ihnen zu stören. Entweder hat er eine Haut wie ein Rhinozeros – und die hat er nicht, wie sie weiß –, oder er ist an das Unbehagen ihm untergebener Menschen gewohnt und schwebt in anderen Sphären. Emma spürt Wut in sich aufsteigen. *Soll er sich doch mit seiner Alphatier-Autorität zum Teufel scheren!* Das Schlimmste ist, dass er sich so etwas erlauben kann und sich dessen auch noch sehr bewusst ist.

»Ich muss jetzt gehen.«

Sie steht unvermittelt auf und will die Flucht antreten.

»Man hat mir gesagt, dass der Unterricht gut läuft …«

Die Worte lassen sie abrupt in der Bewegung innehalten. Sieht sie schon Gespenster? Tariq Khan ist gekommen, weil er ihr Arbeitgeber ist, sonst nichts. Sie schluckt ihre Enttäuschung hinunter und spricht dann äußerst bedächtig, um sich nicht zu verhaspeln.

»Ja. Ich bin zufrieden. Das Team ist motiviert, es wird rasch Fortschritte machen.«

Der Gedanke an ihre Schüler beruhigt sie. Sie mag sie gern. Vor allem Bushra und Salma, ihre beiden Lieblinge, die zwar in technischer Hinsicht nicht die Besten sind, aber eine sehr ausgeprägte Intuition besitzen. Sie werden es weit bringen. Said und Yasmin wiederum bilden den Kern des Teams. Sie sind mit Eifer und Begeisterung bei der Sache und befolgen – ein bisschen wie Streber – die Anweisungen bis ins kleinste Detail. In ihren Augen ist Emma die absolut unumstrittene Fachfrau, und damit ist alles, was sie ihnen aufträgt, zwangsläufig genial. Bleiben noch Khalil und Raneem. Erstaunlicherweise kommt Khalil von diesen beiden Sturköpfen besser damit klar, dass die Person, die hier Autorität hat, eine Französin ist. Um ihn nicht gegen sich aufzubringen, achtet Emma darauf, sich so neutral wie möglich zu verhalten. Dabei hilft es ihr sehr, dass die Übersetzung von Zainab als Puffer fungiert. Emma vermeidet ein Grinsen oder zweideutige Gesten. Man arbeitet, und damit basta. Raneem hingegen erweist sich als mürrisch und hat sich sogar schon geweigert, an einer Übung teilzunehmen. Diese Feindseligkeit verwirrt Emma. Warum zum Teufel hat die junge Frau diesen Beruf gewählt, wenn sie Berührungen nicht mag? Das ist umso bedauerlicher, als sie ein gutes Gespür besitzt und besser als andere die Schmerzpunkte bei den Patienten ertastet.

»Ich möchte, dass Sie mich massieren …«

Emma wendet den Blick ab. Er hat seine Worte beinahe geflüstert. Dennoch spürt sie ihren Widerhall bis in ihren Magen hinein und ist schon aus dem Gleichgewicht geraten.

Mit kraftloser Geste weist sie auf den Behandlungsraum.

»Nebenan sind die Liegen. Ich bin sofort da.«

Ihr Herz schlägt so heftig, dass sie befürchtet, er könne es hören. Obwohl hochgradig verwirrt, übernimmt ein Teil ihres Verstandes mechanisch das Kommando.

Sobald er verschwunden ist, eilt sie zu den Aufnahmegeräten. Der Wichtigtuer hatte ihr letztendlich doch Zugang zu den Videos ihrer Unterrichtsstunden gewährt. Die Kameras müssten ausgeschaltet sein, sie überprüft das allerdings lieber noch einmal. Niemand darf sehen, was hier geschieht …

Aber was geschieht denn hier?

Ihre Hände glühen bereits, dabei hat sie Tariq noch nicht einmal angefasst. Das geht gar nicht, es ist vollkommen irrsinnig. Vor allem jedoch ist es übermächtig.

Er hat das Licht nicht eingeschaltet. Doch das Licht aus ihrem Büro reicht mit seinem matten Schein bis zu der Massageliege, auf der er sich ausgestreckt hat. Er hat sich auf den Rücken gelegt, ist nackt bis auf ein um seine Lenden gewickeltes Handtuch. Intuitiv begreift Emma, dass er sie ansehen will. Ihre Verwirrung sehen will. Und seine eigene zeigen.

Hör auf, herumzuspinnen!

Sie nimmt sich nicht einmal Zeit, um ihre Hände zu waschen, sondern greift sofort nach der Ölflasche: nach dem süßen Mandelöl, das für den Unterricht vorgesehen ist. Sie gießt ihm viel zu viel auf die Brust. Ihre Finger kribbeln immer noch. Und ihr Bauch. Und ihr Geschlecht. Sie ist ein Vulkan, der gebändigt werden muss.

Sieh ihn keinesfalls an.

Nach dem Schock des ersten leichten Kontakts legt sie ihre Hände flach auf seine Brust. Er gibt einen Ton von sich, der die Stille durchbricht. Oder war sie das? Sie hat geglaubt, den Energiefluss im Griff zu haben, zumindest eine Zeitlang, aber jetzt könnte sie genauso gut versuchen, eine steigende Flut durch einen Wall aus Sand in Schach zu halten. Sie lässt sich mitreißen, und das fühlt sich so gut an. Es ist ein derart unglaubliches Gefühl, erneut zu spüren, was sie schon einmal empfunden hat.

Alle Techniken und Übungen, mit denen sie sich auseinandergesetzt hat, um den Energiefluss zu kontrollieren, all ihre im Blindflug erprobten Ansätze enden nun hier, an genau diesem Punkt der Hingabe. Das Bild eines Surfers kommt ihr in den Sinn – und zwar der Augenblick, in dem er die Welle nimmt. Es geht nicht darum, den Ozean zu zähmen, sondern sich seiner Bewegung anzupassen.

Sie schließt die Augen, um nicht zu fallen.

Ihre Hände wissen Bescheid. Sie gehen mit der notwendigen Intensität vor, streichen dort zart, wo zartes Streichen angesagt ist, üben dort Druck aus, wo Druck ausgeübt werden muss, und gleiten dann abwärts zum Bauchraum mit seinem prachtvollen Kraftfeld. Sie entschlüsseln den Körper von Tariq, ertasten seine Organe und erspüren die tiefsitzenden Spannungen seiner Muskeln, die aufgewühlten Chakras, sein orangerotes Begehren.

Als er nach ihrem Arm fasst, fährt sie überrascht zusammen.

»*Wait!*«

Er gleitet von der Liege und stellt sich ihr gegenüber. Er beherrscht sie. Auch wenn Emma zittert wie ein Blatt, wendet sie diesmal den Blick nicht ab. Nur ein paar Sekunden dauert diese Gegenüberstellung, und doch scheint das Ganze eine Ewigkeit zu währen. Er neigt sich zu ihr, sie stellt sich auf die Zehenspitzen. Sein Atem, der holzige Duft seiner Haut, der Geschmack seiner Zunge. In einem bewegungslosen Tanz gefangen, gleiten sie zu Boden, da Emmas Beine unter ihr nachgeben. Die Fliesen sind kalt, aber das spielt keine Rolle. Es ist, als fände sie ganz zu sich zurück, an ebenjenen Ort, an dem sie sein muss – hier, unter dem Gewicht dieses Mannes, der ihre Leidenschaft ganz und gar entflammt hat. Schon ist sie nackt. Er weicht abrupt zurück, um sie ganz betrachten zu können, während sie die Schenkel öffnet, um sich ihm darzubieten. *Er sieht aus, als würde er leiden.* Der Gedanke huscht vorüber. Sie will alles aufsaugen: die muskulösen Arme, den starken Hals, seinen vom Schweiß feuchten Oberkörper, den flachen Bauch, sein aufragendes hartes Glied … *Marmor sogar hier*, denkt sie, und ein heiseres Lachen entfährt ihr. Auch er lacht kurz auf. Vielleicht, weil er das Bild seines statuengleichen Glieds wahrnimmt oder weil er tatsächlich glaubt, bei ihrem Tanz zu führen. Wie naiv! Sein Kopf taucht zu dem dargebotenen Geschlecht hinab. Sie wirft sich zurück, will nicht so schnell kommen … und kommt doch. In einem überwältigenden Orgasmus bäumt sie sich auf, will ihn in sich fühlen – *hier bei ihm!* Und sie will ihn überall spüren. Dieses Feuer zwischen ihnen ist so offensichtlich, dass sie aufschluchzen möchte. Er hat sich über sie gebeugt, wie um Anlauf zu nehmen, und Emma stemmt sich ihm entgegen, damit er schneller kommt, aber er lässt sich Zeit trotz des in ihm herrschenden Aufruhrs. Dann, plötzlich, durchfährt sie ein Blitzstrahl, sie glaubt, in seinen Kopf eintauchen, sein glühendes Verlangen berühren zu können, glaubt, seinen brutalen, schmerzhaften Hunger zu spüren, die Qual, die ihn seit Wochen verzehrt. Er sieht sie mit einem seltsamen Gesichtsausdruck an, weiß, dass er es jetzt nicht mehr hinauszögern kann, und dringt mit einem heftigen Stoß in sie ein – ihre Feuchte glühender Samt, sein Kommen eine Explosion.

»Ich muss Ihnen ein paar Dinge sagen.«

Der Tonfall ist ernst, beinahe düster. Emmas Hochgefühl ebbt auf der Stelle ab. Sie haben sich schweigend wieder angezogen. Sie würde Fragen gerne aus dem Weg gehen, denn sie kann noch längst nicht wieder klar denken, aber sie nickt und begibt sich an den ihr zugewiesenen Platz am Ende des großen Tisches.

»Liebesgeschichten enden im Allgemeinen schlecht …«

Die Worte von Rita Mitsouko geistern ihr durch den Kopf. Er wird ihr sagen, dass es ihm leidtut, dass so etwas nicht geplant war … Emma hat nicht wirklich Erfahrung mit lahmen Rückziehern, aber sie hat schon zu viele Geschichten über diese Art Männer gehört, die einfach von der Bildfläche verschwinden, sobald sie bekommen haben, was sie wollten.

Sie bemüht sich um einen neutralen Tonfall.

»Ich höre.«

»Ich bin mit der Tochter des Sultans verlobt. Ich dürfte Sie eigentlich nicht treffen, aber ich habe nur noch Sie im Kopf … *You know, your hands on me* … Sogar, wenn ich nicht an Sie denke, erinnert sich mein Körper. Deshalb habe ich Sie in den Oman kommen lassen. Um mir hier Gewissheit zu verschaffen. *And now* …«

Er wollte hinzufügen: »… habe ich Gewissheit«, aber das ist müßig. Es gibt keine wirklich zutreffenden Worte, nur abgedroschene Begriffe, die ihr jetzt in den Sinn kommen: *Erfüllung, Ekstase, Verschmelzung*. Es geht nicht einfach um fluide Energie. Oder vielleicht doch? Aber ist das wirklich wichtig?

Er zögert kurz, bevor er widerwillig fortfährt:

»Ich werde Ihnen nicht viel geben können. Wenn Sie mich wollen, muss das im Verborgenen bleiben. Ich werde Sie nicht oft sehen können … *I'll do my best, I swear.*«

Seine Stimme wird leise. Vielleicht wird ihm plötzlich bewusst, was das für sie bedeutet. Die Enttäuschung raubt Emma den Atem. Wären nicht so viele Endorphine in ihre Blutbahnen gelangt, die ihr jetzt den Verstand benebeln, würde sie vermutlich leichter die Kraft finden, ihn aus dem Raum zu weisen.

»Es gibt noch anderes.«

Es wäre auch zu schön gewesen, klar. Wüstenprinz verguckt sich in Masseurin, sie haben großartigen Sex, und schon sind sie auf und davon, um bis zum nächsten Frühjahr von nichts anderem zu leben als Sex und klarem Wasser! Der Kulturunterschied war noch nicht genug, es musste noch ein weitaus gravierenderes Hindernis her.

Hör lieber zu, als zu delirieren!

Sie zwingt sich in die Realität zurück, fängt gerade noch genug von seinen Worten auf, um den Anschluss nicht zu verlieren.

»... das ist ein Zentrum mitten in der Wüste, ungefähr eine Autostunde von Maskat entfernt. Hochsicherheitsgelände. Ich habe dort ein Nomadenzelt aufstellen lassen. Es ist nicht so weit entfernt, dass man dort nicht übernachten könnte. Niemand gelangt ohne Anmeldung auf das Gelände, und ich bin dort allein. Sie könnten mittwochs dorthin kommen.«

Seine Augen leuchten im Dämmerlicht. Emma kann das Verlangen in ihnen lesen, jetzt und hier von Neuem zu beginnen. Und dann so ein Versprechen von tausendundeiner Nacht. Erbärmlich! Billige Exotik.

In ihrer Wut will sie ihm wehtun.

»Welche Ehre, Euer Exzellenz! Sie sind verlobt und schlagen mir eine miese Bettgeschichte vor?«

»Emma, es handelt sich um eine Vernunftehe. Bei uns ...«

»Lassen wir das, ich habe schon verstanden! Zumindest sind die Regeln klar.«

Er ist getroffen und erwidert nichts. Sie müsste ihn jetzt einfach stehen lassen, aber das kann sie nicht, nicht sofort. Sie will alles verstehen, selbst wenn das nichts bringt.

»Was für ein Hochsicherheitsgelände ist das? Ein Ölfeld?«

»Ein Kraftwerk zur Herstellung von Wasserstoff ...«

Er scheint zu überlegen, was er zu offenbaren bereit ist.

»Und eine im Bau befindliche Kernkraftanlage. Wenn man erfährt, dass ich jemanden dorthin eingeladen habe, bin ich ... *out!* Tot. Das ist der einzige Beweis, den ich Ihnen bieten kann. *I trust you.*«

Emma ist verblüfft, ihre Wut verraucht. Nicht nur wegen der

unvermuteten Auskünfte selbst, denn das Sultanat kann letztlich in alle möglichen Machenschaften verwickelt sein. Das wäre schließlich nichts Neues. Was sie jedoch erstaunt, ist die rückhaltlose Offenheit von Tariq. Einem stolzen Mann, der daran gewöhnt ist, dass man sich vor ihm verneigt, muss diese Preisgabe eines Staatsgeheimnisses schwergefallen sein. Er muss geahnt haben, dass das Argument der Vernunftehe schwer zu akzeptieren sein würde, deshalb hat er ihr die einzige Wahrheit offenbart, die ihr zu beweisen vermag, dass sie wichtig für ihn ist. Was soll sie darauf antworten? Sich auf eine Beziehung einlassen, die alles andere als einfach sein wird? Weil sie sich beide dabei die Finger verbrennen werden, wie sie bereits ahnt.

Plötzlich hat sie es eilig, das Weite zu suchen. Sie hat den Eindruck, in einen Sumpf zu geraten. Da ist er mit einem Satz wieder bei ihr. Sie berühren sich erneut, und alles wird stimmig – die glühenden Hände, die miteinander ringenden Körper, um in einer stürmischen Umarmung zueinander zu finden. Aber dann stößt er sie von sich, weicht zurück.

»*No! It's too dangerous*. Ich werde gehen. Warten Sie noch zehn Minuten, bevor Sie aufbrechen.«

Er verharrt schweigend. Sein Blick ruht auf ihr, als wolle er sie ganz aufsaugen oder sich unvergesslich einprägen.

»Nächsten Mittwoch. Sie müssen eine *abaya* oder einen Schleier tragen, der Sie gut verhüllt. Nehmen Sie den Bus hinter Ihrem Hotel, um 18 Uhr. Die Dämmerung macht alles einfacher. Nach ungefähr einer Wegstunde steigen Sie an der Endhaltestelle aus. Es tut mir leid, dass es mit dem Bus so lange dauert. Dort wird ein Chauffeur auf Sie warten. Kurz nach 20 Uhr werden Sie bei dem Zelt sein. Ich erwarte Sie.«

Dann sagt er nichts mehr, atmet gepresst und wartet auf ihre Zustimmung.

Sie nickt.

»Ich weiß nicht …«

9

Das echten Schwimmern zugedachte Schwimmbecken des Wadi Bani Resort befindet sich im ersten Untergeschoss der Residenz und liegt neben dem Hammam- und Saunabereich.

Das Becken ist dreißig Meter lang, also müssen für eineinhalb Kilometer fünfzig Bahnen zurückgelegt werden. Emma muss es so weit treiben, dass ihre Muskeln um Gnade flehen. Normalerweise braucht sie fünfunddreißig Minuten, um ihre Bahnen zu ziehen. Ab einem gewissen Zeitpunkt gewinnt der Körper im Wasser eine Schwerelosigkeit, die Gedankenflut ebbt ab, und es stellt sich Ruhe ein. Dann ist es wie eine Meditation. Übrig bleibt nur die Bewegung, ein gebeugter, dann wieder gestreckter Arm, ein Pfeil, der die Oberfläche des Wassers durchpflügt, dazu der absolut gleichförmige Beinschlag. Heute Abend hindern sie jedoch Gedankenfetzen hartnäckig daran, auf diese Weise neue Kraft zu schöpfen.

Zainab war immer noch im Kuf Siriun, als sie nach dem Aufbruch von Tariq aus ihrem Büro kam. Hat die Dolmetscherin etwas bemerkt? Normalerweise verlässt sie die Einrichtung gemeinsam mit den Schülern. Gestern nicht. Aber gestern ist die Welt ins Wanken geraten. Emma wird mit Sicherheit paranoid. Sie hat mit niemandem über das gesprochen, was vorgefallen ist, nicht einmal mit Pénélope, als sie sich nach drei ignorierten Anrufen auf FaceTime endlich dazu entschlossen hatte, das Gespräch anzunehmen. Sie hat sich darauf beschränkt, über ihre Schüler zu sprechen. *Ein Funken Wahrheit steckt in jeder Lüge.* Solche oder ähnliche Sprüche, wie sie aus einer Abhandlung von Sun Tzu oder aus einem Frauenmagazin stammen, bringen sie normalerweise zum Lachen. Auf jeden Fall ist das, was sie gesagt hat, keine wirkliche Lüge gewesen, sondern nur ein Weglassen der Wahrheit.

Tariq. Der Vorname liegt ihr auf der Zunge, die Bilder tauchen wieder auf, präzise, eindringlich, erschreckend und verwirrend. Sein braunes Geschlecht, die fast unbehaarte Brust, abgesehen von jener sehr dunklen Haarlinie vom Brustkorb zum Bauch, das raue Kinn, das ihre Haut in Flammen gesetzt hat – zwischen den Schenkeln, am Hals und auf den Brüsten.

Niemand darf etwas wissen – schon aus bloßer Vorsicht. *Und weil man nicht mit seinem Chef schläft, Emma.* Man könnte es für die Karikatur einer schlechten Fernsehserie halten. Kaum vorstellbar, dass sie zu dieser Art von Dummerchen mutiert, das brav abwartet, bis es an der Reihe ist. Oder doch? Sie als Frau der #MeToo-Generation hatte sich über Derartiges erhaben gefühlt, hatte geglaubt, dass sie zu stolz für eine solche Unterwerfung sei. *Du spinnst, meine Liebe, nichts ähnelt dem, was gestern vorgefallen ist!*

Ihre Hände kribbeln schon wieder vor Verlangen, ihn zu berühren. Das wird zur Besessenheit. Es verwirrt ihren Kopf und besetzt ihren Körper – ein Elefant mit ungebremstem Verlangen im Porzellanladen.

Wie viele Bahnen hat sie bereits? Vierzig, fünfundvierzig? Emma hat aufgehört, sie zu zählen. Sie spürt die Erschöpfung nicht, obwohl sie in der Nacht kaum geschlafen hat. Zum Glück ist sie allein im Becken.

Heute Morgen hat sie den direkten Hautkontakt mit ihren Schülern vorsorglich vermieden. Sie ist beinahe sicher, dass der Energiefluss seit gestern noch stärker geworden ist. Normalerweise wählt sie eine Versuchsperson aus, vorzugsweise eine weibliche, außer es werden Techniken praktiziert, bei denen der Körperkontakt nicht zu intensiv ist. Nicht so heute Morgen. Sie hat vorgegeben, die Fortschritte ihrer Schüler überprüfen zu wollen, und sie gebeten, zu zweit zusammenzuarbeiten. Das sollte den Anschein einer intuitiven Sitzung haben. Eine Absurdität, die sie mit einem undurchsichtigen theoretischen Geschwafel bemäntelt hat.

Emma ist sich bewusst, dass dies nur ein zeitlicher Aufschub ist. Sie wird sich irgendwann dazu durchringen müssen, jemanden zu berühren, ohne dass dieser gleich in Flammen steht. Wie jedoch kann sie herausfinden, was ihre Hände dann anrichten werden? Und an wem soll sie es ausprobieren?

Vierzig Minuten lang wälzt sie alles hin und her, ohne einen Ausweg zu finden. Sie hat geplant, am nächsten Tag sehr früh aufzustehen. Lili wird vorbeikommen und sie abholen. Dann wollen sie gemeinsam mit den anderen den freien Tag verbringen. Sie hat ihr geraten, eine Jeans anzuziehen und Kleidung zum Wechseln mitzunehmen. Emma ist froh darüber, inzwischen eine neue Garderobe zu besitzen. Und am nächsten Mittwoch? Auf welche Art Kleidung steht er eigentlich?

Glaubst du wirklich, dass ihn deine Garderobe interessiert?

Lili hat ihr eine Überraschung versprochen. Emma ist aber nicht danach. Sie würde den Tag lieber im Bett verbringen, sich wieder und wieder an ihre Umarmungen erinnern. Sich in Gedanken daran selbst befriedigen. Stattdessen wird sie in Gesellschaft der anderen und mit ihren billigen Witzen Lockerheit vorschützen müssen. Ein wenig wie in einem Haifischbecken bluten …

Jetzt strahlt Schmerz in ihre Muskeln. Noch zwei Bahnen, sie will den Kopf frei bekommen. Holt tief Luft, hält den Atem an. Die Arme strecken sich, die Beine schlagen kraftvoll.

Dann hört sie auf und lässt sich auf dem Rücken treiben, lauscht dem Plätschern des Wassers. Um diesen Energiefluss in den Griff zu bekommen, müsste sie ein »Subjekt« finden, wen auch immer, an dem sie es ausprobieren kann. *Den Pagen*? Sie lächelt zur Decke hin, als sie sich vorstellt, wie der arme Kerl einen hochroten Kopf bekommen würde. Doch auch jetzt reicht allein diese eine Gedankenschleife aus, um ein leichtes Kribbeln in ihren Fingern hervorzurufen. *Was nun? Hältst du dich für Jesus höchstpersönlich?*

Das ist nicht mehr und nicht weniger als Magnetismus. Nichts Magisches. Es heißt, dass diese Dinge etwas mit Atavismus zu tun haben. Unter ihren flackernden Lidern taucht das Bild ihres Großvaters auf. Seine knotigen Hände, die das glatte Leder schneiden, nähen und polieren. Die Faszination, die sie als kleines Mädchen empfand … Auch der alte Schuhmacher muss diese Gabe besessen haben.

Woher kommt das, was Tariq bei ihr ausgelöst hat? Das will Emma verstehen. Hat es etwas mit ihrem Koma zu tun? Sie denkt an die drei Tage, in denen die Ärzte sie nach dem Unfall in ein künstliches Koma versetzt hatten. Sie erinnert sich, wie sie beim Auftauchen aus diesem Nichts zunächst das Gefühl hatte, wie ferngesteuert in einer unbekannten, feindlichen Welt umherzuwandeln. Ihr Körper war fremd und schwer geworden. Er zwängte sie ein wie ein altes, unbequemes Gehäuse. An ihrem Bett sprachen die Menschen durcheinander, ohne auf die wesentlichen Fragen zu antworten, die unablässig in ihrem Kopf herumschwirrten. Sie wiederholten immer nur: »Alles wird gut, Sie müssen sich ausruhen, Ihr Vater ist gekommen … und Ihr Freund, Théo.« *Théo? Welcher Théo?* Emma wollte ihnen entgegenschreien, dass sie sich irrten, dass sie sich an diesen Mann kaum erinnerte und dass einzig und allein ihre Mutter zählte – ihre Mutter mit den starr geöffneten Augen, ihre blutende Mutter, Jeanne, die von ihr gegangen war …

Sie hatten sie am siebten Tag beerdigt. Heimlich, um »dich zu schützen«, wie ihr Vater ihr sehr viel später sagte. *Die Schuldige schützen.*

Emma hat sich davon nie wirklich erholt.

Sie hat verstörende Berichte über das Aufwachen aus dem Koma gelesen. Manche Patienten behaupten, sich tiefgreifend verändert zu haben oder bisher unentdeckte Talente zu besitzen: ein Buchhalter, der zum Maler wird; ein überzeugter, intellektueller Städter, der nur noch auf ein Leben fernab jeder Zivilisation schwört; andere, deren Vorlieben und Geschmäcker auf den Kopf gestellt sind.

Was, wenn dieser außergewöhnliche Energiefluss daher kommt?

Emma lässt sich auf den Grund des Schwimmbeckens gleiten und versucht, sich so lange wie möglich dort unten zu halten. Aber selbst hier unten, mit angehaltenem Atem, spürt sie das Verlangen in ihren Adern pochen.

Operation Beryll/Französische Botschaft, Maskat
An den diensthabenden Einsatzleiter

Notiz 2386
Vertraulich

Richard,

das Kabinett des PM wird ungeduldig.

Eine Datenspezialistin des Antiatomwaffenprogramms konnte den Ankauf von sensiblem Material zurückverfolgen.

Forcieren Sie den Zugriff auf die Zielperson, sobald es möglich ist. Wir müssen unbedingt bis Ende des Jahres mehr wissen.

Operation Beryll/Französische Spionageabwehr, Paris
An die Direktion der Abteilung Recherche und Operation

Notiz 2387
Vertraulich

Monsieur le directeur,

die Operation läuft.

Richard

10

Ein schriller Ton aus einem Horn durchbricht die unnatürliche Regungslosigkeit von Menschen und Tieren. Von ihren Halftern befreit, stürzen die Dromedare durch den aufgewirbelten Staub vorwärts. Zugleich setzen sich die Geländewagen in Bewegung und legen den sandigen, zehn Kilometer langen Korridor in Sichtweite der Tiere zurück. Zwei Pisten sind neben der Rennstrecke eigens für die Fahrzeuge der Kontrahenten und deren Gäste präpariert.

Emma klammert sich am Haltegriff des Land Cruiser fest und unterdrückt nur mühsam einen Schrei der Überraschung. Man hat ihr den besten Platz aufgedrängt, direkt neben Abdallah, dem Besitzer der höckerigen Favoritin Alriyah, was so viel wie »der Wind« heißt. Im Gewühl des Hauptfeldes vermag Emma nur schwer den grellroten Satin und die gelben Bommel ihrer Decke auszumachen. Auf der Rückbank amüsieren Lili und Maud sich prächtig.

Liam beugt sich so dicht zu ihrem Sitz vor, dass Emma seinen Atem im Nacken spüren kann.

»Jetzt löst sie sich allmählich ein bisschen!«

Tatsächlich taucht Alriyah nun etwas vor dem Hauptfeld auf, allerdings dicht gefolgt von einer petrolblauen und einer grün gestreiften Decke. In Anbetracht ihres massigen Körperbaus laufen die Tiere unglaublich schnell, bewegen sich trotz der schwankenden Bewegungen durchaus anmutig, wenn sie ihre langen Gliedmaßen ausfahren und den Hals nach vorn recken.

Abdallah hängt an seinem Walkie-Talkie und feuert damit sein Tier lauthals an. Das Empfangsgerät ist in einen kleinen Roboter integriert, der neuerdings den Jockey ersetzt. Als Roboter ähnelt er weniger einem R2-D2 als vielmehr einem schlecht in glänzenden Satin eingewickelten Paket.

Wie aus dem Nichts taucht ein Jeep neben ihnen auf, rammt sie beinahe und schert dann haarscharf vor ihnen ein. Anstatt zu bremsen, gibt Abdallah nun Vollgas.

»Was ist das denn?«, fragt Emma.

»Das gehört dazu«, antwortet Liam, »keine Angst. Es ist alles korrekt! Sie spielen ihre Spielchen, aber letztlich geht es ja nicht um ein Autorennen, sondern um die Dromedare! Schlimmstenfalls endet es mit ein wenig zerbeultem Blech.«

Der Mann aus Quebec ist guter Stimmung, und die beiden anderen Frauen sind geradezu ausgelassen. Auf der Rückbank wirkt lediglich Thomas so, als sei er auf das Rennen konzentriert. Ob er sauer ist, dass man Emma den besten Platz zugewiesen hat?

»Hast du die Peitsche gesehen?«

Lili weist mit ausgestrecktem Finger zu Alriyah hinüber, wo ein Greifarm des Roboters eine Peitsche schwingt und zu beiden Seiten des Höckers auf das Tier einschlägt. Das Dromedar ist in vollem Lauf und scheint sich von den Schlägen nicht beeindrucken zu lassen.

»Tut ihnen das wirklich weh?«

Abdallah reckt das Walkie-Talkie in die Höhe und lacht los.

»Das erregt sie! Und sie laufen noch schneller.«

Jetzt mischt Maud sich ein und beugt sich zu ihnen vor.

»Vor den 2000er Jahren benutzten die Kamelbesitzer Kinder als Jockeys. Je jünger und leichter sie waren, desto besser. Viele von ihnen kamen über den Kinderhandel mit Indien, Pakistan oder Bangladesch hierher, andere wurden von ihren Eltern verkauft oder entführt.«

»Das soll wohl ein Scherz sein!?«

»Keineswegs.«

Maud wirft einen Blick zu Abdallah hinüber und redet schnell, um zu verhindern, dass er sie versteht.

»Da war auch von Unterernährung die Rede. Es gab Unfälle, Verletzte und sogar Tote. Und wenn die Kinder nicht mehr nützlich waren, haben manche Besitzer sie in der Wüste sich selbst überlassen.«

»Und das ist jetzt vorbei?«

»Mehr oder weniger …«

»Hör auf, Maud, das ist Blödsinn!«

Thomas weist mit dem Kinn zu ihrem Gastgeber hinüber. Es missfällt ihm ganz offenbar, welche Wendung das Gespräch nimmt. Abdallah al-Jabri gehört zu den Leuten, die für ihn beruflich wichtig sind. Da soll sich seine Frau auf keinen Fall in die Nesseln setzen, nur um sich der Neuen gegenüber aufzuspielen!

Aber nun geht Lili scharf dazwischen.

»Bloß weil du schlechte Laune hast, kannst du nicht leugnen, was nur allzu klar ist. Der Handel mit Jockeys ist immer noch ein Thema, das unterschätzt wird …«

»Und woher hast du diese Informationen? Von *Mediapart?*«

»Ach, Thomas! Jetzt spiel doch nicht den Ahnungslosen! Du weißt genau, warum die Kinder durch diese Kochtöpfe ersetzt wurden! Als die Menschenrechtsorganisationen sich für dieses Thema zu interessieren begannen, wollten die Emirate ihren ohnehin nicht sonderlich guten Ruf nicht auch noch durch solche Gepflogenheiten beschädigen.«

Scheinheilig fügt sie mit breitem Grinsen in Richtung ihres Gastgebers hinzu: »Was soll's. Unser Abdallah kommt auch so ordentlich in Fahrt.«

Sie richten ihre Aufmerksamkeit wieder auf das Rennen. Während der etwas bissigen Bemerkungen ist die blaue Decke im Pulk des Hauptfeldes verschwunden. Alriyah und die grüne Decke galoppieren mit weit ausholenden Sätzen Seite an Seite, dicht gefolgt von einem neuen Konkurrenten in gestreiftem Satin.

Hinter dem Geländewagen wird der Staub zu einer dichten Wolke hochgewirbelt. Vorne erstrecken sich Erde und Sand bis zum tiefblauen Himmel. Obwohl die Sonne noch nicht hoch steht, macht sich die Hitze bereits bemerkbar. Emma fühlt sich mit einem Mal überreizt, will am liebsten losschreien, um ihr unbändiges Verlangen zu lindern.

Auf der anderen Seite des Kamelodroms sieht es aus, als absolvierten die Geländewagen auf ihrer Piste selbst ein regelrechtes Rennen. Plötzlich bleibt ihr Blick an dem Profil eines Fahrers hängen, das ihr bekannt vorkommt. Es dauert nur den Bruchteil einer Sekunde, bis er wieder hinter den rasenden Dromedaren verschwunden ist.

Tariq?

So gut es geht, reckt sie sich auf ihrem Sitz in die Höhe, um noch einmal einen Blick auf den Fahrer zu erhaschen, aber der Sicherheitsgurt hemmt ihre Bewegungen, und das Durcheinander ist zu groß. Die jäh empfundene Freude fällt in sich zusammen wie ein Soufflé, der Lärm der galoppierenden Hufe kommt ihr mit einem Mal ohrenbetäubend laut vor. Um sie herum hat die Begeisterung inzwischen die gesamte Gruppe erfasst. Alle schreien, alle feuern an. »Sie wird gewinnen!« »Los, Alriyah!« »Vorwärts! Gib alles!« *»Go! Go! Go!«* Abdallah beugt sich angespannt über das Lenkrad, das Walkie-Talkie presst er dicht an seine Lippen und stößt immer nervösere Anfeuerungsrufe hervor, während er in der Mitte der Piste geradezu im Zickzack fährt, um seine Konkurrenten daran zu hindern, ihn zu überholen. Die Tachonadel zeigt fünfundsechzig Kilometer pro Stunde an. Die schlechte Laune von Thomas ist inzwischen verflogen. Er klopft rhythmisch auf das Blech des Land Cruiser, während ihm der warme Wind den Sand ins Gesicht weht. Normalerweise bleiben die Fenster der Autos strikt geschlossen, und die Klimaanlage wird bis zum Anschlag aufgedreht. Aber das kommt jetzt nicht infrage, denn dies hieße, sich von den im Galopp dahinfliegenden Tieren abzuschneiden. Das Rennen reißt alle mit, sodass jegliche Unbequemlichkeit vergessen ist. Emma nimmt das alles jedoch wie aus weiter Ferne wahr – sie ist in ihrem eigenen Gedankenkarussell gefangen.

»Sieh doch! Da ist schon die Ziellinie!«

Ein paar hundert Meter vor ihnen endet das Kamelodrom. Dort ist eine Menschenmenge zusammengeströmt, und Emma kann auch aufgespannte Planen erkennen – Vorrichtungen für ein paar Verkaufsstände. Dahinter sieht man nur noch Wüste.

Auf der Rennbahn führt immer noch Alriyah, aber die grüne und auch die gestreifte Decke sowie ein jetzt erst aufgetauchtes Tier mit violetter Auflage holen Zentimeter für Zentimeter auf. Schaum steht ihnen vor den Mäulern, und Alriyah droht von ihnen überholt zu werden. Die Gerten sind erbarmungslos im Einsatz und schlagen frenetisch auf die Höcker ein. Hupen ertönen, Männer neigen sich aus ihren Autos heraus und recken ihre Fäuste in die Höhe.

Alles endet in einem Chaos von aufgewirbeltem Staub und lautem Geschrei. Der Land Cruiser bremst abrupt ab, schleudert dabei zur Seite und entgeht mit knapper Not einem Zusammenstoß. Abdallahs überbordendes Freudengeschrei verrät Emma, dass seine Dromedarstute gewonnen hat. Sie selbst hat davon nichts mitbekommen, und es ist ihr auch egal. Sie springt aus dem Land Cruiser, will nach der imposanten Gestalt von Tariq Ausschau halten und bahnt sich einen Weg durch die Menge. Sie braucht einen Moment, bis sie bemerkt, dass sie vergessen hat, ein Kopftuch anzulegen. Sie ist von Männern umgeben, deren Augen sie mit unverhohlener Dreistigkeit durchbohren. Plötzlich sieht sie sich, wie diese sie sehen: eine nicht verhüllte junge Frau mit wilder Haarmähne, eine goldene Flamme mitten unter diesen an Zurückhaltung gewöhnten

Menschen. Egal, sie muss zur Ziellinie gelangen. Wenn er irgendwo ist, dann dort! Man lässt sie widerstrebend durch, und es ist, als wiche ein Meer von finsteren Blicken vor ihr zuück, in denen gleichermaßen Tadel und Neugier liegen. Panik ergreift sie. Tariq ist nirgends zu sehen, und sie ist dabei, den Kopf zu verlieren!

Die anderen gabeln sie schließlich unter dem Vordach einer Beduinin auf, die Tee verkauft. Maud schlägt vor, ein Zeltlager aufzusuchen, wo sie zu Mittag essen können, bevor sie die Dünen erkunden. Romain habe versprochen, sich später zu ihnen zu gesellen, fügt sie mit leuchtenden Augen hinzu. Hat sie vor, den Ingenieur von Orange zu verführen, bevor er seinen Auftrag hier zu Ende gebracht hat? In ihrem Safarilook haftet ihr etwas unvorteilhaft Altmodisches an.

»Könnten wir nicht zum Schluss im Wadi schwimmen gehen?«

Liam lächelt Emma an, als wäre er selbst der Besitzer des Resorts. Anscheinend geht er davon aus, dass sie früher oder später zusammen im Bett landen werden. Statt ihn schroff zurückzuweisen, flüchtet sie sich lieber zu Lili. Diese mustert sie misstrauisch.

»Hat es dir etwa nicht gefallen?«

»Doch, natürlich, es war echt cool! Aber ich habe wirklich schlecht geschlafen.«

»Dann hätte ich gern dein Mittel gegen Schlaflosigkeit! Das lässt dich nämlich ziemlich strahlend aussehen!«

Leiser und ein wenig schalkhaft fragt die junge Innenarchitektin dann noch nach: »Es ist nicht unser Liam, der dich so beeindruckt, oder?«

»Liam! Nein, danke!«

»Warum denn nicht? In der Kategorie gutaussehende Typen würde er zu meinen Top 5 zählen. Und er scheint auf dich zu stehen. Aber du hast jemand anderen im Auge …«

»Ganz bestimmt nicht!«

»Lügnerin! Nur keine Sorge, ich sage nichts. Du hast vollkommen recht, diskret zu sein. Sobald du hier mit einem anderen Mann als deinem Ehemann ins Bett gehst, kannst du sicher sein, dass es im Klatschfunk landet. Stille Post nennt man das. Oder, wie man hier sagt, arabisches Telefon …«

Mehr oder weniger zufällig hat Lili ihr die Möglichkeit eröffnet, sich unauffällig ein paar Informationen zu verschaffen. Emma beschließt, ein wenig nachzugeben und etwas Vertraulichkeit zuzulassen. Welche Frau kann da schon widerstehen?

»Was macht man denn dann, wenn man tatsächlich einmal schwach wird?«

Lili schlägt beide Hände vor den Mund und wirft einen Blick hinter sich. Maud und Thomas plaudern mit ihrem Gastgeber, Liam steht neugierig vor dem Stall eines Kameltreibers, schielt aber immer wieder zu ihnen herüber.

»Ich hatte also recht!«

»Nehmen wir einmal an, ich trage mich mit dem Gedanken, möchte es aber möglichst für mich behalten.«

»Alles klar, meine Liebe! Ich werde dich nicht zwingen, etwas preiszugeben. Wenn du einen Liebhaber hast und nicht willst, dass jemand davon erfährt, dann musst du ihn an einem neutralen Ort treffen. Im Zimmer eines großen Hotels zum Beispiel. Erzähl niemandem davon, nicht einmal mir. Das ist keine Frage des Vertrauens, aber wenn du einmal eine Ausnahme machst, machst du irgendwann auch eine zweite. Und eines solltest du außerdem nie vergessen: Wenn du ihm bei einer Abendveranstaltung oder sonst wo begegnest, dann starr ihn bloß nicht an. Man glaubt immer, dass es nicht auffällt, aber ein *crush* ist schlimmer als eine rote Nase während der Fastenzeit! Ein wenig wie bei dir heute Morgen.«

Emma verkneift sich ein Lächeln. Lili hat recht. Sie werden sich zwangsläufig bei dem einen oder anderen Termin begegnen, und dann muss sie gewappnet sein. Sie muss lernen, Tariq gelassen gegenüberzutreten und ihr Geheimnis tief in ihrem Innern zu verstecken.

»Gehen wir?«

»Ja, lass uns gehen.«

Die Lehmbauten ragen aus dem trockenen Boden auf wie eine natürliche Fortsetzung der Erde. Ihre Fronten fassen die enge Gasse ein, in der die Füße bei jedem Schritt über Steine stolpern. Die Gruppe geht unter einem beschädigten Gewölbe hindurch, in dem der für die uralten Häuser des Dorfes typische Dachstuhl aus Palmhölzern und -matten sichtbar ist. Zum ersten Mal an diesem Tag – vielleicht, weil das Geplauder zum Erliegen gekommen ist – kann Emma durchatmen. Es hat sie Anstrengung gekostet, so zu tun, als sei alles ganz normal. Sie hat Begeisterung gezeigt, wenn man begeistert sein musste, und geantwortet, wann man sich zu etwas äußern sollte. Noch dazu hat sie die Annäherungsversuche eines immer leichter zu durchschauenden Liam ertragen – er leidet und will, dass dies nicht unbemerkt bleibt –, ganz zu schweigen von Mauds schlechter Laune, die keinen Wert auf Konkurrenz legt.

Thomas seinerseits ärgert es sichtlich, dass sie hier wie Touristen herumstapfen.

In mehr als eintausend Metern Höhe liegt das Dorf an einen Berghang geschmiegt, sodass es hier relativ kühl ist. Eine Wohltat nach dem aufregenden Tag. An diesem vierhundert Jahre alten Ort, im Schatten dieser aus Lehm und Stein geschichteten Mauern, hat Emma irgendwie das Gefühl, ihrem Geliebten nahezukommen.

Sie gelangen zu einer Art Turm, von dem aus man weit blicken kann. Ihnen bietet sich die Aussicht auf einen Palmengarten, der in Terrassen bis hinab in ein tief eingeschnittenes Tal reicht, wo man das leise Gurgeln eines Bachs erahnt. Hier und da lockern die großen Blätter von Bananenstauden die Symmetrie der Palmen mit ihren zerzausten Kronen auf. Von diesem Anblick gefangen genommen, gerät Emma versehentlich ins Stolpern. Sofort ist Liam an ihrer Seite und fasst sie am Arm.

»Alles in Ordnung?

»Ja, es geht schon.«

Sie schüttelt seinen Arm unwirsch ab. Lili, der die Szene nicht entgangen ist, schaltet sich ein.

»Merkst du nicht, dass du nervst, Liam?«, fragt sie in eisigem Ton.

»Ach ja? Und was ist mit dir? Glaubst du nicht, dass sie das selbst entscheiden kann?«

»Schaut nur – das *faladsch*, das berühmte Bewässerungssystem der Omani!«

Thomas unterbricht sie und weist mit dem Finger auf eine schmale, steinerne Rinne, in der das Wasser plätschernd zum Talgrund hinabfließt. Seine Bemerkung kommt genau zum richtigen Zeitpunkt.

»Die ältesten dieser Kanalnetze sind mehr als zweitausend Jahre vor Christus entstanden«, weiß er zu berichten. »Sie entnehmen das Wasser unterirdischen Brunnen und leiten es über ein System von Kanälen mit minimalem Gefälle kilometerweit. Diese Kanäle können tunnelartig oder, wie hier, auch oberirdisch verlaufen. In den meisten Dörfern wirst du alte Wachtürme finden, die zur Verteidigung dieser Kanalnetze errichtet wurden.«

Thomas hat zwar zu Emma gesprochen, aber auch die anderen nicken eifrig, da sie erleichtert sind, dass er sie von der unguten Stimmung abgelenkt hat. Das Wasser ist sein exklusives Thema, und niemand würde es ihm streitig machen.

»Diese *afladsch* waren lebenswichtig für die Dorfgemeinschaften und sind bis heute außerordentlich gut erhalten. Trotz des trockenen Klimas konnte der Süden des Landes dank dieser Wasserversorgung besiedelt werden. Und noch heute macht das Wasser, das über diese mehrere tausend *afladsch* verteilt wird, dreißig bis fünfzig Prozent des Verbrauchs …«

Er hält inne, denn plötzlich flitzt ein kleiner Junge zwischen ihnen hindurch, der wie aus dem Nichts aufgetaucht ist. Er rutscht aus, weil er Maud, die mitten im Weg steht, ausweichen will, richtet sich rasch wieder auf, stolpert dann aber mit dem Fuß über einen Stein. Der schmächtige Junge prallt gegen die Steinmauer, schreit hell auf und bricht zusammen.

Mit einem Satz ist Emma an seiner Seite. Das Gesicht des Kleinen ist schmerzverzerrt, und seine Augen glänzen von Tränen. Er versucht, seinen Arm zur Brust zu führen, heult aber auf, direkt oberhalb des Handgelenks scheint er sich verletzt zu haben. Offensichtlich hat er versucht, seinen Sturz mit ausgestrecktem Arm abzufedern. Ein klassisches Missgeschick.

Plötzlich fokussiert sich Emmas Blick, ihre Haut beginnt zu kribbeln.

Das Kind muss etwas spüren, denn es schnieft kräftig, reißt die Augen weit auf und beruhigt sich schlagartig. Emma lächelt den Jungen an. Mit einer Hand greift sie sanft nach seinem Händchen, mit der anderen umfasst sie den Ellbogen, um Druck wegzunehmen und besser tasten zu können. Immer stärker pocht die Hitze in ihren Handflächen. Das Gefühl ist nicht unangenehm, aber irgendwie gebieterisch.

Jetzt fließt die Energie ununterbrochen und gibt ihr vor, welche Bewegungen sie ausführen muss.

Gib dich hin. Emma weiß nicht, ob die Stimme aus ihrem Kopf oder von sonst woher kommt. Alles ist mit einem Mal klar. Ihr Körper oder der Körper des Kleinen – zwischen ihnen gibt es keinen Unterschied mehr.

Die anderen beratschlagen, was zu tun ist. Emma vernimmt jedoch nur ein vages Stimmengewirr, wie den Widerhall von einem fernen Ufer. Das Kind und sie befinden sich in einer Blase, in der Raum und Zeit aufgehoben sind.

Allmählich wird die Empfindung immer intensiver. Ihre Finger gleiten über das geprellte Handgelenk. Das Feuer konzentriert sich in der Materie, im Knochen selbst, bevor das Kribbeln sich langsam entfaltet und ausstrahlt. Bilder ziehen an ihrem inneren Auge vorüber, bedeutungslose Gedankenfetzen tauchen auf und verfliegen sogleich wieder angesichts des unglaublichen Gefühls, sich über die eigenen Grenzen hinweg ins Universum auszudehnen.

Dann plötzlich, genauso schnell, wie sie die Hände ausgestreckt hat, ziehen diese sich von dem kleinen Arm zurück und sinken herab. Sie ist benommen und erschöpft. Das Kind sieht sie noch immer starr an. Seine Lippen öffnen sich ein wenig, und eine Lücke kommt zum Vorschein: Ein Milchzahn fehlt. Beim Anblick dieser lustig aussehenden Scharte fühlt Emma eine so große Liebe in sich aufsteigen, dass ihr die Tränen in die Augen treten.

Sie beugt sich zu dem Kind hinab, und ihre Lippen streifen über die von einer Rotzspur benetzte Wange. Sie nimmt den Geruch von Schweiß und etwas Süßlichem wahr. *Er hat Datteln gegessen.* Eine Abfolge von Bildern schießt ihr durch den Kopf: eine alte Frau, seine Großmutter, ein schmaler, steiler Pfad, den der Junge oft barfuß entlanggeht, das Lachen eines kleinen Mädchens, in das er heimlich verliebt ist.

Unvermittelt flitzt der Junge davon, und das Band zwischen ihnen ist mit einem Schlag gerissen.

»Meine Güte, wie hast du das denn angestellt?«

Lili wirkt fassungslos. Maud, Liam und Tom starren sie entgeistert an.

Emma zuckt mit den Schultern und tut so, als wäre nichts Besonderes passiert. *Sag nichts*, flüstert ihr eine Stimme in ihrem Kopf zu.

»Was meinst du denn? Der Kleine ist gestürzt, und ich wollte lediglich sichergehen, dass er sich nichts Ernsthaftes zugezogen hat.«

»Er war doch verletzt, oder etwa nicht? Sein Arm war ganz verdreht.«

»Aber nein! Im schlimmsten Fall hat er sich das Handgelenk ein wenig geprellt. Gehen wir weiter? Ich habe wahnsinnige Lust, etwas Kaltes zu trinken.«

Sie wartet die Antwort erst gar nicht ab, sondern geht den Hang hinunter. In ihrem Innern verspürt sie eine Euphorie bei dem Gedanken, ihr Geheimnis für sich zu behalten, als würde es kleiner, sobald sie es mit jemandem teilt. Der Energiefluss hat das Kind geheilt, und es verwirrt sie, dass dies völlig offensichtlich ist. Die Empfindung war so gewaltig, so unglaublich, dass sie sie nicht leugnen kann. Hat Tariq diese Kraft in ihr geweckt? Aber vielleicht schlummerte sie auch schon lange Zeit oder sogar schon immer in ihr. Oder ist sie vielleicht dabei, verrückt zu werden, dass sie sich hier, in einem abgelegenen Dorf eines Märchenlandes, für eine Heilerin hält?

Letztlich ist das gleichgültig. Emma hat das Gefühl, sich von einem Joch zu befreien. Sie weiß nicht, wie sie das erklären soll, und sie weiß auch nicht, um was genau es sich handelt. Aber es ist da, in ihr.

11

»Das kann ich nicht machen.«

Zainab übersetzt Raneems Weigerung in neutralem Tonfall, aber Emma könnte schwören, dass sie innerlich frohlockt. Die Simultanübersetzung lässt reichlich Spielraum für Zweideutigkeit. Anstatt einfach mitzuteilen, dass Raneem sich weigert, nimmt Zainab das »ich« mit einer gewissen Boshaftigkeit auf.

Emma jedoch reagiert nicht sofort darauf, sondern beobachtet die Widerspenstige einfach nur. Gefasst hält Raneem ihrem Blick stand.

»Auch gut. Dann machen Sie das nicht.«

Sie wendet sich automatisch zur Kamera um, ohne auf das Getuschel zu achten, das ihre Nachgiebigkeit auslöst. Jetzt bekommt Kumar, der Wichtigtuer, etwas für sein Geld.

Sie zählt bis vier, um sicher zu sein, dass ihre Stimme wieder fest klingt. Klein beigeben darf sie nicht, dann würde sie den Respekt ihrer Schüler verlieren. Ist es das, worauf Raneem aus ist? Will sie den Unterricht torpedieren?

»Wer ist bereit für die Übung?«

Zögerlich hebt sich eine Hand. Natürlich Said. Dann melden sich aber auch Bushra und Salma. Letztere orientiert sich zunehmend an der Ältesten der Gruppe, aber man spürt, welche Überwindung es sie manchmal kostet, sich auf alles einzulassen. Khalil betrachtet lieber den Fußboden und erklärt sich so gewissermaßen mit der sittsamen Raneem solidarisch. Und was Yasmin anbelangt, so hält sie sich vorsichtshalber im Abseits.

Emma ist sich bewusst, dass manche Übungen ihre Schüler auf eine harte Probe stellen. Normalerweise versucht sie, ihre Anweisungen gut zu verpacken, und achtet darauf, keinen Druck auszuüben. Sie schmeichelt, lächelt, erklärt und lässt sich auf Kompromisse ein. Aber heute nicht. Sie hat zwar nicht vor, die omanische Kultur zu revolutionieren, doch ihre Aufgabe besteht trotz allem darin, ihre Schüler möglichst gut auszubilden. Inzwischen verfügen sie über das grundlegende Know-how, und jetzt ist der Zeitpunkt gekommen, um zu vermitteln, dass die erlernten Techniken allein nicht ausreichen. Mögen die Handgriffe noch so korrekt sein, sie sind nur eine Grundlage, ein vorgegebener Rahmen, um der Behandlung eine tiefere Dimension zu geben. Es fällt ihnen schwer, das zu verstehen, also muss sie es ihnen zeigen. Der Vorfall mit dem Kind in dem Palmengarten hatte einen großartigen Booster-Effekt. Genau wie ihre stürmischen Gefühle für Tariq. *Solche Gedanken solltest du hier tunlichst vermeiden!*

Sie muss dem Energiefluss vertrauen. Womöglich muss sie die Anweisungen noch einmal erklären, ohne ein Blatt vor den Mund zu nehmen.

»Bushra, Said. Stellen Sie sich einander gegenüber, und heben Sie die Hände. Ich möchte, dass Sie einen kleinen Abstand zwischen sich lassen, nicht mehr als zehn Zentimeter. Wenn Sie es schaffen, auch weniger. Beinahe so, als würden Sie sich leicht berühren. Dann bleiben Sie erst einmal so stehen, einfach nur, um die Energie des anderen zu erspüren. Wir haben diese Übungen schon ohne Partner gemacht. Im Prinzip ist es dasselbe, aber zu zweit ist es neu für Sie. Wenn Sie bereit sind, schließen Sie die Augen. Der eine von Ihnen bewegt nun die Hände, und der andere soll der Bewegung blind folgen, indem er der Wärme seines Gegenübers nachspürt. In Argentinien wird zum Beispiel der Tango auch mit verbundenen Augen getanzt. Genau das erwarte ich von Ihnen – ein intuitives Sich-Bewegen.«

Nachdem Zainab alles übersetzt hat, herrscht absolute Stille im Raum. Alle halten ihren Atem an. Bushra tritt als Erste vor. Jeder Tag ist eine Herausforderung für die Witwe in der Gruppe. Sie bringt den größten Mut, aber auch das größte Interesse auf. *Sie hat ein Gespür für Freiheit*, denkt Emma, und doch ist sie diejenige, der am meisten verboten ist.

Said beschließt, sich ihr anzuschließen, und ärgert sich, dass er gezögert hat. Schließlich ist er der *Leader*. Außerdem geht er selbstverständlich davon aus, dass er der Beste ist, worin er sich allerdings täuscht.

Einander gegenüberstehend, heben die beiden nun gleichzeitig die Arme. Ihre Handflächen beben leicht, ihr Atem geht etwas gepresst.

Emma wartet, bis sie etwas zur Ruhe kommen, dann murmelt sie: »*Close your eyes.*«

Sie gehorchen und verharren ein paar Augenblicke wie erstarrt. Plötzlich bewegt sich die Hand von Said. Er will – schon aus Prinzip – der Erste sein und die Führung übernehmen, doch er macht es zu schnell. Bushras Hand zögert, bewegt sich dann aber ihrerseits. Ein wenig zeitversetzt, doch immerhin.

Emma stellt sich hinter sie und legt ihr eine Hand auf die Schulter, um ihr die richtige Haltung anzuzeigen, dann tritt sie zur Seite, da sie nicht weiter eingreifen möchte. Langsam, beinahe tastend, beginnen die beiden ihre Entdeckungsreise noch einmal. Die Handflächen sind weiterhin geöffnet, und die Bewegungen verändern sich jetzt zunehmend. Manchmal blinzelt einer von ihnen leicht, um seine Position zu korrigieren. Emma lässt es zu. Sie müssen sich vergewissern dürfen, um einander zu vertrauen.

Nach ein paar Minuten bewegen sich ihre Arme im Gleichklang, während ihre Lider geschlossen bleiben. Ein leichtes Lächeln huscht über Bushras Lippen.

Keine Kamera wird festhalten können, was hier geschieht. Von oben betrachtet, muss das Ganze wie eine unbeholfene

Choreografie wirken. Die Energie, die hier zirkuliert, bleibt unsichtbar. Im Unterrichtsraum hingegen verrät die herrschende Stille sehr viel über die Konzentration ihrer Schüler.

»*Good. Finish slowly and open your eyes. Thank you.*«

Emma spricht sie nie direkt an, aber diesmal braucht sie diese Nähe. Sie lässt Said und Bushra ausreichend Zeit, um wieder zu sich zu kommen, bevor sie sich an die anderen wendet, die sich vorsichtshalber hinter ihren Tischen verschanzt haben. Khalil wirkt beeindruckt und weniger reserviert als sonst. Und Raneem bleibt ein Rätsel. Sie sieht mürrisch aus und wird sich nicht entschuldigen. Dennoch lächelt Emma gerade ihr zu.

»Gut. Was ich mit dieser Übung zeigen wollte, ist, dass alle spüren können, wie die Energie zirkuliert, vorausgesetzt, man lässt sich darauf ein.«

Zainab bemüht sich mit Nachdruck, alles zu übersetzen. Die Omani will keinesfalls übergangen werden. Aber Emma hat keine Lust, auf ihre Befindlichkeiten Rücksicht zu nehmen. Sie ist diejenige, die den Unterricht leitet, und sie gibt das Tempo vor. Und sie wird den Vorteil, den sie sich jetzt verschafft hat, nutzen, selbst wenn sie ihre Schüler dabei etwas bedrängt.

»Jetzt werden die anderen diese Übung ebenfalls durchführen. Natürlich zu zweit.« Beinahe wäre Emma das Wort »Paar« über die Lippen gekommen, sie hat es noch so gerade zurückhalten können. »Wählen Sie selbst, mit wem …«

Ohne abzuwarten, bis Zainab alles übersetzt hat, zieht sie sich auf der Stelle in den hinteren Teil des Raums zurück, um die Gruppe allein entscheiden zu lassen, wie es nun weitergeht. Alles wird von Raneems Reaktion abhängen. Es ist das erste Mal, dass Emma so unnachgiebig bleibt, aber der systematische Widerstand ihrer jüngsten Schülerin missfällt ihr. Niemand hat sie gezwungen, hierherzukommen.

Wirklich niemand?

Salma und Yasmin stellen sich einander gegenüber. Das

nutzt Khalil, um Said anzusprechen. Er will ihn unbedingt dazu bringen, noch einmal mitzumachen. Letzten Endes ist es egal, welchen Partner er wählt – Hauptsache, er lässt sich auf die Übung ein.

Emma versucht sich zu konzentrieren, aber ihre Gedanken schweifen ab. Heute Nachmittag möchte sie sich auf dem Souk einen Schleier kaufen, danach will sie schwimmen gehen. Ihre neuen Bekannten haben ein Treffen im Sheraton verabredet, aber sie weiß noch nicht, ob sie dazu Lust hat. Allerdings wäre es der leichteste Weg, eventuelle Gerüchte im Keim zu ersticken. Noch drei Tage, wenn man den Sonntag mitzählt, und sogar vier mit dem langen Arbeitstag am Mittwoch. Und drei Nächte. Vier Tage und drei Nächte – eine Ewigkeit, die mit Lichtgeschwindigkeit auf sie einstürmt. Ein absolutes Paradox, wie ihr scheint.

Salma und Yasmin haben die Übung beendet. Sie sind begeistert von ihrer Leistung und tauschen sich aufgeregt aus. Jetzt sind Said und Khalil an der Reihe. Sie stehen so steif voreinander wie Schaufensterpuppen und brauchen vier Minuten, um so etwas wie Konzentration aufzubauen. Während Emma beobachtet, wie sie gegen sich selbst kämpfen, sinniert sie darüber, wie viel schwerer es Männern fällt, sich hinzugeben. Jeder will den anderen beherrschen, da er überzeugt ist, er könne besser führen. Sie denkt an Tariq und wird von einer Welle des Verlangens erfasst. In ihren Händen kribbelt es gierig.

Sie konzentriert sich wieder auf Khalil und Said, die in der Mitte des Raums stehen und ein wenig wie tapsige Bären wirken. Emma beschließt, ihren Leidensweg zu beenden, sehr zum Missfallen von Said. Er weiß, dass seine zweite Darbietung schlecht war, aber zumindest hat er so den Unterschied gespürt.

Raneem hat die jeweiligen Zweiergruppen mit unergründlicher Miene beobachtet. Hat sie das in der Hoffnung getan, ihre Kapitulation abzumildern? Plötzlich erhebt sie sich wie eine Königin von ihrem Stuhl und richtet sich vor Bushra auf, der sie normalerweise keine Beachtung schenkt. Die Witwe wagt es nicht, die Aufforderung abzulehnen, und stellt sich ihr gegenüber auf. Ohne sich um ihre Partnerin zu kümmern, fuchtelt Raneem mit wilden Augen so mit den Armen herum, dass es eher wie die Parodie eines Haka-Tanzes aussieht. Auch eine Art, nicht das Gesicht zu verlieren.

12

»Anwar, can you take me to the souk of Mutrah?«

Emma sieht im Rückspiegel, dass der Fahrer zusammenzuckt, als sei sie verpflichtet, ohne die geringste Abweichung stets denselben Weg zurückzulegen: vom Wadi Bani zum Kuf Siriun und zurück. Ungeachtet dessen nickt er und fährt los.

Das historische Viertel erstreckt sich entlang einer Küstenstraße an der mondsichelförmigen Bucht. Am Hafen liegen zwei gleich aussehende Jachten vor Anker. Die riesigen Boote gehören dem Sultan. Romain zufolge ist die Dublette eine reine Vorsichtsmaßnahme: Im Falle einer Havarie bleibt immer noch ein weiteres Boot, um in See zu stechen.

Als sie die blau-goldene Kuppel einer Moschee auftauchen sieht, vermutet Emma, dass sie ihr Ziel gleich erreicht haben werden. Wenig später bedeckt sie Schultern und Kopf mit ihrem Schultertuch, während Anwar auf dem Gehsteig parkt und aussteigt, um ihr die Tür zu öffnen.

»You want I go with you?«

»No, thank you.«

Er bleibt jedoch stehen und versperrt ihr den Weg. Seine Missbilligung kommt überraschend, denn der Souk ist, wie auch das übrige Sultanat, ein Vorbild in Sachen Sicherheit. Es gibt so gut wie keine Taschendiebe, und Angriffe auf Touristen sind erst recht selten.

»Please.«

Emmas Tonfall ist harscher als sonst. Sie braucht keinen Guide für ihr Einkaufsvorhaben.

Anwar tritt schließlich zur Seite. Er weist auf eine bogenförmige Eingangspforte, unter der dicht gedrängt Touristen und Omani in den Schatten flüchten.

»The access to the souk …«

»Thank you, Anwar. See you tomorrow.«

Raschen Schrittes entfernt sie sich von ihm, angetrieben von einer unbestimmbaren Erregung. Als ein dicker alter Mann sich nach ihr umdreht, verlangsamt sie das Tempo und schiebt eine blonde Haarsträhne, die sich gelöst hat, unter das Tuch zurück. Sie würde gern erfahren, wie die verschleierten Frauen das alles so gut hinbekommen: gehen, rennen, sich bücken, gleich mehrere Kinder herumtragen – und all das mit einem Tuch, das ständig verrutscht, ganz zu schweigen von der brütenden Hitze. Schon jetzt fühlt sie, wie sich der Schweiß in ihrem Nacken sammelt.

Unter dem Gewölbe verweilt Emma einen Augenblick verblüfft. Ganz anders als in Marrakesch, ähnelt der Souk von Maskat einer Einkaufsgalerie, die zwischen ruhmreicher Vergangenheit und bunt zusammengewürfelter Modernität schwankt: Unter einer hölzernen Decke mit bemalten Balken wimmelt es von Ständen, und zwischen Geschäften im Neonlicht tauchen immer wieder schäbige, mit altmodischen Lichterketten geschmückte Verschläge auf. Die dort gebotene Vielfalt ist atemberaubend: Berge von Stoffen, bis unter die Decke gestapelte Schmuckwaren, Körbe voller Gewürze, Kisten voller Harze und Unmengen von Sportschuhen lagern neben beschlagenen Dolchen. Und über diesem quirligen Universum hängt ein schwerer Duft von Weihrauch, der manchen im Hals kratzt. Es gibt viele Männer, Omani und Arbeiter aus den Golfstaaten, wie man an ihrem Erscheinungsbild sehen kann. Ein paar Touristen sind ebenfalls zu sehen. Sie schlendern hocherhobenen Hauptes durch die engen Gassen, darunter eine Gruppe hellhäutiger junger Frauen – Engländerinnen? Deutsche? Es gibt aber auch Frauen in *abayas*, deren Strenge mitten in diesem Farbenmeer aus dem Rahmen fällt.

Emma beschließt, in eine geflieste Straße einzubiegen – *Marmor, immer und immer wieder Marmor!* –, bemerkt dann jedoch verwirrt, dass sie in ein trügerisches Labyrinth geraten ist. Sie denkt, dass es eine gute Gelegenheit ist, hier nach einem Geschenk für Pénélope Ausschau zu halten, und zwingt sich, ein Geschäft zu betreten, das von oben bis unten mit Kitsch vollgestopft ist. Ihr Blick fällt auf einen goldenen Grammophontrichter, ein vergoldetes Pferd, unzählige Fächer, die über einem Dutzend Erdkugeln schweben, mit Pailletten verzierte Gewänder auf Kleiderbügeln und eine schier unendliche Anzahl von Öllampen in allen möglichen Größen. Auf dem gläsernen Tresen liegen Brettchen aus Pinienholz, Broschen, mit Glassteinen besetzte Feldflaschen, Duftlampen und eine Reihe von Matrjoschkas, die in keiner Weise zur Dekoration passen. Der Verkäufer versucht, ihre Aufmerksamkeit auf sich zu ziehen, aber Emma mag seine gierigen Blicke nicht. Schnell verlässt sie das Ladeninnere wieder, bevor er aufdringlich werden kann. Sie beschleunigt ihren Schritt und bemüht sich, ihre jeweilige Umgebung im Vorfeld zu taxieren, bevor sie sich einem Händler nähert: ein Geschäft voller Koffer, Stände mit luxuriösen Pashmina-Schals, Läden mit Töpferwaren, Lackdosen und Handschars, den orientalischen Krummschwertern. Sie fragt sich flüchtig, wie es die Touristen wohl anstellen, mit diesen Dingern durch die Sicherheitskontrollen am Flughafen zu kommen. Sie versucht, sich von den auf sie gerichteten Blicken abzulenken, in denen sie eine Mischung aus Missfallen und Gier liest. Auch wenn sie daran gewöhnt ist, sind sie hier um ein Vielfaches häufiger und inquisitorischer. Vielleicht hätte sie Anwars Vorschlag doch annehmen sollen. Jetzt ist es zu spät. Es war dumm, zu glauben, dass man keine Aufmerksamkeit auf sich zieht, nur weil man sich den Kopf bedeckt.

Das liegt daran, dass du blond bist!, wispert die leise innere Stimme. *Selbst wenn du dein dummes Tuch zu einem Turban auf-*

getürmt hättest, würde man dich schon aus zehn Kilometern Entfernung wahrnehmen!

Sie versucht, ihre Fassung wiederzuerlangen, während sie in ein Schaufenster sieht, in dem viele massiv silberne Armreifen in einer langen Reihe ausgestellt sind. In die würzigen Düfte mischt sich der Geruch von Naschwerk, Datteln, Kaffee und vor allem Halwa. Bushra hatte einmal Halwa mit ins Resort gebracht – eine unglaublich zuckrige Backware, von der die Omani offenbar nicht genug bekommen können. Ein wenig beruhigter schlendert Emma weiter.

Der Duft von frischem Jasmin lockt sie von dem überdachten Hauptgang weg. In der engen Gasse, durch die sie nun schlendert, sind die Stände so dicht gedrängt, dass der Himmel zwischen den aufgespannten Planen und den behelfsmäßigen Dächern kaum zu sehen ist. In den Auslagen türmen sich Körbe mit Kräutern und Gewürzen. Ein nicht enden wollendes, schillerndes Sammelsurium liegt vor ihr. Sie will schon wieder kehrtmachen, als sie glaubt, in einiger Entfernung ein vage bekanntes Halstuch in dieser merkwürdigen Gasse vorbeihuschen zu sehen. Mit gesenktem Blick bahnt sie sich einen Weg nach vorn. Als kleines Kind hatte Emma ganz fest daran geglaubt, dass man die Menschen nur ignorieren müsste, um selber unsichtbar zu werden. Aber heute funktioniert das nicht mehr. Ein unangenehmes Kribbeln macht sich in ihrem Nacken bemerkbar. Sie dreht sich abrupt um und bemerkt eine Bewegung, die sogleich wieder von der Menge der Gaffer verschluckt wird. *Anwar?*

Wird sie etwa paranoid? Der Chauffeur hat keinerlei Grund, ihr zu folgen. Er trinkt vermutlich gerade eine kühle Cola und denkt über das Abendprogramm nach. Und selbst wenn er sie beobachten sollte – was würde das im schlimmsten Fall schon bedeuten? *Du kaufst dir schließlich einen Schleier und keine Kalaschnikow!*

Die Gasse mündet in einen kleinen Platz und erweist sich dort als Sackgasse. Vor den Verkaufsbuden wirbeln Kleider und Tuniken auf ihren Bügeln wie bunte Banner hin und her. Auf einem Teppich hocken drei Frauen am Boden und plaudern friedlich miteinander. Eine reichlich seltsame schwarze Maske bedeckt Stirn, Nase und Wangenknochen, lässt jedoch die untere Gesichtshälfte frei. Ihre übrige Kleidung ist sehr bunt – geblümte Schleier, knallige Tuniken über bestickten Satinhosen, dazu staubige Flip-Flops. Es sind sesshaft gewordene beduinische Händlerinnen. Plötzlich erinnert sich Emma daran, dass Maud davon erzählt hat.

Als sie näher kommt, lächeln die Frauen ihr zu und bitten sie zu sich hinein.

Zuerst betritt sie eine Art Höhle, die so mit Stoffen vollgestopft ist, dass sie aus allen Nähten zu platzen scheint. Die Händlerin lässt ihr aber keine Zeit zum Durchatmen, sondern bringt eine seltsame Pyramide mit Einlegeböden herbei, in die sie ein Räuchergefäß stellt. Nachdem sie das Harz entzündet hat, breitet sie eine Tunika über dem Gestell aus und schnattert in einem Kauderwelsch aus Englisch ein paar Worte, von denen Emma zwei aufschnappt: »*perfume*« und »*clothes*«. Dann weist sie auf das Gerät, das offenbar dazu dient, seinen Duft an Kleidung abzugeben, und sagt: »*Not expensive!*«

Emma lehnt höflich ab und versucht, zum Ausdruck zu bringen, dass sie einen langen Schleier sucht. Im Nu lässt die Beduinin ihre Pyramide stehen und breitet eilfertig ihre Stoffe vor ihr aus: Sie haben unterschiedliche Farben, wie Blau, Rosa und Gelb, und sind alle mit goldenen Fäden durchwirkt. Gebieterisch fordert sie Emma auf, sich selbst alles genau anzusehen, dann dreht sie sich um und kehrt zu ihren Freundinnen zurück.

Es tut Emma gut, für einen Moment allein zu sein. Sie breitet die schillernden Stoffe vor sich aus, kommt aber zu dem Schluss, dass es das Beste ist, sich mit einem Farbton zu begnügen, der zu vielen Gelegenheiten passt, auch wenn das Smaragdgrün sie in Versuchung führt. *Das ist die Lieblingsfarbe von Zainab*, denkt sie. Letztlich entscheidet sie sich für ein Schokoladenbraun, das nicht zu auffällig ist und auch nicht zu unnatürlich wirkt. Die in den Rückraum des Geschäfts verbannten *abayas* bilden dort einen düsteren Fleck. Emma zögert einen Augenblick. Das wäre die perfekte Kleidung, um unbemerkt zu bleiben, aber es widerstrebt ihr, dem Stereotyp der kleinen Französin zu entsprechen, die einer heimlichen Liebe wegen verhüllt geht.

Der schokoladenbraune Stoff ist groß genug, um ihren Kopf und ihre Brust zu bedecken. Zur Beruhigung ihres Gewissens nimmt sie noch ein schwarzes Tuch dazu.

Ihr Handy teilt ihr mit, dass eine Nachricht eingegangen ist. Lili bestätigt die Verabredung auf einen Aperitif im Sheraton mit den »Kumpeln von Guy«.

Emma schreibt sofort zurück.

Zu kaputt. Ich passe. Aber wie wäre es morgen?

Es ist 16.30 Uhr, und schon seit einer Stunde treibt sie sich auf dem Souk herum. Wieder überfällt sie der Wunsch, das Gedränge hinter sich zu lassen und davonzulaufen. Das Geschenk für Pénélope kann warten, sie wird noch einmal mit Lili herkommen. Sie werden Halwa und Datteln vertilgen, und alles wird märchenhaft sein – und von diesem drückenden Unbehagen, das sie jetzt befallen hat, wird keine Spur mehr da sein.

Sie verlässt das Innere des Geschäfts, und ihre Augen brauchen ein paar Sekunden, um sich an die veränderten Lichtverhältnisse anzupassen. In der Gasse sieht sie einen Mann davonflitzen. Sie kann nur eine vage Silhouette ausmachen, aber diesmal besteht kein Zweifel. Ein Zufall? Das glaubt sie nicht.

Die Beduinin tritt zu ihr und nennt einen Preis. Emma hat bereits ihre Geldscheine hervorgezogen, als sie sich daran erinnert, dass sie hätte handeln sollen. Das ist Maud zufolge eine Frage der Höflichkeit. Schon hat sie den schulmeisterlichen Tonfall dieser Frau im Ohr. Aber Maud und ihr geballtes Wissen können ihr gestohlen bleiben, denn Emma ist wie elektrisiert von der Überzeugung, dass sie beobachtet wird. Sie stopft Schleier und Tuch in ihre Tasche, vergewissert sich, dass nichts heraushängt, und bedankt sich bei den Frauen, die schon wieder in ihr Gespräch vertieft sind.

Während sie die Sackgasse zurückgeht, versucht sie vergeblich, sich ihren Rückweg ins Gedächtnis zu rufen. Die Passagen sehen alle gleich aus, sie erkennt nichts wieder. Es sind zu viele Menschen unterwegs, es wird zu viel Trödel feilgeboten, und dazu noch dieses Farbenmeer, das sie jetzt regelrecht schwindlig werden lässt. Ganz zu schweigen von den Geschäftsinhabern, die sie plötzlich offenbar für eine leichte Beute halten, denn mehrere winken sie nachdrücklich zu sich heran. »Armreifen, Miss!« *»Mandoos, kandjar!« »Honey face!«* Wieder ist ihr Tuch verrutscht. Mit zitternden Fingern zieht Emma das Tuch zurecht und schiebt eine lose Haarsträhne darunter. Noch nie hat sie in einem solchen Ausmaß empfunden, wie sehr sie der Klischeevorstellung einer Tussi entspricht wie hier auf diesem Souk, der aussieht wie aus dem Bilderbuch! Davon abgesehen ist auch die ganze Geschichte mit Tariq ein Stereotyp.

»Miss Emma!«

Erstaunt sieht sie auf. Der Mann, der ihr gegenübersteht, mustert sie streng. Als er sieht, wie sie blass wird, spiegelt sich ein zweideutiges Vergnügen in seinen Gesichtszügen.

In ihrer Wut, ertappt worden zu sein, stammelt Emma das Erstbeste, was ihr in den Sinn kommt. »Khalil! *What are you doing here?*«

Ihr Schüler schüttelt den Kopf, als wolle er sagen: *Was geht dich das an?* Egal, aber es ist doch ein ziemlich großer Zufall.

Erst diese Schatten, die ihr zu folgen scheinen und dann wieder verschwinden, und nun er …

Wie kann er dir vom Kuf Siriun hierher gefolgt sein, wo du doch als Letzte aufgebrochen bist?

»*You buy an abaya?*«

Die Frage ist ihr unangenehm, wie auch sein scheinheiliges Lächeln. Emma weicht einen Schritt zurück.

»*Sorry. I must go.*«

Sie dreht sich um und läuft eilig davon. Mit unbändiger Freude stellt sie sich vor, wie seine selbstgefällige Miene und sein hämisches Grinsen in sich zusammenfallen. Soll er sie doch für verrückt halten! *Na, worauf verfällst du als Nächstes mit deinen wirren Überlegungen? Die Sittenpolizei für korrekte Kleidung? Du bist hier nicht im Iran, meine Liebe!*

Sie könnte jetzt alles sein lassen, das heimliche Rendezvous vergessen. Sie muss sich nicht halb verkleidet in ein halbes Abenteuer stürzen. Schluss mit all den Dingen, die der Status einer heimlichen Geliebten mit sich bringt!

Sie würde gerne darüber spotten, aber sie hat nicht wirklich eine Wahl. Wenn sie auf diesen Mann verzichtet, wird sie es wahrscheinlich ihr ganzes Leben lang bereuen.

Klar, hast du die Wahl … Man hat immer die Wahl.

Ist das ihre Mutter, die das sagt?

Mit Blick auf das vor ihr glitzernde Meer von Oman atmet Emma die kräftige Meeresbrise in vollen Zügen ein. Die Luft riecht nach Salz – mit einem leichten Anteil an Benzinausdünstungen. Sie hat die Küstenstraße ungeachtet des sofort einsetzenden Hupkonzerts im Eilschritt überquert, steht nun am Geländer und lässt sich von einem vertrauten Gefühl erfassen: Überall, wo der Ozean ist, findet sie sich selbst wieder.

»Was mache ich hier eigentlich, *maman?* Wo bin ich da hineingeraten?«

Sie flüstert, aber im Grunde ist es egal, ob man sie hört. Ihre Angst ist beinahe verflogen, Khalil und ihre vermeintlichen Verfolger sind zu farblosen Phantomen verblasst. Das Licht hat sie ausgelöscht. Sie schließt die Augen und verweilt so, um die Gischt mit allen Poren wahrzunehmen, ohne auf die Passanten zu achten. Nur in der Dunkelheit lauern Gefahren und Albträume.

Hinter ihren geschlossenen Lidern taucht das Gesicht von Jeanne auf. Wie immer lächelt ihre Mutter kaum merklich. Vielleicht ist das ihre Weise, zu sagen: *»Lebe dein Leben.«* Und wie so manches Mal möchte Emma sie am liebsten packen und ihr ins Gesicht schreien, dass sie nicht das Recht hat, nur eine Illusion zu sein. Aber dieses Gefühl hält nicht an. Es nutzt nichts, auf Tote wütend zu sein. Letztlich besteht nur das Bedürfnis nach Liebe fort.

Noch drei ganze Nächte, drei ganze Tage und ein halber Tag dazu.

13

Hinter seinem makellos blanken Empfangstresen macht der Portier eine diskrete Handbewegung. In gebrochenem Französisch erklärt er ihr, dass er eine Nachricht für sie hat, die er ihr persönlich übergeben soll.

In einer Ecke dieses schrecklich gläsernen Aufzugs – jeden Tag ist ihr die erzwungene Zurschaustellung ein wenig mehr zuwider – liest Emma eine in goldenen Buchstaben gedruckte Einladung. Der Palast lädt sie für den morgigen Abend, am Montag also, zu einem Polospiel ein.

Kommt nicht infrage!

Trotzdem liest sie die Einladung ein weiteres Mal. Es handelt sich um ein Freundschaftsspiel, bei dem die Kavallerie des Sultans auf ein argentinisches Team treffen wird. Niemand im Palast kennt sie, bis auf Tariq …

In ihrem Zimmer wählt sie mit zittrigen Fingern die Nummer von Lili.

»Ich brauche eine Anstandsdame, die mich morgen Abend zu einem Polospiel begleitet! Kommst du mit?«

»Tut mir leid, morgen habe ich das alles entscheidende *Date!* Einen Meter achtzig groß, lässig, grüne Augen und ›im Medienbereich tätig‹. Macht zwei Wochen lang Ferien hier und hat kein weibliches Wesen im Schlepptau! Wenn er jetzt noch gut im Bett ist, heirate ich ihn!«

»In der Einladung wird klargestellt, dass es zwei Personen sein müssen.«

»Ruf doch Maud an, die ist perfekt für so etwas. Für solche Empfänge würde unsere ›Französin im Oman‹ ein Viertel ihrer Seele verkaufen. Da kann ihr Mann nicht mithalten.«

»Okay. Es bleibt mir wohl nichts anderes übrig. Sollen wir Ende der Woche mal telefonieren?«

»Oha, Madame ist beschäftigt! Schon gut, ich mache nur Spaß. Amüsier dich gut!«

Auf den Tribünen um die Rasenfläche des Spielfelds herum drängen sich die Zuschauer. Zwischen den unvermeidlichen *dishdashas*, Turbanen und bestickten *kummas* sowie den *abayas* aus kostbarer Seide tauchen hier und da helle Anzüge und Cocktailkleider von geladenen Europäern auf. Der Luxus der Garderobe und das selbstbewusste Auftreten der Gäste sprechen für sich. Inmitten dieser Menge fühlt Emma sich in einem geblümten Kleid – das unter den Neonstrahlern einer Umkleidekabine angemessen zu sein schien, nun aber doch unpassend wirkt – ungefähr so fehl am Platze wie eine Amsel in einer Schar von Papageien. Maud hingegen spricht laut, fuchtelt mit den Händen herum, sobald sie eine flüchtige Bekanntschaft zu erkennen glaubt, und plappert so locker und leicht daher wie ein Instagram-Star. Die Tatsache, dass ihre Community sich auf dreitausend Follower beläuft, bedeutet hier schon etwas: Nach ihren eigenen Einschätzungen muss dabei berücksichtigt werden, dass dreitausend Abonnenten im Oman in etwa dreihunderttausend in Frankreich entsprechen.

Als Maud allerdings realisiert hat, dass niemand da ist, den sie in ein längeres Gespräch verwickeln könnte, entschließt sie sich, Emma die Regeln eines Polospiels zu erklären. Emma bemüht sich, ihr zuzuhören. Immer wieder dringen ein paar Wortfetzen an ihr Ohr: »vier Spieler … acht Zeitabschnitte … immer wieder Pferdewechsel … Vollblutaraber und Criollo-Abkömmlinge …« Sie sind aber nur noch Schall und Rauch für sie, seit Tariq aufgetaucht ist. Hoch zu Ross, trägt er die Farben des Oman, dazu Helm und Reitstiefel. Er lässt sein Pferd, das ein wenig nervös scheint, locker traben. Es hat die Beine bandagiert, die Mähne geschoren und den Schweif streng geflochten. Plötzlich wendet er sich zu den Tribünen um und sucht jemanden oder etwas. Mit klopfendem Herzen richtet Emma sich auf. Aus dem VIP-Bereich gleich zu ihrer Linken geht eine Hand mit so viel Schwung nach oben, dass ein Armreif im hellen Licht funkelt. Die Besitzerin hat einen arroganten, verächtlichen Gesichtsausdruck, ihre Lippen sind wulstig, und über ihr offenes Haar ist ein Schleier in antikgoldener Farbe gebreitet. *Klar, die Verlobte.* Neben ihr sitzt ein Omani, der einen violetten Turban trägt. *Der Sultan?* Emma ist zu weit entfernt, um erkennen zu können, ob es der Mann ist, dessen Bild die Geldscheine und die Giebel der Ministerien ziert. Im Grunde ist ihr das auch vollkommen egal. Er könnte der Herrscher der Welt und seine Tochter die Eiskönigin sein. Die Eifersucht zerfrisst sie in jedem Fall.

Ihr Blick kehrt zu Tariq zurück, und sie muss einen Schluckauf unterdrücken. Seine Augen sehen starr zu ihr herüber, hängen an ihrer Bank. Sie fühlt, wie sie errötet. Maud, die ihre Ausführungen nicht unterbrochen hat, hört auch jetzt nicht auf, sie mit Wörtern förmlich zuzudröhnen. Wie ist es möglich, dass sie nichts bemerkt? Und die Verlobte? Die Spieler setzen sich in Bewegung, und ihr Geliebter bricht den Blickkontakt ab. Auf den Tribünen steigt die Unruhe.

Die beiden Mannschaften stellen sich auf, zwischen ihnen zwei Schiedsrichter, die an ihrer gestreiften Kleidung erkennbar sind. Auf der einen Seite die in Weiß, Rot und Grün gekleideten Spieler des Oman, auf der anderen das argentinische Team in grau-orangefarbenen Trikots. Für Emma wirkt das Ganze wie eine unwirkliche Scheinwelt. Die Stimme des Stadionsprechers nennt die Namen und die Handicaps der Spieler. »Tariq Khan, Handicap 5.« *Als wäre Letzteres ein Pseudonym*, denkt sie, aber die ironisch gemeinten Worte in ihrem Kopf klingen unecht.

Die Mannschaften begeben sich nun in ihre jeweilige Hälfte des Spielfelds.

»Sie wechseln nach jedem Tor die Seiten«, erläutert Maud unnötigerweise.

Als die Glocke erklingt, preschen die Pferde nach vorn, die Schläger werden geschwungen, und der weiße Ball fliegt in Richtung eines der Tore, deren Pfosten aus geflochtenen Weiden bestehen. Zwei Spieler prallen aufeinander, und es entsteht ein Gewühl, in dem Emma Tariq aus dem Blick verliert. Ihr Herz tobt in ihrer Brust. Maud steht inzwischen auf den Zehenspitzen und hat ihr Gerede eingestellt, um den Fortgang des Spiels zu beobachten. Es kommt immer wieder zu Unterbrechungen, die Emma nicht versteht. Drei Minuten, um das Pferd zu wechseln, dann geht es wieder brutal zur Sache. Auf der Anzeigetafel steht es inzwischen zwei zu eins für den Oman. Ihre Nervosität nimmt mit dem Fortgang des Spiels zu. Selbst für jemanden, der nichts davon versteht, ist klar, dass Tariq ein offensiver Spieler ist. Er fällt immer wieder in den Galopp, kämpft um jeden Ball, und er ist derjenige, der die beiden Tore erzielt hat.

Als die Hälfte der Spielzeit um ist, nimmt sich Emma vor, nicht mehr zur Tribüne des Sultans hinüberzuschielen. Maud lässt sich lebhaft über die Verdienste der omanischen Mannschaft aus, wo doch die Argentinier als die Favoriten galten. Plötzlich schreit sie auf und winkt mit strahlenden Augen jemandem zu.

»Éric ist auch da! Erinnerst du dich an Martel, den Kulturattaché? Sollen wir ihm ein Zeichen geben, dass er zu uns kommt?«

»Das machst du doch gerade schon, oder?«

»Er kommt!«

Tatsächlich verlässt der Diplomat seinen VIP-Platz, der drei Reihen unterhalb der Sitze des Sultans und der hochnäsigen

Verlobten liegt, um sich einen Weg in ihre Richtung zu bahnen. Emma kann es nicht fassen: Alle kennen sich hier, zumindest vom Hörensagen. Alle treffen sich bei den gleichen feinen Abendgesellschaften, den Barbecues, in der Oper oder beim Aperitif am Strand, den das unter den Expats angesagteste Hotel veranstaltet.

Sie zwingt sich zu einem Lächeln, obwohl ihr ein Schauder über den Rücken läuft.

»Maud, Emma, was für ein Vergnügen! Sie haben mich aus den Fängen eines ebenso unnachgiebigen wie langweiligen Bankers gerettet.«

Éric Martel scheint einem Modemagazin entsprungen zu sein, aber er übertreibt es ein wenig mit seinem Gebaren. Zum Glück ertönt die Glocke, und das Spiel geht weiter.

Nach nicht einmal zwei Minuten stürzt ein argentinischer Spieler schwer, nachdem er durch einen akrobatischen Schlag das Gleichgewicht verloren hat. Zwei Trainer eilen herbei, gefolgt von einem kleinen, beleibten Mann, der einen Koffer mit aufgedrucktem rotem Kreuz trägt. Sie helfen dem Verletzten hoch und stützen ihn, als er sich halb hüpfend, halb hinkend zur Spielerbank begibt.

»Du solltest ihn dir ansehen. Er scheint Schmerzen zu haben.«

Bis zu dieser Sekunde hatte sich Emma nicht wirklich Gedanken über Mauds Hinterhältigkeit gemacht, und daher begreift sie nicht, worauf diese Äußerung anspielt.

»Wie … wie bitte? Wen ansehen?«, stammelt sie verdutzt.

»Den Argentinier. So wie du dem Kleinen mit seinem Handgelenk geholfen hast, wette ich, dass du Besseres zustande bringst als der arme Doktor Hariri.«

Als Emma sie auch jetzt noch ratlos ansieht, erklärt sie: »Ich spreche von dem Mannschaftsarzt. Das ist der kleine Dicke.«

»Ich habe noch nie jemanden behandelt.«

Mag dieser Doktor Hariri nun eine solche Geringschätzung verdient haben oder nicht – Emma hofft inständig, dass Maud das Thema wechselt.

»Oh, tu nicht so bescheiden! Du hast das Handgelenk von dem Kleinen wieder beweglich gemacht. Wir alle haben es gesehen.«

Genauso gut hätte man von einem Bulldozer verlangen können, auf den Hinterrädern zu fahren. Nun, da Maud die Aufmerksamkeit der beiden anderen auf sich gezogen hat, fängt sie an, dem staunenden Éric das »Wunder aus dem Palmengarten« bis ins kleinste Detail zu erzählen.

Am Rand des Spielfelds hat Tariq gerade auf der Ersatzbank Platz genommen. Der Argentinier wird auf einer Trage abtransportiert.

Emma verspürt die plötzliche Wärmeentwicklung in ihren Händen wie einen gebieterischen Drang, mit ihnen den verletzten Mann zu berühren.

Der Gedanke an jenes Ereignis im Palmengarten muss dieses Phänomen ausgelöst haben, schlicht und ergreifend. Etwas anderes bedeutet es nicht.

Auf dem Rasen wird das Spiel wieder aufgenommen. Sie sieht ostentativ über Éric hinweg, der sich irgendwann verzieht und zu seinem Platz auf der VIP-Tribüne zurückkehrt. Maud muss gespürt haben, dass sie eine Grenze überschritten hat, denn sie bleibt bis zum Ende des Spiels erstaunlich zurückhaltend.

Operation Beryll/Französische Botschaft, Maskat
An den diensthabenden Einsatzleiter

Notiz 2388
Vertraulich

Richard,

befreundete Dienste haben uns wissen lassen, dass die »Fabrik« ihre Versuche abgeschlossen hat.

Wir warten den offiziellen Bericht ab.

Operation Beryll/Französische Spionageabwehr, Paris
An die Direktion der Abteilung Recherche und Operation

Notiz 2389
Vertraulich

Monsieur le directeur,

Lysistra zufolge ist der Informant vertrauenswürdig. Ausführlicher Bericht spätestens in zwei Tagen.

Richard

14

Im Spiegel sieht sie älter aus, als sie ist. Wenn sie nicht geschminkt ist, liegt in ihren Zügen ein größerer Ernst. *Irgendwie rein*, denkt Emma. Sie hat das schwarze Tuch im Stirnbereich über den schokoladenbraunen Schleier gewickelt. Nicht ein Haar schaut hervor. So schmucklos und ungeschminkt wirkt sie beinahe wie eine Madonna. Als Kleidung hat sie eine langärmlige Tunika und eine Leinenhose gewählt, auch wenn sie während der Busfahrt wahrscheinlich umkommen wird vor Hitze.

Pénélope würde sie für bescheuert halten, wenn sie sie sehen könnte. Überall sonst käme es beinahe einem emotionalen Selbstmord gleich, wenn man als Nonne verkleidet zum ersten Date geht. Ihr ist das gerade recht. Wenn eines mit Tariq klar ist, dann ist es ihr gegenseitiges Verlangen. Eitelkeit spielt dabei keinerlei Rolle. In diesem Augenblick denkt Emma nur an seine nackte Haut auf ihrer.

Die letzten vierundzwanzig Stunden waren die schlimmsten. Hundertmal hat sie beschlossen, sich nicht zu dem Treffpunkt zu begeben, da sie überzeugt ist, dass diese Geschichte schlecht enden muss. Hundertmal hat sie ihre Meinung wieder geändert, gequält von der verzehrenden Lust, ihn wiederzusehen. Die Begebenheit während des Polospiels hallt immer noch in ihr nach wie eine Warnung: Mit einer Maud, die überall die wundersame Heilung des Kinds im Palmengarten herumerzählt, kann sie sich gleich öffentlich zur Schau stellen und selbst anpreisen: »Huhu, schaut alle her! Ich bin die Tochter Christi!« Wenn diese Gerüchte zu Tariq dringen, wird er sicher ungehalten sein. Und Emma selbst hat keinerlei Lust, etwas zu erklären oder zu sagen, außer: »Liebe mich!« Die heftigen Bilder ihrer Lust lassen sie erröten. Nicht vor Scham, sondern vor reinem Verlangen. Als würde sie jetzt, mit fast neunundzwanzig Jahren, erstmalig körperliche Lust entdecken. Dessen ungeheures Ausmaß, das alle Poren durchdringt.

In zwei Stunden wird sie in seinen Armen liegen.

Noch ein letzter Blick in den Spiegel, dann ist es Zeit aufzubrechen.

Im Treppenhaus ist niemand zu sehen. Nur sie eilt die Stufen hinunter, eingewickelt wie eine Mumie, obwohl es draußen achtunddreißig Grad warm ist.

Die Bushaltestelle liegt fünf Minuten vom Hotel entfernt. Emma hat in Erfahrung gebracht, dass es eine hauptsächlich von einfachen Omani genutzte Linie ist, etwas völlig anderes als die Doppeldeckerbusse, in denen die Touristen unterwegs sind. Sie ist mehrmals dort vorbeigegangen, da sie sich genau anschauen wollte, wie die Fahrgäste sich verhalten, um sich ihnen anzupassen.

An der Haltestelle wartet bereits eine kleine Gruppe. Sie zählt drei Männer – zwei *dishdashas* und eine Jeans – und eine einzige *abaya*. Es bleiben noch ein paar Minuten bis zur Abfahrt, wenn der Bus pünktlich eintrifft. Emma postiert sich möglichst unauffällig hinter der Frau. Wieder hat sie das Gefühl, beobachtet zu werden. Sie zieht ihren Schleier zurecht und setzt ihre Sonnenbrille auf. Ihr Herz schlägt so heftig, dass ihre Befürchtungen in den Hintergrund treten.

Am Ende der Avenue taucht ein großer roter Bus auf.

Sie steigt als Letzte ein, flüstert: *»One ticket«*, und zieht Geld hervor. Ihr ist klar, dass sie beäugt wird. Ihr läuft schon jetzt der Schweiß am Körper hinunter. Der Fahrer weiß trotz der verborgenen Haare genau, dass sie keine Araberin ist. Ihre Hautfarbe, ihre Unsicherheit und natürlich ihr dummes Englisch geben hinreichend Aufschluss. Wie konnte Tariq nur denken, dass sie in diesem Bus unbemerkt bleiben wird?

Sie hält das Ticket fest in der Hand, während sie wie ferngesteuert den Gang entlanggeht und alle sie beäugen. Sie hingegen sieht nichts, spürt nichts, ist voll konzentriert auf die erste freie Bank, die sich ihr bietet. Sie gerät beinahe ins Straucheln, als sie sich zu dem Fensterplatz schlängelt. Erst als der Bus sich wieder in Bewegung setzt, kann sie wieder einigermaßen normal atmen. Eine Reihe vor ihr führen zwei Alte ein hitziges Gespräch. Sie beobachtet sorgfältig die übrigen Passagiere, immer auf der Lauer, ob sie etwas Verdächtiges ausmachen kann. Männer, nur Männer, als bestünde die Menschheit nur aus ihnen. Im öffentlichen Raum ist die Hälfte der Bevölkerung unsichtbar. Was machen die Frauen nur den ganzen Tag über so eingeschlossen in ihren vier Wänden?

Am Stadtrand steigen einige junge Männer zu, die sie sogleich ins Visier nehmen. Sie bleiben absichtlich mitten im Gang stehen und beginnen, untereinander zu scherzen. Sie lehnt die Stirn an die Scheibe, um ihre Gleichgültigkeit zu signalisieren.

»Jeder überwacht hier jeden!« Sie erinnert sich an die Worte von Liam. Das gleichförmige Brummen des Motors lullt sie ein wenig ein, und sie lässt sich vom Anblick der Bergketten gefangen nehmen. Sie haben die Stadt hinter sich gelassen und fahren in Richtung Wüste. Die Sonne steht schon tief. Bald wird es Nacht sein.

An der Endhaltestelle sind es nur noch vier Personen, die aussteigen: Emma und die Frau, die an der Haltestelle in Maskat mit ihr gewartet hatte, und die beiden alten Streithähne, die auch jetzt noch in ihre Auseinandersetzung vertieft sind. Das Dorf besitzt keinerlei Charme – neue Häuser entlang einer staubigen Straße, eine runde Kuppel und ein Platz etwas weiter weg. Sonst ist nichts zu sehen, und es dämmert auch bereits.

Tatsächlich ein Ort, an dem sich Fuchs und Hase Gute Nacht sagen, denkt Emma.

Bei der Vorstellung, hier an der Straße zu stehen und zu warten, steigt ihre Unruhe wieder mächtig an.

Das plötzliche Aufleuchten von Scheinwerfern weckt ihre Aufmerksamkeit. Der Geländewagen parkt in etwa fünfzig Metern Entfernung und ist eigentlich nicht zu übersehen – außer für eine junge Frau, die in paranoiden Vorstellungen befangen ist. Sie begibt sich eilig zu dem Fahrzeug hinüber, verlangsamt ihren Schritt aber rasch wieder, um nicht den Eindruck zu erwecken, sie würde rennen. Hinter den Scheiben rührt sich nichts. Für den Fall, dass es Polizisten sind, sollte sie sich schleunigst eine Entschuldigung zurechtlegen. Sie ist in den falschen Bus gestiegen. Sie leidet an Gedächtnisverlust.

Eine Tür geht auf, und eine bekannte Gestalt taucht aus dem Innern auf. Emma unterdrückt einen Aufschrei.

»Anwar?«

Der Chauffeur deutet eine Verbeugung an und bewegt sich zur hinteren Tür, als sei das alles ganz normal. Auch sonst war ihr diese Zuvorkommenheit unangenehm, aber hier und heute ist es noch viel schlimmer, so unverhohlen scheint er ein boshaftes Vergnügen daran zu finden, sie überrascht zu haben.

Sie nimmt Platz, ohne ihn eines Blickes zu würdigen. Ihre Wut hat sie wieder munter werden lassen. Drei Wochen lang fährt der junge Mann sie jetzt schon fast jeden Tag zur Arbeit, und drei Wochen kommunizieren sie schweigend über den Rückspiegel. Anwar hat längst begriffen, dass Zainab sie aufregt. Ebenso weiß er, wenn sie erschöpft ist, wenn sie durstig oder ihr heiß ist und dass sie die Klimaanlage nicht sonderlich schätzt. Zugleich nimmt sie an, dass er neugierig ist, von Reisen träumt und viel moderner ist als seine »Artgenossen«. *Wenn du Spielchen spielen willst, dann kannst du das haben!*

In Wirklichkeit verspürt sie jedoch eine brennende Scham bei der Vorstellung, dass er Bescheid weiß.

Sie verlassen das Dorf und biegen auf eine steil ansteigende Bergstraße, fahren über eine Hochebene, die aussieht wie eine Mondlandschaft, überqueren einen Pass, bevor es wieder hinabgeht durch karge Landstriche, in denen sich nur hier und da vereinzelte Dörfer finden. Nach einer Stunde Fahrzeit verlangsamt Anwar das Tempo. Emma kann einen Bunker erkennen, der mitten im Nirgendwo auftaucht und von einem riesigen Schild überragt wird. Unter den arabischen Schriftzeichen stehen ein paar Worte in Englisch: *»Strictly forbidden area.«* Dahinter lässt sich der wogende Schatten von Sanddünen erahnen. Die Wüste muss ganz nah sein.

»Please, stay quiet.«

Das sind die ersten Worte, die Anwar an sie richtet. Er wirkt angespannt. Emma hat das Gefühl, einen Riesenfehler zu begehen. Noch kann sie ihn bitten, umzukehren, nach Maskat zurückzufahren. Sie kann ihre absonderliche Verkleidung in den Müll werfen und diesen Mann vergessen, der ihre Haut und ihre Fantasien in Flammen setzt.

Anwar drosselt die Geschwindigkeit noch weiter. Emma erkennt draußen eine Uniform. Sie bemerkt, dass Anwar anhält, senkt den Kopf und lehnt sich in eine Ecke, so als würde sie schlafen. Wenn man die Rückbank inspiziert, würde nur ein formloses Etwas zu sehen sein, eine Putzfrau oder vielleicht auch eine dieser »lockeren Frauen, die dem Herrn zu Diensten« sind.

Vielleicht hat Tariq sie belogen. Vielleicht lässt er jede Woche eine andere Frau zu sich kommen. Die Macht dazu besitzt er.

Der Wachposten stößt einen Befehl aus. So hat es ohne

Übersetzung zumindest den Anschein. Anwar jedoch gibt keineswegs klein bei, sondern antwortet ebenfalls in recht scharfem Ton.

Emma würde gern wissen, was man hier mit unanständigen Frauen macht. Ihr Herz schlägt wie verrückt, ihre Fantasie geht mit ihr durch, und zwar so sehr, dass sie ein paar Sekunden braucht, bevor sie spürt, wie die Wärme in ihre Hände strömt. Die Energie fließt, pocht bis in ihre Fingerspitzen. So stark, dass … dass was?

… dass du dich sicher fühlst.

Der Motor heult auf, der Wagen setzt sich wieder in Bewegung. Sie wagt nicht, sich aufzurichten, vermutet jedoch, dass sie die asphaltierte Straße verlassen haben. Sie öffnet ein Auge. Am Himmel funkeln Millionen Sterne.

Der Geländewagen nimmt die erste Düne in Angriff.

15

»Ich möchte, dass Sie bestimmte Personen massieren, wichtige Leute.«

Emma stützt sich auf einen Ellbogen und betrachtet ihren Geliebten im Kerzenschein. Seine Schönheit schmerzt sie beinahe. Er erwidert lächelnd ihren Blick, wirkt dabei wie ein hungriger Kater. Bis auf seinen Geruch, seine Haut und den Geschmack seines Schweißes weiß sie so gut wie nichts von ihm, und doch hat sie Mühe, den Gedanken an Liebe in sich zu ersticken.

»Warum haben Sie mich nicht davon in Kenntnis gesetzt, dass Anwar mich abholt? Ich wäre vor Scham am liebsten im Boden versunken, als ich ihn gesehen habe.«

»Scham?«

Er schaut sie mit großen Augen verständnislos an. Natürlich … Dieses Gefühl kennt er vermutlich nicht. Sie ist gereizt, bleibt hartnäckig.

»Wer weiß noch Bescheid? Zainab?«

»Natürlich nicht! Zainab ist eine hervorragende Dolmetscherin, die beste im Land. Deshalb habe ich sie ausgesucht. Mit Anwar ist das etwas anderes …«

»Inwiefern?«

»Meine Familie beschäftigt auch seinen Vater, und davor hat sie den Vater seines Vaters beschäftigt. *I trust him!*«

»Sie hätten mich vorher in Kenntnis setzen können. Ich sehe ihn schließlich jeden Tag.«

»Lassen wir das Thema. Der Chauffeur wird kein Problem sein.«

In der schwülen Nacht wiegen ihre Zweifel nicht mehr so schwer. Emma lässt sich gegen die Brust von Tariq sinken, atmet den aufregenden und würzigen Geruch seines Körpers ein, der sie so kopflos macht.

Sie mag das fremdartige Siezen, diese schmeichelnde Höflichkeit, die ihre intimen Spiele umso verwirrender macht – ein wenig wie Feuer unter dem Eis.

In diesem Tuareg-Zelt könnten gut und gerne fünfzehn Personen untergebracht werden. Auf dem Boden liegen wertvolle Teppiche, und das Mobiliar besteht aus einer riesigen Schlafstätte, zwei Truhen aus kostbarem Holz und einer Vielzahl von Kissen. Letztere sind um einen niedrigen Tisch herumdrapiert, auf dem ein Weinkühler mit einer noch nicht geöffneten Flasche Krug-Champagner und mehrere Tajine-Gerichte stehen, die schon seit längerem nicht mehr dampfen. Anstelle einer Deckenlampe sind überall Kerzen aufgestellt. Es müssen mindestens fünfzig sein, die in ihren bunten Windlichtgläsern flackern. In ihrem glitzernden Schein entsteht der Eindruck eines flüchtigen Palastes.

»So ... Are you okay?«

Ist es nur ihr Eindruck, oder neigt Tariq dazu, in die englische Sprache zu wechseln, wenn er ergriffen ist? Sie erlaubt sich keck ein kurzes Zögern.

»*Okay*, um Ihre VIP-Freunde zu massieren? Wo würde das stattfinden? Im Resort?«

»Nein, bei mir.«

»Bei Ihnen?«

»Es ist eine geschäftliche Angelegenheit. *Don't misunderstand me*, Emma.«

»Das verstehe ich nicht. Ich massiere nur, ich vollbringe keine Wunder.«

Doch schon taucht die Erinnerung an das Kind wieder in ihr auf. Das Gerücht hat sich vermutlich unter den Expats verbreitet – aber sogar über deren Kreise hinaus? Es wird keinen besseren Zeitpunkt geben, um Tariq davon zu erzählen, aber sie widersteht dieser Versuchung. Was soll sie auch sagen? Sie hat nicht die geringste Lust, sich zu rechtfertigen oder zu versuchen zu erklären, was sie selbst nicht so recht glauben kann. *Möglicherweise war die Verletzung gar nicht so schlimm …*

Als er sich gegen sie presst und nun seinerseits an ihrer Haut riecht, ahnt sie, dass er lächelt.

»Sie sind eine Zauberin. *You've got magical hands*, Mademoiselle Morvan.«

»Und weiter?«

»Ich habe einen Spa-Bereich in meinem Haus. Hin und wieder gestatte ich meinen Gästen, diesen zu nutzen, und einige Geschäftspartner brauchen bisweilen ein wenig Unterstützung, wenn sie sich entspannen wollen. Es wird alles ganz förmlich ablaufen.«

»Passiert es Ihnen oft, dass Sie bei Menschen einen Widerstand aus dem Weg räumen müssen?«

»Nein.«

»Aber Sie benötigen meine Hilfe.«

»Nur jeweils eine einzige Massage. Mir ist lieber, dass man keinen zu großen Gefallen an Ihren Händen findet.«

Sie lachen, und Emma empfindet eine seltsame Rührung darüber, dass Freude zwischen ihnen möglich ist.

Verlieb dich nicht in ihn!

Sie erwidert schelmisch: »Einverstanden. Könnte ja auch ganz lustig werden …«

»Lustig?«

»Immerhin halte ich dann die Zukunft der Welt in meinen Händen!«

Sie löst sich aus seiner Umarmung, rollt zur Seite und greift nach ihrer Tunika.

»Ich habe Hunger. Essen wir?«

Er lacht, ohne ihr zu antworten. Die Lust kommt mit aller Macht zurück. Emma zwingt sich, seinen Körper nicht anzuschauen. Nicht jetzt. Auch wenn alle Macht bei ihrem Geliebten liegt, will sie immer noch entscheiden können, wann sie nachgibt und wann nicht. Das Verlangen bis zum Äußersten hinauszögern.

»Kommen Sie?«

Die Tajine schmeckt vorzüglich, das Fleisch zergeht im Mund. In eine Dschellaba gehüllt, schenkt ihr Tariq erneut Champagner ein. Er selbst bleibt beim Tee. Achtet er die Vorschriften seiner Religion, oder ist es lediglich eine Frage des Geschmacks? Emma hat Skrupel, ihn danach zu fragen, und diese Schüchternheit irritiert sie. Sie deutet mit dem Finger zum Himmel, der durch die Zeltöffnung zu sehen ist.

»Wo sind wir hier genau?«

»Im Nirgendwo. Am einzigen Ort, an dem ich Sie lieben kann.«

Tariq hat keine Angst vor Worten – im Gegensatz zu ihr. Das ist aber auch leicht, da er derjenige ist, der das Tempo vorgibt.

»Und Ihre geheime Anlage … ist die weit von hier entfernt?«

»Weder weit noch nah.«

»Warum haben Sie mich zu dem Polospiel eingeladen?«

Sie will wissen, wie weit seine Ehrlichkeit reicht, aber offenbar stellt diese Wahrheit keinerlei Problem für ihn dar.

»Ich musste Sie sehen.«

Er beugt sich zu ihr, nähert sich ihren Lippen, öffnet diese zu einem Kuss. Ohne weitere Liebkosungen gleiten sie, von erneutem Verlangen überwältigt, dort zu Boden, wo sie sich vorhin voneinander gelöst hatten.

»*You are …*«

Sie entwindet sich dem Kuss und versucht zu lachen.

»Ich muss wissen …«

»*What?*«

Sie will alles wissen! Ja, das ist es, was sie wirklich will. Wissen, warum es möglich ist, »so etwas« zu empfinden. Wissen, wie er im Alltag ist. Wissen, ob er mit ihr spielt und wie aufrichtig er ist. Wissen, wie er ihre Beziehung sieht, die sich auf nicht einmal einhundert Tage beschränken wird. Wie oft wird sie an einem Mittwoch, bei einem Polospiel oder bei einem Empfang Lockerheit vortäuschen müssen?

»Nichts.«

Sie tritt vor das Zelt und geht ein paar Schritte in die Nacht, kümmert sich weder um die Skorpione, die sich in den Sand eingegraben haben, noch um die Kälte, die sie erschauern lässt. Die Wut, die in ihr hochsteigt, trifft sie selbst völlig unvorbereitet. Diese ganze Geheimniskrämerei riecht förmlich nach einem teuflischen Plan, warum hat sie dann nicht einfach widerstehen können?

Weil er dich verbrennt, wenn er dich berührt, weil du in seinem Beisein aufhörst, dich zu verstellen.

Niemals zuvor hat Emma eine vergleichbare Nacht gesehen: ein tiefes Schwarz, über und über gesprenkelt von lebendig wirkenden Glitzerpunkten. Die Sterne strahlen wild und funkelnd, beinahe wie vom Himmel gesendete Zeichen, die die Menschen doch nie entziffern werden. Ihre Haut kribbelt. Es ist nicht mehr nur das Verlangen, sondern das Gefühl, an einem Abgrund zu stehen, auch jetzt.

»Sind Sie verärgert?«

Sie schüttelt den Kopf. Tariqs Arme umschlingen sie, und sein Körper presst sich so drängend gegen ihren Rücken, dass sie sich selbst spürt wie nie zuvor. Er ist erregt, ungeduldig, und dennoch bleiben sie still stehen, um sich ganz dem Zauber des Sternenhimmels hinzugeben.

Vertraulicher Bericht

Emma Morvan, 28 Jahre.

Blond, schwarze Augen, außergewöhnliche Erscheinung.

Masseurin und Physiotherapeutin mit hervorragender Reputation.

Großvater Résistance-Angehöriger.

Mutter bei einem Autounfall ums Leben gekommen. EM am Steuer. EM drei Tage im Koma. Keine Spätfolgen.

Keine vorbestraften Vorfahren.

Keine Zugehörigkeit zu einer politischen Partei. Wählt allerdings links und vertritt ökologische Positionen.

Ledig. Keine feste Beziehung bekannt.

Scheint Abenteuern eher abgeneigt, mit Ausnahme der Zielperson.

Kreativ, autonom, idealistische Tendenzen.

Für nachrichtdienstliche Zusammenarbeit geeignet. Geplante Herangehensweise: Ideologie

16

Es ist gerade einmal 15 Uhr, als Emma erschöpft auf die Rückbank des Geländewagens sinkt. Offenbar hat sie so schrecklich ausgesehen, dass Zainab ihr mitleidvoll vorschlug, an ihrer Stelle den Unterrichtsraum abzuschließen. Seit Kurzem überlässt sie Anwar oft allein die Aufgabe, Emma zurückzubringen. Ist sie mit ihrem eigenen Auto unterwegs? Emma weiß es nicht. Wie dem auch sei, sie ist froh darüber, nicht mehr morgens und abends von *Miss Perfect* beaufsichtigt zu werden.

»*Tired, Miss Morvan?*«

Im Rückspiegel sieht sie die schwarzen Augen blitzen. Anwar hat zu seinen üblichen kleinen Sticheleien zurückgefunden, als würde er lediglich die nächtliche Fahrt in die Wüste missbilligen. Sie murmelt eine leise Zustimmung, während er die serpentinenreiche Straße in Angriff nimmt. Seine Fahrweise ist stets umsichtig und angemessen. Man könnte meinen, dass es zwei verschiedene Anwars gibt. Der eine hat seinen Spaß daran, den idealen Chauffeur zu mimen, während der andere einen Verschwörer mit psychopathischen Zügen abgibt. Sie ist aber zu müde, um sich Gedanken darüber zu machen, was er von ihr hält. Sie fragt sich flüchtig, wo er die Nacht verbracht hat. Auf der Rückbank des Wagens oder an einer anderen Stelle des geheimen Geländes?

Die letzte Haarnadelkurve muss der Wagen so eng nehmen, dass Emma in die Tiefe dicht unter ihnen schaut. Der Anblick der engen Schlucht ist einmal mehr überwältigend und furchteinflößend zugleich. Nachdenklich vergleicht sie den Abgrund unter ihr mit ihrem abgründigen Verlangen – wird es sie beflügeln, oder wird sie in die Tiefe stürzen?

Sie hatten das Tuareg-Zelt heute Morgen beim ersten Tageslicht verlassen. Kurz vor sieben Uhr hatte Anwar sie beim Hotel abgesetzt, sodass sie schnell duschen konnte, bevor es wieder Richtung Kuf Siriun ging. Ein sehr knappes Timing, aber es klappte. Man sollte den Stundenplan am Donnerstag ändern und erst eine Unterrichtseinheit per Videokonferenz abhalten, in der irgendeine bekannte Masseurin ihre Techniken vorstellt. Dann bräuchte sie nicht vor dem späten Vormittag bei ihren Schülern aufzutauchen.

Sie greift nach ihrem Handy und sieht, dass inzwischen drei verpasste Anrufe von einer unbekannten Nummer eingegangen sind. Sie schenkt ihnen keine weitere Beachtung, sondern scrollt zum Buchstaben W, unter dem Tariq eingespeichert ist. Er hat sie gebeten, das Handy nur in Notfällen zu benutzen. Kann eine neue Terminplanung als etwas von äußerster Wichtigkeit angesehen werden?

Sie tippt schnell und ohne nachzudenken.

Ich habe geduscht, aber Ihr Geruch ist überall in mir, in jeder meiner Zellen. Ich möchte alles von Ihnen trinken. Können Sie Zainab auftragen, mich an den Donnerstagen um zehn Uhr im Wadi Bani abzuholen? Ich habe mir einen neuen Stundenplan ausgedacht. Ich werde es Ihnen am nächsten Mittwoch erklären. Das hier wird meine einzige Nachricht bleiben, da Sie mich darum gebeten haben, nur zu schreiben, wenn es wirklich nötig ist. Aber Sie sollen wissen, dass ich ununterbrochen mit Ihnen rede – in meinem Kopf. Eine Rede, die sich in fünf Wörtern zusammenfassen lässt: Ich habe Lust auf Sie. Ihren Schwanz. Ihren Speichel. Ihren Schweiß … Frage aller Fragen: Warum ist da ein solches Verlangen?
TariqTariqTariqTariq

Kommt nicht infrage, ihm ein solch wirres Zeug zu schicken. Ihr Finger tippt auf die Löschtaste, und Buchstabe für Buchstabe verschwindet. Es ist nicht die Angst, alles preiszugeben, die sie zögern lässt, sondern die Gewissheit, sich endgültig zu verlieben, wenn sie sich so hinreißen lässt.

Stattdessen schreibt sie:

> *Ich könnte am Donnerstagmorgen später beginnen. Sie müssten nur Zainab bitten, mich um zehn Uhr am Hotel abzuholen. Um den Rest kümmere ich mich. Ich denke an Sie. E.*

Sie tippt auf »Senden«. Verharrt eine Weile mit klopfendem Herzen. Er wird nicht antworten. Sie sind kein Paar, nicht einmal ein heimliches. Sie lieben sich am Mittwoch, Punkt. Und ihr unstillbares Begehren ändert nichts daran.

Ihre Lider sind schwer wie Blei. Sie schließt die Augen und dämmert weg.

Als sie aufwacht, sieht sie das Gesicht von Anwar nur wenige Zentimeter vor sich. Viel zu nah. Er richtet sich abrupt auf, wirkt ertappt.

»Here we are.«

Was ist denn mit dir los? Hältst du dich für einen Prinzen, der die Prinzessinnen wachküsst?

Sie quält sich aus dem Wagen und macht sich, noch etwas benommen, auf den Weg. Dieser Mann ist wahrlich seltsam. Er ist kein Aufreißer, und darüber hinaus fällt es ihr auch schwer, an die ihm zugeschriebene Ergebenheit zu glauben, die sein Vater an ihn weitergegeben haben soll. Sie spürt nichts davon. Hingegen spürt sie sehr wohl, wie es in ihren Händen arbeitet und zu prickeln anfängt, als wollten sie ihr Misstrauen untermauern.

Heute wird sie nicht schwimmen gehen. Sie wird einige dringende Telefonanrufe erledigen, die noch ausstehen – an ihren Vater, an Pénélope, an Claire, die ihr das Neueste aus dem Thalassozentrum berichten wird –, anschließend wird sie früh zu Abend essen und sich einen Film ansehen. Und mit dem Nachdenken aufhören.

»Miss Morvan!«

Der philippinische Mitarbeiter am Empfang bewegt seine Hand. Eine Sekunde lang hat Emma den Eindruck, die Szene vom letzten Sonntag noch einmal zu erleben. Vielleicht hat Tariq seine Eiskönigin zum Teufel gejagt, als ihm klar wurde, dass er nicht mehr ohne sie sein kann.

Der Mann beugt sich über den Tresen.

»Bitte rufen französische Botschaft an. Es ist dringend.«

»Wie bitte?«

»Die Botschaft. Er sagt, dass Sie nicht antworten. Er hat Nummer gelassen.«

»Scheiße! *Sorry*!«

Der Mitarbeiter nickt sachlich.

»Hat man eine Nachricht hinterlassen?«

»Sie anrufen, ja.«

Jetzt erinnert sie sich an die drei Anrufe ohne Nachricht und unterdrückt ein weiteres Schimpfwort. Sie wartet, bis sie den gläsernen Aufzug betreten hat, dann drückt sie die Rückruftaste. Ein Klingelton. Zwei. Der Portier beobachtet lächelnd, wie sie nach oben entschwebt. Sie kommt sich vor wie eine in durchsichtige Plastikfolie eingeschweißte Puppe.

»Hallo?«

Sie meint, die Stimme wiederzuerkennen, ist aber nicht in der Stimmung für höfliches Geplänkel.

»Hier Emma Morvan.«

»Emma. Freut mich, Ihre Stimme zu hören! Hier spricht Éric Martel. Wir haben uns am Montag beim Polo gesehen. Ich möchte Sie bitten, so schnell wie möglich in die Botschaft zu kommen.«

»Warum? Gibt es ein Problem mit meinem Pass?«

»Nein, natürlich nicht.«

»Dann haben Sie Pech, ich bin total kaputt. Aber wir können uns morgen unterhalten.«

»Ich glaube, Sie verstehen nicht ganz. Es handelt sich nicht um eine bloße Einladung.«

Sie ist so verblüfft, dass sie einen Augenblick braucht, um zu realisieren, dass der Aufzug zum Stehen gekommen ist. Geistesabwesend tritt sie hinaus und wandelt auf dem Teppich den Flur entlang, die Erinnerung an den Teppichboden mit seinem geometrischen orangefarbenen und roten Muster aus dem Film *Shining* kommt ihr in den Sinn.

»Was ist es denn dann?«

»Eine Vorladung.«

Jetzt wäre der Zeitpunkt, zu protestieren und Erklärungen zu verlangen. Das wäre zweifellos die angemessene Reaktion, wenn man sich nichts vorzuwerfen hat, aber sie ist zu müde, um sich aufzuraffen. Läuft hier irgendetwas aus dem Ruder? Éric Martel ist doch Kulturattaché. *Oder ist das eine Tarnung?* Wie dem auch sei, er hat anscheinend genug Macht, um ihr Anweisungen zu erteilen.

»Okay. Geben Sie mir eine Stunde.«

Damit legt sie auf. Ihre Hände glühen, als wäre ihr ganzer Körper ein riesiger Blitzableiter.

Denk nicht nach, spute dich!, flüstert ihr die innere Stimme unwillig zu.

Anders als angenommen, lässt man sie kein bisschen warten. Ein Angestellter nimmt sie in Empfang und geht ihr voraus. Er führt sie eine Seitentreppe hinunter, dann durch ein Labyrinth aus immer enger werdenden Gängen. Außer einer Frau im Kostüm begegnet ihnen niemand. Emma fragt sich, ob diese Inszenierung sie einschüchtern soll. In diesem Fall hätten sie sich aber geirrt, denn der groteske Gang durch ein Pseudolabyrinth ärgert sie lediglich. Dennoch hat das Adrenalin die letzten Reste von Müdigkeit vertrieben.

Vor einer Tür ohne Schild bleiben sie schließlich stehen. Der Mann tritt zur Seite, um sie in das Zimmer dahinter eintreten zu lassen, und schließt die Tür hinter ihr wieder. Emma ist allein. Für ein paar Sekunden gerät ihre Entschlossenheit ins Wanken. Der eher schäbige Raum erinnert an Örtlichkeiten einer nicht ganz offiziellen Bürokratie. Die Regale sind leer, lediglich ein Projektor ist zu sehen. Zwei unbequeme Stühle stehen an einem rechteckigen Tisch, auf dem eine Tourismuszeitschrift liegt. Diese Broschüre verleiht dem seelenlosen Dekor eine seltsam banale Note. Am meisten irritiert das Fehlen eines Fensters. Mit dem grellen Neonlicht könnte man das Zimmer geradezu für einen Verhörraum halten.

Sie beschließt, den Raum wieder zu verlassen, und will schon nach der Klinke greifen, als die Tür sich öffnet und Éric Martel hereinkommt. *Perfektes Timing*, denkt sie, *gerade angsteinflößend genug für diese Inszenierung*.

Wie aus dem Ei gepellt in seinem schwarzen Anzug, tritt der Kulturattaché mit ausgestreckter Hand auf sie zu. Angesichts seines aufgesetzten Lächelns fragt sie sich, wie sie ihm jemals Glauben schenken konnte. Der Diplomat ist verschwunden, ersetzt durch einen eiskalten Funktionär.

»Emma. Danke, dass Sie so schnell gekommen sind.«

Gern geschehen, du Heuchler!

Automatisch ergreift sie die Hand. Bei der Berührung knistert ein Funke und lässt beide kurz aufschrecken. Er bittet sie, sich zu setzen, und nimmt auf der anderen Seite des Tisches Platz, ohne Anstalten zu machen, das jetzt eingetretene Schweigen sofort zu brechen. Es muss um Tariq gehen. Worum sonst? Jetzt, wo Éric Martel die Maske des Verführers hat fallen lassen, geht etwas undefinierbar Bedrohliches von ihm aus.

»Ich möchte gern, dass Sie für uns arbeiten.«

Emma war auf alles gefasst, aber darauf dann doch nicht. Entweder redet er Blödsinn, oder er ist gerissen genug, um den ersten Schlag ohne Betäubung zu setzen. Zum Glück ist sie nicht zusammengezuckt. Das allein zählt in dieser Sekunde.

»Ich bin Masseurin. Haben Sie Probleme mit Verspannungen oder Ähnlichem?«

Er verzieht den Mund zum Anflug eines Lächelns. Als wolle er ihr zu verstehen geben: *Gut, wenn du es nicht anders willst, dann spielen wir halt dein Spiel.* Sie spürt plötzlich eine Gefahr, und dies geht einher mit einer sich abrupt in ihr ausbreitenden Wärme.

»Mademoiselle Morvan, ich könnte Ihnen jetzt eine ganze Reihe von Nettigkeiten erzählen, um das Wesentliche schön einzupacken, aber ich kann Sie schon ganz gut einschätzen. Das wäre verschwendete Zeit.«

»Sie können mich also einschätzen, so etwas aber auch! Woher denn? Vom Polospiel? Von den zehn Minuten, in denen wir Banalitäten ausgetauscht haben? Oder gehen Ihre Kenntnisse über mich auf unsere erste Begegnung im Sheraton zurück, wo Sie als Charmeur aufgetreten sind?«

Erneut lächelt er gekünstelt, als würdigte er ihre taffe Erwiderung. Emma ist anscheinend in eine ähnliche Schule gegangen wie er und hat gelernt, wie man sein Gegenüber mit Sarkasmen an die Wand drückt.

»Im Gegensatz zu den anderen Golfstaaten verfügt der Oman nicht über große Vorkommen an Öl oder Gas. Seine Reserven werden in etwa fünfzehn Jahren erschöpft sein. Das Sultanat kann zwar mit seinen Vorzeigeprojekten im Bereich des Luxustourismus punkten, aber das ist nach den üppigen Jahren des Ölreichtums nicht nachhaltig genug. Allerdings hält das Land einen beachtlichen Trumpf in seinen Händen. Seit Jahren spielt es den Mittler zwischen dem Westen, Teheran und seinen Nachbarn im Mittleren Osten, und zwar ganz besonders, was den Nuklearsektor anbelangt. Anders ausgedrückt: Die Atomenergie ist alles andere als ein Fremdwort für den hiesigen Palast. Das betrifft die dazugehörige Technik, das Entwicklungspotenzial und vor allem das geopolitische Gewicht. Alles Weitere können Sie sich denken …«

»Nicht wirklich, nein.«

Eine Lüge bleibt unsichtbar, wenn man sie fest in sich selbst einschließt. Emma bereitet sich darauf vor, ihre Liaison mit Tariq vehement abzustreiten – denn nur darum kann es gehen! –, und doch beunruhigt sie etwas in Martels Ausführungen. Sie zwingt sich, nicht mit der Wimper zu zucken, während ihr Gegenüber mit seinen Ausführungen fortfährt.

»Vor einem Jahr hat das Energieministerium verkündet, dass der Oman bis zum Jahr 2030 pro Jahr eine Million Tonnen ›grünen‹ Wasserstoff produzieren und im Jahr 2050 CO_2-neutral sein wird. Ich erspare Ihnen die Details, aber grob gesagt, muss der grüne Wasserstoff sich auf andere Energiequellen stützen, zu denen natürlich die erneuerbaren, aber auch die nuklearen Energien zählen. Ein Beispiel: Würden beispielsweise nur vier Prozent der gegenwärtigen Wasserstoffproduktion mittels Nuklearenergie erzeugt, würde das bereits eine massive jährliche Reduktion des Kohlendioxidausstoßes bedeuten. Um seine Infrastrukturen maximal nutzen zu können und die Produktionskosten zu senken, hat die ENGIE-Gruppe vom Oman den Auftrag erhalten, Windräder und Solaranlagen aufzustellen. Aber das reicht dem Oman nicht. Man hat auch den Bau einer Wasserstoffproduktionsanlage in Angriff genommen und ist mithilfe der Koreaner dabei, diese um ein nukleares Mini-Atomkraftwerk zu erweitern. Der streng geheime Ort liegt ungefähr eine Autostunde von Maskat entfernt in einem unbesiedelten Gebiet zwischen den Sanddünen und dem Gebirge al-Dschabal al-Achdar. Nicht weit von einem Ort entfernt, der Ihnen bekannt ist, glaube ich …«

Im letzten Satz schwingt eine süßliche Ironie mit. Wenn es seine Absicht war, sie zu demütigen, dann ist ihm das vollauf gelungen. Emma begreift auf der Stelle, dass es zwecklos wäre zu leugnen.

»Worauf wollen Sie hinaus? Ich weiß Bescheid über die Anlage.«

»Natürlich! Denken Sie nach, Emma! Angesichts der Sicherheitsvorkehrungen in diesem Gebiet war Monsieur Khan gezwungen, Sie einzuweihen. Ich nehme an, dass er vorgegeben hat, es gehe um saubere Energie …«

»Sie glauben wirklich, dass Tariq Khan mich dorthin mitgenommen hätte, wenn diese Leute heimlich an einer Atombombe basteln?«

»Liebe Emma, die friedliche Nutzung von Atomenergie lässt sich von der militärischen Nutzung nicht trennen. Sobald Sie in der Lage sind, mit Kernkraftwerken Elektrizität zu produzieren, können Sie auch eine Atombombe bauen. Es reicht aus, das Uran in einer Zentrifuge auf neunzig Prozent anzureichern statt auf die sonst erforderlichen drei Prozent.«

»Wenn ich das richtig verstehe, behaupten Sie also, dass die Omani mit dem Bau einer Atombombe begonnen haben und der Mann, mit dem ich einmal geschlafen habe, all das leitet?«

»Mit dem Sie zweimal geschlafen haben, Emma. Sie vergessen anscheinend das Treffen im Resort.«

Er lässt ihr keine Zeit, das zu verarbeiten, sondern fährt entschlossen fort: »Und um Ihre Frage zu beantworten: Nein.«

»Nein?«

»Das omanische Programm ist sehr undurchsichtig. Unsere Nachrichtendienste vermuten zwar militärische Ziele, haben aber keine Gewissheit. Niemand behauptet, dass der Sultan demnächst den Finger auf den roten Knopf legen kann. Aber falls er den Ehrgeiz hat, in den nächsten Jahren eine Abschreckungswaffe in seinen Besitz zu bringen, müssen wir das wissen.«

»Und was geht mich das an?«

»Wir brauchen Sie.«

»Absurd! Und warum sollte ich Ihnen helfen?«

»Weil Unzucht nach dem omanischen Gesetz strafbar ist.«

»Sie wollen mich erpressen?«

»Mir ist das Wort ›überzeugen‹ lieber.«

»Und mir ist Fenchel lieber als Innereien! Sie glauben, dass Sie mir Angst machen können, weil mir einer Ihrer Laufburschen in den Bus gefolgt ist und gesehen hat, wie ich in den Geländewagen eingestiegen bin?«

»Im Ernst, Emma …«

Martel steht plötzlich auf und verschwindet kurz aus dem Zimmer, um mit einer kartonierten Mappe zurückzukehren.

»Schnappschüsse, wenn ich so sagen darf. Und was sie zeigen, hat nichts mit einem nächtlichen Abenteuer zu tun.«

Er fächert die Aufnahmen neben dem Tourismusmagazin auf. Es sind Luftaufnahmen, die von einer Drohne oder irgendeinem Satelliten aufgenommen wurden. Auf dem ersten Bild verschwindet eine verschleierte Frau in einem Beduinenzelt. Erschreckend sind die anderen Aufnahmen, die den Zeitangaben am unteren Rand der Bilder gemäß drei Stunden nach dem ersten Foto entstanden sind.

Im Alter von acht Jahren war Emma in einer ebenso kurzen wie intensiven mystischen Krise der festen Überzeugung gewesen, dass Gott alles sehen würde, ganz besonders den Unfug, den sie angestellt hatte. Dieses Gefühl springt sie nun geradezu an beim Anblick des im Sand liegenden, eng umschlungenen Paares. Selbst aus der Entfernung lassen sie manche Details wieder erschauern. Das ungezügelte Drängen des Mannes, mit dem er die Frau dazu bringt, sich aufzubäumen. Ihr zum Himmel gehobenes Gesicht, der Mund zu einem Schrei geöffnet. Ihre Züge sind ganz klar zu erkennen. Sogar die Mischung aus Schmerz und Ekstase lässt sich in ihnen ablesen.

Ihr Blick schwenkt zu dem Hochglanzmagazin hinüber. »Die Wunder des Oman« verheißt der Untertitel. Daneben wirken die Fotos umso obszöner. Der Kulturattaché hat seine Inszenierung gut durchdacht.

»Ihre Methode ist widerlich.«

»Aber auch nützlich.«

»Warum sollte ich kooperieren?«

»Was wäre, wenn ich Ihnen sage, dass Sie Tariq Khan damit helfen?«

»Indem ich ihn verrate, weil Ihre Spione ihn verdächtigen?«

»Sie würden uns damit die Möglichkeit geben, ihn zu schonen.«

»Was heißt das? Ich heuere beim französischen Nachrichtendienst an?«

»Wir wollen nicht übertreiben. Sie sollen nicht Mata Hari spielen, ich bitte Sie lediglich um ein paar Informationen.«

»Das sind dumme Wortspiele, Herr Kulturattaché!«

»Okay, der Punkt geht an Sie. Das beruhigt mich im Übrigen. Sie haben gerade die letzten Zweifel ausgeräumt, die ich in Bezug auf Ihr Potenzial noch gehegt habe.«

»Was soll jetzt dieses Gefasel?«

»Dass Sie genau die Person sind, die wir brauchen.«

»Außer wenn ich mich weigere.«

»Sie müssen lediglich eine Speicherkarte aus dem Gelände schmuggeln und uns übergeben.«

»Nichts leichter als das! Und wie stelle ich das an? Soll ich in meine Wachpostenuniform schlüpfen, um das Ding mitzubringen?«

»Der Auftrag birgt lediglich ein geringes Risiko, und wir werden unser Möglichstes tun, auch das auf null zu fahren.«

»Warum gehen Sie dann nicht selbst hin?«

»Wir haben in der Tat einen Spitzel, aber es ist schlicht unmöglich, irgendetwas aus einem Hochsicherheitsgelände herauszuschmuggeln. Ich meine damit nicht nur, dass alles durchsucht wird. Sogar die Angestellten müssen beim Betreten und Verlassen des Geländes einen Körperscanner passieren, und ihr Mageninhalt wird regelmäßig und systematisch kontrolliert.«

»Wie sympathisch. Ich soll also ganz und gar arglos durch den Scanner marschieren und den Sicherheitsleuten dabei nett zuwinken?«

»Ihre Aufgabe besteht darin, zur rechten Zeit am rechten Ort zu sein. Alles andere ist unsere Sache. Wenn Sie das akzeptieren, erkläre ich Ihnen, wie wir vorgehen werden.«

»Ach, Sie benötigen auch noch meine Zustimmung? Nach der Erpressung mit den Nacktfotos? Wie komme ich zu dieser Ehre?«

»Dafür gibt es mehrere Gründe. Gérard Morvan. Tariq Khan. Und Ihr Profil. Sie sind loyal, empfänglich für …«

Alles Weitere geht für Emma in einem unverständlichen Rauschen unter. Sie hat den Eindruck, als öffnete sich eine Falltür unter ihren Füßen. *Gérard Morvan?*

»Was hat mein Großvater mit Ihren Machenschaften zu tun?«

Zum ersten Mal seit Beginn der Unterhaltung zeichnet sich bei Éric Martel ein Anflug von Gereiztheit ab. Er schüttelt den Kopf, als hätte er ein widerspenstiges Gör vor sich.

»Er war ein mit dem Verdienstkreuz ausgezeichneter Kämpfer der Résistance, der eine hohe Meinung von seinem Land und der Freiheit hatte. Zum Teil sind Sie von ihm erzogen worden, und das hinterlässt Spuren, oder täusche ich mich da etwa? Sie wohnen in seiner ehemaligen Schuhmacherei, Sie sympathisieren mit Umweltschutzorganisationen, wählen die Grünen – außer bei den letzten Wahlen, wo Sie sich enthalten haben, weil Sie, ich zitiere, ›halbe Sachen ablehnen‹. Soll ich noch weitere Details nennen?«

Emma ist tief getroffen. Woher wissen sie das mit der Enthaltung? Und was ist mit dem Unfall? Zählt der Tod ihrer Mutter zu den angedeuteten weiteren Details? Oder will dieser Martel sie einfach nur manipulieren? Sie war schließlich diejenige, die den Gedanken ins Spiel gebracht hat, vom französischen Nachrichtendienst engagiert zu werden. Martel hat zwar nichts abgestritten, aber vielleicht würde er ihr auch erzählen, dass die Erde eine Scheibe ist, wenn es seinen Zielen entgegenkommt. Warum hat man sie in dieses schäbige Untergeschoss gebracht und nicht in ein offizielles Büro?

Plötzlich meint sie, alles ganz klar zu sehen. Es ist genau wie in ihren Albträumen: dieser Augenblick, in dem man weiß, dass man davonlaufen müsste, aber keinen Muskel rühren kann und in seinem Traum feststeckt.

Sie muss etwas sagen, ganz gleich, was.

»Haben Sie niemand anderen?«

»Emma, Sie sind genau die Person, die wir für diese Mission benötigen.«

Éric Martel spricht nun wieder in zuckersüßem Tonfall. Jetzt, wo er sie am Haken hat, kann er zum nächsten Schritt übergehen, der Überzeugung. Wie bringt man eine kleine Masseurin auf Kurs, ohne dass sie angesichts einer solchen Aufgabe doch noch das Weite sucht?

Sein einziger Verhandlungsspielraum liegt genau da – in ihrem guten Willen. *Bleib sachlich. Ein Schritt nach dem anderen!*

»Was erwarten Sie von mir?«

»Gewöhnlich übernachtet Tariq Khan von Mittwoch auf Donnerstag auf dem Gelände, sodass er an zwei Tagen an dem Nuklearprogramm arbeiten kann. Seine Abwesenheiten und Fahrten werden nicht weiter hinterfragt, da er viele Projekte und Termine hat, zum Beispiel auch die Eröffnung des Resorts. Werden Sie ihn nächsten Mittwoch sehen?«

»Was macht Sie denn so sicher, dass er mich überhaupt wiedersehen will?«

»Dieser Mann lässt Sie aus Frankreich einfliegen, lässt Sie in die Wüste bringen, an einen streng abgeschirmten Ort. Überlegen Sie doch, Emma! Sie sind eine außergewöhnliche Schönheit, aber das ist keine ausreichende Erklärung. Bei Ihrer ersten Begegnung ist etwas Besonderes geschehen, Tariq Khan ist kein Schürzenjäger. Wir waren alles andere als sicher, dass er dieses Risiko eingeht. Ehrlich gesagt, haben wir es nicht zu hoffen gewagt.«

»Seit wann stellen Sie Nachforschungen an?«

Als er nicht antwortet, hakt sie nach.

»Was wissen Sie sonst noch über mich?«

Er zögert kaum merklich, aber Emma hat es registriert und durchschaut ihn nun genau – jetzt will er um jeden Preis verhindern, dass sie verstimmt ist.

»In dem Club der Expats stimmen alle ein Loblied auf Sie an. Und Ihre Schüler ebenfalls. Sie sind eine außergewöhnliche Masseurin.«

Mehr will er offenbar nicht preisgeben. Nicht die leiseste Anspielung auf eventuelle Superkräfte … Oder will er sich das für später aufheben?

Während sie ihn beobachtet, greift er nach seinem Handy und tippt, plötzlich finster dreinschauend, eine Nachricht.

»Emma, ich möchte Sie nicht zu lange hier festhalten, deshalb fasse ich noch einmal zusammen: Nächsten Mittwoch werden Sie sich bereithalten. Es wird ein Ablenkungsmanöver geben, das Khan dazu zwingt, tätig zu werden.«

»Wie wird das aussehen?«

»Je weniger Details Sie kennen, desto geringer ist die Gefahr, dass Sie sich verraten.«

»Ich soll einfach so in Ihre Operation eingebunden werden? Ohne jede Vorbereitung?«

»Zerbrechen Sie sich nicht den Kopf. Das Einzige, worum wir Sie bitten, ist, sich bereitzuhalten. Wenn Sie zur rechten Zeit am rechten Ort sind, wird jemand Ihnen eine Speicherkarte übergeben.«

»Das ist jetzt nicht wahr!«

»Noch einmal, es ist ganz einfach: Man gibt Ihnen einen Gegenstand, den Sie später an uns übergeben, das ist alles. Wenn unser Agent diese Speicherkarte nicht weiterreicht, gerät er in große Gefahr.«

Es klopft an der Tür. Martel steht auf, um zu öffnen, und schaut hinaus. Emma hört hinter sich ein Rascheln, ein »Danke«, dann wird die Tür wieder geschlossen. Sie widersteht der Versuchung, sich umzudrehen. Als er ihr wieder gegenübersitzt, schiebt er eine Tasche zu ihr hinüber. Eine Umhängetasche aus wunderschönem rotem Leder mit einer goldenen Schnalle. Auffällig.

»Im Innern befindet sich ein GPS-Chip. Behalten Sie die Tasche immer bei sich. So können wir rund um die Uhr auf Sie aufpassen.«

»Und wenn ich Kontakt zu Ihnen aufnehmen muss? Wenn etwas schiefläuft?«

»Dann komme ich. Rufen Sie die Botschaft nur im äußersten Notfall an. Das beste Mittel, Spuren zu verwischen, ist, erst gar keine zu hinterlassen. Falls Sie Kontakt zu uns aufnehmen müssen, gehen Sie ins Schwimmbad des Wadi Bani. Sie schwimmen jeden Tag dort. Es gehört also zu Ihren täglichen Gewohnheiten.«

»Haben Sie auch ein Aufzeichnungsgerät unter meiner Matratze versteckt?«

Ein düsterer Schatten huscht über das Gesicht von Martel, allerdings so flüchtig, dass Emma nicht sicher ist, ob sie es sich nur eingebildet hat. Er ist besorgt, und zwar weitaus mehr, als er es zugeben will.

»Sie vergessen Ihr Duschgel im Wadi Bani in der dritten Kabine, und am Tag darauf gehen Sie um 17 Uhr ins Café Casbah auf dem Souk. Dieser Ort wird von Touristen und Einheimischen gleichermaßen besucht. Sie gehen in den hinteren Bereich des Cafés und setzen sich an den runden Tisch. Und wir machen es genauso. Wenn wir Sie kontaktieren müssen, lassen wir ein Duschgel mit Pfirsicharoma stehen.«

»Warum Pfirsich?«

»Warum nicht?«

»Und wenn der Tisch besetzt ist?«

»Das ist unmöglich.«

»Gut, ich setze mich also dorthin. Und was dann?«

»Ihr Tischnachbar ist Ihre Kontaktperson.«

»Und wie machen wir es mit der Speicherkarte?«

»Das läuft genauso. Sie werden sie uns am Donnerstag nach dem Unterricht übergeben.«

»Warum nicht in der Duschkabine?«

»In diesem Fall ist uns die eigenhändige Übergabe lieber.«

»Hören Sie endlich mit diesem ›uns‹ und ›wir‹ auf, Éric! Sie allein sind der Mistkerl!«

»Es tut mir leid, wenn Sie das so sehen. Wir … *Ich* brauche Sie. Ihr Großvater …«

»Lassen Sie meinen Großvater aus dem Spiel!«

»Also gut. Denken Sie auf dem Rückweg daran, am Schalter ein Dokument in Empfang zu nehmen, das Ihre Anwesenheit hier rechtfertigt.«

»Für den Fall, dass man mir nachschnüffelt?«

»Mir ist es lieber, für alle denkbaren Szenarien gewappnet zu sein, auch für die unwahrscheinlichen.«

»Und wenn man mir folgt?«

»Dann müssen wir improvisieren.«

»Cool! Da fühlt man sich doch gleich besser.«

»Noch ein letzter Rat … Trauen Sie niemandem.«

»Auch Ihnen nicht?«

Ihre Replik amüsiert ihn, und Emma wird klar, was sich hinter dem gelackten Auftreten des Kulturattachés verbarg: der unbedingte Wille zum Sieg. Gewöhnlich respektiert sie das. Aber gewöhnlich ist sie auch nicht die Fliege, die sich im Spinnennetz verfangen hat.

Als er ihr seine Hand entgegenstreckt, ergreift sie sie ohne das leiseste Zögern. Das überrascht ihn offensichtlich, er hatte wohl mit ihrem Misstrauen gerechnet. Aber Emma hat vorausgesehen, wie er auf den Händedruck reagieren würde, und sich daher darauf konzentriert, den Energiefluss zu blockieren.

Trotzdem verzieht er das Gesicht, befremdet von der Wärme ihrer Handfläche.

17

Die Zeit ist wie bleiern und scheint nicht vergehen zu wollen. Der Gedanke an ihren Verrat quält sie. Als sie endlich zur Ruhe kommt, fällt sie in einen unruhigen Schlaf, in dem sie von labyrinthischen Träumen heimgesucht wird.

Der Freitag ist zum Glück frei. Emma steht früh auf. Sie ist fest entschlossen, wieder zu sich zu finden und keine Panik aufkommen zu lassen. Am späten Vormittag trifft sie sich mit Lili, also bleibt ihr genug Zeit, um längst überfällige Anrufe zu erledigen. Diese Gespräche hinterlassen jedoch ein unbefriedigendes Gefühl bei ihr. Die ganze Zeit über kann sie eine vage Angst nicht abschütteln. Die Furcht davor, abgehört zu werden, zwingt sie, jedes Wort genau abzuwägen – ein Gefühl, als wäre sie auf vermintem Gelände unterwegs. Manchmal hat sie den Eindruck, dass die anderen etwas ahnen oder ihr eigenes Unbehagen auf sie abfärbt. Pénélope verhält sich ausweichend, weniger neugierig als sonst, und trotz der Erleichterung, sie nicht anlügen zu müssen, entsteht bei Emma der absurde Eindruck, dass man sie im Stich lässt. Claire erzählt den neuesten Gossip: Lemonier hat den Sternekoch gefeuert und durch einen Instagram-Star ersetzt, der bei seinen Storys weitaus mehr Talent zeigt als am Herd, Ludo ist frisch, aber schon wieder unglücklich verliebt, Madame Jonquière hat wegen eines zu heißen Wickels einen Riesenaufstand gemacht. Emma wird bewusst, wie weit sie sich bereits von diesem Leben entfernt hat. Verschwunden sind die beruhigenden Routinen und der Ehrgeiz, der sofort durch Fragen erstickt wird – durch Fragen wie: *Wozu das alles?, Wozu umziehen, wenn alles doch nur wieder von vorn beginnt?, Wozu seine Freunde verlassen und einer Festanstellung hin-*

terherrennen?, Wozu überhaupt lieben, wenn ein geliebter Mensch einen jederzeit ohne Vorbereitung für immer verlassen kann? Diese Erkenntnis schockiert sie zutiefst, aber sie steht so neben sich, dass sie keine Schlüsse daraus zu ziehen vermag.

Im Gespräch mit ihrem Vater stellt sich rasch die alte Gereiztheit ein. Als sie ihn aus heiterem Himmel fragt, in welcher Widerstandsbewegung Gérard Moran gekämpft hat, verspricht Michel ihr, nach alten Aufzeichnungen zu suchen, die noch »irgendwo« herumliegen müssen. Das plötzliche Interesse für die Familiengeschichte beunruhigt ihn jedoch, und er löchert sie mit Fragen, in denen – wie so oft – ein Vorwurf mitschwingt, was Emma – wie so oft – auf die Nerven geht. Am Ende des Gesprächs ist dennoch er derjenige, der noch einmal auf das Thema zurückkommt.

»Weißt du, mein Schatz, Opa hat es gehasst, über diese Zeit zu sprechen, vor allem, wenn es darauf hinauslief, Handlungen zu glorifizieren, die er schlicht für notwendig hielt. Genauso war es mit seiner Tätigkeit als Geistheiler. Er lehnte es immer ab, sich dafür bezahlen zu lassen. ›Für eine Gabe nimmt man kein Geld, und man sollte sich auch nichts darauf einbilden. Ich bin Schuhmacher. Bringt mir euer kaputtes Schuhwerk, dann ist alles gut!‹«

Nachdenklich legt Emma auf. Hätte Gérard Morvan es gutgeheißen, den Spion für die französische Regierung zu spielen? Sie ist sich da nicht so sicher. Martel mag seine Schmeicheleien noch so schön aneinanderreihen – was er verlangt, hat nichts mit der Résistance zu tun. Man fordert von ihr nicht mehr und nicht weniger, als Tariq zu verraten, und das wirft sie unweigerlich auf die Frage nach ihrer Schuld zurück. *Einen Geliebten zu verraten ist doch nicht das Gleiche, wie die eigene Mutter zu töten!*

Sie wirft einen Blick zu dem Foto hinüber. Ihr rätselhaftes Madonnenlächeln lässt Jeannes Spott noch abgründiger erscheinen.

11.30 Uhr. Inmitten von staubigen Straßen scheint die große Moschee von Maskat mit ihrem blendenden Weiß förmlich aus dem Nichts aufzusteigen. Das Gebet ist beendet, die Gläubigen haben den Touristen das Feld überlassen, die an ihren Haarschnitten, den lockeren Tüchern und ihrem unsicheren Auftreten leicht auszumachen sind. Sie schauen in den Himmel, als wollten sie mit einem einzigen Blick die symbolträchtige Kuppel samt ihren fünf Minaretten erfassen. Lili steht bereits am vereinbarten Treffpunkt, dem Haupteingang, und wartet auf Emma.

Sie durchqueren einen Grünstreifen, um dann eine breite, von Blumenbeeten und akkurat beschnittenen Bäumen gesäumte Allee entlangzuschlendern. Von der feierlichen Ausstrahlung dieses Ortes geht etwas Beruhigendes aus. Lili weist auf eine in den Marmor gehauene Rinne, die ein symbolisches *faladsch* darstellen soll. Aus ihr ergießt sich kristallklares Wasser mit leisem Plätschern in einen Brunnen.

»Ein wenig zu aufpoliert nach meinem Geschmack«, befindet Emma.

»Sei kein Snob! Wenn ich dein zerknittertes Gesicht sehe, würde ich sagen, du hast einfach nicht genug geschlafen! Nutz die Gelegenheit! So etwas wirst du in deiner französischen Provinz nicht so schnell wiedersehen!«

»Sag nicht ›Provinz‹, wenn du mit einer zertifizierten Bretonin sprichst, meine Liebe.«

Sie biegen in die Allee, die zu den Waschhallen führt – die »Galerie der Riwaqs«, wie Lili erklärt, als sie auf die kunstvoll gearbeiteten Arkaden weist. In dem Gang lockern leicht erhöht eingebaute Nischen den protzigen Eindruck des Marmors etwas auf. Am Ende erreichen sie einen Innenhof mit so unglaublich glatten Fliesen, dass sie den Eindruck haben, auf einer unbewegten Wasseroberfläche zu gehen.

Bevor sie den Gebetsraum betreten, ziehen sie die Schuhe

aus und kontrollieren den Sitz ihrer Schleier, um angemessen bedeckt zu sein. Der Raum hat riesige Ausmaße. Der Blick wird vom Licht eingefangen, das von Deckenleuchtern herunterperlt wie goldene Sonnenstrahlen. Der prachtvollste Leuchter scheint unter einem türkisfarbenen Firmament zu schweben.

»Es gibt fünfunddreißig Kristallleuchter von Swarowski, und der, den du gerade bewunderst, ist vierzehn Meter hoch, wiegt acht Tonnen und hat mehr als eintausend Birnen. Stell dir das einmal vor! Und pass auf, dass du dir nicht den Kopf verrenkst. Was den Perserteppich unter unseren Füßen angeht – er ist siebzig Meter lang, sechzig Meter breit und wiegt einundzwanzig Tonnen. Er wurde von Hand geknüpft, und zwar von sechshundert iranischen Teppichweberinnen, die vier Jahre lang daran gearbeitet haben. Für einen Teppich dieser Größe sind ungefähr eine Milliarde und siebenhundert Millionen Knoten erforderlich.«

Während Lili ihr das alles zuraunt, verzieht sie das Gesicht.

»Jedes Mal, wenn ich hierherkomme, muss ich an die sexistische Komponente dieser Sache denken. Frauen weben einen Teppich, auf dem die Männer dann niederknien. Das sagt doch viel aus über die Mentalität des Patriarchats.«

»Meinst du das ernst? Kannst du es denn nie lassen?«

»Nein, nie. Komm mit, und schau dir den Unterschied zum Gebetsraum für die Frauen an!«

In der Tat weist dieser Saal nicht viel von der Pracht seines Pendants für die Männer auf. Es ist ein rechteckiger Raum ohne Nischen oder Säulen. Von der Kassettendecke hängen überladene Kronleuchter herab, und der Teppich ist ockerfarben mit königsblauen Streifen. Sonst nichts.

»Hier passen gerade einmal siebenhundert Gläubige hinein, während bei den Männern Platz für sechstausendfünfhundert ist!«

»Warum ist der Unterschied denn so groß?«

»Die omanischen Frauen haben das Recht, zu Hause zu beten, was es ihnen erlaubt, gleichzeitig die Kinder zu betreuen. Quod erat demonstrandum! Komm, wir gönnen uns eine Pause im Teesalon der Bibliothek. Da gibt es einen Dattelkaffee zum Niederknien! Anschließend fahren wir zum Candle Café und tun so, als wären wir Stars, essen ein Club-Sandwich und schauen aufs Meer hinaus. Und heute Abend nehme ich dich mit in die Oper.«

»Kommt nicht infrage. Ich habe vor, einen Monat lang zu schlafen.«

»Wenn du eine waschechte Expat werden willst, hast du gar keine andere Wahl. Wie lange bist du jetzt schon hier? Einen knappen Monat? Und du hast noch längst nicht alles abgehakt, was man in Maskat gesehen haben muss.«

Lili hebt die Hand und zählt an den Fingern mit ernster Stimme die Sehenswürdigkeiten ab.

»Oper, Moschee, Souk, Fischmarkt, Mutrah-Festung und eine Bootstour entlang der zerklüfteten Küste in einer traditionellen Dhau.«

»Lili …«

»Auf dem Programm der Oper steht heute *Anna Bolena* von Donizetti. Auch eine Liebesgeschichte, die ein schlechtes Ende nimmt …«

»Einverstanden. Aber ich gehe erst mal nach Hause und ruhe mich aus.«

»Du bist die Beste.«

Nackt, kohlschwarzer Blick, scharlachrote Lippen. Im Spiegel gleicht Emma einer Diva, die ihr Kleid vergessen hat. Sie hat sich sehr viel auffälliger geschminkt als sonst. *Eine Kriegsbemalung*, denkt sie. Prüfend mustert sie ihre hoch aufgeschossene

Gestalt, stellt unzufrieden fest, dass ihre Rippen sich leicht abzeichnen. Sie hat abgenommen.

Ob er dünne Frauen mag?

Sie verscheucht die quälende Erinnerung an Tariq und greift nach ein paar Sandalen mit Absatz. Ihr Samsung zeigt an, dass eine SMS eingegangen ist. Die anderen warten vermutlich bereits in der Bar des Wadi Bani auf sie. Ihr Outfit liegt ausgebreitet auf dem Bett: ein himbeerrotes Etuikleid – ein verrückter, sündhaft teurer Kauf in Mauds Lieblingsboutique – und dazu Handschuhe, wie Rita Hayworth sie in *Gilda* trägt. Als sie angezogen ist, legt sie einen Schleier in kräftigem Pink über das Haar und baut sich noch einmal vor dem Spiegel auf. Das Nebeneinander von kräftigem Rot und Rosa trifft genau ihre innere Verfassung. Chaos und Wut. Heute Abend möchte sie ihre Schönheit nutzen, die ihr so oft eine Last ist, und sie als Trumpf verwenden gegen alle Voyeure, die ihr hinterhersehen. Ein Statement gewissermaßen: »*Ja, ich bin es! Glotzt, so viel ihr wollt, es schert mich nicht!*«

Die SMS ist von Lili:

Wir warten auf dich! Beeil dich, wenn du noch ein Glas vorher trinken willst!

Beim Aufbruch zögert Emma einen kurzen Augenblick. Die mit dem GPS-Chip versehene Umhängetasche von Éric Martel passt farblich überhaupt nicht zu ihrem Kleid, allerdings hat er sehr deutlich gemacht, dass sie sie immer bei sich tragen soll. Heute Abend kann der Herr Kulturattaché sie aber mal. Sie schiebt Handy und Portemonnaie in eine bestickte Etui-Tasche und verlässt ihr Zimmer. Als der Aufzug sich in Bewegung setzt, hat Emma hinter der Glasscheibe den Eindruck, sich zu verdoppeln.

Liam ist der Erste, der sie bemerkt, und begrüßt sie mit einem sonoren »Wahnsinn!« Lili entfährt ein bewunderndes »Wow!«, Romain wird blass, Thomas verschluckt sich an seinem Ginfizz, und Maud braucht eine vielsagende Sekunde, um sich zu einem gezwungenen Lächeln durchzuringen.

»Umwerfend … Allerdings auch ziemlich auffallend für hiesige Verhältnisse.«

»Umso besser. Es ist eben eine Abwechslung zum Einheitslook.«

»Ich übernehme gern die Rolle deines Leibwächters!«, verkündet Liam.

Der Kellner taucht gerade im richtigen Augenblick auf, um Emma eine Antwort zu ersparen. Sie bestellt einen Bordeaux und bemüht sich, den anderen zuzuhören. Die Geschäftsreise von Tom, der Blog von Maud und ihren Followern auf Instagram, Romain und das bevorstehende Ende seines Vertrags, Liam, der wissen will, warum sie in die Moschee gegangen sind, ohne ihm Bescheid zu sagen.

»Weil das eine Mädelsaktion war – und du nun mal keins bist.«

Die schlagfertige Erwiderung von Lili ist Balsam für ihre paranoiden Anwandlungen.

Der Kellner platziert die Bestellung von Emma mit perfekter Geste vor ihr auf dem Tisch und verharrt einen Augenblick neben ihr. Seine dunklen Augen durchbohren sie förmlich. *Ein Spion?*

Sie ergreift das Glas und leert es in einem Zug zur Hälfte. Der Rotwein kratzt in der Kehle und benebelt ihren Kopf. Sie nimmt die Unterhaltung nicht mehr in allen Einzelheiten wahr. Als Maud das Signal zum Aufbruch gibt, kann sie ihre Erleichterung nur mit Mühe verbergen.

Das Taxi, eine große Limousine, in der sie zu sechst gut Platz haben, wartet draußen schon auf sie.

Das Opernhaus ist brechend voll. Die eleganten Garderoben vermitteln ihr den Eindruck eines riesigen Vogelgeheges – eines Vogelgeheges aus weißem Marmor und kostbaren Holzvertäfelungen. Hier an diesem Ort sind ausnahmsweise die Europäer ebenso zahlreich vertreten wie die Omani. Wo auch immer Emma vorbeikommt, löst sie ein kleines Beben in ihrem Umfeld aus. Eigentlich sollte Éric Martel auch hier sein und unter den Honoratioren umherstolzieren. Irgendwie hat sie sich auch für ihn heute Abend so in Schale geworfen. Um sich für den schäbigen Kellerraum und seine widerlichen Drohungen zu rächen. Heute soll er eine strahlende Frau sehen und vor ihr erbeben!

»*Miss Morvan!*«

Fassungslos fährt sie herum. Tariq verbeugt sich steif vor ihr.

»Willst du uns nicht vorstellen?«

Die Schönheit an seiner Seite mag die Unschuldige spielen, aber an ihrer Antipathie gegenüber Emma besteht nicht der geringste Zweifel. Sie hat schwarzes Haar wie ihr Begleiter, einen dunklen Teint und die Lippen zu einem herablassenden Lächeln geschürzt. Wunderschön, aber ein eisiger Hauch schmälert ihren Glanz. *Die Frau von den Tribünen*, Emma erkennt sie sofort wieder.

»Rayja Bint Hujaima, meine Verlobte. Miss Morvan, unsere Lehrkraft für den Massagebereich.«

Emma hat reichlich Mühe, ihren Fluchtreflex zu unterdrücken.

»Guten Abend. Ich bin mit …«

Emma bringt ihren Satz nicht zu Ende. Ihr Kopf dröhnt. Wie durch einen Dunstschleier bemerkt sie, dass Maud sich nach vorn gedrängt hat und frenetisch drauflosredet. Sie schnappt lediglich ein paar Fetzen auf: »… entzückt … Majestät … ›Französin im Oman‹, mein Blog … wunderbar!«

Tariq ist so sehr damit beschäftigt, Gleichgültigkeit gegenüber Emma vorzutäuschen, dass es den anderen einfach auffallen muss. Was hatte Lili noch gesagt? *»Ein* crush *ist schlimmer als eine rote Nase während der Fastenzeit!«* Angesichts der vernichtenden Blicke von Rayja Bint Hujaima verflucht Emma ihre Entscheidung für ein extravagantes Outfit.

Ein harter Klingelton durchbricht das herrschende Stimmengewirr, und die Menge setzt sich allmählich in Bewegung.

Emma begreift nicht sofort, was los ist, bis Liam ihr ins Ohr flüstert: »Wir müssen auf unsere Plätze. Die Aufführung beginnt gleich.«

Sie nimmt seinen Arm und lächelt in die Menge. Vermutlich sieht sie wie eine Irre aus. Die anderen reden weiter, und es kommt ihr vor, als seien sie ganz weit weg. Als sie es endlich zur Treppe geschafft haben, hat sie das Gefühl, in eine unheilvolle Strömung geraten zu sein. In ihrem Kopf geistert das Bild eines Fischs herum, den man ausnimmt.

»Das ist er, stimmt's?«

Bevor Lili ihren Platz auf dem Balkon einnimmt, hat sie sich noch rasch zu Emma vorgebeugt, um diese Frage loszuwerden. Ihr Profil zeichnet sich im Halbdunkel ab. Emma verspürt plötzlich eine Unsicherheit, die alles und jeden umfasst. Kann sie ihrer Freundin vertrauen? Und was ist mit ihrem Instinkt, der sie immer wieder beschwört, dass alles ein schlechtes Ende nehmen wird?

Von Anne Boleyn und ihrem Leidensweg, von den melodramatischen Gefühlsausbrüchen und den tragischen Arien der geistig verwirrten Königin bekommt Emma nicht viel mit. Sie sitzt, vor Blicken geschützt, in der zweiten Reihe ihrer Loge und hängt ihren Gedanken nach, schwankt zwischen Alternativen, von denen eine unmöglicher ist als die andere: Sie kann Tariq warnen oder sich auf das Spiel von Martel einlassen, sie kann den Plan zum Scheitern bringen, die Speicherkarte als Garantie behalten, das erstbeste Flugzeug nach Frankreich nehmen, den

Oman vergessen … Verbissen dreht und wendet sie die Sache hin und her und stößt immer wieder auf die gleichen Hindernisse: den Verrat, ihre Schuld. Aber was verrät sie? Und wen? Ihren Geliebten? Ihr Land? Ist das so wichtig, wenn man seine Mutter getötet hat? Ohne es zu wissen, hat Martel ihr eine perfekte Falle gestellt, die an einem Novembertag des Jahre 2014 auf der Autobahn A11 ihren Ausgang genommen hat.

Die Erinnerung packt sie immer aus der Vogelperspektive, als sei sie lediglich Zeuge der Tragödie und nicht selbst am Steuer gewesen. Neben ihr döst ihre Mutter auf dem Todessitz. Wie oft hat sie die Szene schon vor ihrem inneren Auge ablaufen lassen und dabei die ganze Litanei des »Wenn sie doch nur« durchgespielt? Wenn sie doch nur gebummelt und eine letzte Tasse Kaffee getrunken hätten, bevor sie nach Paris aufgebrochen waren, um dort das Wochenende zu verbringen. Wenn sie doch nur die Autobahnauffahrt verpasst hätten, weil sie abgelenkt waren. Oder wenn sie bei Kilometer zweiundsiebzig heruntergeschaltet und abgebremst hätte. Wenn sie auf ihren Instinkt gehört hätte – ein klappriges Auto an ihrer Stoßstange und vor ihr der Lastwagen. Wenn doch nur in genau dem Augenblick, in dem ihr Fuß das Gaspedal berührte, ihre Mutter sich gähnend gestreckt hätte und sie selbst zu ihr hinübergeblickt und dabei in ihrer Bewegung innegehalten hätte … Wenn sie doch, da sie die Zeit ja nicht mehr zurückdrehen kann, wenigstens die Möglichkeit gehabt hätte, ihr »Ich liebe dich für immer und ewig« zu sagen und dann auch »Verzeih mir!«.

Auf der Bühne sieht Anne Boleyn singend ihrem bevorstehenden Tod entgegen.

18

Der Samstag bietet ihr eine gelungene Ablenkung, denn der Abend zuvor war eine solche Strapaze für sie gewesen, dass sie sich darauf freute, ihre Schüler wieder um sich zu haben. Sie will nur noch eines, in die Arbeit eintauchen und nicht länger die Minuten zählen, in denen sie von B-Movie-Fantasien heimgesucht wird. Khalil hat immer noch keinerlei Anspielung auf ihre Begegnung auf dem Souk gemacht, Bushra ist zerstreut, Raneem verhält sich wie immer, und auch der Rest der Gruppe legt kein auffälliges Verhalten an den Tag. Während Emma ihren Schülern gegenübersteht, kommt es ihr so vor, als würde sie zu sich zurückfinden, als wäre alles normal – bis auf ein wesentliches Detail. Der Energiefluss vermittelt ihr das Gefühl, als wären ihre Fingerspitzen mit einem Laser versehen. Sie muss ihn nur zulassen und kanalisieren.

Einer Eingebung folgend, beschließt sie, ihren Schülern zu demonstrieren, wie man die Spannungspunkte aufspürt, an denen sich Erschöpfung, Wut oder Frustration konzentrieren. Die Berührung mit der Hand ist das einzige Gebiet, das sich ihr nicht entzieht, das einzige, das sie nicht zweifeln lässt. Nacheinander legen sich Raneem, Yasmin, Bushra und Salma auf die Massageliege und überlassen sich den Berührungen durch Emma. Sobald sie die Hände flach an die Körper legt, strömt die Wärme blitzartig dorthin. Während sie mit ihren Bewegungen fortfährt, entziffert sie wie bei einem offenen Buch, was der Körper verborgen in sich trägt – den Herz-Kreislauf-Meridian und die Traurigkeit der Lungen, die Leber und ihre tiefsitzende Wut, die Milz und ihren Kummer über die nicht zu Ende gebrachten Dinge, die Nieren und die

Angst, die sich in ihnen eingenistet hat. An der Wirbelsäule tritt die Spur der Schwachstellen so deutlich zutage, als sei sie dort mit dickem Filzstift markiert. Die bohrende Angst vor dem Verlust bei Yasmin am ersten Brustwirbel, die unterdrückte Eifersucht bei Salma und die Last der Glaubensvorstellungen, die den Rücken von Raneem vom Steißbein bis zu den Halswirbeln quält. Am gesamten Nacken von Bushra könnte sie demonstrieren, welche Folgen die Opferrolle mit sich bringt, angefangen von der bis zur Selbstverleugnung reichenden Angst, sich zu äußern. Das Erstaunlichste ist, wie schnell der Energiefluss Wirkung zeigt. Er löst nicht nur die körperlichen Widerstände, sondern macht auch ihre Demonstration so überzeugend und eindrucksvoll, dass sie eine neue Begeisterung bei ihren Schülerinnen weckt. Zainab übersetzt fasziniert Emmas Worte.

»Bei der Massage müssen Sie Ihre eigene Choreografie finden. Dann werden Sie wissen, mit welchem Maß an Energie Sie arbeiten müssen. Vergessen Sie nie, dass eine tiefe Gewebemassage weder intrusiv noch grausam sein darf ... Es ist Ihre Aufgabe, die Grenze zu finden zwischen dem, was notwendig ist, und dem, was zu weit geht.«

»Die Hände tanzen«, kommentiert Salma enthusiastisch, als sie von der Liege aufsteht.

Die Gesichter von Khalil und Said verraten, dass sie im Augenblick vielleicht sogar etwas bedauern, Männer zu sein.

Sie wartet bis zum Sonntag, um wieder ins Schwimmbad zu gehen. Aber ihr aquatisches Ritual funktioniert nicht mehr, etwas daran ist kaputtgegangen. Sie schwimmt Bahn um Bahn, ohne dass sich die übliche Entspannung einstellt. Als eine Gruppe von Gästen eintrifft, sucht sie lieber das Weite.

Während sie auf die Duschen zugeht, keimt die Angst wieder auf. *Gefahrenzone!*, posaunt die innere Stimme sarkastisch. Sie kann nicht umhin, zur Decke hinaufzuschauen und sie nach diesen nur stecknadelgroßen Linsen der Spionagekameras abzusuchen. Mit Sicherheit hat man sie bis in den Umkleidebereich überwacht – woher sonst wüssten sie Bescheid? *Dritte Kabine* – das hat Martel präzise vorgegeben. Ebenjene, in der sie sich normalerweise abduscht.

Eine der Duschen ist besetzt, aber es ist nicht ihre. Das Wasser hört auf zu rauschen, die Tür öffnet sich, und eine etwa sechzigjährige Frau von athletischer Statur geht an ihr vorüber. Sie mustern einander, ohne sich zuzulächeln. Woher kommt sie? Aus dem Becken jedenfalls nicht. Dort wäre sie Emma aufgefallen. Ist sie die Agentin, die zu ihrer Überwachung eingeteilt ist? Verwirrt begibt sich Emma in die dritte Kabine, öffnet die Wasserhähne, so weit es geht, und kauert sich unter den Strahl. Sie muss an den Blick des Kellners am Freitag denken, und plötzlich vermischen sich alle – der Barkeeper, Khalil, Anwar, Kumar, Martel, die vermeintliche Schwimmerin, selbst Tariq und seine fordernde Gier. Auf die eine oder andere Weise wird sie sich allem stellen müssen.

Mal vergeht die Zeit unendlich langsam, dann wieder wie im Fluge. Emma arbeitet und liest viel. Gut verhüllt von ihrem Schleier, macht sie sich nachmittags auf, um durch Maskat zu streifen. Sie erkundet das Altstadtviertel mit seinen verwinkelten Gassen, die prachtvolle Muthra-Festung, den Strand, an dem die Fischer sie mit ausladenden Gesten zu sich winken. Sie verspürt das Bedürfnis, sich die Seele des Landes einzuprägen, ohne recht zu wissen, was sie antreibt. Geschieht es aus Intuition oder aus Langeweile, in die sich Angst mischt? Sollte Éric Martel ihr hinterherspionieren, dann müsste er eigentlich zu dem Schluss kommen, dass sie herumirrt wie ein kopfloses

Huhn, und schon hat Emma einen kleinen, blinkenden Punkt vor Augen, der auf Google Street herumspaziert …

Als sie einmal ihre Luxustasche in den Wandschrank fallen lässt, überkommt sie die Lust, sie einfach Lili zu schenken und damit falsche Fährten zu legen. *Lustiger Einfall, es sei denn, Lili spielt dir nur vor, deine Freundin zu sein, um ebenfalls falsche Fährten zu legen.* Aber zu welcher Seite würde die Innenarchitektin gehören? Auf die des Oman? Auf die der französischen Botschaft?

Am Dienstag lehnt sie eine Einladung von Liam ab und isst in ihrem Zimmer zu Abend. Ihr angespannter Gemütszustand mindert ihre Konzentrationsfähigkeit in verschiedener Hinsicht, und so verfällt sie schließlich auf die Idee, eine Pro-und-Contra-Liste zu erstellen, die sie mit »Tariq« und »Martel« betitelt.

Emma versteht nicht sonderlich viel von Geopolitik. Sie ahnt jedoch, dass hinter den großen Konflikten dieser Welt andere Kräfte am Werk sind – Menschen, die im Hintergrund arbeiten, Diplomaten, Spione, aber auch Lobbyisten, weltweit operierende Unternehmen, Mafia-Organisationen und Waffenhändler. Sie fühlt sich völlig unvorbereitet und unwissend in einen Machtpoker hineingeworfen, ohne jemals danach verlangt zu haben. Und jetzt muss sie die möglichen Konsequenzen abwägen, die von der Scham, sich zum Gegenstand von Klatsch und Tratsch zu machen, bis zu ihrer Verhaftung durch den Staatssicherheitsdienst reichen. Am Ende zerreißt sie das Blatt und verbrennt es vorsichtshalber über der Kloschüssel.

Morgen wird alles vorbei sein. Irgendwie wird man ihr eine Speicherkarte übergeben. Alles Weitere hängt dann nicht mehr von ihr ab.

Bevor sie einschläft, taucht das Bild von Tariq vor ihr auf, wie er mit halbgeschlossenen Augen neben ihr liegt. Aber er kommt ihr ganz unbekannt vor. Dieser Umstand lässt sie in einen unruhigen Schlaf sinken.

Operation Beryll/Französische Botschaft, Maskat
An den diensthabenden Einsatzleiter

Notiz 2390
Vertraulich

Richard,

das Kabinett des Premierministers würde den Fall gern vorantreiben, bevor es zum Treffen zwischen den EU-Staaten und dem Golfkooperationsrat über die erneuerbaren Energien kommt, bei der unser Freund intervenieren muss.

Ich zähle auf Ihren Einsatz.

Operation Beryll/Französische Spionageabwehr, Paris
An die Direktion der Abteilung Recherche und Operation

Notiz 2391
Vertraulich

Monsieur le directeur,

Phase 1 läuft bereits.

Richard

Operation Beryll/Französische Botschaft, Maskat
An Lysistra

Notiz 12
Vertraulich

Wie weit sind Sie? Man drängt von oben wegen des Treffens zwischen EU und Golfstaaten.

Richard

Operation Beryll/Französische Botschaft, Maskat
An den diensthabenden Einsatzleiter

Notiz 13
Vertraulich

Richard,

wir werden die Operation nicht überstürzen wegen einer Zusammenkunft, bei der diese Herren einen Vertrag unterzeichnen, der bereits in den Hinterzimmern der Ministerien ausgeheckt wurde! Es war von Anfang an klar, dass das Ganze auf Messers Schneide stehen wird. Deshalb haben wir die Anzahl der Agenten vor Ort extrem begrenzt. Die Operation hängt im Wesentlichen von einer unbedarften Bürgerin ab, der man die Arbeit einer im Außeneinsatz erfahrenen Agentin abverlangt! Ich war noch nie begeistert von dieser Idee, deshalb bremsen wir jetzt die Euphorie unserer glorreichen Bürokraten fürs Erste.

Lysistra

19

Die Verpuffung überrascht sie mitten in einer Umarmung. Dicht aneinandergedrängt, trinken sie den Atem des anderen, als ein ungeheurer Lärm wie aus dem Nichts losbricht.

Emma schreit auf. Auch wenn sie sich auf alle möglichen Szenarien vorbereitet hat, steht sie vor Schreck wie erstarrt da.

»Allaenat ealayk!«

Tariq schiebt sie grob zur Seite und stürzt aus dem Zelt. Sie folgt ihm, bleibt dann einen Schritt von ihm entfernt stehen, wagt es nicht, weiterzugehen. In östlicher Richtung leuchtet ein fahlgelbes Licht in der ansonsten dunklen Nacht. Von ihrem Standpunkt aus lässt sich die Entfernung nicht gut abschätzen, aber wahrscheinlich ist es nicht allzu weit weg, höchstens zwei bis drei Kilometer. Tariq stößt erneut einen Fluch aus und dreht sich zu ihr um, unschlüssig, wie er vorgehen soll. Genau jetzt könnte sie ihm alles sagen. Ein paar Sekunden bleiben ihr, um sich für ihn zu entscheiden und damit gegen den obskuren Auftrag, den Martel ihr aufgezwungen hat.

Warte … Das Wort liegt ihr auf der Zunge. Er wird sie vermutlich schlagen. Sie wird zur Feindin werden. Was aber, wenn sie ihn gerade durch ihr Schweigen vor dem Schlimmsten bewahrt?

Schwachsinn!

Tariq kehrt kurz ins Zelt zurück, um etwas zu holen, während sie tatenlos stehen bleibt. In ihrem Kopf schwirren die Gedanken herum wie ein in Panik geratener Bienenschwarm. Soll sie ihn warnen? Soll sie schweigen? Beides fühlt sich falsch an. Wie viele Sekunden hat sie noch, bevor ihre Wahl unumkehrbar wird?

Wieder kommt es zu einer Verpuffung, ein greller Lichtblitz steigt auf.

»Emma! Kommen Sie! Schnell!«

Tariq hat das Zelt wieder verlassen und läuft zu einer Plane, unter der sich offensichtlich ein Fahrzeug verbirgt. Als sie ihn einen unverständlichen Befehl brüllen hört, begreift sie, dass er in sein Handy spricht. Er reißt die tarnende Abdeckung herunter, und ein schmutziger Jeep kommt zum Vorschein. Emma will ihm bereits hinterhereilen, als ihr die Umhängetasche mit dem GPS-Chip wieder einfällt. Voller Panik macht sie noch einmal kehrt. Die Tasche liegt samt ihrem Schleier auf dem Teppich, genau dort, wo sie beides hatte fallen lassen.

Hastig schnappt sie sich beides und stürzt nach draußen. Hinter der Düne lodert helles Licht. Schrill heult eine Sirene, als würde der Himmel ihnen etwas entgegenbrüllen. Wohin ist Anwar verschwunden? Der Chauffeur hat sie vor etwa zwanzig Minuten abgesetzt, danach muss er wieder fortgefahren sein, denn außer diesem verrotteten Jeep ist kein Auto zu sehen.

Tariq sitzt bereits hinter dem Lenkrad und bedeutet ihr einzusteigen. Als sie ins Wageninnere klettert, bemerkt sie, dass ihre Beine zittern.

»Wohin fahren wir?«

Sie muss diese Frage stellen, die Unschuldige spielen, auch wenn ihr ganz andere Worte auf der Zunge liegen: *Warte, bleib hier bei mir, das ist ein abgekartetes Spiel, ein Bluff, dir geschieht nichts, außer …*

»Tariq? Wohin bringen Sie mich?«

»Schnell, gehen Sie nach hinten! Verstecken Sie sich da unten!«

Unter äußerster Anspannung presst er die Worte hervor, seine Gesichtszüge sind hart vor Wut. Ungeduldig zeigt er auf eine Militärdecke, die zwischen Seilen, Kanistern und einer vermutlich mit Werkzeugen bestückten Eisenkiste liegt.

»*Please*, Emma, beeilen Sie sich!«

Sie klettert über die Lehne des Beifahrersitzes nach hinten und kauert sich neben den Metallsitzen auf den Boden.

»Hier, ziehen Sie das über.«

Auf der Militärdecke findet sie eine zusammengerollte *abaya*, die sie sich eilfertig überwirft. Das Kleidungsstück ist schwer, unbequem und verströmt außerdem einen strengen Schweißgeruch. In den dicken Stoff eingezwängt, hat Emma das Gefühl, vor Hitze keine Luft mehr zu bekommen. Das muss an ihrer Anspannung liegen, denn es ist höchstens zwanzig Grad warm.

»Jetzt die Decke.«

»Warum? Wohin fahren wir?«

»Ich kann Sie hier nicht allein zurücklassen. Die Sicherheitsbeamten kommen gleich … Das gesamte Gelände wird durchsucht werden.«

»Was machen wir jetzt?«

Eine dumme Frage, aber genau so eine Frage würde eine ahnungslose Person in einer normalen Welt fragen, in der es weder Verräter noch Doppelagenten gibt.

»Ich muss in die Fabrik.«

»Und Anwar?«

»Er wird Sie in Ihr Hotel zurückbringen.«

»Was passiert hier gerade?«

Sie deutet auf das Licht am Nachthimmel, aber er hat bereits den Motor gestartet. Sie drückt sich gegen die Bank und zieht die Militärdecke so über sich, dass sie durch einen Spalt gerade noch zu den Sternen hinaufschauen kann. Die Angst haucht ihren Gedanken einen trügerischen Scharfsinn ein. Tariq wird zwangsläufig alles herausfinden. Auf wen, wenn nicht auf sie, sollte sein Verdacht sonst fallen? *Ich bin das einzige neue Element hier, der Fehler im Muster*, wiederholt die hysterische Stimme in ihrem Kopf unentwegt.

Der Jeep rast einen Abhang hinunter und schleudert sie gegen das Reserverad. Die Decke riecht abscheulich nach Benzin. Sie schluckt mühsam und versucht, das verschmutzte Gewebe so weit wie möglich von ihrer Nase fernzuhalten. Draußen vor der Scheibe nimmt der dunkle Schatten der Sanddüne ungeheure Ausmaße an.

Das Geheul der Sirene wird immer lauter, je näher sie der Fabrik kommen. Das Geräusch ist unangenehm, durchdringend. Aber immer noch besser als Tariqs Schweigen, das kein gutes Zeichen sein kann. Sie überlegt fieberhaft, wie sie die Stille unterbrechen soll, bevor sie ihr Ziel erreichen, doch es fällt ihr nichts ein. In ihrem Kopf herrscht gähnende Leere. Der Zeitpunkt, zu dem sie alles hätte zugeben können, ist verstrichen. Jetzt kann sie höchstens noch um Verzeihung bitten.

Plötzlich stößt er gepresst ein paar Worte zwischen den Lippen hervor.

»Wir sind fast da … Rühren Sie sich nicht! Bleiben Sie unten! Anwar wird gleich hier sein. Kehren Sie ins Hotel zurück, und warten Sie ab, *okay?* Ich werde Sie anrufen. Haben Sie verstanden? *Don't move!*«

»In Ordnung.«

Er unterdrückt eine Verwünschung. Bisher war die Fahrt sehr holprig, aber jetzt scheinen sie auf einem beinahe ebenen Untergrund zu fahren. Wahrscheinlich geteerter Schotter … Sie muss weitere Fragen stellen. Jeder würde das an ihrer Stelle tun.

»Tariq? Geht es hier um einen … Brand?«

Beinahe wäre ihr das Wort »Angriff« herausgerutscht, aber sie hat sich rechtzeitig besonnen. In diesem Augenblick kommt es ihr so vor, als hätten sie hier sterben können. Martel hat doch von einem Ablenkungsmanöver gesprochen, nicht von Pearl Harbor!

»Machen Sie sich keine Sorgen!«

Das grelle Licht von Militärscheinwerfern fällt kurz ins Fahrzeuginnere und füllt den Raum aus. Unter der Decke kauernd, bemüht sich Emma, durch den Mund zu atmen, um die Benzinausdünstungen nicht so stark wahrzunehmen. Fehlte nur noch, dass sie sich übergeben muss …

Der Jeep bremst abrupt und kommt zum Stehen. Tariq muss sich zu ihr umgedreht haben. Unter dem Wollstoff kann sie allerdings nur seine zur Faust geballte Hand ausmachen.

»Ich rufe Sie an, sobald ich kann.«

Ein Stoß verrät ihr, dass er aus dem Wagen gesprungen ist. Eine Tür knallt. Nach einem kurzen Augenblick der Erleichterung kehrt die Angst zurück. An einem unbekannten Ort, an dem möglicherweise eine tödliche Gefahr lauert, steckt sie hier unter dieser widerlichen Decke fest. Was geschieht, wenn man sie findet? Nein, es gibt nicht den geringsten Grund, dass sie das Auto durchsuchen. Es ist schließlich das Fahrzeug des Chefs. Er muss damit schon unzählige Male hier aufgekreuzt sein! *Aber wie oft hat es einen Angriff gegeben? Glaubst du wirklich, dass sie diesen Jeep und die seltsam ausgebeulte Decke auf der Rückbank nicht inspizieren?*

Die folgenden Sekunden ziehen sich endlos in die Länge, ohne dass Emma sich zu regen wagt. Die Anweisungen von Martel kommen ihr mit einem Mal vollkommen unverständlich vor. *»Zur rechten Zeit am rechten Ort«* sein – das macht überhaupt keinen Sinn! Ihr ist klar, dass sie hier nicht bleiben kann, hilflos wie ein blinder Maulwurf. Derjenige, der ihr die Speicherkarte übergeben soll, wird sie niemals finden können, wenn sie in diesem Auto zusammengekauert abwartet. Sie beginnt, langsam zu zählen – bei fünfzehn wird sie sich in Bewegung setzen –, hört aber schon bei drei auf, denn das Zählen steigert ihre Panik nur.

Wenn Anwar jetzt auftaucht, war der ganze Zinnober umsonst, und man kann noch einmal von vorn anfangen!

Diese Gewissheit verleiht ihr den Mut, die Decke zurückzuschlagen. Wie viel Zeit bleibt ihr noch? Zwei Minuten? Zehn?

Ihre Hände glühen. Der Energiefluss hat schlagartig eingesetzt. In ihrer Verwirrung hatte sie nicht darauf geachtet. Sie befreit sich von dem Stoff, richtet sich vorsichtig auf, um nach vorn zu kriechen. *Nein, wenn ich die Türe öffne, geht die Innenbeleuchtung an!* Gebückt rutscht sie Richtung Heckklappe. *Verschlossen.* Es muss eine Möglichkeit geben, sie von innen zu öffnen. Ihre Finger ertasten die Abdeckung um das Schloss herum und klappen diese hoch. Darunter ist ein Hebel verborgen. Sie zieht ihn hoch … Ein Luftzug weht beißenden Brandgeruch zu ihr herein. Es riecht nach einer Mischung aus Blechmaterial und verbranntem Plastik. *Ein chemischer Geruch.* Die Vorstellung von winzigen Teilchen, die in ihre Lungen dringen, löst auf der Stelle einen Hustenreiz bei ihr aus. Beim Öffnen des Kofferraums ist doch tatsächlich das Licht angegangen, und sie ist ohne Deckung. Blitzschnell reißt Emma sich einen Schuh vom Fuß und schlägt mit dem Absatz auf die Lampe ein – vergeblich. Sie ist zu robust, um Schaden zu nehmen.

Denk nach!

Die Panik ist von ihr gewichen. Sie legt ihre glühende Handfläche auf das Gehäuse, schließt die Augen und »lenkt« die Energie buchstäblich auf die Birne. Ein Teil in ihr glaubt nicht daran, der andere aber visualisiert den Strom und lenkt die Energie mit ganzer Kraft dorthin. Hinter ihren geschlossenen Lidern merkt sie, dass sich etwas verändert hat, Halbschatten umgibt sie.

Die Birne ist geplatzt.

Für Begeisterung bleibt keine Zeit. Ihr gegenüber zeichnet sich ein Bürogebäude ab. Als sie sich vorbeugt, kann sie die Umrisse einer Rotunde erkennen, daneben Lagerhallen voller Rohre, und in ein paar hundert Metern Entfernung ein Hangar in Flammen. Um ihn herum laufen Gestalten hektisch hierhin und dorthin, einige sind mit einem Feuerwehrschlauch bewaffnet. Der Zusammenprall von Wasser und Feuer erzeugt schwere, übel riechende Rauchschwaden. Die meisten Männer tragen Masken. Wollen sie sich am Ende vor radioaktiven Dämpfen schützen?

Stell dich nicht so an! Beweg dich!

Als sie sich auf den Boden gleiten lässt, fällt ihr auf, dass sie vergessen hat, ihren Schuh wieder anzuziehen. Egal. Sie hat keine Ahnung, wohin sie sich wenden soll, nicht den Hauch eines Plans, und auch der beste Energiefluss wird ihr nicht dabei helfen, den richtigen Weg zu finden!

Denk nach!

Martel hat von ihr verlangt, dass sie abwartet. Es muss also jemand kommen. Kann er sie womöglich über die Umhängetasche orten? Sie denkt wieder an die Aufnahmen aus der Luft, die Martel ihr gezeigt hat, Tariq und sie beim Liebesspiel im Sand, und sie sieht zum Himmel hinauf, sucht dort nach einem bewegten Punkt, der auf die Präsenz einer Drohne hinweisen würde. Immer wieder sagt sie sich, dass es keinerlei Grund gibt, in Panik zu geraten. Solche Leute wissen, was sie tun. Man veranstaltet nicht ein derartiges Chaos, ohne vorher zu planen, was als Nächstes geschehen soll.

Aber Martel hat auch davon gesprochen, dass sie improvisieren werden.

Wie aus dem Nichts taucht eine Gestalt neben ihr auf, und sie muss sich beherrschen, um nicht aufzuschreien. *Abaya! Kein Soldat.* Diese Gedankenfetzen schießen ihr durch den Kopf, während sie dennoch nach einer Fluchtmöglichkeit sucht. Das durch ein dunkles Tuch verhüllte Gesicht der Frau wirkt beinahe wie eine Totenmaske, nur ihre beinahe gespenstisch lebendigen Augen sind zu sehen.

Plötzlich packt Emma die blanke Wut.

Ist ihnen nichts Besseres eingefallen, als auf einen Harem zu zielen? Lieber opfern sie wohl Frauen, als das Leben ihrer ach so wertvollen Agenten aufs Spiel zu setzen.

Eine Hand kommt hervor, öffnet sich und gibt ein Stück Plastik frei. Die Speicherkarte.

»Get in the car, hurry!«

Jegliches Getue verbietet sich angesichts des herrischen Tonfalls. Emma greift nach dem winzigen Rechteck, bleibt aber unfähig, sich zu bewegen.

»Put this inside your vagina!«

»What?«

»Just do it!«

Es ist von der Frau wohl kaum beabsichtigt gewesen, sich mit dem Slogan eines Sportartikelherstellers zu verabschieden, aber genau mit diesen Worten dreht sie sich um und geht davon. Sie rennt zwar nicht, entfernt sich aber in aller Eile. Ihre Gestalt huscht durch den beleuchteten Bereich an der Seite des Gebäudes, bevor sie um die Ecke biegt und von der Dunkelheit verschluckt wird.

Ihr Verschwinden reißt Emma aus ihrer Schockstarre. Eilig dreht sie sich zu dem Jeep um und tastet nach dem Griff des Kofferraums, um wieder hineinzuklettern. Da hört sie, wie sich die vordere Tür öffnet. Das Geräusch wirkt auf sie wie ein Faustschlag.

»What are you doing?«

Über die Rückenlehne des Fahrersitzes hinweg starrt Anwar sie wutentbrannt an.

»Where have you been?«

»I was …«

Emma bedeutet ihm mit Gesten, dass sie kaum Luft bekommt, während sie fieberhaft nachdenkt.

»It's too warm.«

Ja, na klar! Mir war heiß, ich bin nach draußen gegangen, um einen kleinen Spaziergang zu machen … Krampfhaft hält sie die Speicherkarte in ihrer Faust. Wenn Anwar verlangt, dass sie die Hand öffnet, ist sie geliefert.

Das kann sie jetzt kaum ändern, deshalb geht sie zum Angriff über.

»Where is Mister Khan? I'm not a dog! I can't stay under this blanket like that!«

Sie fuchtelt mit der Decke vor Anwars Nase herum, um ihn dazu zu zwingen, die Benzinschwaden zu riechen. Sein angewidertes Zurückweichen schenkt ihr ein paar Sekunden Bedenkzeit. Schnell kauert sie sich hinten im Jeep auf den Boden und zieht ihren Schleier so zurecht, dass er sie beinahe vollständig bedeckt.

Ich bin einfach ein Sack, die unterworfene Frau, begehrt ihr zusammengekauerter Körper auf.

Ein paar Sekunden später hört sie, wie die Heckklappe zugeworfen wird, dann spürt sie, wie eine winzige Erschütterung durch den Wagen geht, als Anwar einsteigt. Danach kommt nichts mehr. Er lässt es zu, dass ein lastendes Schweigen zwischen ihnen entsteht. Vermutlich grübelt er über das nach, was er wirklich gesehen hat. Sie zwingt sich, trotz ihrer steifen Glieder in der gebückten Haltung zu verharren. Alles entscheidet sich jetzt. Alle Begründungen ihrerseits würden nur seinen Verdacht schüren. Anwar betrachtet sie als eine privilegierte Person. Schlimmer noch, als die Hure des Chefs. Und mit ihrem *»Mister Khan«* und der zur Schau getragenen übertriebenen Empörung untermauert sie diese stereotype Vorstellung noch. Dies ist allerdings ihre Absicht gewesen, denn sie hat darauf gesetzt, dass er seinem Chef treu ergeben ist.

Der Motor wird angelassen, und der Wagen setzt sich in Bewegung. Sie rollen über den geteerten Schotter, und Emma kniet immer noch im hinteren Wagenbereich, ohne sich zu rühren. Dann jedoch schiebt sie unauffällig eine Hand unter die *abaya*, öffnet ihre Hose und versucht, die Oberschenkel etwas zu spreizen, ohne sich sichtbar zu verrenken. Mit einer plötzlichen, heftigen Bewegung schiebt sie die Speicherkarte in ihre Vagina.

»Hide!«

Anwar zischt ihr den Befehl zu, und schon fällt ein heller Lichtschein in den Innenraum des Wagens. Folgsam duckt sie sich so weit wie möglich, auch wenn sie ihre verkrampften Füße und Waden kaum noch spürt. Ihr Herz pocht schmerzhaft in der Brust.

Sie werden nicht angehalten. Der Jeep holpert über eine Bodenwelle und setzt seine Fahrt dann auf einem lockeren Untergrund fort. *Wir sind auf Sand!*

Das Licht schwächt sich zunehmend ab, aber sie lässt noch ein paar Sekunden verstreichen, um sicher zu sein, dass der Kontrollposten hinter ihnen liegt, bevor sie ihre Position verändert. Vor Erleichterung kommen ihr beinahe die Tränen. Tastend knöpft sie ihre Hose zu. Über ihnen leuchten jetzt wieder die Sterne am Himmel, und sie hält sich an diesem Anblick fest in der Hoffnung, das Drunter und Drüber in ihrem Kopf etwas zu beruhigen. Am Himmel zählt das alles nicht mehr. Ob sie stirbt oder weiterlebt, ob die Kriege weitergehen, ob die Menschen sich zerfleischen, belügen oder lieben – all das hat keinerlei Auswirkung auf den Gang der Welt.

Die Fahrt dauert eine Ewigkeit, bis sie schließlich die kurvige Straße erreichen, die zum Tal hinunterführt.

Als Anwar endlich beschließt, das Schweigen zu beenden, hat Emma jede Zeitvorstellung verloren.

»You can seat, now.«

Langsam beginnt sie, ihre steifen Glieder zu bewegen, ohne ihre Schmerzen allzu sehr zu zeigen. Aber er schenkt ihr ostentativ keine Beachtung. Sie klettert über die Lehne nach vorn und lässt sich auf den Beifahrersitz fallen. Immer noch kommt keine Reaktion von ihm. Sie müsste sich aufregen, ihn maßregeln, aber damit würde sie ihn womöglich argwöhnisch machen. Sie muss mit ihren Worten genau den richtigen Ton treffen. Ihr schlechtes Englisch bietet ihr in diesem Fall einen gewissen Schutz.

»Sorry … I was worried.«

Er nickt. Vielleicht denkt er seinerseits darüber nach, wie er seine Verdachtsmomente am besten formuliert. Trotz aller Anspannung belustigt dieser Gedanke Emma auch ein wenig, dass jeder überlegt, wie er den anderen am besten in die Enge treibt.

In einem Tonfall, der gerade noch besorgt genug klingt, um ihn für glaubwürdig zu halten, fragt sie nun: *»Is Mister Khan okay?«*

Anwar zögert, bevor er barsch zurückfragt: *»What were you doing outside the car?«*

»I told you. Nothing!«

Erneutes Nicken. Anwar wägt vermutlich die Möglichkeiten ab, wie er sie dazu bringen kann, die Wahrheit zu gestehen, doch eigentlich hat er außer der geöffneten Heckklappe kein Argument. Sie dreht sich um, greift nach ihrer Umhängetasche und presst sie gegen ihren Bauch. Ihre Hände brennen so sehr, dass sie leicht zu zittern beginnen.

Dann tauchen wie aus dem Nichts die Lichter von Maskat auf. Ihr Schein ragt über die schwarze Linie der Bergkette hinaus. Noch nie ist ihr aufgefallen, wie der drohende Schatten der steil aufragenden Massive die Stadt einschnürt. Sie fragt sich, ob Tariq ihr eine Nachricht geschickt hat, und sucht hastig in der Umhängetasche nach ihrem Handy.

»Please, don't!«

Sie zuckt mit den Schultern und zeigt auf die vor lauter Schmutz unleserliche Uhrzeitangabe im Armaturenbrett in der Hoffnung, ihm mit dieser Geste weiszumachen, dass sie einfach nur wissen will, wie spät es ist.

»It's near midnight.«

Das erscheint ihr vollkommen verrückt. Es kommt ihr so vor, als hätte sie das Hotel vor ungefähr tausend Jahren verlassen. Für einen Augenblick verschwimmt alles vor ihren Augen, so übel ist ihr plötzlich. Um sich nicht ganz übermannen zu lassen, atmet sie tief in den Bauch hinein, wie sie es gelernt hat. Soll Anwar daraus schließen, was er will. Ihr Magen rebelliert, und ihr Hals ist wie zugeschnürt. *Müdigkeit und Wut.* Das ist eine gute Mischung für Lügnerinnen wie sie.

Sie schließt die Augen und lässt sich etwas zurücksinken, aber das verstärkt das Unwohlsein nur noch. Ihrer Erschöpfung zum Trotz lassen ihre überreizten Nerven sie weiterhin wachsam sein. Sie richtet ihre Aufmerksamkeit auf ihre Atmung, folgt dem Weg der Luft durch die Nase und die Luftröhre bis hinab in die Lungen, dann achtet sie auf das Ausatmen in umgekehrter Richtung: Lungen, Luftröhre, Nasenflügel … Anwar regt sich immer noch nicht. Im Schutz ihres fließenden Atems glaubt sie seine Nervosität wahrzunehmen.

Autobahn, Kurven, ein Bremsmanöver. Der Lärm der Stadt dringt wie durch Watte zu ihr. Hinter ihren geschlossenen Lidern bemerkt sie wechselnde Lichtintensitäten – Laternen, Leuchtschilder, vielleicht sogar Ampeln, dann wieder dunkle Abschnitte. Sie fragt sich, ob er sie wirklich ins Wadi Bani zurückbringt oder ob er einen ganz anderen Plan verfolgt. Sie denkt wieder an den Körperscanner, der die Organe absuchen kann. *Was ist mit der Vagina? Ist sie auch einsehbar?* Als sie ihre Muskeln im Unterleib zusammenzieht, spürt sie die Kanten der Speicherkarte wie einen Dorn in ihrem Fleisch. Sie denkt an die Vergewaltigung von Frauen in den Gefängnissen Syriens oder anderswo, überall da, wo Frauen Opfer von Kämpfern sind, und angesichts dieser Überlegungen weicht ihre Benommenheit einem Entsetzen. Um nicht schwach zu werden, zählt sie sich alle Gründe auf, die sie berechtigen, wütend zu sein. Wütend auf den Kulturattaché, der von einem einfachen Auftrag gesprochen hat und der Menschen wie Schachfiguren benutzt. Wütend auf Tariq, der sie verführt und in all das hineingezogen hat. Wütend auf sich selbst, die nicht anders kann, als Angst um ihn zu haben.

Als der Wagen anhält, bleibt sie still sitzen. Soll doch Anwar die Initiative ergreifen, wo er den starken Mann markiert.

»Give me your bag.«

Sie richtet sich seufzend auf. Statt eines Protests einfach nur ein langer Seufzer. Dann reicht sie ihm gelassen die Tasche, als wäre ihr vollkommen egal, wie es jetzt weitergeht. Sie kann einfach nur hoffen, dass der Chip so gut versteckt ist, dass er selbst bei einer gründlichen Durchsuchung nicht entdeckt wird. Das Bild ihres Großvaters taucht kurz vor ihrem geistigen Auge auf. Sie hat das Gefühl, sich übergeben zu müssen.

Anwar leert den Inhalt auf seine Knie. Etwas Interessantes ist nicht dabei. Er beginnt, das Futter abzutasten, inspiziert die Taschen und versteift sich auf die Nähte. Wahrscheinlich steckt der Chip in dem Verschlussmechanismus, sonst hätte er ihn gespürt. Jetzt nimmt er ihren Geldbeutel in Angriff und braucht eine halbe Ewigkeit, um alles zu überprüfen. Sie rührt sich nicht, bemüht sich stattdessen, gleichmütig zu wirken. Dann widmet er sich kurz dem Brillenetui, das ihm unwichtig erscheint, bevor er sich auf die Kosmetiktasche konzentriert. Er nimmt den Lippenstift zur Hand, dreht ihn mehrmals heraus, beinahe so, als wolle er ihn gleich selbst benutzen. Oder will er ihr damit bedeuten, wie sehr er ihr drohen kann: *Schau, was ich mit dir machen kann, wenn ich dich in der Falle habe …*

Dann ist der Eyeliner an der Reihe, gefolgt von ihrem Mascara, der Puderdose und sogar der Minitube Zahnpasta. Seine Bewegungen sind so routiniert, dass er sie schon oft ausgeführt haben muss.

Er ist nicht einfach nur ein Chauffeur.

Endlich zufriedengestellt, räumt er alles widerwillig in die Tasche zurück. Man spürt, welche Überwindung ihn das kostet.

Alles, bis auf das Samsung, das er ihr drohend entgegenreckt.

»Open it.«

Für den Bruchteil einer Sekunde lag in seiner Stimme ein Zittern, aber für Emma reicht es.

»No way.«

Sie reißt ihm das Handy aus den Händen, schnappt ihre Umhängetasche und springt aus dem Jeep. Entweder verfolgt er sie, oder er lässt sie laufen, und sie hat die Chance, ihren Auftrag zu Ende zu bringen.

20

Im Eingangsbereich des Hotels bemerkt Emma, dass sie zwar daran gedacht hat, ihren Schuh wieder anzuziehen, aber vergessen hat, die *abaya* abzulegen. *Zu spät, um sich darum zu kümmern.* Sie nimmt die Treppe und läuft so schnell wie möglich mit dem langen Gewand nach oben.

In ihrem Zimmer wirft sie ihre Umhängetasche zu Boden und reißt sich wütend die Kleider vom Leib. Martel hat wahrscheinlich den folgsam leuchtenden Punkt genau im Blick, der sie im Wadi Bani verortet. Sicherlich ist er verständigt worden, dass die Speicherkarte bei ihr angekommen ist.

Als Nächstes stürzt sie unter die Dusche, dreht den Strahl so weit wie möglich auf und stellt die Temperatur auf einundvierzig Grad ein. Zum Teufel mit dem Planeten! Um den kann sie sich heute Abend nicht auch noch sorgen! Sie will einfach nur den ganzen Schmutz wegscheuern – und mit ihm auch die Angst, die tief in ihr sitzt.

Sie beginnt, sich frenetisch die Hände einzuseifen, bevor sie sich hinhockt, um nach der Speicherkarte zu tasten. Sie zieht sie mit den Fingerspitzen hervor, wäscht sie gründlich ab – soll sie doch Schaden nehmen – und legt sie zum Trocknen auf den Waschbeckenrand. Danach kippt sie eine riesige Portion Shampoo auf ihre Kopfhaut und reibt sich von Kopf bis Fuß damit ein.

Transport eines hochsensiblen Produkts!, höhnt die innere Stimme.

Erst beginnt sie zu lachen, dann kommen ihr die Tränen.

Als sie die Dusche verlässt, hat ihre Haut die Farbe eines gekochten Hummers.

In der schlaflosen Nacht lodern Emmas Gedanken immer wieder auf. Fragen über Fragen treiben sie um, sie zieht Kehrtwendungen in Betracht, schwankt hin und her, gequält von dem Bedürfnis, etwas Unwiderrufliches zu tun, etwas, das sie ein für alle Mal aus der Gefahrenzone bringt. Das sie unverwundbar macht. Ihre Hirngespinste gleichen Quecksilberkügelchen, die abprallen, sich teilen und vervielfältigen und dabei weitere Schleifen verrückter Ideen hervorrufen. Mal sieht sie Tariq im Geiste vor sich, wie er sich in die Arme der Eiskönigin geflüchtet hat, mal wie er in einem finsteren Keller von Sicherheitsdiensten verhört wird. Sie würde alles geben, um die Zeit zurückdrehen zu können – bis zu dem Moment vor der schrecklichen Verpuffung.

Gegen drei Uhr morgens treibt sie die Angst aus dem Bett, jemand könnte sie bespitzeln. Sie schaltet alle Lichter ein und ist fest entschlossen, die Suite bis in die hintersten Winkel unter die Lupe zu nehmen. Zuerst das Schlafzimmer. Zwanzig Minuten lang überprüft sie die Fußleisten, die Steckdosen, das Bettgestell. Sie dreht und wendet die Vase im Regal, ebenso eine dekorative Öllampe und das Bild, das auf der gegenüberliegenden Seite ihres Bettes hängt und eine Insel im türkisfarbenen Meer zeigt. Dann klettert sie auf den Tisch, der ihr auch als Arbeitsplatz dient, um aus unmittelbarer Nähe Gardinenschiene und Deckenleuchte zu inspizieren. Nur ein wenig Staub rieselt ihr entgegen. Anschließend geht sie in den Wohnraum, obwohl ihr klar ist, dass ihr Aktivismus aller Wahrscheinlichkeit nach reine Zeitverschwendung ist.

Aus dem Fotorahmen heraus beobachtet Jeanne ihr Tun. Ihre geliebte Mutter, ihre stumme Verstorbene – auch jetzt, wie immer, mit einem Anflug von Spott, als hoffte sie darauf, dass bei Emma der Groschen fällt.

Das geschieht so allmählich, dass Emma eine Weile braucht, um die Einflüsterung zu begreifen. Es ist weder ein bloßer

Gedanke noch ein reines Gefühl, sondern eine Mischung aus beidem – als würde man eine fest geschlossene Faust wieder öffnen.

Sie hört mit ihren Nachforschungen auf und kehrt ins Bett zurück. Die Übermüdung versetzt sie in eine Art Schwebezustand. Es ist fünf Uhr morgens, ihre Hände zittern, als würde ein Herz unter der Hautschicht schlagen.

Wie sonst ins Wasser, gleitet sie sanft in den Schlaf, genau eine Stunde bevor der Wecker klingelt.

Um zehn Uhr, gerade als sie auf dem Weg nach unten zu Zainab ist, erhält sie eine SMS.

Ich hoffe, es geht Ihnen gut. Ich werde versuchen, Sie in der Woche anzurufen. Vergessen Sie nicht, diese Nachricht zu löschen.

Auch wenn es total absurd ist, verstimmt sie diese Nachricht. Tariq schreibt ihrer Meinung nach in einem zu neutralen Tonfall und beschwichtigt sie, ohne wirklich etwas zu sagen. Egal. Sie muss sich auf ihren Unterricht konzentrieren – und dann auf die Übergabe.

Die Aufregung vertreibt die Erschöpfung und jagt das Blut so durch ihre Adern, dass sie wie elektrisiert ist. Unten wartet Zainab geduldig vor dem gläsernen Aufzug. Manchmal steht sie in der Nähe des Tresens am Empfang, manchmal wartet sie in einem Sessel, je nachdem. Sie wirkt weder nervös noch ungeduldig, einfach nur müde. Während sie die Halle durchqueren, wechseln sie die üblichen Höflichkeiten.

»Gut geschlafen?«

»Ja, danke.«

»Was haben Sie für heute geplant?«

»Um in der Übung bleiben, habe ich geplant, ein wenig Cranio-Sacral-Therapie zu machen«, antwortet Emma und fügt in Gedanken hinzu: … *bevor ich dein Land verrate!*

Anwar erwartet sie bereits draußen und schützt die gleiche Gelassenheit vor wie ein Mitglied der königlichen Garde des Buckingham-Palasts. Emma lässt es sich nicht nehmen, ihn höflich zu grüßen. Sie hat das Gefühl, mit ausgestreckten Armen auf einem Seil zu balancieren, unter ihr ein Abgrund, von dem sie nicht weiß, wie tief er ist.

Die Schüler suchen den Kontakt zu ihr, sobald sie die Tür hinter sich geschlossen hat. Die Atmosphäre hat sich insgesamt deutlich entspannt seit den ersten Tagen. *»Bonjour«*, *»Hi, Miss Morvan«*, *»Good morning«* – Emma wird freundlich begrüßt. Raneem teilt ihr eilfertig mit, dass Khalil krank ist und in dieser Woche nicht kommen wird. Diese Unregelmäßigkeit wirft sie ein wenig aus der Bahn, und für einen Augenblick verliert Emma ihren Schwung – wie jemand, der in vollem Lauf strauchelt. Sie versucht, ihr Unwohlsein zu verbergen, und weist auf die Massageliege.

»Bushra, können Sie sich bitte dort hinlegen?«

Heute wird sie sich den theoretischen Teil ihres Unterrichts sparen. Stattdessen setzt sie zu Erklärungen an, während ihre Finger über die Stirn ihrer Lieblingsschülerin streichen.

»Das craniosacrale System verbindet das Gehirn über die Wirbelsäule mit dem Kreuzbein. Diese Massage entspannt den Körper in seiner Gesamtheit und bringt ihn in ein Gleichgewicht. Außerdem stärkt sie die natürlichen Abwehrkräfte. Es ist wichtig, dass man sanft vorgeht, denn sie soll das zentrale Nervensystem beruhigen und der chronischen Müdigkeit, der Schlaflosigkeit, den Stresssymptomen und auch den verschiedenen Migräneformen entgegenwirken.«

Während ihr ruhiger Redefluss und die klaren Worte eine beinahe hypnotische Wirkung entfalten, bemerkt sie, dass die

Energie in ihr wieder erwacht. Ihr warmer Strom trägt sie durch die gesamte Demonstration.

Als die Mittagspause beginnt, schützt sie vor, einen fälligen Bericht verfassen zu müssen, und schließt sich in ihr Büro ein. Ihr Handy zeigt keine einzige neue SMS an. Lili glaubt mit Sicherheit, dass sie noch sauer ist wegen des Abends in der Oper.

Sie wird nachher wie üblich ins Wadi Bani zurückkehren, um nicht das Misstrauen von Anwar zu wecken, und später mit dem Taxi zum Souk fahren. In ein paar Stunden wird sie hoffentlich alles hinter sich gelassen haben.

An der Hotelrezeption hebt der Philippiner die Hand zum Gruß, was sie mit einem Kopfnicken erwidert. Alles ist ruhig. Ein Tag wie jeder andere. Zwei Neuankömmlinge im Anzug gehen durch die Eingangshalle, ihrem Akzent nach müssen es Amerikaner sein. Als sie an Emma vorüberkommen, leuchten ihre Augen. *Alles in Ordnung*. Schon hat sie die eingängige Melodie des Leitmotivs in ihren Ohren. Sie steigt in den Aufzug, *bitte lächeln, Sie werden gefilmt*. Sie hätte diese übelriechende *abaya* in die Reinigung geben sollen, aber damit hätte sie ganz sicher einen Verdacht auf sich gezogen.

Achtlos nimmt sie eine schnelle Dusche und geht währenddessen bereits die nächsten Details ihres Vorhabens durch – die Fahrzeit und den Weg. Alles andere wird sie später entscheiden. Ihr Herz beginnt wie wild zu schlagen, und sie stellt sich den Energiefluss vor, der in ihren Nerven schlummert. Nachdem sie sich abgetrocknet hat, schlüpft sie in eine Stoffhose, zieht eine leichte Tunika über und wickelt sich ihr großes, schokoladenbraunes Tuch um den Kopf. Diesmal gelingt es ihr, es so zu befestigen, dass es nicht gleich wieder verrutscht. Die Umhängetasche passt nicht zu ihrem Outfit, aber egal, in dieser Hinsicht hat sie schließlich keine Wahl. Bleibt das Problem mit der Speicherkarte. Das beste Versteck wäre wohl der Büstenhalter, aber sie möchte vermeiden, im Café auf die Toilette zu gehen. Einem spontanen Einfall folgend, kehrt sie ins Badezimmer zurück und wühlt in der Schublade, wo sie ihre Schönheitsprodukte aufbewahrt. *Die Puderdose muss dafür herhalten.* Mit einem kurzen Schlag gegen das Waschbecken löst sie die Schminke aus dem Behältnis – Puder im Wert von 30 Euro für einen apricotfarbenen Teint –, wirft den Inhalt der Dose in den Mülleimer und legt die Speicherkarte hinein.

Jetzt ist sie bereit, bestellt ein Taxi und steckt ein paar Geldscheine in ihre Taschen. Beim Verlassen ihrer Suite wird ihre Atmung hektisch und flach. In dem leeren Flur kommen ihr plötzlich die Worte des Chansons *La Corrida* von Francis Cabrel in den Kopf, die den Stierkampf aus der Sicht des Stiers erzählen:

Quelqu'un a touché le verrou
Et j'ai plongé vers le grand jour,
J'ai vu les fanfares, les barrières
Et les gens autour …

Jemand berührte das Schloss
Und ich tauchte ins gleißende Tageslicht.
Ich sah die Fanfaren, die Absperrungen
Und die Menschen um mich herum …

Ihre Mutter liebte Cabrel sehr …

Aus dem Käfig des gläsernen Aufzugs heraus beobachtet sie, wie die Eingangshalle unweigerlich näher kommt. Ein Gesicht hebt sich in ihre Richtung – von seiner Position hinter dem Tresen wacht der Angestellte aufmerksam darüber, wer herunterfährt. *Hallo, allesamt! Ich bin einfach nur eine ganz normale*

Frau! Sie hat nichts zu verbergen, sie hat sich nichts vorzuwerfen. Im Vorbeigehen wirft sie dem Philippiner ein Lächeln zu. *Hallo, ja, ich noch mal!*

Angesichts des gleißenden Sonnenlichts zückt sie draußen eine riesige schwarze Sonnenbrille – ihren jüngsten Kauf als Geheimagentin. Das Taxi wartet bereits.

»*Salam aleykum. To the souk, please.*«

Der Mann brummt ein »*Aleykum salam*« und startet den Wagen, nachdem sie Platz genommen hat. Normalerweise sind die Chauffeure redseliger, aber dieser hier würdigt sie keines Blickes, als wüsste er ... *Als wüsste er was? Dass du in einem Geheimauftrag unterwegs bist?*

Zerstreut lässt Emma ihren Blick über die schon ein wenig vertraut gewordenen Straßen schweifen. Ihr Herz beginnt immer heftiger und schneller zu schlagen, ihre Nerven liegen blank, aber zugleich hat sie sich noch nie so lebendig, so unempfänglich für jegliche Müdigkeit gefühlt. Jenseits aller Befürchtungen und der Angst liegt die aufregende Vorstellung, zu jemand anderem zu werden.

Mit der Ankunft am Souk findet der Chauffeur seine Sprache wieder und verlangt 25 Rial, was eindeutig überteuert ist. Er muss ihre Schwäche gewittert haben, aber paradoxerweise beruhigt sie dieser unverschämte Preis. Emma zahlt widerspruchslos. Es kann sich schließlich auch niemand vorstellen, dass James Bond um angemessene Taxipreise feilscht, bevor er einen Diktator zu Fall bringt.

21

Beim Betreten des Souk muss sie ihre Sonnenbrille wieder abnehmen, da hier kaum Tageslicht hereindringt und sie klare Sicht braucht. Sie schiebt die Brille wie einen Haarreif über ihren Schleier, um diesen noch besser an Ort und Stelle zu fixieren. In dem heiteren Treiben um sich herum fühlt sie sich für einen Augenblick wie abgekoppelt vom Rest der Welt. Außer den Touristen strömen auch viele omanische Familien so kurz vor dem Wochenende hierher. Sie sieht auf ihr Handy: Es ist 16.45 Uhr, also beschließt sie, sich dem Flaniertempo der anderen anzupassen. Bis zu ihrer Verabredung bleibt ihr noch eine Viertelstunde Zeit, das ist mehr als genug, um die vierhundert Meter bis zum Café Casbah zurückzulegen. Den Weg hat sie sich gut eingeprägt, um keine GPS-Navigationsfunktion zu benötigen und immer wieder auf das Display starren zu müssen.

Als sie in die Menge eintauchen will, schaltet ihr Kopf jedoch erneut auf Alarm. Um ihren Herzschlag zu beruhigen, wiederholt sie in Gedanken den Weg: *den Hauptgang entlanggehen und nach rechts abbiegen, den östlichen Ausgang nehmen, von der Corniche in das Gewirr der Gassen biegen, um die blaue Moschee herumgehen …* Das Café liegt an einem kleinen, von Verkaufsständen gesäumten Platz.

Sie ist nur wenige Meter vorangekommen, als ihr Instinkt sie innehalten lässt. Die Menschen überholen sie, jemand rempelt sie an, aber Emma bleibt wie erstarrt stehen. Sie spürt eine enorme Hitzewallung, die sich zu einem unbändigen Jucken steigert, und zwar nicht nur an ihren Handflächen, sondern am gesamten Körper. Sie wartet, bis die Welle abebbt, um dann – auf alles gefasst – langsam den Kopf zu heben. Genau vor ihr befindet sich ein Geschäft mit Öllampen, das geöffnet ist. Würzige, widerlich süße Düfte dringen zu ihr. Im Schaufenster spiegeln sich die vagen Umrisse einiger Gestalten. Ein Tourist mit Sonnenhut, streitende Kinder … ein Gesicht, das in ihre Richtung gewandt ist und sich nun etwas zu schnell wegdreht. Sie fasst ihre Umhängetasche enger und presst sie mit dem Ellbogen gegen ihre Seite. Das ist er. Dieser Mann. Er folgt ihr.

Wie viel Zeit bleibt noch bis zu ihrer Verabredung? Sie könnte auf ihr Handy sehen, aber ihr Instinkt sagt ihr, dass sie besser keine überflüssigen Bewegungen macht. Sie beschließt, langsam weiterzugehen. Um sie herum erzeugen die Lampen trügerische Lichtbrechungen, die aussehen wie blinkende Alarmleuchten. Sie kann ihn beinahe riechen. Diese Person ist eine Gefahr. *Ein Mann von Tariq?* Eine beginnende Migräne pocht hinter ihren Schläfen. Ein stechender Schmerz durchfährt sie. Während der nächsten Schritte spürt sie förmlich, dass der Blick dieses Individuums sich in ihren Nacken bohrt. Dagegen war die unvermutete Begegnung mit Khalil neulich hier auf dem Souk vollkommen harmlos.

Sie tut so, als würde sie sich für einen Verkaufstisch interessieren, auf dem emaillierte Teller, bunte Dosen und Halsketten mit großen Anhängern und Bernsteinen ausliegen, und tritt dabei etwas zur Seite, um die schmale Gestalt in ihr Sichtfeld zu bringen. Jetzt kann sie ihn von Kopf bis Fuß sehen. Breitbeinig, sodass seine Beine wie die beiden Hälften einer Gartenschere wirken, steht er ruhig und aufrecht in der sich bewegenden Menge. Sie widmet sich wieder dem aufeinandergestapelten Geschirr. Könnte sie in das Geschäft hineingehen und ein Teil kaufen, das ihr als Keule dienen würde? *Und dann? Schlägst du ihn nieder?* Nur eines ist jetzt sicher: Ihre Verabredung hat keine Eile mehr. Sie muss zunächst ihren Verfolger loswerden, ganz gleich, für wen er arbeitet.

Als sie weitergeht, sind ihre Muskeln so angespannt, dass sie den Eindruck hat, ihre Wirbelsäule sei zu einer Eisenstange erstarrt. *Die Höchststrafe für eine Masseurin*, denkt sie. Die Ironie tut ihr gut. Ihr Kopf ist also trotz der Angst, die ihr in den Knochen steckt, noch zu Scherzen in der Lage.

Der Mann muss höchstens ein paar Meter hinter ihr sein. Sie ist sich seiner Gegenwart so sicher, als wären sie durch einen Faden miteinander verbunden oder durch seinen fest auf sie gerichteten Blick aneinandergenagelt. Sie mäandern von einem Geschäft zum nächsten. In den sich spiegelnden Schaufensterscheiben nimmt Emma weitere Details wahr: eine tief in die Stirn gezogene Kappe, schwarze Sneaker, eine Jacke mit mehreren Taschen im Safari-Stil. Ob er bewaffnet ist?

Sie muss jetzt eine Entscheidung treffen, denn gleich endet der Hauptgang. Anstatt den östlichen Ausgang zu nehmen, schwenkt sie nach links. Gleich wird sie in den Bereich gelangen, in dem vor allem die Stoffhändler ihre Waren feilbieten. Sie erinnert sich ungefähr an den Weg zum Geschäft der Beduininnen, an die unzähligen, ungeordnet verlaufenden Bogengänge in diesem Teil des Marktes, in denen man sich leicht verirren – oder einen Verfolger abschütteln kann. *Er kennt jeden Winkel dieses Souk, wie willst du ihn da abhängen?*

Diese unzweifelhafte Tatsache jagt ihr einen Schauer über den Rücken. Der Mann wird sich nicht zum Narren halten lassen, er muss an solche Situationen gewöhnt sein. *An welche Situationen gewöhnt? Daran, jemanden zu verfolgen? Oder noch Schlimmeres zu tun?*

Sie lässt eine Gruppe vollständig verhüllter Frauen passieren, aus deren Niqab lediglich die mit schwarzem Kajal umrandeten Augen heraussehen, und verbirgt sich hinter ihnen. Das Ganze dauert nur einen kurzen Augenblick, vielleicht drei oder vier Sekunden verschwindet sie im Sog der üppigen Gewänder, aber das Gefühl, plötzlich außer Reichweite des Verfolgers zu sein, flößt ihr Mut ein. Der Mann muss seinen Schritt beschleunigt haben, denn als er sie wiederentdeckt – Emmas Nacken ist so steif, als hätte er dort einen Angelhaken befestigt –, erkennt sie, dass er näher gekommen ist, so nahe, dass er sie packen könnte, würde er seinen Arm ausstrecken.

Nicht in Panik geraten! Denk nicht nach, erspüre alles!

Spricht da ihre Mutter in ihrem Kopf zu ihr oder eher die durch den Energiefluss mobilisierte Intuition? Egal. Wieder bleibt Emma vor einem Schaufenster stehen und holt tief Luft. Ein Teil ihres Gehirns registriert die aufgestapelten, bestickten Stoffballen, die Hausschuhe auf dem Boden, den Schein eines seltsam schummrigen Neonlichts, während ihr Körper die Wahrnehmungen aufsaugt: ein Kribbeln, ein Bohren am Halsansatz, Wärme. Je mehr sie sich davon durchdringen lässt, desto mehr gerät der Wärmefluss in ihrem Innern in sein Gleichgewicht, und plötzlich fühlt sie sich in das Fleisch des anderen förmlich hineingesogen. Es ist brutal, wie ein Tauchen ohne Sauerstoffgerät in tiefen Gewässern. Sie wird von der Dringlichkeit fremder Gedanken erfasst, die nicht ihre eigenen sind. Es sind die Gedanken eines nervösen jungen Mannes, der gleich zum Angriff übergehen wird. Er zögert, denn auch er muss gespürt haben, dass etwas sie aneinanderkettet. Auch wenn er es nicht versteht – er empfindet etwas.

Doch dann kommt Emma wieder zu sich. Ihr Körper ist wie elektrisiert, es drängt sie nach Aktivität. Die herben Schwaden der Gewürze, die Ausdünstungen von Schweiß, Angst und Langeweile springen sie geradezu an. Einzelne Geräusche lösen sich auf seltsame Weise aus dem herrschenden Stimmengewirr – eine schnulzige Musik, ein spitzes Lachen, das Piepsen eines Handys, Wortfetzen einer Unterhaltung, der bellende Husten eines Mannes … Jenseits ihrer auf Hochtouren arbeitenden Sinne ist das Gefühl der Verletzbarkeit verschwunden und hat sie in einen Zustand extremer Wachsamkeit versetzt.

Sie setzt sich wieder in Bewegung. Die Menge ist in diesem

Teil des Marktes noch dichter gedrängt, aber sie beschleunigt ihren Schritt dennoch, stets darauf bedacht, ihren Verfolger auf Abstand zu halten. Er darf sie nicht einholen, *noch nicht!*

Händler fragen nach ihren Wünschen, ein Tourist lächelt ihr zu, sie weicht aus, als hätte sie auf Autopilot geschaltet. Sie versucht nicht, ihren Verfolger abzuschütteln, das wäre illusorisch, sie weiß nur, dass er sie nicht zu fassen bekommen darf. *Ausweichen-ausweichen-ausweichen*: Das ist das Leitmotiv. Genau wie bei einem Tanz. Den Touristen ausweichen, den herumalbernden Jungen ausweichen und dem Mann mit den Scherenbeinen ausweichen, der bald zum Angriff übergehen wird. *Ausweichen-ausweichen-ausweichen …*

Sie erreichen einen kleinen Platz. Der Verfolger und seine Beute lavieren durch den Strom der Passanten. In der Mitte des Platzes steht ein Pfeiler, dessen Kopfstück wie ein Kapitell aussieht und eine Ansammlung von Balken trägt, die kranzförmig angelegt sind und nach oben hin eine offene Galerie abschließen. Ob es an der runden Konstruktion liegt oder am Lärm, Emma fühlt sich wie auf einem Karussell, das mit voller Geschwindigkeit seine Runden dreht. Anstatt aber in Panik zu verfallen, schlängelt sie sich durch die Hindernisse hindurch, um eine übervolle Gasse zu erreichen. Die Umrisse des Marktes verschwinden bereits, die Geräusche verlieren ihre Schärfe und sind nur noch ein dumpfes Gemurmel im Hintergrund. Sie begreift, dass es wieder so weit ist, dieser Tunnelblick, genau wie neulich im Palmengarten. Die Sekunden dehnen sich, ohne dass sie sagen könnte, in welche Richtung. Alles ist zugleich schnell und dicht, ausgedehnt in einer ewigen Gegenwart. Ihre Handflächen brennen, Emma befindet sich im Auge des Zyklons, und jeder Augenblick gehört ihr.

Sie lässt den Mann näher kommen, zwei Meter … einen Meter. Auch er hängt fest am Haken wie ein Fisch an der Angel, aber wie einer, der den Köder nicht ahnt. Er ist außer Atem, schweißgebadet von der aufregenden Jagd – aber wer jagt in diesem Moment überhaupt wen? Sie treiben auf eine kompakte Gruppe zu, ein Teil von Emma fängt die Splitter des Lebens auf – *Herumtrödeln, Sorgen, Freude, Ärger* –, sie fröstelt und bekommt eine Gänsehaut, sieht nur noch einen einzigen, klaren Punkt in dieser Ansammlung. Dort wird es geschehen, inmitten dieses Schwarms, genau dort wird sein Arm nach vorn schießen, seine Hand den Riemen ihrer Schultertasche fassen und mit einem festen Ruck daran ziehen.

Alles geschieht in nicht einmal zehn Sekunden. Mit einer Hand umfasst Emma ihre Schultertasche noch fester und weicht zurück, wobei sie sich umdreht. Der Mann gerät ins Stolpern, ihre Finger legen sich auf seine Halsschlagader, er ringt nach Luft. Ein Hitzestoß, und schon taumelt er mit vor Schreck geweiteten Augen, den Mund zu einem Röcheln geöffnet. Beinahe sanft sinkt er in sich zusammen, während sie sich losreißt. Passanten stürzen herbei. Sie windet sich durch die Menschenmenge, achtet darauf, nicht zu rennen, und die Horde schließt sich wieder um den bewusstlosen Körper am Boden. Schreie sind zu hören, unverständliche Worte in arabischer Sprache, dazwischen ein Ausruf, der spanisch klingt. Ihr Blickfeld vergrößert sich, und sie beschleunigt noch einmal ihre Schritte, denn sie muss sich vom Ort des Geschehens entfernen, bevor man auf sie aufmerksam wird: »Eine Ausländerin mit einer roten Tasche. Sehr gutaussehend!« Zum Glück hat sie ihren Schleier. Es wird schwierig sein, ihre Spur aufzunehmen. Ihr Verstand setzt blitzschnell die verschiedenen Details zusammen, die Geschäfte, in denen man sie hat bemerken können, und die Strecke, die er ihr gefolgt ist.

Sie findet den Ost-Ausgang, ohne recht zu wissen, wie. Die salzige Luft überrascht sie ebenso wie die unglaubliche Hitze. Sie blinzelt hektisch, bevor sie sich an ihre dunkle Sonnenbrille erinnert, die sie augenblicklich wieder vor die Augen schiebt und erst einmal weitergeht, ohne genau zu wissen, wohin. *Von der Corniche in das Gewirr der Gassen biegen, um die blaue Moschee herumgehen,* kommt es ihr wieder in den Sinn. Der Schweiß läuft ihr den Rücken hinunter, jeder Muskel brennt vor Schmerzen, aber es folgt ihr niemand mehr. Diese Gewissheit überflutet sie mit einem Gefühl des Friedens.

Im Café Casbah ist es schummrig, hier und da leuchten rote und grüne Lämpchen. Nach der Betriebsamkeit draußen ähnelt dieser Innenraum einem Paradies. Emma nimmt die Sonnenbrille ab und versucht, sich an die Lichtverhältnisse zu gewöhnen.

»*Miss, can I …*«

Ohne den Kellner weiter zu beachten, geht sie ans hintere Ende des Raums. Dort steht der runde Tisch, genau wie Martel es gesagt hat. Sie lässt sich auf einen Stuhl fallen und bemüht sich, Haltung zu bewahren. Die Migräne, die während des Angriffs ihren Griff gelockert hatte, kehrt mit Macht zurück und martert ihre Schläfen.

Am Nebentisch rührt sich jemand, dann ertönt ein Satz in arabischer Sprache.

»*Qahwat lilsyidat min fadlik.* Einen Kaffee für die Dame, bitte.«

Éric Martel höchstpersönlich. Er hat keinen seiner Gehilfen damit beauftragt, die Beute in Empfang zu nehmen, sondern ist selbst erschienen. Ganz kurz packt sie die Lust, ihm Beleidigungen entgegenzuschleudern, als könne sie damit die Angst und die Gefahr, vor allem aber den von ihr begangenen Verrat loswerden, doch das würde zu viel Energie kosten.

»Ist alles gut gelaufen?«

Sie schüttelt den Kopf, um sich ein paar Sekunden Bedenkzeit zu verschaffen.

»Sie sehen mitgenommen aus ... Sind Sie sicher, dass Sie okay sind?«

Etwas in ihr hält sie davon ab, ihm einen genauen Bericht dessen zu geben, was sich abgespielt hat. Würde sie ihm von dem Angriff gerade eben erzählen, würde sie endgültig die Seite wechseln. Aber sie ist nicht bereit, ihm zu vertrauen, und noch weniger, ihm seine Erpressung zu verzeihen.

»Es geht schon. Ich habe mich nur in den Gängen des Souk verlaufen.«

»Haben Sie den ... den Gegenstand?«

Seine Frage klingt beinahe so, als handelte es sich um etwas Obszönes. Sie wundert sich über seine Worte, bevor ihr klar wird, dass der Heuchler sie mit diesem Euphemismus lediglich beschwichtigen will. Es wäre einfach nur dumm, sie jetzt zu verärgern!

»Was meinen Sie? Ihr Spitzel hat Sie doch bereits informiert, oder täusche ich mich da?«

Er nickt sachlich, greift nach einer Dattel und führt sie zum Mund. Derweil lässt er seinen wachen Blick über die umliegenden Tische schweifen.

Emma fällt auf, dass er die heutige Ausgabe von *Le Monde* bei sich hat. Eigentlich hätte sie vermutet, dass er *Les Échos* liest. Wirklich süß, sein Alibi. Der Herr Kulturattaché gönnt sich eine kurze Pause in seinem nie endenden Arbeitstag. Wenn man sie zusammen sieht, werden sie vorgeben, einander zufällig begegnet zu sein.

Der Kellner erscheint und stellt ihr eine große Tasse Kaffee hin, dazu ein Schälchen Datteln. Das Getränk ist leicht, ihrem Geschmack nach zu süß, aber angenehm gewürzt.

»Kommen Sie oft hierher?«

Martel lächelt, bevor er laut loslacht. Sie fragt sich, welches Spiel er spielt, dann begreift sie, dass seine Mimik für Cafébesucher gedacht ist, die möglicherweise zu ihnen hinüberschauen.

»Wie hat Monsieur Khan auf den Vorfall reagiert?«

»So nennt man das also bei Ihnen, einen Vorfall.«

»Emma …«

»Was war es denn eigentlich? Ein Drohnenangriff?«

»Ein einfacher Kurzschluss in einem Lager.«

»Und die Explosionen?«

»Das fragliche Lager enthielt leicht brennbare Materialien, denen wir einen entsprechenden Zusatzstoff hinzugefügt haben. Erinnern Sie sich an den Brand in der Lubrizol-Fabrik in Rouen? Durch den Brand kam es zu Verpuffungen. Das haben Sie gehört. Es musste unbedingt so eindrücklich sein, dass Khan gezwungen war, Sie rasch wegbringen zu lassen.«

»Und wenn er es nicht getan hätte?«

»Er konnte das Risiko, Sie allein zu lassen, nicht eingehen. Bei einem Alarm oder einem Sabotageverdacht wird das gesamte Gelände durchsucht. Das wäre Sie teuer zu stehen gekommen und ihn genauso.«

»Und wird man etwas finden?«

»Nichts Beweiskräftiges. So viel steht fest.«

»So viel steht fest? Dabei wirkt Ihre Operation, ehrlich gesagt, ziemlich mit der heißen Nadel gestrickt!«

»Sie ist gelungen, denn unser Spitzel ist weiterhin vor Ort tätig, und Sie haben die Karte.«

»Zusammengefasst – es war ein Schuss ins Blaue.«

»Der Zufall spielt bei so etwas immer eine Rolle. Wie bei einem Hasardspiel.«

»Ich fasse es nicht! Sie vertrauen bei einer solchen Operation auf Ihr Glück und setzen dabei das Leben von Menschen aufs Spiel! Diese Frau – Ihr Spitzel – hatte Todesangst! Ich habe ihren Blick gesehen!«

»Unsere Agentin ist wohlbehalten nach Hause gelangt und schläft vermutlich, während wir hier plaudern. Dank Ihnen, Emma …«

»Und wenn man sie geschnappt hätte?«

»Davon darf man nicht ausgehen.«

»Ach ja! Wir denken immer positiv! Und Tariq? Was steht für ihn auf dem Spiel?«

»Was auch immer wir finden – alles Weitere ist Sache der Diplomatie. Haben Sie eine Ahnung, wie viele Kriege dank der Verhandlungen unserer Botschaften verhindert worden sind?«

»Ich gebe auf!«

»Emma, wir verlieren nur Zeit …«

Martel wirkt jetzt leicht nervös. Es bringt nichts, weiter zu diskutieren. Emma öffnet ihre Schultertasche und holt die Puderdose heraus.

»Hier.«

Er lässt sie mit einer geschickten Bewegung unauffällig verschwinden und hat es plötzlich eilig, seine Habseligkeiten zusammenzuraffen.

»Sehr gut. Im Notfall wissen Sie, was zu tun ist. Ich erwarte Sie nächsten Donnerstag hier, am selben Ort. Passt Ihnen 17 Uhr?«

»Sind Sie verrückt? Warum sollte ich noch einmal herkommen? Sie haben doch, was Sie wollten, oder etwa nicht?«

»Diskreter lässt sich nicht sicherstellen, dass …«

Emma fällt ihm ins Wort: »Das glaubst du ja wohl im Traum nicht!«

Er springt auf, eher verblüfft von der Heftigkeit ihrer Reaktion als vom unvermuteten Duzen. Sie steht ebenfalls auf, wühlt wild in ihren Taschen und knallt einen Schein auf den Tisch.

»Denken Sie sich etwas anderes aus! Ich komme nicht noch einmal hierher!«

Sie kann ihm nicht sagen, dass man sie angegriffen hat, jedenfalls jetzt nicht mehr. Vielleicht hätte sie es tun sollen, so wie sie vielleicht auch Tariq hätte warnen sollen. Jetzt ist es zu spät.

22

Der Wohnsitz sieht aus wie ein Palast aus Zuckerguss. Vier mit Zinnen bewehrte Türme, die ein sahnefarbenes Kuppeldach einrahmen, erheben sich vor dem schwach violettfarbenen Himmel. Vom üppig bewachsenen Garten hat man freien Blick auf das Mutrah-Viertel und die Bucht von Maskat. Die Bepflanzung ist so exklusiv und überladen, dass sie künstlich wirkt. *Ein Exzess an grüner Pracht*, denkt Emma. Hätte sie die Wahl, würde sie die alten Häuser mit ihren rissigen Wänden vorziehen. Die raue Wirklichkeit.

Sie steigt aus dem Geländewagen, bevor Anwar Zeit findet, sich von seinem Sitz zu erheben. Die wortlose Komplizenschaft zwischen ihnen ist längst erloschen. Nicht nur wegen der Ereignisse während der Rückfahrt aus der Wüste. Der Chauffeur mag dem Clan der Familie Khan treu ergeben sein, doch irgendetwas verbirgt er. Das spürt Emma.

Drei Tage sind seit der Explosion vergangen, und man könnte meinen, seither hat ein anderes Leben begonnen. Als vorhin Pénélope anrief, hat Emma ihr mangels anderer Gesprächsthemen eine minutiöse Schilderung von *Anna Bolena* geliefert. Die Pénélope von früher hätte sich niemals so einwickeln lassen. Sie haben nur Belanglosigkeiten ausgetauscht – wie Freundinnen, die eigentlich keine mehr sind. Vielleicht ist das nur vorübergehend. Man streicht Menschen, die man liebt, nicht einfach so aus seinem Leben.

Hinter ihr startet der Geländewagen wieder und fährt davon. Das Knirschen der Kieselsteine unter ihren Schuhen spürt Emma bis in ihren Bauch. Weit unten bilden die Lichter der Stadt eine leuchtende Sichel entlang der Corniche. Der Anblick ist großartig. Von hier oben aus betrachtet, kann man sich keine Gemeinheit, keinen Verrat vorstellen, und auch der verbitterte Kampf in den Elendsquartieren ist weit weg. Und Problemen wie der Erderwärmung rückt man mit Klimaanlagen zu Leibe.

Sie macht größere Schritte, denn sie hat plötzlich genug von alldem und will es hinter sich bringen. Die Allee endet an einem Treppenaufgang, der – wie kann es hier anders sein – aus Marmor ist. Er führt zu einer Freitreppe, die breit genug ist, um darauf einen Empfang abzuhalten. Die in französischer Sprache übermittelte Vorladung war knapp gehalten: »Mademoiselle Rayja Bint Hujaima erwartet Sie um 18 Uhr mit allem, was für eine Massage nötig ist.« Emma ist nicht klar, ob die Einladung von Tariq eingefädelt wurde. Wahrscheinlich, da Anwar den Chauffeurdienst übernommen hat. Tariq hat auf keine einzige ihrer SMS geantwortet, dabei wollte sie nur von ihm wissen, wie sie sich verhalten soll. Und sie wollte aufhören, sich in irrwitzige Hypothesen zu verstricken.

Emma ist glücklich, dass sie ihre Arbeitskleidung angezogen hat. Das marineblaue Ensemble lässt keinerlei Zweideutigkeit zu. Allerdings hat sie heute Abend auf ein Kopftuch verzichtet. Das Bedecken der Haare hat ihr ein gesteigertes Bewusstsein dafür vermittelt, was es heißt, sie unverhüllt zu zeigen. In einem Land, in dem man die Weiblichkeit verschwinden lässt, wird ihre blonde Mähne zu einem Banner, und diese kleine Provokation verleiht ihr Kraft für die heutige Begegnung mit der Eiskönigin.

Sie steigt die Stufen der Freitreppe hinauf. Ein flüchtiger Blick aufs Handy verrät ihr, dass es 18.04 Uhr ist: eine hinnehmbare Verspätung und eine Art zu zeigen, dass sie nicht auf Befehl handelt.

Emma muss nicht einmal klingeln. Die schwere Bronzetür wird von einem Bediensteten in *dishdasha* mit passendem Turban geöffnet, der offenbar die gleiche Funktion wie ein Majordomus ausübt. Er verbeugt sich leicht.

»Miss Morvan, please …«

Er geht ihr über einen langen Teppich voraus durch die große Eingangshalle, vorbei an Vasen, die so groß wie Kinder sind, und an Schränken, die ziemlich antik wirken. Schließlich gelangen sie in einen beinahe leeren Raum, in dem lediglich eine Massageliege und ein kleiner Tisch aufgestellt wurden. Ein Weihrauchgeruch liegt in der Luft sowie der zarte Duft einer weißen Blüte – Gardenie? Geißblatt? –, in jedem Fall ein Duft, den sie auf der Stelle mit der Herrin des Hauses assoziiert.

»Please.«

Der Bedienstete verschwindet, und Emma ist allein in dem Raum. Man wird sie so lange warten lassen, dass sie es als demütigend empfinden muss, so viel steht fest. Unauffällig versucht sie herauszufinden, ob Kameras vorhanden sind. Ein idiotischer Reflex. Sie wird nicht fündig und ist erleichtert.

Sie beginnt, die Liege zum Fenster zu ziehen, damit die Anordnung weniger eindrucksvoll wirkt, verschiebt das Tischchen, um ihre Öle darauf abzustellen, und schaltet die Deckenbeleuchtung aus, sodass nur noch einige kleinere Lampen Licht spenden. Erst als sie danach die neue Raumaufteilung prüfend ins Auge fasst, bemerkt sie das angrenzende Badezimmer samt Dusche. Dort liegt ein Stapel Handtücher bereit. Sie wählt ein mauvefarbenes Badetuch, das groß genug ist, um die Liege damit zu bedecken.

18.17 Uhr. Sie wettet, dass Tariqs Verlobte um halb sieben kommen wird, und kehrt noch einmal in den Duschraum zurück, wäscht sich die Hände und baut sich vor dem Spiegel auf, um sich sorgfältig zu mustern. Ihr geradezu ungehörig blondes Haar sticht ziemlich ins Auge, zumal es noch gewachsen ist, denn sie war hier im Oman noch nicht beim Friseur. Sie denkt an Tariqs Hände auf ihrer Haut, an seine Finger, die sich einen Weg in ihren Mund bahnen. Das Verlangen erwacht ungebremst.

Wird er kommen?

Sie wischt die Frage beiseite und konzentriert sich auf ihr Gesicht, sucht nach geringsten Anzeichen, die die Wahrheit offenbaren könnten. Nein. Die dunklen Augenringe zeugen von Schlaflosigkeit, von Fiebrigkeit. Von Mangel. Nicht von Verrat. Ganz plötzlich drängt sich wie aus dem Nichts eine Idee auf: *Wenn du fliehen musst, rasier dir den Kopf!*

»Mademoiselle Morvan, ich bin Rayja.«

Perfektes Französisch, schneidender Tonfall. Das sind keine einleitenden Worte, eher eine Absichtserklärung, die ungefähr sagen will: *Du bist hier zu meinen Diensten und hast gerade deinen ersten Fehler begangen. Beim zweiten schmeiß ich dich raus. Und außerdem kann ich dich nicht leiden. PS: Lass gefälligst die Finger von meinem Verlobten.*

Emma nimmt sich die Zeit, bis drei zu zählen, bevor sie sich umdreht.

»Ich freue mich, Sie wiederzusehen.«

Rayjas Augen verengen sich. Sie trägt einen scharlachroten Morgenmantel aus Seide, über den sich ihr ebenholzfarbenes Haar ergießt, darunter ist sie nackt … Ist das eine Replik auf Emmas Etuikleid? Diese Frau ist es mit Sicherheit nicht gewohnt, dass man sich ihr widersetzt.

Mit festem Schritt tritt sie an die Liege, lässt ihren Morgenmantel herabgleiten und legt sich dort, einen tiefen Seufzer des Wohlbefindens von sich gebend, auf den Bauch. Die größte Verachtung besteht in der Nichtbeachtung, scheint ihr Hintern zu verkünden.

Wenn du dieses Spiel spielen willst, okay. Emma nimmt ein Handtuch und breitet es über die Hinterbacken der Prinzessin. Dabei geht es nicht um Scham. Niemand darf seine Nacktheit einem anderen Menschen aufzwingen, und zwar unabhängig vom Geschlecht und der sozialen Stellung, aber darüber sieht Mademoiselle Eiskönigin mit majestätischer Arroganz hinweg.

Wie dem auch sei, für die Zeit der Behandlung wird Emma die Führung übernehmen.

Sie wählt mit Absicht ein nicht besonders kostspieliges Mandelöl, lässt ein paar Tropfen auf ihre Hände fallen und reibt mit automatischen Bewegungen ihre Handflächen gegeneinander. Schon jetzt sind sie brennend heiß.

Bei der ersten Berührung zuckt Tariqs Verlobte zusammen. Sie murmelt etwas in sich hinein, ohne sich zu bewegen. Emma unterdrückt ein triumphierendes Lachen. Der gewaltige Energiefluss bannt die überhebliche Person auf die Liege. Sie ist ihr ausgeliefert.

Sie beginnt, Rayja vom Nacken bis zu den Zehen durchzukneten und stöbert dabei jede Verspannung auf – eine ganze Kette von ausgeprägten kleinen, harten Knoten, die von einem Temperament zeugen, das sich Zurückhaltung auferlegt. Emma schenkt dem keine weitere Beachtung. Sie hat keinen Bedarf, die gut verborgenen Geheimnisse aufzudecken, und wird sich darauf beschränken, ihr ein paar Dornen herauszuziehen. Trotz ihrer schlanken Gestalt ist ihr Gewebe mit Emotionen förmlich verstopft – die Fesseln der Gebräuche, der ausdrücklichen und unausgesprochenen Verbote hinterlassen deutliche Spuren.

Rayja verzieht schmerzlich das Gesicht, aber bittet nicht ein einziges Mal um Nachsicht.

»Legen Sie sich bitte auf den Rücken.«

Die junge Frau dreht sich um und ist schon jetzt wehrlos. Sie überlässt sich allem Weiteren wie eine schlaffe Masse und hat jede Gegenwehr aufgegeben. Das Handtuch fällt herunter und gibt einen enthaarten Intimbereich frei. Emma legt das Stück Stoff wieder zurück und platziert ihre Hände um den Bauchnabel herum. Tariq ist verschwunden, verjagt in den hintersten Winkel ihrer Erinnerungen. Lange massiert sie die Organe, dann die vier Quadranten des Abdomens, immer darauf bedacht, den Energiefluss nicht ungebremst strömen zu lassen. Es ist ein besonderer, sehr intimer Moment. In der vollkommenen Stille beginnt sie sich zu öffnen. Rayja entweicht eine Träne, die sich an ihrer Schläfe verliert.

Als die Sitzung beendet ist, atmen beide schwer und rühren sich nicht. Nach einem kurzen Augenblick der Benommenheit verschwindet das Gefühl der Verbundenheit und macht einer Verlegenheit Platz.

»Sie können sich jetzt wieder ankleiden.«

Emma flüchtet sich ins Badezimmer, plötzlich ist ihr übel. Sie lässt das Wasser über ihre Finger laufen und seift sie gründlich ein. Das Erlebnis hat sie mehr mitgenommen als gedacht. Egal. Auch gut. Sie sucht nach passenden Worten, um sich zu verabschieden, aber ihr fällt nichts ein.

Als sie sich endlich entschließt, sich der Situation zu stellen, ist Rayja bereits verschwunden. Auf dem Massagetisch liegt lediglich das etwas merkwürdig zusammengefaltete Handtuch. Darin findet Emma eine in vier Stücke zerrissene Visitenkarte.

Emma Morvan, Masseurin – Physiotherapeutin
Kuf Siriun
Resort & Spa

Diese Karten waren nicht ihre Idee. Hassan Kumar hat sie ihr zu Beginn ihres Aufenthaltes förmlich aufgedrängt. Ihr erschienen sie vermessen, aber sie hatte sich angewöhnt, immer ein paar in ihrer Tasche bei sich zu haben. Allerdings nicht in der roten Umhängetasche.

Woher nun Rayja eine solche Karte hatte, spielt keine Rolle, aber die Warnung ist eindeutig.

In der Eingangshalle herrscht Grabesstille. Der Majordomus ist verschwunden – Angestellte begleitet man nicht hinaus. Diese letzte Demütigung ist ihr gerade recht, denn sie hat nur noch einen Wunsch: Sie will diesen Ort so schnell wie möglich hinter sich lassen.

Erst an der frischen Luft kehrt die Wut zurück. Sie hadert mit sich, dass sie gegen Ende der Behandlung an eine Art Waffenstillstand geglaubt hat. Man hat sie in ein doppeltes Spiel hineingezogen, dessen hinterhältige Regeln sie nicht kennt. Bisher ist sie ein nettes Mädchen gewesen, das ahnungslose Dummchen, stets redlich darum bemüht, es allen recht zu machen. Genau genommen funktioniert sie nach diesem Muster seit dem Unfall und dem Tod ihrer Mutter. Als wollte sie sich freikaufen. Aber wovon freikaufen?

In ihrer Frustration will sie am liebsten den Mond anheulen. *Sollen diese Leute doch an ihrer Macht ersticken!*

Anwar ist nicht mehr da. Eilig geht sie den Kiesweg hinunter und ist fast sicher, dass das Tor geschlossen sein wird, aber als sie näher kommt, gleitet die Metallplatte lautlos zur Seite. Sie könnte zu Fuß bis zur Altstadt hinuntergehen und an der Promenade ein Taxi nehmen, denn es sind vermutlich kaum mehr als drei Kilometer bis dorthin. Das vornehme Viertel flößt ihr jedoch kein Vertrauen ein, jedenfalls nicht ohne den Schutz eines Schleiers, und die Vorstellung, dass sie sich innerhalb nur eines Monats diese Angewohnheit zu eigen gemacht hat, lässt sie wiederum frösteln. Sie wühlt in ihrer Tasche nach dem Handy, als eine Hand sich von hinten auf ihren Mund presst, um einen Schrei zu ersticken.

»Ich bin es, Tariq!«

Er dreht sie herum wie eine Puppe, fasst sie mit beiden Händen an den Armen und sieht sie mit einem merkwürdigen Ausdruck an.

Ihre Gefühle drängen sie zu ihm, aber sie beherrscht sich, denn sein Blick ist hart.

»Habe ich Ihnen diese gemeine Einladung zu verdanken?

Was haben Sie sich dabei gedacht, uns miteinander zu konfrontieren?«

»Sie hat uns bereits im Verdacht, Sie und mich …«

Die Strategie verblüfft Emma, aber jetzt ist nicht der Moment, um über das Bauchgefühl einer eifersüchtigen Frau zu streiten.

»Warum haben Sie mich nicht angerufen? Was ist dort draußen überhaupt vorgefallen?«

»Ein Brand. Ich war sehr beschäftigt.«

Er lügt. Seine Hände, die sie auf Distanz halten, lügen. Sein ausweichender Blick lügt. Mehr wird er nicht sagen, nicht, bevor er sie nicht seinerseits mit Fragen bombardiert hat. Dem will sie zuvorkommen und geht in die Offensive wie ein bellender Hund.

»Okay. Und ändert das etwas?«

Vorwurfsvoll bleibt sein Blick auf sie gerichtet. Das Beste wäre, er würde sich hier und jetzt aus dem Staub machen und aus ihrem Leben verschwinden. Dann wäre Schluss mit den unlösbaren Fragen über Schuld und Verrat. Und auch Schluss mit der Erpressung. Wenn Tariq aus ihrem Leben verschwindet, hat Martel keinerlei Druckmittel mehr in der Hand. In dem Fall wird sie ihm die Umhängetasche zurückgeben samt seiner billigen Bescheinigung über eine seltsame Art von Heldentum. Dann wird sie eben ihre Arbeit verlieren und nach Portivy zurückkehren, um ihr ruhiges Leben fortzuführen. Wirklich schlimm sind dort nur der Kummer und die Tränen über ihre fehlende Mutter.

Ist es tatsächlich das, was du willst? VIPs massieren, die sich Kuren für 3.000 Euro pro Woche leisten können, und zusehen, wie dein Leben in gemächlichen Bahnen vorüberzieht?

Sie fragt sich, ob ihr Geliebter ebenfalls versucht, sich aus seinen Verstrickungen zu befreien. Jetzt schüttelt er den Kopf, wird plötzlich sanft.

»Ich kann nur an Sie denken, Emma. Wirklich.«

Das leichte Frösteln wächst sich zu einem Beben aus. Sie spricht absichtlich im Flüsterton, als sie nachfragt: »Wovon sprechen Sie?«

»Anwar …«

Der Name lässt sie vor Schreck erstarren. Der Fahrer hat geredet. Trotz ihrer Angst zuckt Emma nicht mit der Wimper. Tariq hält inne, und sein Zögern macht sie wütend, denn er wird es nie verstehen. Wie kann sie einem Mann sagen, dass sie ihn zwar kaum kennt, ihn aber begehrt, wie sie noch nie jemanden begehrt hat – und dass beide abgesehen davon nur Spielfiguren auf einem Schachbrett sind …

»Anwar hat erzählt, dass Sie aus dem Wagen ausgestiegen sind. Haben Sie jemanden gesehen?«

Jetzt gilt es, sich auf das vorhandene Fünkchen Wahrheit zu konzentrieren.

»Ich habe mir Sorgen um Sie gemacht.«

»Ich hatte Ihnen gesagt, dass Sie sich nicht rühren sollen! *I told you!* Wie soll ich Ihnen da vertrauen?«

Das kannst du nicht, konntest du nie. Aber das ist noch lange kein Grund, mich wie ein widerspenstiges Gör zu behandeln. Ich bin keine Befehlsempfängerin.

Ihr Wortwechsel führt in eine Sackgasse. Tariq erwartet Garantien von einer Frau, die es nicht gibt. Sie fragt sich, wie sehr der Hunger des einen nach dem anderen sie verwirrt.

Er lockert seinen Griff, und sie nutzt den Augenblick, um sich in seine Arme zu schmiegen. Es liegt ebenso sehr Verlangen wie List in ihrer Bewegung, denn sie will sein Misstrauen vertreiben. Er ist so erregt, dass sie fast lachen muss, als ihre Münder zueinanderdrängen. Sie rührt sich nicht, will, dass der Augenblick endlos währt. In ihren Handflächen pulst die Energie, aber sie bleibt in seinen Armen und spürt, wie er bebt. Wie bei einem Tanz umkreisen sie einander jetzt in der feuchten

Abendluft. Ihre Körper werden zutraulich, wittern einander. Sie halten einander nicht umfasst, noch nicht, und doch ist ihr Tanz weder sanft noch langsam. Das Blut rauscht durch ihre Adern, der Nervenkitzel steigt. Ein Brodeln bis zum Siedepunkt.

Das Kläffen eines Hundes durchbricht quälende Spannung. Tariq umfasst ihren Nacken, küsst sie gierig auf den Mund, beißt in ihre Lippen, reibt seine Zunge an ihrer. Sie taumeln zu einem Gebüsch, wo er sie gegen den Stamm einer Palme presst. Die Rinde scheuert rau an ihrem Rücken, und Emma bemerkt, dass ein Ärmel ihrer Tunika abgerissen ist. Ob Überwachungskameras sie hier im Visier haben? Wo ist ihre Tasche geblieben? Jede seiner Berührungen jagt ihr Schauer über Schenkel, Brüste, Hals und Geschlecht. Ohne Rückhalt lässt sie sich darauf ein, eine Marionette, die er nach Belieben bewegt. Er dringt in sie ein, bewegt sich immer schneller und zieht sie mit in seinen Rausch hinein. In der letzten Sekunde, unmittelbar vor dem Höhepunkt, entgleitet Emma ein Wort, das sie nicht mehr ungeschehen machen kann.

»Pardon.«

23

»Flüssigseife aus Marseille mit Pfirsichextrakt.«

In der gekachelten Nische steht eine Pumpflasche mit dem Duschgel, als hätte jemand sie dort vergessen. Für Emma kommt der Anblick einer Ohrfeige gleich. Vielleicht ist es aber auch nur ein dummer Zufall, allerdings ist es Flüssigseife mit Pfirsichduft, und zwar kein lokales Produkt, sondern eine ultrafranzösische Marke. Ganz zu schweigen davon, dass das scheinbar herrenlose Gel genau in der dritten Duschkabine des luxuriösen Untergeschosses des Wadi Bani postiert ist.

Das Zeichen.

Der Dramaturgie haftet etwas Groteskes an. Fehlt nur noch die angsteinflößende Hintergrundmusik samt einer knarzenden Tür. Um ganz sicherzugehen, hebt Emma die Flasche hoch, auch wenn klar ist, dass solche Zeichen nicht mit netten Worten versehen werden. Nichts darunter. Die Plastikflasche hat einen leicht klebrigen Film, als wäre sie erst vor Kurzem benutzt worden. Sie könnte Martel in der Botschaft anrufen und die Ahnungslose spielen, aber die Anweisung ist klar: Falls ein Duschgel auftaucht, soll sie sich am nächsten Tag im Café Casbah einfinden.

Scheiße!

Sie bricht in ein hysterisches Lachen aus. Was ist das für eine altmodische Vorgehensweise? Beinahe wie in Nordkorea! Sie hätte einen vernünftigen Plan verlangen sollen oder einen besseren Schutz, anstatt blind zu gehorchen. Sie dreht die Wasserhähne ganz auf und lässt den Wasserstrahl auf sich herunterprasseln, während sie versucht, ihr Gedankenchaos zu sortieren. Es schwindelt ihr bei der Erkenntnis, dass sie immer einen

Schritt hinterherhängt. *»Rufen Sie die Botschaft nur im äußersten Notfall an.«* So ein Geschwafel … Wie soll sie die Gefahr auf einer Skala von eins bis zehn einstufen? Ihr fällt wieder ein, was Martel über die Rolle des Zufalls gesagt, dass er dabei von einem Hasardspiel gesprochen hat, und plötzlich erinnert sie sich, dass sie einmal gelesen hat, das Wort »Hasard« käme vom arabischen *»az-zahr«*, was so viel wie »Würfelspiel« bedeutet. Wie hoch schätzt Martel ihre Chancen ein, unbeschadet davonzukommen? Bis zu welchem Zeitpunkt ist sie für ihn wichtig? Würde er seine Karriere als Kulturattaché für sie opfern?

Das Lachen ist einer schäumenden Wut gewichen. Emma schnappt sich erneut die Flasche und presst sie mit aller Gewalt zusammen. Das Gel riecht nach viel zu süßem Pfirsich und lässt sie an überreife Früchte denken. Sie möchte sich am liebsten blutig scheuern, um das Gefühl von Schmutz zu vertreiben, das an ihr klebt. Selbst ihr Abenteuer mit Tariq kommt ihr jetzt verlogen vor.

Sie presst ihre Stirn gegen die Fliesen, dann stößt sie mit dem Kopf dagegen, um sich leicht zu betäuben. Die Erinnerung an ihre Umarmung ist jedoch weitaus schmerzlicher. Wie in einer Abfolge von Flashs tauchen Bilder aus der Vergangenheit vor ihren Augen auf. Ihre Mutter im aufgewühlten Meer, die Zimmerdecke im Krankenhaus nach dem Aufwachen aus dem Koma, ihr Großvater beim sorgfältigen Polieren von Leder – ein Anblick, der ihr stets den Eindruck vermittelte, etwas von seinem tiefen inneren Frieden in sich aufnehmen zu können. Ein Satz kommt ihr in den Sinn, den er vor langer Zeit bei einem Familienessen gesagt und den sie damals nicht verstanden hatte: *»Dieser ganze Zirkus, der ums Heldentum veranstaltet wird, der setzt die Menschen nur herab.«* Hatte er das Gefühl, dass man ihn instrumentalisierte, als es darum ging, Züge zu sabotieren, Flugblätter zu verteilen oder Waffen zu schmuggeln? Martel behauptet, er würde für den Frieden arbeiten, aber für welchen denn? Sie will keine Billardkugel sein, die je nach den Ereignissen und der Willkür anderer hierhin oder dorthin gestoßen wird. Sie will wählen, wohin sie geht. Nach bestem Wissen und Gewissen wählen.

Sie dreht das Wasser ab, lauscht, ob etwas Ungewohntes zu hören ist, und hüllt sich in ihren Bademantel. Bevor sie den Duschbereich verlässt, macht sie noch einmal kehrt, um das Gel mitzunehmen. Es ist sicher besser, keine Spuren zu hinterlassen. Sie wird es in den Mülleimer ihres Badezimmers werfen.

Der Umkleidebereich ist leer. Sie geht den Flur bis zum Aufzug entlang, der über die Schlüsselkarte gesteuert wird und sie direkt zu den Wohnungen der Residenz bringt.

Als sie in ihrem Schlafzimmer ist, klemmt sie einen Stuhl unter den Türgriff, was eher symbolische Bedeutung hat, als ein echter Schutz ist. Wollte jemand ernsthaft bei ihr eindringen, würde er ein solches Hindernis innerhalb von zehn Sekunden aus dem Weg räumen. Aber mit dieser Maßnahme nimmt sie eine aktive Rolle ein, sie verschafft sich Luft und wird von ihren fixen Ideen abgelenkt.

Du musst ihn verlassen.

Sie verscheucht die leise, bissige Stimme und setzt sich an den Schreibtisch, reißt ein Blatt von dem Notizblock, der für jeden Gast bereitliegt, und schiebt die lederne Unterlage beiseite, um auch hier keine Spuren zu hinterlassen. Selbst den Abdruck eines Schriftzugs gilt es zu vermeiden. Das Dringendste zuerst. Ab jetzt muss schneller und schärfer gedacht und analysiert werden.

Mit wütendem Strich teilt sie das Blatt in zwei Spalten. Darüber schreibt sie in einen Kasten das Wort »Beweise«. Außer dem GPS-Chip in ihrer Tasche und den Aufnahmen, die Éric Martel hat, gibt es nichts Belastendes gegen sie. Was den Mann betrifft, der versucht hat, ihr auf dem Souk ihre Tasche zu stehlen – er rätselt mit Sicherheit immer noch, was dort mit ihm passiert ist.

Auf dem Papier tanzen die Worte »GPS-Chip«, »Martel« und »Angreifer«. Sie muss dem Kulturattaché doch von dem Angriff erzählen. Es ist schließlich seine Pflicht, ihren Schutz zu gewährleisten!

In die erste Spalte schreibt sie die Namen der Personen, mit denen sie zu tun hat, und versieht sie mit einem Vertrauensindex in Form eines Plus- oder Minuszeichens. In der zweiten vermerkt sie, in welchem Ausmaß diese Leute in die ganze Sache verwickelt sind.

Wer weiß von ihrer Liaison? Zunächst natürlich Martel, ihr Beschützer und Erpresser. Anwar, der nicht eine Sekunde gezögert hat, sie zu verraten. Wahrscheinlich auch Lili, ihre beste Freundin hier im Oman. Und wohl auch die Eiskönigin. Eine eifersüchtige Frau, die sich eine ganze Armee von Privatdetektiven leisten kann. Könnte diese Person vom Souk einer ihrer Handlanger sein? Vielleicht …

Wer sonst noch? Zainab? Die Dolmetscherin könnte Tariq an dem Tag, an dem sie sich wiedergesehen haben, im Kuf Siriun begegnet sein und sich alles Weitere zusammengereimt haben. Von ihrer Art her könnte die Omani durchaus für die Regierung tätig sein. Hassan Kumar? Er hat zwar nur Zugang zu den Videoaufnahmen von ihren Unterrichtsstunden, aber seine Vorliebe für Klatsch und Tratsch aller Art macht ihn gefährlicher, als er aussieht. Khalil? Es gibt keinerlei Grund anzunehmen, dass er Bescheid weiß. Trotzdem könnte sie schwören, dass er sie bei ihrem ersten Besuch des Souk dort verfolgt hat. Maud? Emma zögert damit, ihren Namen mit einem Pluszeichen zu versehen, denn die Bloggerin ist zu redselig, zu vorhersehbar mit ihrer schlecht kaschierten Eifersucht. Thomas? Sein Interesse gilt ausschließlich seiner Arbeit. Guy? Er taucht bei ihren abendlichen Treffen so gut wie nie auf. Romain? Das kann sie sich nicht vorstellen. Und was ist mit Liam? Der Kanadier will sie ins Bett kriegen, nichts weiter. Für diese Einschätzung braucht man keine besonderen psychologischen Fähigkeiten.

Anschließend listet sie die Personen auf, die in der Lage sind, sie zu überwachen, und dafür möglicherweise bezahlt werden. Das Hotelpersonal, der Philippiner am Empfang, die Leute im Bus, die Touristen mit ihren Fotoapparaten. Viel zu viele unbekannte, nicht einzuordnende anonyme Personen.

Wie im Rausch kritzelt sie die Wörter jetzt aufs Papier, ergänzt sie um spontane, in Klammern gesetzte Kommentare. Sie schreibt ohne jegliche innere Zensur, überlässt sich ihren Gedanken und Gefühlen, ohne auf Logik oder Korrektheit zu achten.

Gefährliche Liebschaft (beenden/fortführen?)
Anwar: bespitzelt mich eindeutig. Wird dafür von Tariq bezahlt.
Verhaltensrichtlinien:
vorausschauend agieren (bei jedem Ausflug, jedem Treffen!)
auf die Arbeit konzentrieren (Schüler – Körperkontakt möglichst vermeiden)
Vorsicht bei SMS – keine verfänglichen Inhalte (Tariq)
keinen weiteren Massagetermin bei der Eiskönigin (Arbeitsüberlastung vorgeben), weder bei ihr noch bei sonst jemandem!
Ressourcen:
Martel? Auf Intuition hören. Energiefluss (wie kann ich ihn beherrschen?)
Französische Botschaft (mögliche Zuflucht?)
Lili? Papa? Lemonier?

Als sie das Ende der Seite erreicht hat, liest sie ihre Aufzeichnungen noch einmal durch, streicht den Namen des Geschäftsführers von Portivy, dieser verlogenen Ratte, und dann auch »französische Botschaft«, denn dort würde sie lediglich noch tiefer in die Falle hineingeraten. Und nach einigem Nachdenken streicht sie »Lili« ebenfalls durch, denn wie sollte ihr eine Expat-Freundin schon helfen können? Und am Ende streicht sie auch »Papa«. Sollte er in Panik in Maskat auftauchen, würde das die Angelegenheit nur noch verschlimmern.

Es bleibt bloß Martel als ihre einzige Ressource aus Fleisch und Blut. Sie muss ihm vertrauen, eine andere Wahl hat sie nicht, jedenfalls nicht auf diesem Blatt Papier.

In einer spontanen Anwandlung fügt sie – ohne recht zu wissen, warum – den Namen von Bushra hinzu.

Nur wenig später landet das Blatt als Konfetti in der Toilette, und Emma betätigt dreimal die Spülung. Die schriftliche Auseinandersetzung hat sie erleichtert, auch wenn sich dadurch keine Lösung abgezeichnet hat.

Draußen ist es bereits stockdunkel. Am Donnerstag gehen die Expats oft aus, um das Wochenende einzuläuten. Sie sieht auf ihr Handy und stellt fest, dass es bereits 19 Uhr ist. Rasch schreibt sie eine SMS an Lili:

> *Tut mir leid, meine Liebe. Ich fühle mich nicht gut und esse lieber in Ruhe hier zu Abend. Morgen bin ich dann hoffentlich wieder fit. Sehen wir uns am Samstag? Ciao*

Die nach Benzin stinkende *abaya* liegt immer noch in einem Schuhkarton ganz hinten im Wandschrank. Sie kramt sie hervor, lässt im Badezimmer heißes Wasser ins Waschbecken laufen und taucht das verschmutzte Kleidungsstück hinein. Dann gibt sie eine ordentliche Portion Pfirsich-Duschgel hinzu und wirft die Flasche weg. Sie walkt die Wäsche, lässt das verschmutzte Wasser ablaufen und wiederholt den Vorgang dreimal, bevor sie zufrieden ist. Es geht nicht darum, als beste Wäscherin des

Jahrhunderts prämiert zu werden, sondern sie will beim Verlassen ihres Zimmers keinesfalls nach Benzin riechen. Auch wenn sie die *abaya* vorerst nicht benötigt, möchte sie – wie beschlossen – vorausschauend handeln und auf alles gefasst sein.

Als sie das braune Gewand ausgewrungen hat, hängt sie es so an der Terrassenwand auf, dass es vom Garten aus nicht zu sehen ist. Sie muss unbedingt daran denken, es zusammenzulegen, bevor die Putzfrauen auftauchen.

Als sie das Haustelefon zur Hand nimmt, um beim Zimmerservice einen Hamburger zu bestellen, spürt sie plötzlich, wie erschöpft sie ist.

»*Ten minutes, Miss*«, säuselt die anonyme Stimme in den Hörer.

Sie schlüpft eilig in Jogginghose und T-Shirt, bevor sie den Stuhl unter dem Türgriff wieder an Ort und Stelle rückt.

Ihre Angst ist verschwunden. Das Gefühlschaos ist einer Leere gewichen – einer Leere, in der sie gleichermaßen trunken und benebelt vor sich hin taumelt. Mit ein wenig Glück wird dieser Zustand der Benommenheit es ihr erlauben, zehn Stunden durchzuschlafen. Morgen arbeitet sie schließlich nicht.

Während sie auf den Zimmerservice wartet, tritt sie an die Fensterfront und blickt fasziniert auf die Schattenspiele hinter den Vorhängen. Auf das Geländer seiner Terrasse gelehnt, raucht ein Gast nebenan eine Zigarette. Weiter oben wirkt der Himmel merkwürdig getrübt von den Lichtern der Stadt.

24

Der Taxifahrer mengt ein paar Worte Französisch in seinen englischen Singsang. Er will wissen, was sie hier macht, ob ihr das Land gefällt, ob sie die Wüste Wahiba Sands besucht hat. Er lässt sich durch ihre lakonischen Antworten nicht davon abhalten, sie auf einige *bazaars* hinzuweisen, seiner Meinung nach die besten des Souk.

»Sag, dass Mohamed dich geschickt hat!«

Seine demonstrativ gute Laune hat etwas Gruseliges. Emma fragt sich, wie er sich verhält, wenn er allein ist. Ob er auch dann immerzu lächelt. Ohne sich entmutigen zu lassen, fährt Mohamed fort, kulturelle Highlights und unbedingt besuchenswerte Adressen aufzuzählen, an denen scheinbar überall Bekannte und Verwandte von ihm bereitstehen. Man könnte glauben, die halbe Stadt bestünde aus Cousins von ihm. Am Zielort verlangt er das Doppelte des üblichen Preises – er hat wohl seine Ratschläge während der Fahrt mitberechnet.

Seine letzte Frage hinterlässt ein ungutes Gefühl bei ihr.

»*You, free?*«

Die Omani baggern nicht offen an, und schon gar nicht Europäerinnen, die sich womöglich beschweren. Was also bedeutet diese Frage? Ist das eine Warnung?

Sie lenkt ihre Schritte zum Eingang des Souk, ihre Umhängetasche dicht an sich gepresst. Der GPS-Chip, der es ihr ersparen soll, in den Verliesen der omanischen Regierung zu verrotten, erscheint ihr jetzt wie ein lächerliches Spielzeug. Was soll's! Wenn ihr jemand folgt, hat sie jedenfalls nichts Kompromittierendes bei sich. Sie ist lediglich eine unbedeutende Informantin, eine ganz kleine Figur auf dem Schachbrett mit seinen verzweigten Machenschaften.

Es herrscht das übliche dichte Treiben an arbeitsfreien Tagen. Als sie klein war und es darum ging, im eiskalten Meer schwimmen zu gehen, ermunterte ihre Mutter sie immer, einfach loszulaufen und sich dann gleich in die Fluten zu stürzen. Ganz im Gegensatz zu den üblichen Ratschlägen wie: »Geh nicht gleich nach dem Essen ins Wasser!« »Mach zuerst den Nacken nass!« »Bleib schön am Rand!« Und auch heute ist sie, geschützt durch Sonnenbrille und Schleier, mit forschem Schritt unterwegs. Ihr entschlossenes Auftreten lässt die Leute etwas zur Seite weichen, und sie kommt unbehelligt voran. Selbst die Kinder geben ihr den Weg frei.

Als sie an dem Ladenlokal mit den Lampen vorbeikommt, erinnert sie sich an den Schauer, der sie gepackt hatte, als der Mann sich auf sie stürzte und sie etwas Animalisches in sich spürte – und sich beinahe unbesiegbar wähnte.

Das Café Casbah ist nur mäßig besucht. In seiner aufdringlichen Höflichkeit ähnelt der Kellner dem ihres letzten Besuchs hier. Emma zeigt auf den hinteren Teil des Saals und bestellt einen Kaffee. Sie löst ihr zu eng sitzendes Kopftuch und schüttelt ihre Haare. In den Augen eines möglichen Beobachters ist sie jetzt die kleine Französin, die das gewürzträchtige hiesige Getränk probieren will. Jede Geste will bedacht sein – sei es, wie sie dem beflissenen Kellner zulächelt oder wie sie ein leichtes Zögern in ihre Bewegungen legt. Sie nimmt die anderen Gäste in den Blick und registriert ein omanisches, offenbar verheiratetes Paar, einen alten Mann, der in seine Zeitung vertieft ist und dabei mit den Fingern Perle für Perle an seiner *misbaha* entlangtastet, zwei etwa dreißigjährige, westlich gekleidete Männer, die sich angeregt unterhalten, eine Gruppe von Touristen, wahrscheinlich Schweden oder Norweger, denn es ist immer wieder ein *»Skål!«* zu hören, wenn sie mit ihrem Wasser oder ihrer Limonade anstoßen und dazu laut lachen.

Die Bank, auf der Martel beim letzten Mal saß, ist leer. Emma hält eine Sekunde lang unentschlossen inne, bevor sie sich für einen Platz entscheidet, der ihr freie Sicht auf den gesamten Saal gewährt. Es gibt keinerlei Grund zur Panik. Sie ist pünktlich. Éric kann sich durch einen Stau verspätet haben, die Straße an der Corniche entlang ist oft verstopft.

Mach dir nichts vor, du bist sie doch eben entlanggefahren. Es war nicht viel los.

Sie legt ihre Hände auf den Marmortisch, um die heißen Innenflächen zu kühlen, und muss an spiritistische Sitzungen denken. Für diese Art der Kommunikation hat sie noch nie etwas übriggehabt, da sie ihr – abgesehen von allem anderen – stets als ein wenig pathetisch erschien, aber hier und jetzt würde sie ihre Mutter, egal auf welchem Weg, gern mit allen möglichen idiotischen Fragen bombardieren. *Was jetzt? Ich habe mich sofort ins eiskalte Wasser gestürzt. Aber die Rettungsboje ist kaputt!*

Eine eingehende SMS reißt sie aus ihren abwegigen Gedanken. Sie ist davon überzeugt, dass sie von Martel kommt, aber auf dem Display erscheint der Name von Pénélope, gefolgt von einem Foto ihres Katers Mardi, der sich in einen Brotkorb kuschelt. Darunter hat ihre Freundin hinzugefügt: *Monsieur hält sich für Beyoncé.* Pénélopes Humor hat weder Hand noch Fuß. Einen kurzen Augenblick wird Emma von einer heftigen Sehnsucht erfasst. Der typische Sprühregen im Oktober kommt ihr in den Sinn, der einen bis auf die Haut durchnässt und immer wieder frösteln lässt, die heiße Schokolade, mit der man sich aufwärmt, ihr Kater, der sich wohlig schnurrend an ihren Pullover schmiegt.

17.12 Uhr. Da sie sich die Zeit vertreiben muss, scrollt sie zerstreut durch die Nachrichten. Immer wieder die gleichen Konfliktherde: die Ukraine, die weiterhin Widerstand leistet,

Gaza unter Feuer, Klimakatastrophen, die mangelnde Bereitschaft, einzusehen, dass es mit der Welt zu Ende geht, wenn man es zu weit treibt.

Endlich taucht der Kellner wieder auf und trägt nun ein riesiges Tablett vor sich her. Geschickt hantiert er mit einer Räucherschale voller Myrrhe und Weihrauch, die er jedoch erst öffnet, nachdem sie, obwohl dem Ersticken nahe, zustimmend genickt hat. Er stellt einen Teller mit Datteln vor sie hin, umfasst den Griff einer bauchigen Karaffe und schenkt duftenden Kaffee ein.

»Kardamom, Safran, Rosenwasser …«

Sie bedankt sich und muss den Wunsch unterdrücken, ihn zum Teufel zu jagen. Der Mann verstellt ihr die Sicht auf den Saal. Als er sich nach einer letzten Verbeugung zurückzieht, hat sich jedoch nichts verändert, die Touristen lachen immer noch, die beiden Geschäftsleute sind weiterhin in ein wichtiges Gespräch vertieft, das Paar langweilt sich, und der Alte döst vor sich hin.

17.15 Uhr. Emma mag sich noch so viel einreden, aber diese Verspätung ist ungewöhnlich. Martel ist alles andere als eine überbuchte Freundin, er plant seinen Kalender so minutiös und vorausschauend, als hinge sein Leben davon ab. *Eher das der anderen*, lästert die sarkastische Stimme in ihrem Kopf. Falls ihm etwas dazwischengekommen wäre, hätte er gewiss jemand anderen geschickt.

Sie beschließt, ihm noch fünf Minuten zu geben, genau so lange, wie sie braucht, um ihren Kaffee zu trinken. Automatisch überprüft sie, ob ihre Umhängetasche verschlossen ist.

Dass Martel nicht erscheint, verändert die Situation. Sie kann sich nicht mehr dem Lauf der Ereignisse überlassen, sondern muss einen eigenen Notfallplan erstellen. Sie wird ihn von ihrer Terrasse aus anrufen, damit ihre Worte von möglicherweise versteckten Abhörgeräten nicht erfasst werden.

Sie könnte es auch von der Corniche aus tun, aber nach dem Angriff auf dem Souk will sie das Schicksal nicht unnötig herausfordern.

17.22 Uhr. Sie bedeckt ihre Haare wieder mit dem Tuch, lässt einen 5-Rial-Schein auf dem Tisch liegen, eine Summe, die locker für zwei Kaffees ausreichen würde. Niemand folgt ihr. Draußen verleiht ihr die Erleichterung geradezu Flügel.

Sie hat es eilig, von hier fortzukommen, jetzt, wo das vereinbarte Treffen definitiv gescheitert ist. Die Menschenmenge ist noch dichter geworden, die Geräusche klingen in ihren Ohren aggressiver als zuvor. Zweimal glaubt sie im Spiegel einer Fensterscheibe die Gestalt von Anwar zu entdecken. Sie hat nicht wirklich das Gefühl, beobachtet zu werden, eher eine dumpfe Ahnung – ein wenig in der Art, wie man mit einem unangenehmen Ereignis rechnet, ohne zu wissen, wo oder wann es eintreten wird.

Am Ausgang des Souk parkt ein Taxi, das offenbar frei ist. Sie hebt die Hand und eilt schon darauf zu, damit es nicht wieder losfährt, als ihr einfällt, dass es sich womöglich um eine Falle handelt. Zu spät, sie hat die Tür bereits geöffnet. Doch wenn man sie verhaften will, wird man wohl kaum zu solch dümmlichen Maßnahmen greifen.

»*Wadi Bani, please!*«

Der Mann beobachtet sie im Rückspiegel. Sie braucht zwei Sekunden, um ihn hinter seiner dunklen Sonnenbrille wiederzuerkennen.

»Scheiße! Das geht ja wohl gar nicht! Warum treiben Sie solche Spielchen mit mir!?«

»Bleiben Sie ruhig …«

Éric Martel trägt die traditionelle *kumma* und eine abgenutzte Dschellaba. Er fädelt sich in den Verkehr Richtung Festung ein, die an der Bucht liegt, allerdings auf der gegenüberliegenden Seite ihres Hotels.

»Warum haben Sie mich versetzt? Was wäre denn gewesen, wenn ich den Souk auf der anderen Seite verlassen hätte?«

Mit dem Kinn weist Martel auf das Display seines Handys, das am Armaturenbrett befestigt ist. Dort blinkt ein kleiner Punkt.

»Ich habe Sie überwacht.«

»Aber klar doch! Und warum haben Sie niemanden geschickt? So war es schließlich vereinbart.«

»Was ist mit dem Angriff beim letzten Mal? Wann wollten Sie mir davon erzählen?«

Sie zuckt mit den Schultern.

»Das hätte ich schon noch getan! Außerdem ist mein Verfolger gestürzt, als er nach mir fassen wollte, und ich habe nicht gewartet …«

»Er ist nicht gestürzt. Er ist ohnmächtig geworden.«

»Na und? Ich bin kein Arzt!«

»Haben Sie einen Taser bei sich?«

»Warum nicht gleich einen Schlagring?«

»Das ist kein Spiel, verdammt noch mal! Ein solcher Vorfall hätte Sie teuer zu stehen kommen können.«

»Dessen bin ich mir bewusst. Aber vielen Dank für die Belehrung.«

Emma belässt es bei dieser trotzigen Erwiderung und fügt lediglich noch ein rhetorisches Räuspern hinzu. Sie ist zwar bereit, über ihren Angreifer zu sprechen, nicht aber über die Art und Weise, wie sie ihn außer Gefecht gesetzt hat. Martel wirkt nervös, und das ist kein gutes Zeichen.

»Okay, ich hätte Ihnen das erzählen müssen«, fährt sie in ruhigerem Ton fort. »Aber es fällt mir schwer, Ihnen zu vertrauen.«

»Es gibt aber niemanden außer mir, dem Sie vertrauen können!«

Das Taxi verlässt die Straße an der Corniche und fährt auf die Hügelkette zu. Emma lehnt sich in ihrem Sitz zurück. Sie würde gern die Augen schließen und sich vom monotonen Schaukeln und Brummen des Autos einlullen lassen. Stattdessen wird sie jedoch von einer unbestimmten Ahnung erfasst.

»Hat die Speicherkarte Ihnen Aufschluss geben können?«

»Wir sind noch dabei, sie auszuwerten.«

»Aber?«

»Es sieht so aus, als hätten wir gute Gründe für weitere Nachforschungen.«

»Und Tariq Khan?«

Martel sieht von einer Antwort ab.

»Gibt es da ein Problem?«, hakt sie nach.

Ohne Ausflüchte kommt der Kulturattaché diesmal direkt auf den Punkt.

»Ich brauche Sie noch einmal«, stellt er seine Forderung.

»Soll das ein Witz sein?«

»Nein.«

»Auf keinen Fall mache ich da noch einmal mit! Ich habe mich aus fadenscheinigen Gründen auf Ihren miesen Auftrag eingelassen. Wenden Sie sich doch an Ihre Geheimagenten, die werden schließlich dafür bezahlt!«

»Emma, Sie sind die Einzige, die an Tariq Khan herankommt.«

»Es geht also wieder um ihn?«

Er mustert sie mit der hartnäckigen Geduld eines Stoikers. So wie jemand, der noch tausend Jahre am Ufer eines Flusses verharren und darauf warten kann, dass die Leiche seines Feindes vorüberschwimmt.

»Und was soll ich diesmal für Sie übernehmen? Seinen Safe knacken? Ihm einen Peilsender ans Bein binden?«

»Wie ich sehe, haben Sie Ihren Humor noch nicht verloren.«

»Na ja, geht so.«

»Emma, wir reden hier von einem Nuklearprogramm.«

»Ja und?«

»Haben Sie schon einmal etwas vom Trojanischen Pferd gehört?«

»Sie können ruhig ›Trojaner‹ sagen.«

»In diesem Fall geht es darum, eine Spähsoftware zu installieren.«

»Nein.«

Unten färbt sich das Meer in der Abendsonne allmählich kobaltblau. Emma möchte unter Wasser schwimmen, nichts und niemanden mehr hören, ein Meereswesen werden, dem die Reden der Menschen nichts anhaben können.

Martel setzt seine Ausführungen mit der Überzeugung eines echten Marktschreiers unbeirrt fort.

»Die Speicherkarte, die Sie hinausgebracht haben, enthält eine Kopie ihrer zentralen Festplatte. Wir mussten herausfinden, wie ihr Netzwerk strukturiert ist, und wissen nun, wo ein schlafender Virus in ihrem Informationssystem platziert werden kann.«

»Schlagen Sie mir gerade eine Festanstellung vor? Ich sollte Ihnen diese verflixte Speicherkarte beschaffen – und damit basta!«

»Emma, ich schwöre Ihnen, dass ich Sie schützen werde!«

»Nein.«

»Ich weiß, dass Sie Angst haben, aber Sie hätten mir Bescheid sagen können, als man Sie verfolgt hat.«

»Ich habe keine Angst. Doch deshalb spiele ich noch lange nicht Emma Croft, nur weil Ihnen das Spaß macht.«

Dieser Punkt geht an sie. Für eine Weile herrscht Schweigen im Taxi, bis sie auf eine offenbar erst kürzlich angelegte Straße biegen. Nach etwa einhundert Metern taucht wie aus dem Nichts ein Gebäude auf, dessen Erscheinungsbild einem kariösen Zahn gleicht. Emma fällt auf, dass es lediglich Mauern, aber kein Dach gibt, ein Bagger steht herum, und ein Schuttberg ist zu sehen. Die Baustelle ist verlassen. Die Arbeiter müssen schon lange fort sein, es sei denn, dieser gottverlassene Fleck gehört dem französischen Geheimdienst und dient als Rückzugsort außerhalb der Stadt für Notfälle. Seltsam, wie schnell man sich daran gewöhnt, sich eine Parallelwelt vorzustellen.

Martel beobachtet sie ganz unverhohlen im Rückspiegel. Ein Lastwagen fährt an ihnen vorüber. Als der aufgewirbelte Staub sich wieder gelegt hat, dreht er sich zu ihr um.

»Gut, spielen wir mit offenen Karten. Erstens, auch wenn Sie das nicht glauben – Ihre Sicherheit ist mir sehr wichtig. Ich war sehr beeindruckt von der Art, wie Sie sich während der Operation verhalten haben. Sie besitzen Mut und haben zugleich einen wachen Verstand, was eine seltene Gabe ist. Wer nur eine dieser Eigenschaften besitzt, kann auf diesem Terrain nicht lange bestehen. Sie können das. Von Emma Croft kann also keine Rede sein. Außerdem ist Ihr Aussehen ein gewaltiger Trumpf. Ich weiß, dass Sie das nervt, aber es ist nicht von der Hand zu weisen. Ihre Schönheit zieht Aufmerksamkeit auf sich und lenkt von anderem ab. Außerdem möchte ich noch ergänzen, dass Sie starrköpfig sind – und damit geht Entschlossenheit einher, und Sie verfügen über Sinn für Ironie, können sich also von einer Sache distanzieren. Ganz ehrlich, wenn ich könnte, würde ich Sie sofort anstellen.«

»Vorausgesetzt, dass ich das will.«

Der Himmel leuchtet inzwischen kupferfarben, und diese absolute Schönheit ergreift sie plötzlich so, dass sie am liebsten weinen würde. Éric Martel übt sich kurz in höflicher Zurückhaltung, bevor er seine Ausführungen fortsetzt.

»Zweitens: Khan wird von den omanischen Sicherheitsdiensten überwacht. Sie haben mit Sicherheit eine Verbindung zu Ihnen erkannt. Der Angriff auf Sie bestätigt das.«

»Wissen sie Bescheid, was die Speicherkarte angeht?«

»Das würde mich wundern. Ich würde eher wetten, dass sie Ihr Smartphone gern in ihren Besitz bringen würden, um Ihr ›Profil‹ zu überprüfen.«

»Ganz schön schwierig in einem Land, in dem es keine Taschendiebe gibt.«

»Der Brand hat kurzzeitig ein heilloses Durcheinander angerichtet. Sie haben das Dringendste zuerst erledigt, nehme ich an.«

»Sie wissen also Bescheid über Tariq und mich?«

»Natürlich.«

»Wie können Sie da so sicher sein?«

Er zuckt mit den Schultern, als wäre das vollkommen klar.

»Sie hätten mich warnen können!«

»Das hätte ich tun sollen.«

Dieses unvermutete Zugeständnis ist überzeugender als die Argumente, die er bis jetzt ins Feld geführt hat. Er sagt die Wahrheit, da ist sich Emma ganz sicher. Diese Gewissheit hat nichts mit dem Energiefluss zu tun, auch wenn da ein gewisser Zusammenhang besteht. Wenn sie ganz ehrlich zu sich ist – einen wachen Verstand hat, wie er gesagt hat –, dann lässt seine Schmeichelei sie nicht kalt. Es ist das erste Mal, dass jemand auf ihren Mut zu sprechen kommt. Martel hat hinter dem Bild der schönen jungen Frau noch etwas anderes gesehen, und allein schon aus diesem Grund beschließt sie, auf ihn einzugehen.

»Was wollen Sie?«

Er öffnet das Handschuhfach und zieht ein nagelneues iPhone heraus und dann etwas, das wie ein einfaches Ladegerät aussieht.

»Das ist eine exakte Replik des Handys von Tariq Khan. Bei Ihrem nächsten Rendezvous müssen Sie die Smartphones austauschen, und zwar für die Zeit, in der Sie dieses Ladegerät an sein Handy anschließen und beide miteinander verbunden lassen. Dieses Ladegerät ist manipuliert und enthält eine

Spähsoftware, die sich binnen einer Minute auf einem anderen Apparat selbst installiert. Das Programm läuft im Hintergrund und kann unmöglich erkannt werden. Alles ganz einfach. Sie müssen es lediglich so hinbekommen, dass Tariq Khan sein Handy während der Installation nicht benutzt.«

»Eine Spionageprogramm?«

»Wir wissen, dass Khan jeden Tag ein neues Passwort benutzt, um sich mit dem Computersystem dieses Komplexes zu verbinden. Eine Abfolge von Ziffern und Buchstaben, die man sich nicht merken kann. Der Code wird über eine ultrasichere Mailbox übermittelt, die sehr schwer zu knacken ist, vor allem, weil wir jeden Tag von vorn anfangen müssten. Hätten wir jedoch diesen Zugangsschlüssel, dann würde unser Hacker in das Netz hineingelangen.«

»Und wenn Tariq bemerkt, dass sein Handy angezapft wird?«

»Wenn Sie sich nicht gerade auf frischer Tat ertappen lassen, ist das höchst unwahrscheinlich. Das Eindringen hinterlässt keinerlei Spuren. Hat das Ladegerät seine Arbeit verrichtet, zerstören Sie es, ebenso wie das identische iPhone, und werfen die Bruchstücke in unterschiedliche Mülleimer. Von diesem Augenblick an haben Sie nichts mehr zu befürchten, und wir werden Sie in aller Ruhe außer Landes bringen. Das wird der letzte Auftrag sein. Dafür verbürge ich mich.«

»Ich bleibe dann nicht mehr hier im Oman?«

»Nein.«

Sie denkt an ihre Schülerinnen und Schüler, die so viel guten Willen und solchen Eifer an den Tag legen, und spürt, wie die aufsteigenden Tränen ihr den Hals zuschnüren. *Mal im Ernst, was hast du denn erhofft?* Jetzt in diesem Augenblick, wo sich das Ende abzeichnet, wird ihr klar, wie tiefgreifend dieses Abenteuer ihr Leben bereits verändert hat. *Ein Kartenhaus, das in sich zusammenfällt.*

»Was ist mit Tariq? Gerät er dabei in Gefahr?«

Martel ist klug genug, um kurz zu zögern. Er ahnt, dass eine zu rasche, zu vorgefertigte Antwort sie gegen ihn aufbringen würde.

»Im besten Fall nicht. Im schlimmsten Fall fällt er in Ungnade, vorausgesetzt, dass die omanischen Sicherheitsdienste begreifen, dass sie ausgetrickst wurden. Wenn es Sie beruhigt – ich glaube nicht, dass ihm Folter oder Gefängnis drohen. Sein Vater wird ihn schützen.«

»Cool. Nett. Da fühle ich mich gleich besser.«

»Emma, wir sprechen hier von einer Welt, die ihre eigenen Regeln hat! Khan hat seine Entscheidungen nicht aufs Geratewohl getroffen. Er wusste, worauf er sich einlässt.«

»Nehmen wir mal an, dass der Oman in einen Handel auf dem Nuklearsektor verwickelt ist – was haben Sie dann mit den gestohlenen Daten vor?«

»Es wird verhandelt.«

»Nicht vielleicht erpresst?«

»Verhandlungen sind immer mit einem gewissen Druck verbunden.«

»Reichlich zynische Realpolitik also?«

»Es geht um das Bemühen, das Kräftespiel wieder in ein Gleichgewicht zu bringen.«

»Und wenn nicht alles nach Plan läuft?«

»Hier ist Ihr Fluchtweg. Schauen Sie …«

Er schaltet das iPhone ein, auf dessen Display als Hintergrundbild das haarige Köpfchen von Mardi erscheint: genau das gleiche Foto, das sich auf ihrem Samsung befindet. Sie errötet bei dem Gedanken, dass dermaßen in ihrem Privatleben herumgestöbert wird, aber für Entrüstung ist jetzt nicht der richtige Zeitpunkt.

»Es tut mir leid, wir mussten uns ein wenig in Ihrem Privatleben umschauen. Sollte Khan misstrauisch werden, wenn ihm auffällt, dass Ihr Handy genau das gleiche ist wie sein eigenes, dann müsste ihn das Bild Ihres Katers beruhigen. Er wird an einen Zufall glauben und keinen Verdacht schöpfen.«

Unversehens klickt Martel das Spiel *Candy Crush* an und beginnt, hektisch zu tippen. Er verschlingt auf dem Display massenhaft Süßigkeiten, ohne dass ihm offenbar klar ist, wie unpassend das wirkt.

»Dieses Spiel hat die Funktion eines Notfallknopfes. Sobald eine Partie eröffnet wird, sind wir gewarnt und kommen Ihnen zu Hilfe.«

»Sollte ich das Handy nicht zerstören?«

»Erst nachdem Sie wieder sicher in Ihrem Hotel sind. Vergessen Sie nicht, dass wir über den Peilsender all Ihre Wege verfolgen können.«

»Ich war bei Rayja, der Verlobten von Tariq. Wussten Sie das?«

Martel nickt.

»Sie wollte sich massieren lassen«, fährt Emma fort. »Aber ich bin so gut wie sicher, dass das nur ein Vorwand war.«

»Ein Vorwand?«

»Ist eine eifersüchtige Frau nicht störend bei Ihren ›Operationen‹?«

Emma mag sich noch so ironisch reserviert geben, sie wissen beide, dass sie den Auftrag angenommen hat.

Martel hat keinerlei Anspielung auf Tariq gemacht, auch nicht auf ihre letzte Begegnung kaum zwanzig Meter von der Residenz seiner Verlobten entfernt. Emma fragt sich, was sie mehr beunruhigt: die Gewissheit, dass es möglich ist, dem Radar der Geheimdienste zu entgehen, oder die Erkenntnis, dass niemand sie retten wird, wenn sie die vorgegebenen Wege verlässt.

Operation Beryll/Französische Botschaft, Maskat
An den diensthabenden Einsatzleiter

Notiz 2392
Vertraulich

Richard,

nach der erfolgreich abgeschlossenen ersten Phase muss schnellstmöglich die Ausreise unseres in die »Fabrik« eingeschleusten Agenten organisiert werden. Dies ist Gegenstand einer weiteren Operation.

Ich rechne mit Ihrem Engagement.

Operation Beryll/Französische Botschaft, Maskat
An Lysistra

Notiz 14
Vertraulich

Die Einsatzleitung wird den Spitzel herausholen. Wie weit ist Phase 2 gediehen?

Richard

Operation Beryll/Französische Botschaft, Maskat
An den diensthabenden Einsatzleiter

Notiz 15
Vertraulich

Alles unter Kontrolle.
Bericht folgt.

Lysistra

25

In der darauffolgenden Woche stürzt Emma sich in die Arbeit. Der Unterricht ist die einzige Zeit, in der ihr überhitztes Gehirn sie ein wenig zur Ruhe kommen lässt. Sie hat den Zeitplan der Ausbildung gestrafft, auch wenn sie ihre Schüler damit eventuell überfordert. Aber es liegt ihr daran, ihnen ein Maximum an Wissen zu vermitteln, bevor sie das Land verlässt. Wie lange wird sie noch hier sein? Einen Monat? Zehn Tage? Abgesehen von Bushra, der alleinerziehenden Mutter, und Salma, der ehemaligen Medizinstudentin, sind ihre Schülerinnen und Schüler es nicht gewohnt, in solchem Ausmaß zu lernen. Maud zufolge, die keine Gelegenheit auslässt, um mit ihren Landeskenntnissen zu prahlen – in Emmas Augen allerdings nur eine Aneinanderreihung von Klischees –, ist das ein kulturelles Problem, da die gebürtigen Omani sich nicht abmühen müssen, um ihren Lebensunterhalt zu verdienen. Bei den Frauen ist eine Karriere auch heute noch eine weitgehend theoretische Angelegenheit, bis auf wenige Ausnahmen wie beispielsweise Zainab. Sie hat sich zu den verlängerten Arbeitszeiten nicht geäußert und ist ständig abrufbereit, ohne zu murren. Hassan Kumar hingegen hat sich wegen der zusätzlichen Videoaufnahmen sofort beklagt. Soll Emma doch ihre Nachmittage in ihrem Büro verbringen und den Unterricht für den Folgetag vorbereiten! Er möchte nicht, dass sein minimalistischer Arbeitstag durcheinandergebracht wird.

Wenn Emma gegen 17 Uhr das Kuf Siriun verlässt, geht sie ihren üblichen Gepflogenheiten nach. Der Rückweg ist dabei der unangenehmste Teil. Wenn Zainab allein nach Hause aufbricht, muss Emma die Fahrt mit Anwar überstehen. Und jeder ist dabei bemüht, den anderen so gut wie möglich zu ignorieren.

Nach der Ankunft im Wadi Bani schlüpft sie dann sofort in den Badeanzug und schwimmt ihre eintausendfünfhundert Meter. Beim Duschen vergewissert sie sich stets, dass in der dritten Kabine keine weitere Nachricht vorhanden ist. Es ist allerdings auch recht unwahrscheinlich, dass Martel sie jetzt, da die Operation mit der Spähsoftware auf den Weg gebracht worden ist, ein weiteres Mal einbestellt. Vorsichtshalber hat sie das iPhone und das manipulierte Ladegerät in einer leeren Tamponverpackung versteckt. Bei einer ernsthaften Durchsuchung würde man beides zweifellos finden, aber das ist egal, denn es geht ihr darum, ihre quälende Angst durch selbstbestimmtes Handeln zu neutralisieren.

Um den Eindruck zu vermitteln, sie ginge routinemäßig ihrem normalen Tagesablauf nach, trifft sie sich jeden zweiten Abend mit den anderen auf einen Aperitif – mal im *Shangri-La*, mal im *Fraser* oder im *Grand Millennium* – und beteiligt sich an den üblichen, oberflächlichen Plaudereien. Mag sein, dass es an ihrer Isoliertheit liegt, aber Emma ist überrascht von der Armseligkeit der Gespräche. Es klingt beinahe so, als würden alle Nachrichten und Neuigkeiten die Expats nur in verwässerter Form erreichen, und Emma gewinnt den Eindruck, als schwebten ihre Freunde über den Unwägbarkeiten der realen Welt. Es ist so leicht, sich in diese Falle locken zu lassen. Sie lacht, lächelt und lässt sich von Liam freundlich anflirten, dessen Beharrlichkeit sich allmählich in Sturheit verwandelt. Eines Abends schlug er einen Ausflug vor, eine Fahrt mit einer Dhau, dem traditionellen arabischen Segelschiff, einschließlich Picknick und Aperitif bei Sonnenuntergang. Sie hat höflich abgesagt unter dem Vorwand einer anderen Verabredung. Natürlich wollten alle wissen, mit wem sie sich treffen würde, und sie hat sich in eine düstere Geschichte um eine depressive Freundin verstrickt.

Etwas aber tröstet sie in diesem Durcheinander: Sie wird nicht in ihr früheres Dasein zurückkehren. Andernfalls würde das bedeuten, dass der Oman lediglich ein kleiner Riss im Gewebe ihrer Biografie wäre. Sie will ihr Leben grundlegend verändern, einen ganz anderen Job finden, was auch immer sie zunächst dafür tun muss – vielleicht sogar in einer Bar als Bedienung oder in einem Geschäft als Verkäuferin arbeiten. Genauso gut könnte sie sich vorstellen, Walbeobachterin zu werden oder für die staatliche Forstbehörde ONF zu arbeiten, als Bergführerin oder als psychologischer Coach für schwierige Klienten tätig zu sein. Nichts hält sie jetzt noch zurück, nicht einmal ihr Vater. Er wird sich immer Sorgen machen, das entspricht einfach seinem Naturell. Aber das darf für sie kein Grund sein, in alte Routinen zurückzufallen. Wirklich schlimm ist nicht die Entfernung und auch nicht die Abwesenheit, sondern das Bedauern, etwas nicht getan zu haben. Fortzugehen bedeutet, den Mantel der Schuld abzuwerfen, der seit neun Jahren auf ihr lastet.

Erstaunlicherweise hat Emma begonnen, sich hier leichter zu fühlen, vielleicht wegen dieser Geschichte mit dem Energiefluss oder auch wegen der Tatsache, dass sie wie die anderen Expats in diesem Land entwurzelt ist. Im Grunde genommen spielt das aber keine große Rolle. Allzu viele Gewissheiten hat sie nicht mehr. Doch zumindest das weiß sie: Ihr Kater wird sie in ihrem neuen Leben begleiten, denn er ist das einzige Wesen, das nur für sich selbst steht, fern von Schuldgefühlen oder Vorbehalten.

Am Mittwoch gibt Tariq keinerlei Lebenszeichen von sich – so sehr Emma den ganzen Tag über darauf hofft. Am Abend verfällt sie in ein rastloses Auf-und-ab-Gehen, und sie kommt sich vor wie die armen Tiere neulich in diesem Kamelodrom, die unmittelbar vor dem Startsignal ungeduldig mit den Hufen scharrten. Wie diese gefesselten Tiere wartet sie auf ein Zeichen, das nicht kommt. In ihrem Innern ist sie hin- und hergerissen zwischen ihrem Bangen und dem Wunsch, die Sache endlich hinter sich zu bringen … Bei jedem Gang vom Schlafzimmer ins Wohnzimmer ihres Appartements fällt ihr Blick auf das Porträt von Jeanne. Der Geist ihrer Mutter scheint diese Räume verlassen zu haben, und in gewisser Weise erscheint ihr das logisch. Der Oman ist dabei, ihr früheres Leben auszulöschen, gerade so, als würde die Emma von damals sich allmählich verflüchtigen und einer ganz anderen Frau Platz machen. Einem anderen Menschen.

Um Mitternacht schlägt ihre Unruhe in ein hemmungsloses Lachen um. Die beiden Männer, von denen sie abhängig ist, sind von einer normalen Kommunikation abgeschnitten: keine SMS, kein direkter Anruf, »nur im äußersten Notfall«. *Außerordentlich praktisch*, denkt sie bitter.

Immer wieder sinniert sie über das, worauf sie sich eingelassen hat, und über die Gründe, die sie dazu bewogen haben. Tariq hat sie erweckt und ihres Schutzwalles beraubt. In dieser Hinsicht spielt es keine Rolle, ob er gut oder böse ist, ob er sein Land oder seine eigenen Interessen im Blick hat. So war es nun einmal. Sie muss ihn verlassen, muss ihn von sich losreißen, muss sich häuten – und das ist unglaublich schwierig …

Ermattet von ihrer inneren Anspannung, bereitet sich Emma gegen ein Uhr morgens einen Kräutertee. Aus dem Flur ist ein trunkenes Lachen zu hören, gefolgt von brüchigen Gesangsfetzen. Der Minzduft tut seine beruhigende Wirkung. In kleinen Schlucken trinkt sie den Tee, geht dann zu Bett und rollt sich unter der Decke ganz klein zusammen. Trotz aller Erschöpfung ist ihr Verlangen immer noch da, hält sich beharrlich. Sie möchte gern schlafen, vergessen, aber erstaunlicherweise schärft die Schlaflosigkeit ihre Sinne und versetzt sie in eine unablässige Alarmbereitschaft. Allerdings läuft diese ständige Wachsamkeit ins Leere, droht sogar, sie verrückt zu machen.

So auch der Gedanke, der ihr jetzt plötzlich durch den Kopf schießt: Ihr nächstes Treffen mit Tariq wird vermutlich ihr letztes sein. Sie werden sich zum letzten Mal lieben.

Als sie endlich in Morpheus' Arme sinkt, träumt Emma, dass sie in einer labyrinthischen Metro vor Schatten auf der Flucht ist, die sich an ihre Fersen geheftet haben. Sie rennt und rennt, lässt sich zwar nie einholen, kann ihre Verfolger aber auch nicht vollständig abschütteln.

Am Donnerstagabend trifft sie sich mit den anderen im *Grand Millennium*, lässt sich sogar von Liam küssen, um ihm anschließend eine geschlagene Stunde klarzumachen, dass das nichts zu bedeuten hat und »einfach nur so« geschehen ist.

Am Freitag wacht sie in aller Frühe auf, bleibt aber zunächst liegen und verfolgt mit glasigem Blick, wie das Licht zwischen den Vorhängen immer weiter Raum greift. Dann schaut sie auf ihr Handy – nichts –, schaltet die Kaffeemaschine ein und geht ins Bad, um zu duschen.

Nachdem sie sich abgetrocknet hat, wählt sie praktische Kleidung aus: eine Stoffhose, ein Hemd und eine khakifarbene Jacke. Sie kontrolliert, ob sich genug Geld für zwei Taxifahrten in ihrer Umhängetasche befindet, und verstaut auch ihr Samsung darin. Anschließend begibt sie sich zurück ins Badezimmer und holt das iPhone aus seinem Versteck. Sie entsperrt die Tastatur – der Code stimmt mit dem ihres Handys überein. »1234« ist so vorhersehbar, dass es eindeutig für ihre Unschuld spricht.

Nachdenklich nippt sie im Wohnzimmer an ihrem Kaffee, während sie das Hintergrundbild des Displays mit ihrem Kater Mardi und dann auch die verschiedenen Icons und Widgets betrachtet. Sie war eigentlich der Meinung, nicht besonders süchtig nach sozialen Netzwerken zu sein, aber heute Morgen springt ihr ihre Abhängigkeit förmlich ins Auge. FaceTime, Kalender, Fotos, Mail, Uhrzeit, Routenanweisungen, Wettervorhersagen, Stadtpläne, Podcasts – und zwischen all den Icons für diese Apps ist das von *Candy Crush*. Martel wird es sicher missbilligen, wenn sie den Notfallknopf drückt. Sie beschließt, sich darüber hinwegzusetzen. Schließlich ist nicht er derjenige, der vor Unruhe beinahe verrückt wird.

Ihr Finger streicht über *Candy Crush*. Das Eingangsbild des Spiels zeigt lauter Reihen von bunten Bonbons. Sie meint sich daran zu erinnern, dass man mit den mattbraunen Schokoladestückchen beginnen muss. Sie hat das Spiel hin und wieder gespielt, als es auf den Markt kam, allerdings nicht sehr lange, da es in ihren Augen idiotisch war. Sie drückt auf die Schokoladenstückchen, die alsbald verschwinden und einem Paar Kirschen weichen.

Das SOS ist abgeschickt. Sie hätte Informationen über den weiteren Ablauf nach der Aktivierung des Notrufs verlangen sollen, aber das war ihr damals nicht in den Sinn gekommen.

Wird Martel sie anrufen oder direkt in ihrem Hotel auftauchen?

Hauptsache, er ist nicht im Kommandoton unterwegs!

Um neun Uhr ist sie so nervös, dass sie ihren Schleier umlegt, sich die Umhängetasche schnappt und ihre Suite verlässt.

Zainab taucht so plötzlich zu ihrer Linken auf, dass ihr beinahe ein Schrei entfährt. Die Omani weist auf einen Raum, in dem die Zimmermädchen ihre Putzwagen abstellen, geht zur Tür und öffnet sie mit einer Karte. Da Emma sich immer noch nicht rührt, bedeutet Zainab ihr, sich zu beeilen.

Der Raum ist größer, als es zunächst den Anschein hatte, etwa fünfzehn Quadratmeter. Zu dieser frühen Stunde steht dort lediglich ein Putzwagen. In den Regalen liegen, schön aufgereiht und ordentlich gefaltet, Handtücher und Bademäntel, daneben stehen alle möglichen Putzmittel. Emma kommt sich wie eine Idiotin vor. Und sie ist wütend. Martel hat sie mit seiner Geschichte über »Vertrauen« genervt, es aber nicht für nötig gehalten, sie davon zu unterrichten, dass ihre Dolmetscherin auch zum Team gehört!

»Arbeiten Sie für die französische Botschaft?«

»Ja, ich arbeite mit Monsieur Martel zusammen.«

»Und was ist mit Tariq Khan?«

»Er hat mich eingestellt.«

»Sie haben mich also von Anfang an überwacht, ja?«

»Ich überwache Sie nicht. Ich habe ein wachsames Auge auf Sie.«

»Warum … Warum haben Sie mich nicht ganz einfach davon in Kenntnis gesetzt?«

Sie hält frustriert inne. Es fällt ihr schwer, sich die pedantische Zainab als Schutzengel vorzustellen. Diese wirft einen besorgten Blick zur Tür hinüber.

»Wir haben nicht viel Zeit für Erklärungen. Sie haben das Spiel angeklickt, und ich bin hier, um Ihnen zu helfen. Was ist passiert?«

»Ich habe immer noch kein Lebenszeichen von Tariq erhalten.«

»Das ist alles?«

»Es reicht, um mich verrückt zu machen. Ich bin für solche Situationen nicht ausgebildet wie Sie.«

Anstatt beleidigt zu sein, entfährt Zainab ein höchst unerwartetes Glucksen, bevor sie sich den Mund zuhalten kann, um jegliches Geräusch zu ersticken.

»Finden Sie das lustig?«

»Nein! Nun … Ich hatte Monsieur Martel gewarnt. Tariq Khan hat viele Verpflichtungen. Das war absehbar.«

Ihre Fröhlichkeit weicht erneut einem besorgten Gesichtsausdruck. Sie fasst nach Emmas Hand und drückt sie fest.

»Sie müssen aufpassen. Er steht unter enormem Druck. Sein

Vater ist stellvertretender Premierminister und außerdem ein sehr strenger Mann.«

»Warum sagen Sie mir das?«

»Sie sind intelligent, und Sie müssen auf alles vorbereitet sein.«

»Martel hat mich bereits gebrieft.«

»Monsieur Martel ist ein Mann. Solche Details interessieren ihn nicht so sehr, verstehen Sie?«

»Nicht wirklich.«

»Hören Sie zu, Emma. Ich glaube, dass Sie zwar einige Trümpfe in der Hand haben, aber wenn Khan zwischen Ihnen und seinen Geschäften wählen muss, dann wird er keine Gewissensbisse haben.«

»Also warte ich, bis er mich fallen lässt? Ist das der Plan?«

»Nein, im Gegenteil. Ich denke, dass Sie richtig handeln, wenn Sie die Dinge beschleunigen. Je mehr Zeit verstreicht, desto größer ist die Gefahr.«

»Was schlägst du also vor?«

Das Duzen ist Emma wie von selbst über die Lippen gekommen, und Zainab lächelt ihr kurz einvernehmlich zu.

»Wir gehen jetzt hinaus, als würden wir zur Arbeit gehen.«

»Es ist aber Freitag.«

»Ich bin dir als Dolmetscherin zugeteilt. Wir gehen ins Museum … Es ist heute ausnahmsweise für alle geöffnet.«

»Wird Martel auch dort sein?«

»Ja. Er wartet auf meine Nachricht. Ich werde ihn anschreiben, sobald wir unterwegs sind.«

»Fährt Anwar uns?«

Emma hat die Frage nicht ganz ohne Hintergedanken gestellt, und als ahnte Zainab etwas, schüttelt sie verschmitzt den Kopf.

»Anwar arbeitet für die Familie Khan. Mit uns hat er nichts zu tun.«

Emma sieht davon ab, dieses »uns« zu hinterfragen, außerdem steht die Omani bereits im Flur.

»Der Weg ist frei – gehen wir!«

Das Museum Bait Al Zubair liegt in der Altstadt von Maskat, ganz in der Nähe des königlichen Palasts. Vor dem Eingang drängt sich bereits eine ganze Schar Touristen.

»Es ist das beliebteste Museum unserer Hauptstadt, und es wäre schade, wenn du es nicht gesehen hättest vor deiner Rückkehr nach Frankreich.«

Die Dolmetscherin weist auf eine Reihe bunt dekorierter Ziegen-Plastiken, die auf dem gepflasterten Vorhof Wache stehen.

»Wenn ich diese Skulpturen sehe, muss ich an die Werke von Niki de Saint Phalle denken. Diese Künstlerin mag ich sehr.«

Seit sie ihre Maske der vorgeschützten Strenge fallen gelassen hat, ist Zainab nicht mehr dieselbe. Sie wirkt vergnügt und spielt ihre Rolle als Fremdenführerin mit einer verblüffenden Ungezwungenheit.

Emma begreift plötzlich, warum ihr das vorige, allzu aufgesetzte Verhalten dieser Frau so unbehaglich war. Während sie hinter einer Gruppe von Französinnen in der Schlange stehen, kann sie nicht umhin, ihr zuzuflüstern: »Du bist eine verteufelt gute Schauspielerin, Miss Al Ismailiya! Dein Ehemann hat sicher viel Spaß in deiner Begleitung.«

»Er hat nicht den geringsten Sinn für Humor.«

»Ach nein?«

»Und ich bin geschieden.«

Zainab greift nach ihrer Hand, ohne anscheinend das Prickeln zu bemerken, und beschwört sie geradezu: »Du besitzt etwas sehr Kostbares, viel kostbarer als Gold. Verschleudere das nicht für einen schönen, unglücklichen Mann.«

Einen Augenblick lang fragt Emma sich, ob sie von dem Energiefluss spricht, aber dann fügt die Dolmetscherin leise hinzu: »Deine Freiheit.«

Im Museum gehen sie durch die Ausstellungsräume, in denen Waffen, Schmuck und kostbare Gewänder gezeigt werden. Inmitten der Touristen fühlt sich Emma beinahe wie alle anderen, noch dazu beschützt durch ihre Aufsichtsperson. Sie sind zwei Arbeitskolleginnen, die sich mögen und sich zu einer außergewöhnlichen touristischen Besichtigungstour zusammengefunden haben.

In der ersten Etage sind Münzen und Briefmarken zu sehen, die offenbar niemanden interessieren. Ganz hinten im Saal wartet Martel auf sie. Als er sie kommen sieht, verschwindet er durch eine Hintertür, die zu einem Privatraum führt, und die beiden Frauen folgen ihm. Das Zimmer ist dunkel, die schweren Damastvorhänge vor den Fenstern sind zugezogen. Anstelle von Möbeln stehen handwerklich aufwendig gestaltete Truhen, eine leere Vitrine und ein paar lederne Puffs herum.

Der Kulturattaché hat seinen selbstsicheren Gesichtsausdruck eingebüßt. Er ist blass, und seine dunklen Augenringe lassen ihn müde wirken, als er Emma bedeutet, auf einer Polsterbank Platz zu nehmen, und die Omani beiseitezieht. Obwohl er seine Stimme gesenkt hat, lassen seine Gesten keinerlei Zweifel an seiner Stimmungslage aufkommen. Zainab bleibt trotz seiner Vorhaltungen vollkommen ruhig. Martel beendet den Wortwechsel damit, dass er zum Saal mit den Briefmarken weist und sie offenbar dazu auffordert, den Raum zu verlassen.

Als Zainab an Emma vorübergeht, nickt sie ihr noch rasch komplizenhaft zu. Eine Warnung? Éric Martel kehrt zu ihr zurück und setzt sich neben sie.

»Sie haben uns eine Heidenangst eingejagt!«

»Das kann ich mir vorstellen.«

»Können Sie mir das erklären?«

»Ich habe ein schlechtes Gefühl, das ist alles. Das mag blöd klingen, aber es lässt mich nicht los, wie eine schlimme Vorahnung. Ich habe das Gefühl, dass ich zu lange warte, dass etwas geschehen wird … eine Katastrophe.«

»Emma …«

»Ich weiß! Das ist vollkommen unvernünftig! Aber es geht schließlich um meine Haut!«

Éric Martel deutet ein Nicken an, als würde er sie verstehen.

»Zainab ist Ihrer Meinung. Auch sie ist der Auffassung, dass wir schneller handeln müssen.«

Er hält einen Augenblick inne und zuckt fatalistisch mit den Schultern.

»Ich halte das für unvorsichtig, aber ich stehe, wie Sie richtig gesagt haben, nicht in der ersten Reihe.«

Er sieht sie eindringlich, beinahe sogar feierlich an, als wolle er ihr eine entscheidende Erklärung machen. Absurderweise muss Emma an einen Hochzeitsantrag denken.

»Sind Sie bereit, das Risiko einzugehen?«

Sie nickt schweigend, hat einen Kloß im Hals.

»Okay. Ich habe einen Plan gemacht, während ich hier auf Sie gewartet habe.«

Wenn er in dieser Weise nachgedacht hat, dann war er also bereits überzeugt, dass sie schneller handeln sollten. Der Éric Martel in kritischen Situationen gefällt ihr weitaus besser als der selbstgefällige Kulturattaché. Er versucht wirklich, sie zu schützen, das glaubt Emma nun in ihrem Innersten zu spüren.

»Sie müssen sich auf sein Terrain begeben und den Überraschungseffekt ausnutzen.«

»Bei ihm zu Hause?«

»Natürlich nicht. In seinem Büro in der Stadt.«

»Das wird ihm nicht gefallen. Er hat mir verboten, ihn anzurufen, außer …«

Sie bricht ab, um die Wörter »im Notfall« nicht auszusprechen, aber Martel hat die Anspielung wohl verstanden, denn er lächelt.

»Das sollte aber machbar sein, vorausgesetzt, Sie haben einen stichhaltigen Vorwand. Dafür müssen Sie gleichzeitig auf der persönlich-privaten und der professionellen Ebene agieren. Sie besuchen ihn nicht als Geliebte, sondern Sie kommen als leitende Masseurin seines Luxus-Resorts. Ich habe aber, was das angeht, keine Zeit für ein Coaching. Sie müssen sich Ihre Argumente selbst zurechtlegen. Bei einer gut vorbereiteten Lüge wird niemand hellhörig.«

»Ich nehme an, Sie haben da bereits eine Idee?«

»Ihr Vater. Er ist krank, Sie müssen zwingend nach Frankreich zurück, um ihm beizustehen. Ein Schlaganfall, das ist immer das Glaubwürdigste.«

»Verdammt! Haben Sie nichts anderes parat?«

»Was denn? Die Beerdigung eines Verwandten? Läuse bei Ihrem Kater?«

»Das bringt Unglück!«

»Jetzt sind Sie kindisch!«

Er hat recht. Sie will nicht mit der Gesundheit ihres Vaters Schindluder treiben, aber es ist nun einmal ein ausgezeichneter Vorwand, um bei Tariq aufzutauchen.

»Und wenn er Nachforschungen anstellt?«

»Wir werden es so einrichten, dass ein Michel Morvan in der Patientenliste der nächstgelegenen Universitätsklinik auftaucht.«

»Und danach?«

»Danach sind Sie an der Reihe. Entweder hacken Sie sich zu diesem Zeitpunkt in sein Handy, oder Sie richten es so ein, dass Sie sich noch einmal sehen. Aber am besten wäre es, schnell vorzugehen. Morgen Nachmittag liegt ein Flugticket für Sie am Air-France-Schalter des Flughafens bereit. Das Flugzeug geht um 17 Uhr. Zwischenlandung in Dubai und Ankunft in Paris um sechs Uhr morgens.«

Emma ist so perplex, dass sie zunächst nicht reagiert.

»Wenn Sie diesen Flug verpassen, wird für Sie am selben Schalter ein Ticket bereitliegen für einen beliebigen späteren Tag, Abflug jeweils um 17 Uhr. Die Reservierungen wird Zainab erledigen, so gibt es keinerlei Spuren auf Ihrem Handy. Das sind grundlegende Vorsichtsmaßnahmen, die sich bewährt haben.«

»Morgen schon?«

»So früh wie möglich eben. Und vermeiden Sie es, in der Zwischenzeit unnötige Risiken einzugehen. Keine Verabschiedungen oder Vertraulichkeiten in letzter Minute. Verstehen Sie? Aber schicken Sie bereits heute eine Mail ans Kuf Siriun. Fassen Sie sich kurz: Sie werden die ganze nächste Woche aus persönlichen Gründen nicht da sein können. Der Unterricht wird nachgeholt. Kurzum, seien Sie so überzeugend wie möglich.«

Sie wendet sich zum Fenster um. Durch einen Spalt zwischen den Vorhängen dringt ein Sonnenstrahl. Wehmut ergreift sie bei dem Gedanken an die Ausflüge in die Wüste, die sie nie machen wird. Sie fühlt sich wie ein Kind, das man von einer Feier abholt, die viel zu schnell vorbeigegangen ist.

»Du bist kein Kind mehr, Emma!«

Es spielt keine Rolle, woher diese innere Stimme kommt. Als Emma wieder das Wort ergreift, ist alles Zögern verschwunden.

»Ich will nicht warten.«

»Von unserer Seite aus wird alles vorbereitet sein. Sie sind am Zug.«

»Sehr gut.«

26

Emma mag sich noch so unterkühlt als Ausbilderin des Kuf Siriun ausgeben, die junge Frau am Empfang ist nicht auf den Kopf gefallen. Ihre Art und Weise, wie sie Emmas Erscheinung abscannt – die blonde Haarpracht, die herausfordernden Brüste, die endlos langen Beine –, verraten, was sie denkt: *Zu schön für diesen Job!* Wieder einmal ein Beweis dafür, dass Schönheit eben nicht vor den Gemeinheiten des Lebens schützt. Wie oft hat sie sich anhören müssen: »Für dich ist das leicht. Du tauchst einfach auf, und schon öffnen sich dir alle Türen! Du hast alle Aufmerksamkeit, noch bevor du den Mund aufmachst!«

Die Sekretärin greift schließlich zum Telefon.

»Mademoiselle Morvan. Sie hat keinen Termin«, verkündet sie in englischer Sprache, bevor sie sich steif aufrichtet und ohne einen weiteren Blick für die Besucherin auf die Tür weist. »Monsieur Khan erwartet Sie.«

Während Emma das Büro betritt, konzentriert sie sich, wie ein im Startblock hockender Athlet, voll und ganz auf die nun anstehende Herausforderung. Sie sieht von jeglicher verbaler Schnörkelei ab und geht direkt zum Angriff über.

»Es gibt einen Notfall.«

»Sie hätten mich kontaktieren müssen. Warum sind Sie hergekommen?«

Ihr Geliebter sieht mitgenommen aus. Dass er in großer Bedrängnis ist, steht ihm ins Gesicht geschrieben – man könnte meinen, er wäre um zehn Jahre gealtert. Einen Augenblick lang packt Emma der Wunsch, auf der Stelle kehrtzumachen und das Weite zu suchen.

Bevor sie ihre Meinung endgültig ändert, stößt sie rasch hervor: »Mein Vater hat einen Schlaganfall gehabt.« Als Tariq sie ansieht und stumm bleibt, fügt sie mit Nachdruck hinzu: »Ich muss nach Frankreich zurück.«

Die Überraschung macht ihn weniger wachsam, und sie kann die in ihm widerstreitenden Gefühle erkennen: Unverständnis, Zweifel, Wut und dazu etwas, das einer Verzweiflung ähnelt.

»Kommen Sie zurück?«

»Es ist mein Vater. Er braucht mich …«

Mit der Vorsicht einer Seiltänzerin macht sie ein paar Schritte auf ihn zu. Ihre einzige Waffe ist ihr gegenseitiges Verlangen, und das muss stark genug sein, um jeglichen Verdacht im Keim zu ersticken. Und danach?

Danach improvisierst du.

Ihr Blick überfliegt den gesamten Raum. Auf dem Schreibtisch befinden sich ein Computer, eine Aktenmappe und das iPhone. Das Zimmer als Ganzes hat die Form eines »L«. Der längere Teil dieses »L« öffnet sich zu einem Panoramafenster hin, das ihr das Gefühl vermittelt, aufgespießt wie ein Insekt in einer Vitrine zu liegen und allen Blicken ausgeliefert zu sein. Zum Glück hat der Khan-Turm keine direkten Nachbargebäude. Um ihn herum sind lediglich Rasenflächen mit blühenden Sträuchern angelegt, die dieses seelenlose Viertel begrünen sollen. Der kürzere, privatere Teil des »L« ist wie eine größere Nische, in der ein Ledersofa und ein niedriger Tisch eine intimere Atmosphäre schaffen. Die vom Boden bis zur Decke reichenden Regale sind mit Büchern bestückt. Dazwischen stehen einige Fotos von Männern in traditioneller Kleidung, ein paar Trophäen und ein silberner Dolch.

Emma bleibt einige Zentimeter vor Tariq stehen. Ihr gerötetes Gesicht und dazu ihr heftiges Atmen entsprechen wahrlich einem Klischee, aber er kann ihr nicht widerstehen und zieht sie an sich. Sein Kuss schmeckt nach Angst und Kaffee.

Sie bleibt auf ihre Empfindungen konzentriert und versucht, mit ihm zu verschmelzen, um seine Gedanken besser lesen zu können. Da könnte sie aber genauso gut versuchen, im dichten Nebel klar zu sehen. Das Verlangen schafft einen Mahlstrom der Verwirrung.

»*Come!*«

Tariq versucht, sie zum Sofa zu ziehen, aber sie widersetzt sich seinem Drängen. Das geht zu schnell.

»Warten Sie! So geht das nicht! Wir müssen miteinander reden.«

»Reden? Sie verlassen mich, oder etwa nicht?«

»Wäre es Ihnen lieber gewesen, ich hätte mich davongestohlen wie eine Diebin?«

»Wann brechen Sie auf?«

»Morgen Nachmittag. Mein Flug geht um 17 Uhr.«

»Kommen Sie wieder zurück?«

»Das weiß ich noch nicht. Was den Unterricht betrifft, so habe ich fürs Erste ein Programm vorbereitet, das unseren bisherigen Stoff aufgreift und weitere Übungen enthält. So werden die Schülerinnen und Schüler nicht allzu viel Zeit verlieren. Ich werde ihnen den Link schicken.«

»Ich habe das Nachsehen. So sagt man doch, oder?«

Er stöhnt hilflos auf. Emma glaubt, innerlich zu zerbrechen. Sie lässt ihre Umhängetasche, in der sich auch die Replik seines iPhones befindet, zu Boden gleiten. Wenn sie jetzt schwach wird, ist es aus mit ihrer Mission.

Bring ihn dazu, den Raum zu verlassen, schnell!

»Ist es wegen uns?«

Er ignoriert ihre Frage und hakt mit leichter Häme nach: »Ist Ihr Vater wirklich krank?«

»Überprüfen Sie es, wenn Sie wollen. Haben Sie vor etwas Angst? Sie verbergen mir etwas, oder täusche ich mich da?«

Ihre Wut vertreibt jede Furcht. Auch wenn es vollkommen

ungerecht ist, nimmt sie ihm seine Zweifel übel. Sein bitteres Grinsen überrascht sie.

»Mein Vater weiß über uns Bescheid.«

»Und was bedeutet das? Ist das denn so schlimm?«

»Das verstehen Sie nicht.«

Er wirkt mit einem Mal erschöpft.

»Man hat mich überfallen. Mit Chloroform betäubt. Als ich wieder zu mir kam, hatte man mir eine Kapuze über den Kopf gestülpt. Ich konnte nichts mehr sehen.«

Emma spürt, wie eine Welle der Angst sie erfasst.

»Hat man Sie entführt? Aber warum denn? Was wollte man von Ihnen?«

»Mir Fragen stellen. Mir Angst machen. Sogar geschlagen haben sie mich.«

Er scheint das Für und Wider weiterer Ausführungen abzuwägen.

»Das waren Männer meines Vaters«, gibt er schließlich preis. »Sie wollten mich nicht umbringen. Sie wollten mir nur eine Warnung mit auf den Weg geben, verstehen Sie? Ich soll auf der Hut sein.«

»Scheiße! War das wegen des Brandes?«

»Man hat mir Fragen über Sie gestellt.«

»Über mich?«

Ihre Kehle ist so trocken, dass sie Angst hat, ihre Worte nicht mehr herauszubringen.

Sie muss jetzt lügen, aber möglichst unauffällig.

»Warum über mich? Weil wir eine Beziehung haben?«

Ein paar Sekunden lang mustert er sie eingehend, bis auf den Grund ihrer Seele, kommt es ihr vor. Wie kann er herausfinden, was sie mit ihren Worten sagen, was sie mit ihren Blicken gestehen will? Es spielt keine Rolle mehr.

»Kommen Sie.«

Diesmal lässt sie sich mitziehen. Mag sich die Welt auch

weiterdrehen, die Sekretärin sie nackt und ineinander verschlungen entdecken … *Es ist das letzte Mal.*

Er drängt sie zu dem Ledersofa und beginnt mit aufreizender Langsamkeit, ihr die Bluse aufzuknöpfen. Sie haben einander noch nie ausgezogen, ohne sich dabei auch direkt zu berühren. Das Verlangen wächst mit einer anderen Intensität, wie ein schwelendes Feuer, das nach einer Weile umso stärker auflodern wird. *Es ist das letzte Mal*, wiederholt sie sich als Leitsatz, und es kostet sie eine ungeheure Anstrengung, nicht in Tränen auszubrechen.

An seinem Rumpf erkennt sie die bläulichen Verfärbungen von Blutergüssen. Sie zählt sechs Abdrücke von Schlägen, deren Spuren er ihr nicht verbirgt, als er nun vollkommen nackt vor ihr steht. Dieser Moment der Offenheit und Wahrheit lässt alle Lügen in sich zusammenfallen. Sie müsste Scham empfinden, aber das Verlangen fegt Reue und Scham einfach beiseite. Sie kniet sich auf den Boden, streichelt seine Haut, sein erregtes Geschlecht. In ihrem Kopf herrscht heilloses Chaos. *Mein Liebster, mein Liebster* … Alle Liebe dieser Welt. Sie will fühlen, dass er ihr ausgeliefert ist, aber ihre Wangen sind tränenüberströmt. Sie weint, während er stöhnt, und sie wünscht, das hier würde ewig andauern.

Seine Arme heben sie hoch, ziehen sie zum Sofa, und plötzlich ist er in ihr. *Zum letzten Mal.* Sie schließt die Augen, um sein Bild, seinen Atem, seine unbändige Lust in sich zu bewahren!

Danach bleiben sie eng umschlungen liegen. Eine Minute? Zwei? Ihre Handflächen beginnen zu brennen, und Emma wird von dem zwingenden Bedürfnis erfasst, sich zu bewegen.

Jetzt!

Sie ist wie elektrisiert, ihr Auftrag steht ihr wieder vor Augen. Ohne weiter nachzudenken, krümmt sie sich zusammen, presst die Hände zwischen ihre Oberschenkel und beginnt zu stöhnen. In der ersten Entspanntheit nach dem Orgasmus begreift Tariq die Situation nicht sofort.

»Ich habe Schmerzen!«

Er beugt sich über sie und sieht sie besorgt an.

»Honey?«

»Mein Bauch!«

Sie presst die Worte mühsam heraus und ringt nach Luft.

»Ich brauche etwas Warmes zu trinken … einen Tee.«

Als er aufspringt, fleht sie ihn an.

»Nicht die Sekretärin … Sie! Holen Sie mir etwas … bitte!«

Ihre Stimme erstirbt. Sie schließt die Augen und beginnt, sich hin und her zu wiegen, um dem Schmerz entgegenzuwirken.

In aller Eile zieht er sich an. In diesem Augenblick denkt er nur daran, wie er ihr helfen kann. In ihrem Stöhnen hört Emma Stoff rascheln und Schuhsohlen auf dem Fußboden klappern. Er ist auf dem Weg zur Tür. Als sie sich wieder aufrichtet, sieht sie, dass er bereits in der Tür steht. Mit dem Tonfall des Chefs wendet er sich an die Sekretärin, und Emma bekommt mit, wie er ihr den Auftrag erteilt, sofort in die Personalabteilung zu gehen, um dort eine bestimmte Akte zu holen.

Dann hört sie nichts mehr, da er ins angrenzende Zimmer gegangen ist und die Tür hinter sich geschlossen hat. Wie lange braucht er, um einen Tee zuzubereiten? Zwei Minuten?

Emma robbt zu ihrer Tasche. iPhone und Ladegerät befinden sich im Hauptfach und sind mühelos greifbar. Auf dem Display leuchtet die Zeitangabe auf: 17.33 Uhr. Sie springt auf und huscht zum Schreibtisch. Barfuß auf dem Marmorboden verursacht sie keinerlei Geräusch. Das helle Tageslicht erfasst ihren Körper, strahlt ihn geradezu an – so wie ein in die grellen Scheinwerfer eines Autos geratenes Tier.

Eine Sekunde lang fasst ihr Blick die Gegenstände auf dem Tisch ins Auge: Lampe, offene Aktenmappe, Computer im Standby-Modus, Mousepad, Stifte, Minifahne auf einem Stahlsockel, Organizer, das iPhone … Ihre Hand stößt so schnell darauf zu, dass es wegrutscht. Hastig fasst sie nach und kann gerade noch verhindern, dass es zu Boden fällt. Wütend schluckt sie einen Fluch herunter, holt tief Atem und legt das Ersatzhandy genau an die gleiche Stelle.

Sie läuft zu ihrer Tasche zurück und versucht, das manipulierte Ladegerät an das iPhone von Tariq anzuschließen – wie sie es in ihrem Zimmer mit geschlossenen Augen eingeübt hat –, aber sie muss innehalten, um das Zittern ihrer Finger unter Kontrolle zu bringen. Trotz der gebotenen Eile ist klar, dass überstürztes Handeln ihr zum Verhängnis werden kann. Als das Ladegerät an Ort und Stelle ist, kann noch nicht einmal eine Minute vergangen sein, seit Tariq den Raum verlassen hat, schätzt sie. Aber allein das Installieren der Spähsoftware dauert eine Minute. *Das ist endlos lang, vor allem ohne Sekundenzeiger!* Und sie muss ja auch noch die iPhones austauschen und zum Sofa zurückkehren.

Ihre auf dem Boden liegende Umhängetasche sieht aus wie eine Blutlache. Eine Sekunde lang starrt sie bestürzt darauf. Ihre Gedanken fahren Achterbahn, das Ganze droht aus dem Ruder zu laufen. Sie zwingt sich erneut zu ein paar ruhigen Atemzügen, dann schiebt sie Tariqs Handy in ihre Tasche.

Als sie wieder zusammengekrümmt auf dem Sofa liegt, beginnt sie heftig zu zittern. Die Klimaanlage hat die Luft im Raum so heruntergekühlt, dass ihr eiskalt geworden ist. Nackt fühlt sie sich verletzbar, und zugleich ist das ihr bester Trumpf. Solange sie Tariq so ausgeliefert ist, wird er keinen Verdacht schöpfen. Sie muss an den Blick denken, den sie miteinander gewechselt haben. *Er weiß Bescheid. Auf die eine oder andere Weise weiß er, dass du eine Rolle gespielt hast.* Was macht sie hier eigentlich gerade? Man hat ihn geschlagen, brutal misshandelt. Es muss etwas in ihr stecken, das Unheil bringt. Wie den Unfall ihrer Mutter. Und nun klebt auch so etwas wie Verrat an ihr …

Wie viel Zeit bleibt dir jetzt noch? Die harte Stimme scheint sich über ihren Bewusstseinszustand lustig zu machen. Alles gerät durcheinander, die verstreichenden Sekunden, Tariq, Martel, ihre Vergangenheit. Unter dem Ansturm der Erinnerungen hat Emma wieder begonnen, sich hin und her zu wiegen.

»Bereuen bedeutet, sich wieder aufzuraffen.« Das hat ihre Mutter einmal zu ihr gesagt, nur ein paar Wochen bevor sie in diesen verfluchten Twingo gestiegen ist.

»Hast du Schmerzen?«

Sie zittert und versucht, die Reaktion ihres Körpers als Bauchkrämpfe auszugeben. Tariq kniet sich vor das Sofa und reicht ihr eine dampfende Tasse. Der Kräutertee schmeckt nach nichts und ist zu heiß. Emma verbrennt sich die Zunge und ist ein wenig erleichtert, dass sie nun tatsächlich Schmerz empfindet.

»Danke … es wird schon etwas besser.«

Sie übertreibt ihr Zittern absichtlich.

»Komm, ich helfe dir beim Ankleiden.«

Während er ihre Unterwäsche aufhebt, fragt sie, noch verwirrt von dem Duzen: »Was ist mit deiner Sekretärin?«

»Ich habe sie fortgeschickt, um eine Akte zu holen.«

»Danke.«

Beim Zuknöpfen ihrer Bluse sucht sie fieberhaft nach einem Grund, der ihn ein weiteres Mal veranlassen würde, den Raum zu verlassen. Ihr Kopf ist leer wie eine hohle Muschel. Ein Telefonat mit ihrem kranken Vater? Tariq ist nicht blöd. Und wenn sie den Austausch der beiden Handys vermasselt, kann sie ihm gleich die ganze Wahrheit gestehen!

»Ich hätte nicht …«

»Du wirst nicht wieder hierher zurückkommen, nicht wahr?«

Sie weicht seinem Blick aus, tut so, als würde sie sich auf das Binden ihrer Schnürsenkel konzentrieren. Ihr Herz schlägt heftig, und sie verspürt einen unerträglichen Widerwillen dabei, ihn weiter anzulügen. Ihr Selbsterhaltungstrieb hält sie jedoch davon ab, das Geständnis auszusprechen, das ihr auf den Lippen liegt. Schweigen ist immerhin keine direkte Lüge.

Sie greift nach ihrer Tasche und steht schwankend auf. *Eine Choreografie*, fährt es ihr durch den Kopf. Mit jeder Geste, jedem Wort gewinnt ihr weiteres Vorgehen Konturen.

»Es tut mir leid, Tariq.«

Sie schmiegt sich an ihn, legt ihre Hände auf seine Brust. Die plötzliche Wärme, die durch diese Berührung entsteht, lässt ihn das Gesicht ein wenig verziehen. Sein Körper gibt nach. Sie verweilt ein paar Sekunden, atmet seinen Geruch ein, um ihn tief in sich aufzunehmen, und überlässt sich dem unregelmäßigen Rhythmus seines Herzschlags.

»You're not coming back, right?«

Das ist seine Art, sie zu bitten. Sie hebt den Kopf und neigt sich seinen Lippen zu. *Unser letzter Kuss*. Seltsamerweise kommt sie dabei auf eine Idee. Wie ist das möglich? Wie kann man zugleich von Reue ergriffen und scharfsinnig genug sein, um einen Plan zu fassen?

»Kannst du nachsehen, ob sie schon zurück ist?«

Er weicht zurück, wirkt desorientiert.

Sie setzt mit bebender Stimme hinzu: »Deine Sekretärin … Ich will nicht, dass sie sieht, wie ich aufbreche. Bitte.«

»Okay.«

Beim Hinausgehen lässt er die Tür angelehnt. Jetzt oder nie – eine weitere Gelegenheit wird es nicht geben. Emma fischt Tariqs iPhone aus ihrer Tasche, reißt das Ladegerät heraus und eilt zum Schreibtisch. Der Austausch dauert nur eine Sekunde. Als sie sich aufrichtet, fühlt sie sich trotzdem enttarnt. Tariq erscheint auf der Schwelle.

»Sie ist noch nicht wieder zurück.«

Als sie an ihm vorübergeht, greift Emma nach seiner Hand

und presst sie an ihre Lippen. Dann huscht sie aus dem Zimmer und entfernt sich so schnell und unauffällig wie möglich.

Es ist vorbei, der Auftrag ist ausgeführt, der Verrat total, aber immerhin kann Tariq sein Leben wieder in die Hand nehmen, seine eifersüchtige Verlobte heiraten, sich mit seinem Vater aussprechen und beweisen, dass alles nur wegen der Französin geschehen ist – ein Fehler, der jedem, auch dem Besten, unterlaufen kann, sogar hier im Oman.

Mitten in der Eingangshalle hat Anwar sich aufgebaut und sieht zu, wie sie näher kommt. Heute trägt er eine schwarze Jeans und ein schwarzes Polo-Shirt, was ihn irgendwie bedrohlich wirken lässt. Seine Gesichtszüge sind so reglos, dass Emma sie nicht zu lesen vermag und sich fragt, wo der junge Mann geblieben ist, der ihr noch vor Kurzem komplizenhaft zugezwinkert hat. Sie schwenkt nach rechts in der Hoffnung, dass er sie vorbeigehen lässt, aber er stellt sich ihr sofort wieder in den Weg, um ihr wie ein Wachposten im Supermarkt den Ausgang zu versperren.

»*I bring you back?*«

Seine Worte klingen eher wie ein Befehl denn wie ein Angebot. Noch könnte Emma ihn abwimmeln. In ihren Handflächen spürt sie, wie sich eine ungeheure Wärme ausbreitet. Eine Art Drohung liegt in der Luft. Die Spannung ist mit den Händen zu greifen.

»*Okay.*«

»*To Wadi Bani?*«

»*Yes.*«

Er bleibt beim Hinausgehen dicht an ihrer Seite, um jeden Fluchtversuch zu vereiteln. Der Wagen steht wie gewöhnlich mitten auf der Straße. Anwars Verhalten ist das einer Person, die Privilegien genießt. Dazu zählt, dass er meint, sich über Verkehrsregeln hinwegsetzen zu können. Beweist das, dass er unantastbar ist?

Während der Fahrt sieht Emma draußen die menschenleeren Gehsteige des Geschäftsviertels vorüberziehen. Es herrscht eine bedrückende Leere. Sie würde jetzt gern am Strand entlanggehen, durch den Souk schlendern oder einen Kaffee trinken, bevor sie ins Wadi Bani zurückkehrt, und warum auch nicht? Die Vorstellung, sich in einem Hotelzimmer zu verkriechen, ist ihr mit einem Mal unerträglich. Trotzdem sagt sie nichts, versucht nicht einmal aufzubegehren. Jetzt, wo alles vollbracht ist, trifft sie der Schmerz mit voller Wucht. Es kommt ihr plötzlich unglaublich schwer vor, diese irreale Stadt zu verlassen. Sie hatte kaum Zeit, sich mit Maskat vertraut zu machen, und das Land selbst scheint ihr nach wie vor unergründlich und voller Widersprüche zu sein. Doch genau hier hat sie eine Metamorphose durchlebt.

Sie wirft einen vorsichtigen Blick zu Anwar nach vorn. Wann wird er eine Entscheidung treffen? Trotz seines scheinbaren Desinteresses muss er sie ausspioniert haben. Bei einem Schachspiel soll eine aggressive Eröffnung den Gegner dazu veranlassen, sich früh festzulegen.

»*You told the minister Khan about Tariq and me! Right?*«

Er sieht sie im Rückspiegel herausfordernd an.

»*It's my job.*«

»*You are a liar* … ein Lügner.«

Damit hat sie den Vorteil des Angriffs verspielt. Der Chauffeur ist kaltblütig. Vorwürfe perlen an ihm ab, anstatt ihn zu verunsichern.

Eine Sache treibt sie besonders um: Woher wusste er, wo sie zu finden ist? Hat er sie bereits vom Hotel aus verfolgt? Es ist nicht anzunehmen, dass er nur aufgetaucht ist, um sicherzustellen, dass sie folgsam ins Wadi Bani zurückkehrt.

Es muss mehr dahinterstecken.

Ihre Hände sind glühend heiß, und sie empfindet die drohende Gefahr so stark, dass ihr übel wird.

»I'm leaving Oman tomorrow. My father is ill.«

Kaum hat sie diese Worte ausgesprochen, möchte sie sich am liebsten auf die Zunge beißen. Das war vorschnell – sie wollte ihn doch nur davon überzeugen, sie in Ruhe zu lassen, ihm zu verstehen geben, dass er gewonnen hat, und ihn damit auf Abstand halten.

Bis auf ein kaum wahrnehmbares Innehalten nimmt er ihre Mitteilung regungslos zur Kenntnis. Emma konzentriert sich auf einen Punkt in seinem Nacken, um ihn zu »erspüren«, aber sein Körper ist ebenso kalt wie seine Erscheinung, gerade so, als hätte er eine Mauer um sich errichtet, an der alles abprallt. Nur der Eindruck einer permanenten Gefahr hält sich, eine ungreifbare Drohung, beinahe wie ein schwarzes Loch.

Entmutigt richtet sie ihren Blick wieder auf das Geschehen draußen auf den Straßen. Der Rest der Fahrt verläuft schweigend.

Als der Wagen vor dem Hoteleingang zum Stehen kommt, bleibt Anwar am Steuer sitzen. Die Zeit, in der er ihr höflich die Tür aufgehalten hat, ist vorüber.

Emma gönnt sich ein paar Sekunden, um ihre nächsten Worte abzuwägen. Jetzt kann sie auch alles preisgeben.

»I'll leave the hotel at 3 pm tomorrow … to the airport.«

Das ist keine Aufforderung, sondern lediglich eine Information.

27

Sie rennt. Die Gassen kreuzen sich in einem labyrinthischen Gewirr ohne Anfang und Ende. Sie weiß, dass sie in die Enge getrieben werden soll, flieht aber weiter, lässt sich von ihrem Instinkt leiten. So machen es auch die Tiere. Selbst Bäume brauchen bei einem Waldbrand ihre tief in die Erde gestreckten Wurzeln, um sich der Glut besser entgegenstemmen zu können. Es ist der Instinkt der Bewegung, der dem in der Falle sitzenden Körper innewohnt. Bleibt sie stehen, ist es aus mit ihr. Nicht nur mit ihr selbst, sondern auch mit der Welt um sie herum, dem Wehen des Windes, dem Tosen der Wellen und dem Wandern der Dünen, mit allem!

Ein heller Ton lässt den Traum zerplatzen. Noch ins Laken gewickelt, schwankt Emma zwischen wilder Flucht und Wirklichkeit. Ihr Samsung klingelt in einem fort, das Geräusch hallt quälend in ihrem Kopf wider. Es ist nicht der Wecker, sondern ein Anruf. Das Display zeigt 6.45 Uhr.

Sie nimmt das Gespräch an, ahnt bereits, dass etwas Schreckliches geschehen sein muss.

»Verschwinde! Sofort! So schnell wie möglich!«

»Tariq?«

»Mein Vater … Geheimpolizei! Sie werden noch heute Morgen kommen und dir Fragen stellen!«

»Woher weißt du das?«

Eine vollkommen überflüssige Frage. Es spielt keine Rolle, woher er das weiß. Sie sucht nach der bestmöglichen Art, ihm adieu zu sagen – *Es tut mir leid, ich liebe dich, ich habe das nicht gewollt* … Dann bemerkt sie die Stille. Tariq hat das Gespräch bereits beendet.

Für einen Moment wird ihr schwarz vor Augen, dann springt

sie aus dem Bett. Sie ist schon fast auf dem Weg zum Bad, als ihr klar wird, wie dumm dieser Reflex ist. Keine Dusche, kein Kaffee, einfach nur fliehen. *Wie in deinem Traum …*

Die Tasche mit dem Peilsender liegt schon bereit. Sie stopft ihr Samsung hinein und vergewissert sich in aller Eile, dass ihre Papiere und das Bündel Bargeld an Ort und Stelle sind. In eineinhalb Monaten hat sie 1.300 Dollar gespart. Ungefähr ein Drittel nimmt sie davon, um es mit den Rial in ihrer Kleidung unterzubringen. Die restlichen Dollar verstaut sie im Mittelfach der Tasche. Es bleibt keine Zeit, sich ein besseres Versteck zu überlegen.

Im Bad rafft sie ihre Zahnbürste, eine Feuchtigkeitscreme und die Tampon-Schachtel zusammen, in der sich das zweite iPhone und das Ladegerät mit der Spähsoftware befinden. Am Abend zuvor hatte sie zunächst vergeblich versucht, das Handy mit ihren Schuhabsätzen zu zerstören, bis sie es schließlich mitsamt dem Ladegerät unter Wasser setzte. Sie wagte es nicht, ihr Zimmer noch einmal zu verlassen, um es irgendwo wegzuwerfen. Jetzt hat sie vor, es in einem Mülleimer am Flughafen zu entsorgen. Ein schlechter Plan, wie ihr gleich darauf klar wird. Wie idiotisch von ihr, Anwar ihre Abreise mitzuteilen. Natürlich hat er das weitergegeben. Es kann kein anderer gewesen sein.

Scheiße!

Sie hastet zum Wandschrank, reißt ein paar Klamotten heraus und wirft sie auf den Boden, entscheidet sich für eine Jeans, ein T-Shirt und die langärmlige Bluse vom Abend zuvor. Dann zieht sie den Parka von ganz hinten aus dem Schrank hervor, stopft ihn in ihre Reisetasche und packt auch den Laptop dazu. Ihre Bewegungen sind fahrig und etwas planlos, sie hat das Gefühl, etwas Lebenswichtiges zu vergessen.

Noch einmal stürzt sie ins Bad, um sich ihr Kopftuch vor dem Spiegel korrekt umzulegen.

Du siehst grauenhaft aus, vergiss deine Sonnenbrille nicht!

Die Stimme in ihrem Kopf tut ihr gut.

Sie wendet sich ab, um ihre Taschen aus dem Schlafzimmer zu holen. Dann wird sie die Dienstbotentreppe nehmen. Und Éric anrufen. Schade, dass *Candy Crush* nicht mehr funktioniert. Sie tastet noch einmal nach dem Geld, ihrem Pass …

Plötzlich bleibt ihr Blick an einem Hindernis hängen, das sich in der Dielenöffnung abzeichnet. Eine dunkle Gestalt mit tief ins Gesicht gezogener Kapuze.

Ein Albtraum?

Der Schatten stürzt blitzschnell auf sie zu und umklammert sie mit brutaler Gewalt. Der Angriff geschieht so rasch, dass ihr keine Zeit bleibt, um zu reagieren. Sie wird herumgeschleudert, ein Unterarm presst sich gegen ihren Hals. Am leichten Kampfergeruch erkennt sie den Mann.

Anwar.

Ihr Geist löst sich und schwebt über ihrem Körper wie ein Luftballon an einer Schnur – als würde sich in ihr eine Zweiteilung vollziehen. Blitzartige Empfindungen erreichen sie mit leichter Verzögerung, um dann schmerzhaft klar zu werden.

Erregung. Wut. Revanche.

Gegen ihren Rücken presst, hebt Anwar sie hoch, und in diesem Augenblick ändert sich etwas. Er atmet heftig. Seine Haut verströmt einen neuen Geruch – herb, streng. Sein Glied wird steif. Emma bäumt sich reflexartig auf. Das hätte sie nicht tun sollen, denn jetzt umklammert er sie noch fester. Sie ringt nach Luft. Die Atemnot dehnt die Sekunden ins Endlose. In ihrem Kopf beginnt sie eine Art Meeresrauschen wahrzunehmen, wie wenn man sich eine gewölbte Muschel ans Ohr hält, und sie möchte tiefer darin versinken und die Wirklichkeit hinter sich lassen. Der Mann reibt seine Wange gegen das Kopftuch, und sie begreift, dass er versucht, es herunterzureißen. *Er will die Haare, die Haut, die Lippen.* Ihr Körper ist in Aufruhr, aber ihr weit davon entfernter Geist analysiert alles glasklar und sucht fieberhaft nach einem Ausweg.

Um dich zu vergewaltigen, muss er dich umdrehen, auf den Boden werfen und festhalten.

Die Stimme ist ganz klar und deutlich, und plötzlich ist Emma wieder eins, Körper und Geist vereinigen sich und sind kampfbereit. Die Hitze in ihren Händen überrascht sie. Es ist, als hätte sich die Energie zuvor zurückgezogen, um jetzt mit umso größerer Macht in ihre Handflächen zu strömen. Sie lässt sich schwer in die sie einzwängenden Arme sinken, und sofort lockert Anwar den Druck. Sein Atem ächzt wie ein Blasebalg, heiser und keuchend dringt er an ihr Ohr. Sie tut so, als würde sie sich ergeben und in ihr Schicksal fügen.

Er hatte nicht vor, dich zu vergewaltigen.

Er dreht sie herum, drückt sie gegen die Wand, und nun steht sie ihm unmittelbar gegenüber. *Verzerrte Gesichtszüge. Wildes Tier. Nicht aufzuhalten.* Die Worte explodieren in ihrem Innern, scheinen aus einem Raum zu kommen, in dem Emma eine wehrlose junge Frau ist. Sie drängt sie zurück und zwingt sich, ihr Gegenüber zu mustern. Das ist nicht mehr Anwar. Es ist schlichtweg der Angreifer, der Mann, der vergewaltigt und tötet.

Heiß spürt sie seinen schweren Atem an ihrem Hals, an ihrem Kopf, aber anstatt die Luft anzuhalten, nimmt Emma alles auf, taucht ein in den Strudel seiner primitiven Triebe. Sie wartet. Sie ist bereit.

Er keucht gierig. Seine tastende Hand reißt heftig an dem Kopftuch. Er will sich an ihren Haaren berauschen, in sie hineingreifen, sie um seine Finger schlingen. Er ist nicht mehr bei Verstand, fortgerissen von seinem Verlangen nach dieser Frau, die er seit über einem Monat beobachtet und begehrt. Das Kopftuch fällt zu Boden und gibt ihre duftenden Locken frei, in die er sein Gesicht hineinpresst. Wie elektrisiert zieht er sie

Richtung Wohnzimmer, aber Emma windet sich und leistet erbitterten Widerstand. Er darf sie nicht in eine Position bringen, aus der sie sich nicht mehr befreien kann. Als er sie um die Taille fasst, gelingt es ihr, den linken Arm aus seinem Klammergriff herauszuziehen.

Die Angst hat sich in einen fernen Winkel ihres Gehirns zurückgezogen. Im Auge des Zyklons kann ihr nichts mehr geschehen. Sie taumelt absichtlich. Sein Griff wird fester.

Dort, im Wohnzimmer, auf dem Boden fällt die Entscheidung …

Emma ist im Tunnel – ihr Blick fokussiert sich, die Geräusche verschwimmen zu einem fernen Dröhnen. Ihr Zeitempfinden löst sich auf, diesmal jedoch nicht aufgrund von Atemnot. Die Hitze in ihren Handflächen ist gewaltig und strahlt beinahe schmerzhaft aus.

Er wird dich zu Boden werfen, um in dich einzudringen.

Die Grausamkeit dieses Bildes explodiert in ihrem Kopf, entreißt sie dem Gefühl, unangreifbar zu sein. Ohne wirklichen Vorsatz hebt sich ihre Hand und legt sich fest auf seine Halsschlagader. Die Geste ähnelt einer Liebkosung, aber die brennende Hitze lässt Anwar kläglich aufjaulen. Sie drückt fester, um den Energiefluss zu verstärken. Ein einziger Gedanke bricht sich Bahn: *Setz ihn außer Gefecht!*

Die Wirkung tritt beinahe unmittelbar ein. Der Klammergriff lockert sich, der Mann taumelt nun seinerseits, oder er weicht zurück. Es geht alles so schnell, dass sie selbst nicht ganz versteht, was geschieht. Dann fällt er wie ein Sack zu Boden. Sein Hinterkopf prallt gegen den niedrigen Wohnzimmertisch, ein stumpfes, unheilvolles Geräusch.

Emma bleibt wie erstarrt stehen. Die Wirklichkeit schießt in ihren Kopf wie eine anbrandende Riesenwelle. Panik erfasst sie. Anwar liegt immer noch zusammengesackt neben dem Tisch und rührt sich nicht.

Marmor, daher dieses Geräusch …

Angst fährt ihr in die Gedärme. *Diese Reglosigkeit, das gibt es doch nicht, außer …* Vorsichtig beugt sie sich zu dem leblosen Körper hinunter. Als sie seine Haut berührt, stellt sie fest, dass der Energiefluss erloschen ist. *Als hätte es ihn nie gegeben,* denkt sie. Sie tastet zunächst am Hals entlang, dann den Hinterkopf hoch und fährt entsetzt zurück. Ihre Finger sind rot, blutverschmiert.

Er kann nicht gestorben sein, nicht auf eine so profane Weise! Sie versucht, an der Halsschlagader den Puls zu finden. Nichts. Die Ader pulsiert nicht mehr. Anwar atmet nicht mehr. In der um sie herum herrschenden Stille vernimmt sie nur das wilde Pochen ihres eigenen Herzens.

Schwankend richtet Emma sich wieder auf. Ihr Blick fällt auf die Fensterfront. Draußen flirrt schon das Licht auf den Dächern der Residenz wie eine ungeheure Lüge. Sie weiß, dass sie hier wegmuss, und dennoch rührt sie sich nicht, steht mit hängenden Armen da, zählt die Sekunden und blickt in den Himmel. Als sie bei siebenunddreißig angelangt ist, beginnt sich der Schraubstock zu lösen, und sie kann sich endlich wieder bewegen.

Im Badezimmer leuchten ihr im Spiegel ihre halluzinogen geweiteten Pupillen entgegen. Eine Erinnerung kriecht ganz leise in ihr Bewusstsein, und dann kehrt blitzartig die Versuchung zurück, sich den Kopf kahl zu rasieren. Schon einmal, nämlich in der Residenz von Rayja, war ihr dieser Gedanke gekommen. Das war vor einer Ewigkeit, als sie noch nicht getötet hatte. *Ohne Absicht …*

Auf der Ablage neben dem Waschbecken liegen noch einige Utensilien herum. Darunter auch eine Schere, die nur auf Emma zu warten scheint.

Und sie beginnt, ihrer Haarpracht zu Leibe zu rücken, Strähne für Strähne. Zunächst sind ihre Bewegungen zaghaft, dann geht sie immer ungestümer zu Werke. Emma fährt mit der

Schere in die dicken Locken hinein, das gedämpfte Geräusch der Klingen beruhigt sie geradezu. Ihre Haarpracht fällt in Büscheln zu Boden und gibt nach und nach den blassen Schädel frei. Löcher entstehen, Narben kommen hervor, aber erstaunlicherweise bestürzt sie dieser Anblick nicht, sondern elektrisiert sie und treibt sie an. Am Hinterkopf muss sie tastend vorgehen, und sie schürft sich sogar mehrmals die Haut auf. Es nimmt kein Ende. Sie setzt ihre zerstörerische Arbeit fort, bis nur noch ein zotteliger Flaum geblieben ist. Jetzt bräuchte sie einen Rasierer. Ihre Finger schmerzen. Sie legt die Schere zurück, um das Ergebnis zu betrachten. Das Ausmaß der Zerstörung erfüllt sie mit einer Art Triumph. Die Frau im Spiegel hat nichts mehr mit der vertrauten Emma zu tun. Sie ist eine Mörderin, eine Flüchtige. Vernarbt, das Gesicht beherrscht von den schwarzen Augen, den rissigen Lippen. Aber zugleich eine Büßende. Mit dem Zeigefinger fährt sie ihre nun sichtbare große Narbe entlang – von der Schläfe bis in den Nacken.

Sie hätte sich schon früher kahl rasieren sollen. Vielleicht hätte Anwar sie dann nicht vergewaltigen wollen. Vielleicht hätte sie sich in dem Fall festnehmen und abtransportieren lassen. Im schlimmsten Fall hätte sie ihn – ohne sein wahnsinniges Verlangen – einfach nur betäubt wie den Mann auf dem Souk. Wenn Anwar sie nicht ins Wohnzimmer gezerrt hätte, wenn …

Stopp! Du hast keine Zeit mehr!

Sie rafft die Haare zusammen, wirft eine Handvoll in die Kloschüssel. Betätigt die Spülung. Wiederholt das Ganze, wieder und wieder. Sie muss dieses aufreizende Blond beseitigen, möglichst wenig Spuren hinterlassen. Dabei geht es nicht nur um Vorsicht, sondern um weitaus mehr. Es ist der Drang, zu verschwinden, indem sie die auffälligsten Zeichen ihrer Weiblichkeit tilgt. Sie will den Mord ausstreichen und in eine andere Haut schlüpfen – geläutert, geschoren. Während sie zuschaut, wie das Wasser in der Toilettenschüssel herumwirbelt und die letzte Strähne im Strudel fortgespült wird, ist sie für einen kurzen Moment wie weggetreten.

Verschwinde jetzt!

Der Ernst der Lage bringt sie wieder zu sich, ihr Gehirn kommt in Gang. Am besten ruft sie Martel an, sobald sie das Gebäude verlassen hat. Sie sucht ihr Kopftuch, erinnert sich, dass es im Flur liegen muss, dort, wo Anwar es ihr heruntergerissen hat. Und wenn unten bereits die Polizei auf sie wartet? In diesem Augenblick fällt ihr die im Wandschrank aufbewahrte *abaya* ein.

Das Kleidungsstück riecht auch jetzt noch nach einem Gemisch aus Benzin und schlecht getrockneter Wäsche. Als sie das Wohnzimmer durchquert, lässt sie wie unter Zwang den Blick noch einmal durch den Raum schweifen. Der Mann ist immer noch da. *Anwar, es ist Anwar … Er ist es, der dich vergewaltigen wollte!*

Sie kniet sich vor dem Leichnam hin. Alle Rechtfertigungen dieser Welt werden seinen Tod nicht ungeschehen machen. Die absurde Hoffnung, dass er doch noch leben könnte, streift sie. Sie muss sich sicher sein. Womöglich hat der Schock sie vorhin in die Irre geführt.

Aber die Haut ist die einer Leiche. Zwar noch nicht wirklich erkaltet, aber es fehlt bereits die natürliche Wärme des Körpers. Der Geist hat ihn verlassen. Emma murmelt ein »Pardon«, bevor sie sich wieder aufrichtet. Das Gefühl der Eile ist jetzt noch stärker und mahnt sie gebieterisch zur Flucht.

Der Schleier liegt dort auf dem Boden, wo Anwar sie angegriffen hat. Sie wickelt ihn zweimal um ihren geschorenen Schädel, knotet ihn eng unter dem Kinn fest und überprüft ihr Aussehen im Standspiegel. Man könnte sie für eine Verrückte halten, die sich für Halloween in ein Leichentuch geworfen hat.

Ihr Herz krampft sich zusammen, und sie muss sich gegen die Wand lehnen, um den Schwindel zu beherrschen. In ihrem

Kopf tadelt die Stimme jetzt laut und drängend: *Die Bullen durchsuchen vielleicht schon das Gebäude, und du gibst hier solchen Befindlichkeiten nach …* Hastig setzt sie die Sonnenbrille auf und ergreift ihre rote Umhängetasche. Als Accessoire zu der unförmigen *abaya* fällt diese Tasche noch mehr auf als sonst. Aber sie hat keine Wahl. Falls sie verhaftet wird, kann Martel sich ihrer annehmen. Dann denkt sie an das iPhone und das Ladegerät, die den Verdacht auf sie lenken können. *Verflucht, es liegt eine Leiche in deinem Zimmer!* Aber eine Leiche ist kein Beweis für eine Spionagetätigkeit. Der Leichnam weist außerdem keinerlei Spuren von Schlägen oder Kratzern auf. Der Mann ist gefallen und mit dem Kopf gegen einen Marmortisch geschlagen. Sie könnte Notwehr geltend machen. Ihre Flucht? Ein Anfall von Panik … Oder sie hat geglaubt, ihr Vergewaltiger sei lediglich ohnmächtig geworden …

Während das Drehbuch für ihre Verteidigung Gestalt annimmt, marschiert sie mit entschlossenem Schritt aus ihrer Suite, ihre Reisetasche lässt sie dort zurück. Je weniger Gepäck, desto besser.

Mein Laptop! Zum Glück findet sich darauf nichts, was sie verdächtig machen würde. Ihre Unterrichtsstunden, die Nachrichten an ihren Vater und an ihre Freunde … Das Leben einer gewöhnlichen jungen Französin, bevor eine besondere Begegnung alles aus den Fugen brachte.

Auf dem Flur ist niemand zu sehen. Die Zimmermädchen kommen erst später, um die Bewohner nicht zu stören. Sie erinnert sich an das Hinweisschild *»Do not disturb«*, das auf der Ablage im Eingangsbereich liegt. *Schlechte Idee!* Das würde der Annahme eines Mordes später nur Vorschub leisten. Außerdem hat sie die Schlüsselkarte im Zimmer gelassen. Sie kann nicht mehr zurück.

Ohne Karte kann sie den Aufzug nicht benutzen, der zum Spa-Bereich hinunterfährt. Auch gut. Bleibt die Dienstbotentreppe. Ist sie erst einmal unten, kann sie die Eingangshalle durchqueren, ohne bei der Rezeption vorzusprechen, sich auf der Straße nach rechts wenden und das Wadi Bani hinter sich lassen. Und dann wird sie Martel anrufen.

Sie eilt die Stufen so schnell wie möglich hinunter, immer darauf bedacht, sich nicht in dem weiten Gewand zu verheddern. Ihr keuchender Atem hallt im Treppenhaus viel zu laut wider. Als sie bereits zwei Treppenabsätze hinter sich gelassen hat, vernimmt sie das laute Geräusch einer zufallenden Tür und bleibt zwischen der zweiten und der ersten Etage stehen. Jemand kommt herauf. Hektisch blickt sie um sich, wägt ihre Möglichkeiten ab. Zur ersten Etage sind es nur noch ein paar Stufen. Sie drückt sich gegen die Wand, geht mit angehaltenem Atem die wenigen Stufen hinunter und drückt die Etagentür auf. Dann huscht sie in den Flur und achtet darauf, die Schwingtür so festzuhalten, dass sie einen winzigen Spaltbreit offen bleibt. Die Person, die die Treppe hinaufkommt, setzt ihren Weg fort, ohne stehen zu bleiben. Vermutlich ein Angestellter. Sollte es doch ein Polizist sein, warteten vermutlich weitere im Eingangsbereich.

Hör auf deinen Instinkt, nicht auf deine Paranoia.

Sie nimmt die Stufen bis ins Erdgeschoss hinunter und wartet dort kurz vor der Schwingtür. Die Treppe führt weiter ins Untergeschoss, vermutlich bis zum Spa-Bereich. Automatisch setzt sie ihren Weg nach unten fort, vertraut ihrem sechsten Sinn. Das Schwimmbad ist noch nicht geöffnet, aber es muss dort zwangsläufig einen an der Rückseite des Hotels gelegenen Notausgang geben. Sie tastet nach ihrem Handy und schaltet den Ton aus. Das Display zeigt 7.27 Uhr. In nur vierzig Minuten hat sie alles verloren, was ihr Leben ausmachte – ihre Integrität und auch ihre Illusionen. Sie beißt sich in die Faust. *Hör auf, dich selbst zu bemitleiden. Du hast noch etwas zu erledigen!*

Im Flur des Spa-Bereichs riecht es nach Desinfektionsmittel und einem ätherischen Öl. Als Emma am Umkleidebereich vorbeikommt, sieht sie zwei über ihren Wischmopp gebeugte Frauen, die zu sehr in ihre Arbeit vertieft sind, um der Gestalt Aufmerksamkeit zu schenken, die hastig und leise davonhuscht. Nach einer Biegung hören die Fliesen auf, Boden und auch Wände sind jetzt aus Beton, aber der Flur geht weiter. Das muss der Bereich sein, der wie im Kuf Siriun der Logistik, dem Lager und der Technik vorbehalten ist. Zum Glück sind die meisten angrenzenden Räume geschlossen, und auch an einer offen stehenden Tür geht Emma zielstrebig vorbei. Niemand bemerkt sie, sie ist zu einem Phantom geworden, einem braunen Schatten, der geräuschlos in seinen Sneakern unterwegs ist.

Der Flur endet an einer Metalltür mit einem breiten Schiebegriff. Das Notausgang-Hinweisschild verbreitet seinen typischen grünlichen Lichtschein. Ohne weiter nachzudenken, lehnt sie sich gegen die Tür. Sie gibt ruckartig nach, und Emma stolpert nach draußen auf die Straße. *Gerettet!*

28

Trotz ihrer Erschöpfung geht sie lange durch die Straßen. Sie sehnt sich nach einem heißen Getränk, bei dem sie in Ruhe nachdenken kann, aber eine fiebrige Anspannung treibt sie rastlos weiter. In ihrem Kopf spielt sie unaufhörlich die Ereignisse durch, die sie bis zu diesem Punkt gebracht haben. Sie hätte die Nacht im Flughafen verbringen können. Anwar hätte sich wahrscheinlich auch dort an ihre Fersen geheftet, aber sein Schädel wäre noch heil. Es ist leicht, die Welt im Nachhinein neu zusammenzusetzen. Hin und wieder kommen ihr das iPhone und das Ladegerät in den Sinn. Sie muss beides entsorgen, bringt aber den Mut dazu nicht auf.

Als sie an einer Bar vorbeikommt, lässt ihr der Kaffeeduft das Wasser im Mund zusammenlaufen. Aus dem Innenraum starren Kunden sie neugierig an. Rasch geht sie weiter, passiert ein Taxi, aus dem ein omanisches Paar aussteigt. An einer Kreuzung fällt ihr ein Mann ins Auge, der an einer Mauer lehnt und sie von dort beobachtet. Sofort biegt sie in die erste Straße links ab und wühlt hektisch in ihrer Tasche nach etwas, das ihr als Waffe dienen könnte. Die Schere hat sie im Hotelzimmer vergessen. Sie muss ein nervöses Glucksen unterdrücken. Was ist schon eine Schere gegen die Energie, die in ihre Hände strömt? Sie verleiht ihr eine viel stärkere, furchterregende Wehrhaftigkeit.

Um gegen die Hysterie anzukämpfen, die sie in ihren Sog zu reißen droht, stellt sie sich vor, eine anonyme Gestalt zu sein, die unter den anderen *abayas* nicht auffällt, eine Frau auf dem Weg zum Markt. Ihr zielloses Umherirren hat sie nach Westen geführt, mehr oder weniger in Richtung Mutrah-Viertel.

Je weiter sie sich von den Außenbezirken entfernt, desto zahlreicher werden die Geschäfte. Küchengerüche und die Düfte von Räucherstäbchen strömen aus den Ladenlokalen zu ihr auf die Straße. Sie bleibt stehen, um auf ihr Handy zu sehen. Es ist acht Uhr. Zeit, Martel anzurufen. Bisher hat sie sich keine Gedanken darüber gemacht, was sie ihm überhaupt sagen soll. Der Anrufbeantworter springt an und verlangt mit automatischer Stimme: »Bitte hinterlassen Sie eine Nachricht nach dem Signalton.«

Verwirrt legt sie wieder auf. Ob Martel bestimmte Anrufe sperrt? Es war abgemacht, nicht mehr miteinander zu kommunizieren, bevor sie sich auf französischem Boden befindet. Am Tag zuvor hat sie ihm lediglich ein *Okay* per SMS geschickt, um ihm mitzuteilen, dass der Auftrag ausgeführt ist. Er hat nicht geantwortet.

Sie könnte sich in die Botschaft flüchten, aber dort wartet mit Sicherheit die Geheimpolizei bereits auf sie. Das Risiko wird sie nicht eingehen, solange Martel ihr nicht grünes Licht dafür gibt.

Geistesabwesend scrollt sie durch ihre Kontakte und stoppt bei der Nummer von Bushra. Sogar ihre Adresse hat sie notiert. Das GPS zeigt ihr den Fußweg zu Bushras Wohnung an. Es sind noch drei Kilometer.

Allein dass sie ein Ziel hat, flößt ihr neue Energie ein. Sie beschleunigt ihren Schritt, wobei sie im Abstand von ein paar Minuten immer wieder prüfend auf den vom Display angezeigten Stadtplan sieht. Was ist mit Martel? Sie kann die Vorstellung nicht abschütteln, dass er sich über seinen Bildschirm beugt und dem kleinen Punkt, der sie ist, auf einer Karte folgt.

Nach einem Kilometer fordert die Erschöpfung ihren Tribut, und Emma ringt nach Luft. Die Temperatur beträgt bereits fünfundzwanzig Grad, der schwere Stoff der *abaya* wiegt gefühlte tausend Tonnen, der Riemen ihrer Umhängetasche reibt schmerzhaft auf ihrer Schulter, und die Haut ihres Schädels brennt dort, wo sie sich mit der Schere verletzt hat. Sie zwingt sich, ruhig zu atmen, und verlangsamt das Tempo. *Du bist eine Frau unter vielen in einem absolut unauffälligen Gewand. Du könntest durch eine Wand gehen.*

In der Nähe eines Flickschusters entdeckt sie eine große Mülltonne. Außerhalb der beliebten und gut besuchten Viertel finden sich nur wenige davon. Mit langsamen Schritten und auf der Hut vor neugierigen Blicken nähert sie sich dem Mülleimer. Als sie nichts Verdächtiges in ihrer Umgebung sieht, vergräbt sie das iPhone in dem Müll unter der obersten Schicht Abfall und geht sofort weiter. Jetzt bleibt nur noch das Ladegerät, das leichter zu entsorgen ist. Sie behält es in der Hand und wirft es schließlich an einem großen Kreisverkehr ins Gebüsch. In ihrer Tasche vibriert plötzlich das Samsung. Da sie davon ausgeht, einen Rückruf von Martel zu erhalten, achtet sie zunächst nicht auf die Anzeige des Displays und nimmt das Gespräch beinahe an, doch in allerletzter Sekunde fällt ihr auf, dass ein anderer sie zu erreichen versucht.

Tariq …

Wie gelähmt wartet sie, bis der Anruf zur Mailbox weitergeleitet wird. Hat man ihn schon über Anwar informiert? Vielleicht aber will er sie einfach nur sehen. Auf jeden Fall ist sie nicht in der Verfassung, ihm jetzt zu antworten.

Das Viertel, in dem Bushra lebt, besitzt weder die Authentizität der Altstadt noch die strenge Modernität der Villenviertel. Es ist ein Gewirr von Straßen, in denen sich zweistöckige Gebäude mit bescheidenen Häusern abwechseln. Es gibt eine Einkaufsstraße mit Restaurants und indischen Lebensmittelgeschäften, die bereits jetzt voller Menschen sind, einen Kreisverkehr mit Palmen, zwischen denen ein Mini-Minarett steht, und ein paar Coffeeshops, in denen sich junge Leute tummeln. Emma widersteht der Versuchung, sich in einen von ihnen hineinzuschleichen, einen Kaffee zu bestellen und ihren geschwollenen Füßen etwas Erholung zu gönnen. Niemand verfolgt sie – das würde sie spüren –, dennoch setzt sie, angetrieben vom Bild ihrer Schülerin, ihren Marsch fort.

Auf den Gehsteigen sind nun Menschenmengen unterwegs, die ein anderes Aussehen haben. Die Frauen tragen jetzt Saris und die Männer Jeans. Es sind größtenteils Inder oder Philippiner mit dunkler Hautfarbe, ein paar *abayas* und die unvermeidbaren *dishdashas* finden sich gleichwohl auch hier.

Die Straße von Bushra sieht wie eine Sackgasse aus. Nummer 133 ist ein Wohnblock mit sogar vier Etagen. Der weiße Verputz ist abgeblättert, der Eingangsbereich billig gefliest, und die Balkone sind schmal. Erst als sie Bushras Nummer auf dem Handy anwählt, wird Emma bewusst, wie unpassend ihr Verhalten ist. Ohne Einladung bei Leuten vor der Tür zu stehen entspricht nicht den Sitten im Oman – und schon gar nicht um halb zehn morgens.

Seinen persönlichen Chauffeur zu töten allerdings auch nicht.

Sie will schon Abstand von ihrem Vorhaben nehmen, als jemand das Gespräch annimmt.

»*Naem? Yes?*«

»Bushra? Ich bin es, Emma.«

»*Wait …*«

Jetzt, wo die Würfel gefallen sind, möchte sie am liebsten einfach weglaufen. Allerdings weiß sie nicht im Geringsten, wohin, und sie braucht dringend einen Kaffee.

Als Bushra herunterkommt, um ihr zu öffnen, trägt sie die *abaya* und einen blassblauen Schleier – beinahe wie eine leidende, irgendwie resignierte Heilige. Bushra bedeutet ihr, rasch einzutreten, und blickt derweil besorgt zu den Fenstern in der Nachbarschaft.

In der Wohnung herrscht eine traurige Bescheidenheit. Im Wohnzimmer stehen zwei harte Sofas gegenüber von einem Flachbildfernseher. Ein grober, einfacher Wandschrank, eine Pflanze mit dicken, gummiartigen Blättern und zwei kleine Tische vervollständigen die Einrichtung. Die Fenster sind sorgsam mit doppelten Gardinen verhängt – *wegen der Nachbarn?* –, und auf dem Boden liegt ein riesiger Teppich, der das nüchterne Ensemble nur wenig zu mildern vermag. Die einzigen Farbtupfer sind die roten Kissen auf den schlichten Sofas und einige Porträtaufnahmen, die zwei lächelnde Mädchen zeigen.

Die Küche strahlt etwas mehr Wärme aus mit ihrem kleinen, zu einem Parkplatz hinausgehenden Balkon, ein paar Kinderzeichnungen, die am Kühlschrank kleben, weiteren Fotos an den Wänden und mehreren farbigen Schälchen, die auf einem Regalbrett nebeneinander aufgereiht sind. Das eigentliche Familienleben scheint sich in diesem Raum abzuspielen, in dem man die drückende Last der im Alltag herrschenden Zwänge vergessen kann. Womöglich hängt die entspannte Atmosphäre auch damit zusammen, dass niemand von außen hineinschauen kann. Bushra bedeutet Emma, sich an den Küchentisch zu setzen. Der kräftige Kaffeeduft lässt sie vor Schwäche beinahe in sich zusammensinken.

»Coffee?«

»Please …«

Emma hat weder darüber nachgedacht, wie sie Bushra alles erklären soll, noch die Risiken erwogen, die ihre Flucht hierher mit sich bringt.

Bushra schenkt ihr ein und stellt einen Teller mit Keksen sowie ein Schälchen Datteln vor ihr auf den Tisch. Dann setzt sie sich ihr gegenüber hin, ohne von der Stille beunruhigt zu wirken.

»I'm going back to France but I need help.«

»Help?«

»Yes. Can I stay here, in your home?«

Statt einer Antwort weist Bushra schüchtern auf die *abaya* von Emma. Sie hat begriffen, dass etwas schiefgelaufen ist, obgleich sie weder den Grund noch die einzelnen Zusammenhänge kennt.

»A man attacked me.«

Als Emma bemerkt, dass Bushra Tränen in die Augen steigen, verspürt sie einen kurzen Anflug von Scham. Ihr Blick schwenkt zu dem Foto der beiden Mädchen mit den großen, dunklen Augen. Die Ähnlichkeit mit ihrer Mutter ist offenkundig.

»Your daughters?«

Bushra nickt lächelnd.

»They are at school …«

Der Gedanke an ihre Töchter stimmt sie schlagartig sorgenvoll, und ihr Gesicht wirkt mit einem Mal verschlossen.

Wie sehen die Statistiken über Gewalt gegen Frauen im Oman aus? Vergewaltigungen kommen selten vor, aber Gewalttätigkeiten innerhalb der Familie sind häufig. Emma denkt an bestimmte Anspielungen, die über die junge Witwe im Umlauf sind – auch an das Gerede über eine Wiederverheiratung, der Bushra sich beharrlich verweigert hat. Diese Gerüchte und das Einfühlungsvermögen ihrer Schülerin hatten für sie den Ausschlag gegeben, sich hierherzuflüchten. Sie schämt sich dafür, aber was bleibt ihr anderes übrig?

Mit einer geradezu feierlichen Geste löst sie ihr Kopftuch und lässt es zu Boden gleiten. Das sprachlose Entsetzen von Bushra führt ihr das Ausmaß des Desasters vor Augen. *Das bin jetzt ich!* Eine wilde Freude durchfährt sie. Sie hat ihre Maske heruntergerissen.

»The man did that to you?«

»No. I did it.«

An dieser Stelle ist Emma es sich selbst schuldig, nicht zu lügen. Bushra nickt ernst. Sie braucht anscheinend keine weiteren

Erklärungen, um den Furor von Frauen zu verstehen, die in ihrer Verzweiflung so etwas tun – ganz für sich allein, fernab von fremden Blicken. Manchmal geht es nur darum, heimlich eine verbotene Zigarette zu rauchen oder einem schönen Traum nachzuhängen. Und warum soll eine Frau nicht auch das zerstören, was sie zum Inbegriff einer sexy Blondine macht?

Das Vibrieren des Samsung lässt Emma auffahren. *Wieder Tariq.*

In der Stille des Raums wohnt dem gedämpften, gleichwohl hartnäckigen Klingelton etwas Unheilvolles inne. Warum ruft er sie an? In diesem Augenblick wird ihr klar, dass sie einen Fehler begangen hat. Die Polizei ist vielleicht schon dabei, ihr Handy aufzuspüren. Bushra lässt ihr jedoch keine Zeit, weiter darüber nachzudenken.

»*How long will you stay here?*«

»*I don't know.*«

Emma überlegt angestrengt, welche Unwahrheit sie auftischen soll, als das Handy erneut vibriert. Der diesmal auf dem Display aufscheinende Name lässt sie aufspringen, und angespannt weist sie zum Flur.

»*Can I?*«

Ohne die Erlaubnis abzuwarten, stürzt sie ins Wohnzimmer.

»Martel?«

»Was ist vorgefallen, Emma? Man hat mir mitgeteilt, dass die Polizei im Wadi Bani ist, außerdem ein Krankenwagen und ...«

»Es ist Anwar. Er hat mich angegriffen ... Er ist ausgerutscht.«

»Ist er verletzt?«

»Nein. Er ist tot. Ich musste fliehen.«

»Tot? Ich hoffe, das ist ein Scherz!«

»Er ist mit dem Schädel gegen den Wohnzimmertisch geprallt.«

Ihre nüchterne Zusammenfassung überrascht sie genauso

wie ihn. Als würde ein Teil von ihr, der gefühlloseste – so in die Enge getrieben –, die Ressourcen mobilisieren, die für das Überleben nötig sind.

»Verflucht!«

Die makellose Fassade von Éric Martel hat endgültig Risse bekommen. *Genauso leicht wie der Schädel deines Feindes*, lästert die Stimme in ihrem Kopf.

»Nun gut ... Der Flughafen ist ab sofort Sperrgebiet für Sie.«

»Das habe ich mir schon gedacht.«

»Wir werden Sie ausschleusen müssen, und zwar schnell! Wo genau befinden Sie sich jetzt?«

»Bei einer meiner Schülerinnen.«

»Können Sie ihr vertrauen?«

»Ich glaube schon. Können Sie mich hier abholen?«

Das Schweigen am anderen Ende der Leitung macht ihre Hoffnungen zunichte. *Schönen Dank auch für das ganze Blabla über meine Sicherheit. »Trauen Sie niemandem.« Genau das waren ja seine Worte. Guter Witz!*

»Das wäre nicht gerade vorsichtig, nicht jetzt.«

Emma atmet langsam aus, um ihre Wut unter Kontrolle zu halten. Es würde nichts nutzen, ausfällig zu werden, sondern lediglich ihrer Intuition schaden. Da er ihr nicht gegenübersitzt, ist die Stimme dieses Mannes der einzige Bezugspunkt, der ihr bleibt. Sie muss ihm genau zuhören, um möglichst gut einschätzen zu können, was vor sich geht und wie weit sie ihm vertrauen kann.

»Wann dann?«

»Morgen.«

»Warum erst so spät?«

»Eine solche Operation lässt sich nicht in zwei Stunden aus dem Boden stampfen.«

»Und was soll ... oder vielmehr, was darf ich in der Zwischenzeit tun?«

»Halten Sie sich versteckt.«

»Cool! Haben Sie noch andere, dringlichere Punkte auf Ihrer To-do-Liste? Ich habe nämlich schon vor eineinhalb Stunden versucht, Sie zu erreichen. Ich hätte schon längst tot sein können!«

»Sie werden es nicht glauben … Meine Frau hatte mein Handy auf ›lautlos‹ gestellt.«

Für eine Lüge wirkt er zu verlegen.

»Ernsthaft?«

»Gestern hatten wir unseren zehnten Hochzeitstag. Sie hatte eine Überraschung vorbereitet. Wir haben ziemlich viel getrunken und dann … Ich bin spät wach geworden und habe erst vor knapp fünf Minuten begriffen, dass womöglich eine Katastrophe droht. Es tut mir schrecklich leid, und ich habe keinerlei Entschuldigung.«

»Haben Sie selbst daran gedacht?«

»Woran?«

»An den Hochzeitstag.«

»Nein.«

»Warum überrascht mich das nicht? Dann war das vermutlich eine kleine Revanche Ihrer Herzdame!«

Ihre lockere Bemerkung entkrampft das Gespräch ein wenig. Die Welt dreht sich weiter, die Menschen lieben sich oder verletzen einander wie zuvor, und diese Tatsache hat etwas Beruhigendes für Emma. Trotz seiner Versäumnisse wird Martel eine Lösung finden. Und Emma hat ohnehin kaum eine andere Wahl.

Inzwischen fährt Martel mit voller Überzeugung fort: »Ich rufe Sie morgen früh wieder an. Ich werde versuchen, Sie am Vormittag fortzubringen. Halten Sie sich bereit.«

»Und wenn ich Sie noch einmal erreichen muss?«

»Schicken Sie mir eine SMS.«

»Sonst nichts?«

»Ich lasse Sie nicht fallen. Bis morgen, Emma!«

In der Küche hat Bushra damit begonnen, scheinbar hingebungsvoll die Fenster zu putzen. Diese vorgebliche Gleichgültigkeit ist kein gutes Zeichen. Damit hat Emma gerechnet, und so erzählt sie ihr eine Version der Geschichte, die der Realität recht nahekommt, um möglichst überzeugend zu sein. Sie berichtet von einer Führungsperson des Kuf Siriun, erwähnt einen kräftigen Mann, dessen Namen sie lieber nicht nennen möchte und den sie niedergeschlagen hat, nachdem er gewaltsam in ihr Appartement eingedrungen war. Und dass sie aus Vorsicht beschlossen hat, bis zum nächsten Tag kein anderes Hotel aufzusuchen.

Bushra ist von ihrer Trittleiter heruntergestiegen und wringt nervös ihren Putzlappen aus.

»*You can stay one night, that's it. My children … You understand?*«

Solange sie mit Bushra allein ist, ist Emma in Sicherheit, aber wenn die Töchter da sind, ändert sich alles. Eine Mutter wird jedes Risiko vermeiden, wenn sie ihre Kinder in Gefahr wähnt.

»*I'm going to the market. Are you coming?*«

»*Of course.*«

Emma würde lieber in der Wohnung bleiben, aber das wäre nicht klug. Außerdem muss auch sie noch ein paar Einkäufe erledigen.

Während Bushra sich zurechtmacht, zieht Emma zunächst die SIM-Karte aus dem Samsung, dann bindet sie sich vor dem Spiegel ihr Kopftuch um. Selbst wenn sie es zweimal um den Kopf legt, zeichnen sich die Konturen ihres Schädels ab. Irgendwie erinnert sie die Form an den Kopf eines Jungvogels.

Ein Jungvogel, der den Tod bringen kann.

Operation Beryll/Französische Botschaft, Maskat
An den diensthabenden Einsatzleiter

Notiz 16
Vertraulich

Phase 2 erledigt.

Der Informant hat den Tod eines gewissen Anwar al Hassani, des Chauffeurs der Zielperson, bestätigt. (Vermutlich war al Hassani ein Agent der omanischen Seite.)

Ausschleusung erbeten für den Informanten und Iris.

Ich treffe die Notfallvorkehrungen.

PS: Vermutlich bin ich selbst auch bald dran.

Lysistra

29

Der Fischmarkt von Maskat ist nicht wirklich pittoresk. Seine Gänge sind symmetrisch angelegt und perfekt belüftet, sodass die Omani dort mit ihren oft schweren Taschen und Beuteln ausgiebig umherschlendern können. Die Waren werden auf riesigen Theken aus Aluminium, auf einem hölzernen Hackklotz oder auch einfach auf dem Boden feilgeboten, wo riesige Thunfische, Rotbarben und Berge von Krabben auf geflochtenen Matten liegen. Ungerührt von der vorüberziehenden Menge lässt ein alter Fischer mit faltiger, gegerbter Haut seine Gebetskette durch die Finger gleiten und blickt stoisch auf die vor ihm liegenden, silbern schimmernden Jungfische mit Dottersack. Im Kielwasser von Bushra fühlt sich Emma geschützt. Niemand schenkt ihr Aufmerksamkeit.

Nachdem Bushra einen *kingfish* ausgewählt hat, nimmt sie Emma zu einem anderen Markt mit, auf dem Artikel für Frauen angeboten werden. Emma sucht sich eine marineblaue *abaya* aus, die gut zu der roten Umhängetasche passt, dazu ein passendes Kopftuch, Gesichtspuder und eine jener Beduinenmasken, die den oberen Teil des Gesichts verhüllen.

Sie sind schon zwei Stunden unterwegs, da packt Emma erneut die Angst. Zu viele Blicke um sie herum, zu viele Gestalten, die sich wieder in Luft auflösen, bevor sie sie einschätzen kann. Und außerdem ist sie ohne ihr Samsung unterwegs. Sie hat es lieber in der Wohnung von Bushra zurückgelassen, was ihr mit einem Mal vollkommen idiotisch vorkommt. Wenn man sie jetzt verhaftet, wird sie Martel kaum mit der SIM-Karte anrufen können.

Bushra hat sich dafür entschieden, auf dem Rückweg die Corniche entlangzugehen. Emma ist darauf bedacht, sie möglichst nicht noch mehr zu beunruhigen, und so lächelt sie jedes Mal, wenn die Witwe sie auf etwas hinweist – die Jachten des Sultans, ein türkisfarbenes Minarett, eine Gruppe von Fischern …

Sie ist misstrauisch dir gegenüber.

Die Stimme in ihrem Kopf macht sich mit ihrer nervtötenden Leier bemerkbar, aber Emma ist zu erschöpft, um sie zu beachten. Immer wieder taucht das Bild des Toten vor ihr auf, und dann krampft sich ihr Herz jedes Mal zusammen. Sie fühlt es bis zu ihren Schläfen hinauf pochen.

Als sie endlich die kleine Wohnung wieder erreichen, kann sie sich kaum noch auf den Beinen halten. Ihre Anspannung ist riesig, und in ihren Händen pulsiert es schmerzhaft.

Nour und Asmahan sind zwölf und dreizehn Jahre alt, fröhlich lachende Mädchen, deren hübsche Kindergesichter von ihren Schleiern eingerahmt sind. Sie tragen die übliche Kleidung der Schülerinnen im Oman – eine lange Tunika über einer Hose. Trotz ihrer Bemühungen, ihre Neugierde zu verbergen – ihre Mutter hat ihnen offenbar aufgetragen, den Gast nicht zu »stören« –, vergessen sie ihre Scheu rasch und bestürmen Emma mit Fragen, indem sie mit dem Finger auf das zeigen, was sie am meisten erstaunt: »Warum bist du so angezogen wie die Frauen hier? Wo sind deine Haare unter dem Schleier? Wo wirst du schlafen? Kommst du noch einmal wieder?« Emma erlaubt sich den Spaß, ihnen fantasievolle Antworten aufzutischen, die die beiden hochgradig verzücken. »Ich bin eine Prinzessin aus Tausendundeiner Nacht, aber das ist geheim. Meine Haare sind ausgefallen wie die Blätter der Bäume in meinem Heimatland. Euer Sofa ist genauso bequem wie der Bauch einer Wolke. Ich weiß nicht, ob ich wiederkomme, denn der Wind trägt mich weit weg.«

Sie werden von einer gequält lächelnden Bushra beobachtet, die trotz Emmas spielerischem Umgang mit ihren Töchtern ihre Besorgnis nicht verbergen kann. Emma spürt die stillen Vorbehalte der Mutter, aber sie ist zu sehr damit beschäftigt, die Mädchen abzulenken, um sich darum zu kümmern.

Das Abendessen findet im Wohnzimmer auf dem Boden statt, wo alle auf dem Teppich sitzen, wie es im Oman üblich ist. Nour und Asmahan haben darauf bestanden, denn Bushra hätte vermutlich den Tisch in der Küche gedeckt, aber die Mädchen hätten nicht verstanden, warum man die Fremde weniger gut behandelt als einen anderen Gast. Ihre Fröhlichkeit ist so ansteckend, dass die beiden Frauen ihre Sorgen vorübergehend fast vergessen und diesen überraschend entspannten Augenblick genießen.

Nach dem Dessert schlägt Asmahan vor, dass jede von ihnen ein Lied vorträgt. Sie selbst wählt ein traditionelles Stück, ihre jüngere Schwester ein ägyptisches Kinderlied. Ihre Mutter stimmt *Law Kont* von Haifa Wehbe an, einem einstigen Star aus dem Libanon, den sie in ihrer Jugend gehört hat. Als Emma an der Reihe ist, spürt sie, wie eine Art Lampenfieber sie packt. Beim Gedanken an den albtraumhaften Tag, der hinter ihr liegt, steigt ein wildes, kaum zu unterdrückendes Lachen in ihr auf. Fetzen verschiedener Songs jagen ihr durch den Kopf – *La Grenade* von Clara Luciani, *Pardonne-moi* von Louane, *T'es beau* von Pauline Croze. Aber letztlich stimmt sie den Song *Dernière danse* von Indila an.

Une dernière danse
Pour oublier ma peine immense
[…]
Je danse avec le vent, la pluie
Un peu d'amour, un brin de miel
Et je danse, danse, danse, danse, danse, danse, danse
Et dans le bruit, je cours et j'ai peur …

Ein letzter Tanz
Um meine große Trauer zu vergessen
[…]
Ich tanze mit dem Wind, dem Regen
Ein bisschen Liebe, ein wenig süßer Honig
Und ich tanze, tanze, tanze, tanze, tanze, tanze, tanze
Und in dem Lärm laufe ich und habe Angst …

Sie hat die Augen geschlossen, um nicht weinen zu müssen. Da spürt sie plötzlich, wie sich eine kleine Hand in ihre schiebt.

Nour …

Als die Mädchen im Bett sind, bietet Bushra ihr in der Küche einen Tee mit Milch an. Die Witwe hatte den ganzen Tag über Zeit, über die Unstimmigkeiten in ihrer Geschichte nachzudenken und ihre Lügen zu erahnen. Als allein lebende Frau befindet sie sich in einer heiklen Situation, und ihre Kultur hat sie gelehrt, vorsichtig zu sein. Sie befürchtet Konsequenzen, wenn die Nachbarschaft erfährt, dass sie eine Französin bei sich beherbergt hat.

»The man, is it Mister Kumar?«

Eine Sekunde lang versteht Emma nicht, was dieser Wichtigtuer mit der ganzen Sache zu tun haben soll, bis ihr klar wird, dass der Direktor für Bushra ein wichtiger Mann ist. Er überwacht das Geschehen im Resort und pflegt Umgang mit ihrer Dozentin. Jeden Tag holt er dazu noch die Videos ab.

»No.«

Emma nimmt sich Zeit für einen Schluck Tee. Durch die Anspannung strömt erneut eine Hitzewelle durch ihre Hände. Beim letzten Mal, als der Energiefluss so plötzlich in Gang kam, war Anwar der Auslöser. Sie hat keine Ahnung, wie sie dieses Phänomen unter Kontrolle bringen kann. Es verleiht ihr eine todbringende oder aber eine heilende Kraft. Was jetzt? Eigentlich müsste sie ihre Finger bewegen und ein beschwörendes »Alles ist gut« murmeln.

Beim Gedanken an Anwar entfährt ihr unwillkürlich ein leises Glucksen. Bushra mustert sie und lächelt erst etwas verunsichert, aber dann beginnt sie ihrerseits zu lachen. Ein Lachen, das vom Bauch aufsteigt, unbeherrschbar wird, bis es laut und befreiend herausplatzt. Beide bemühen sich, ihr Gelächter zu ersticken, um die Mädchen nicht aufzuwecken, aber allein der Versuch steigert ihre Ausgelassenheit noch. Alles wirbelt in dieser kleinen Küche durcheinander, die Autorität des armen Kumar, die Regeln eines gesitteten Verhaltens, die aufgezwungenen Verlobten, die Weisheit der Frauen oder ihre Verrücktheit, die Lebensfreude der Kinder, ihre Komplizenschaft …

Als ihr Lachen wieder abebbt, beugt sich Emma zu Bushra vor und nimmt ihre Hände sanft zwischen ihre eigenen. Sie spürt, wie ihre Schülerin leicht zusammenzuckt, verstärkt den Griff aber dennoch. Entschlossenheit ist an die Stelle der Angst getreten. Es reicht, den Energiefluss ins Spiel zu bringen.

Bushra überlässt sich diesen Händen. Sie kennt deren Kraft, schließt die Augen und öffnet sich für die Wärme, die sie erreicht. Es gibt ihr Zärtlichkeit und auch Stärke – etwas, das eine Art Verheißung für ihre Seele ist.

Bushra ist nicht auf den Kopf gefallen. Sie weiß, dass die Französin einen Zufluchtsort benötigt, und in diesem Augenblick, hier in der Küche, ist sie gerne bereit, ihr eine Nacht Unterschlupf zu gewähren.

In diesem Augenblick zumindest …

Es ist fünf Uhr, als Emma aufwacht. Ein Geräusch hat sie aus dem Schlaf gerissen.

Sie richtet sich auf dem Sofa auf. Schritte? Ihr Körper ist sofort in Alarmbereitschaft, aber sie nimmt lediglich das aufgeregte Pochen ihres eigenen Herzens wahr.

Ich muss verschwinden, und zwar sofort!

Vom Wohnzimmer aus ist die Flucht leicht zu bewerkstelligen. Bushra wollte ihr das eigene Schlafzimmer für die Nacht überlassen, aber Emma hat dieses Angebot abgelehnt. Keinesfalls wollte sie in dem hinteren Zimmer eingeschlossen sein. Beinahe hätten sie sich deswegen gestritten. Ob ihre Angst paranoid ist oder einen realen Grund hat, spielt überhaupt keine Rolle. Ihr Instinkt schreit ihr nur ein einziges Wort zu: *Gefahr!* Sie muss verschwinden.

Auch beim Schlafen hatte sie ihre neue *abaya* nicht abgelegt. Still tastet Emma nach der Beduinenmaske in der Tasche. Ja, sie ist an Ort und Stelle. Dann lässt sie auch ihr Samsung hineingleiten und hängt die Tasche über die Schulter. Noch vor dem Schlafengehen hat sie 600 Dollar bereitgelegt, auf eine Visitenkarte »Für die Kinder« gekritzelt und ihr Geschenk so platziert, dass es gleich auffällt.

Wieder ein Geräusch. Ein dumpfer Schlag, als würde eine Tür zugeschlagen.

Emma huscht in den dunklen Flur, tastet zwischen den dort herumstehenden Schuhen der Kinder nach ihren Sneakern, ergreift sie und richtet sich wieder auf. Der Schlüssel steckt im Schloss. Als sie ihn berührt, klappert es leise, und sie verzieht ärgerlich das Gesicht. Hinter ihr hier wird ein Licht eingeschaltet.

Sie wendet sich um, gleichsam erstarrt, wie sie es aus ihren Albträumen so gut kennt. Sie steckt fest, ist in die Enge getrieben.

Auf der Schwelle zum Flur zeichnet sich Bushras Gestalt ab. Ein anonymer Schatten ohne Gesicht.

Sie haben gestern eine Abmachung getroffen. Eine Abmachung ohne Worte, gewissermaßen gestiftet durch den Energiefluss. Emma muss an Blutsbrüderschaften denken, an Schwüre, die man nicht aufkündigen kann.

Ganz langsam drückt sie die Klinke herunter und spürt, wie die Tür nachgibt. Sie blickt der Witwe fest in die Augen, nickt ihr zum Abschied flüchtig zu, schlüpft nach draußen und schließt die Tür hinter sich.

Als sie ihre Sneaker anzieht, hört sie, wie die Tür von innen verriegelt wird. Erst unten im Eingangsbereich streift sie die Beduinenmaske über den Kopf. Das steife Gewebe beengt sie, und die Angst macht ihr das Atmen zusätzlich schwer.

Das helle Mondlicht erleuchtet die Straße vor ihr. Es ist weit und breit niemand zu sehen.

Sie muss eine ganze Weile gehen, bis sie den Ozean erreicht. Beim Anblick des Meeres wird ihr bewusst, wie durstig sie ist. Sie widersteht der Versuchung, die Corniche entlangzugehen, bleibt stattdessen im Schutz der Häuserfassaden und hangelt sich von einer dunklen Ecke zur nächsten. Es sind kaum Passanten unterwegs, lediglich einige Arbeiter und ein paar Geschäftsleute sind so früh auf den Beinen. Da sie ihnen nicht ausweichen kann, senkt sie den Kopf, zieht die Schultern ein und presst ihre Tasche wie einen Schutzschild oder ein Alibi vor ihren Bauch.

Wenn alles gut läuft, muss sie jetzt nur noch wenige Stunden durchhalten. Die Erschöpfung hat eine betäubende Wirkung, sie ist geradezu angenehm, beinahe zumindest – als würde sie sich treiben lassen und umherschlendern, ohne etwas entscheiden zu müssen.

Nach einer gefühlten Ewigkeit erreicht sie einen Kreisverkehr, der ihr bekannt vorkommt. Mitten in den blühenden Sträuchern erheben drei Palmen ihre gefiederten Häupter. Hier hat sie am Tag zuvor das Ladegerät entsorgt, es irgendwo mitten in die Bepflanzung geworfen.

Sie sieht sich um – kein Auto in Sicht, also überquert sie die Straße im Laufschritt.

Jetzt steckst du im Labyrinth, meine Liebe!

Hinter einen Oleander gekauert, wartet sie ab, bis sie wieder zu Atem gekommen ist. Nichts geschieht – weder Geschrei von Fußtruppen noch das Getrappel von Reiterstaffeln sind zu vernehmen –, und sie lässt sich zu Boden sinken, schmiegt sich an ihre Tasche. Ihre Beine zittern.

Jenseits des Schutzschildes aus Pflanzen nähert sich langsam ein Auto, fährt um den gesamten Kreisverkehr, bevor es wieder beschleunigt. Während dieser Sekunden beißt Emma sich auf die Zunge. Der Blutgeschmack verhindert, dass sie vollends in Panik gerät. Hier kann sie niemand sehen.

Sie muss ihr Handy wieder funktionstüchtig machen, muss die SIM-Karte einlegen, um zu überprüfen, ob sie eine Nachricht erhalten hat. Während sie die Taschen der *abaya* durchwühlt, beschleicht sie bereits die Angst, dass sie die Karte verloren hat. Ihr schwindelt, in ihrem Kopf tut sich ein schwarzer Abgrund auf.

Aber das Stück Plastik hat sich lediglich in einer Stofffalte verfangen. Sie legt die SIM-Karte in das Samsung und überprüft automatisch den Akkustatus. Dreiunddreißig Prozent. Sie muss haushalten. Es ist 7.30 Uhr. Ihr Herumirren hat letztlich doch weniger lang gedauert als eine Ewigkeit.

In der Mailbox will Pénélope ihr »eine große Neuigkeit« mitteilen, wenn sie Zeit für ein FaceTime-Gespräch hat, würde ihr Vater gern wissen, »ob alles gut ist«, und Lili lädt sie heute Abend ins Sheraton ein, wo auch die anderen sein werden. Hat sie noch nichts davon gehört, dass Emma in Ungnade gefallen ist? Eigentlich aber nur logisch – selbst wenn die Polizei einen Verdacht hegt, bleibt Emma zunächst einmal eine mögliche Zeugin. Und was die Leute des stellvertretenden Premierministers Khan angeht, so haben sie keinerlei Interesse daran, Gerüchte in die Welt zu setzen.

Noch nicht.

Und dann ist da eine SMS von Martel. Er gibt ihr die Koordinaten einer Haltestelle, an der die Busse nach Dubai abfahren. Dort soll sie sich gegen Mittag einfinden.

Um Mitternacht hat außerdem Tariq versucht, sie anzurufen.

Sie zögert, ist hin- und hergerissen von widersprüchlichen Gedanken. Der brennende Durst lässt sie nicht mehr klar denken. Ihr Finger drückt auf die Rückruftaste. Vielleicht ist das ein Riesenfehler, aber wenn sie nicht mit ihm spricht, wird sie es ihr Leben lang bereuen. Sie macht es für Tariq, für sich selbst. Und weil Anwar tot ist.

»*Verantwortlich, aber nicht schuldig!*« Sie fragt sich, wer das gesagt hat. Er bringt ihren Zustand absolut auf den Punkt. Verantwortlich, den Mann niedergeschlagen zu haben, der sie angegriffen hat. Seinen Tod hatte sie nicht gewollt.

Er nimmt beim zweiten Klingelton ab.

»Tariq, kannst du mich abholen?«

Sie öffnet die Autotür und klettert in den schweren Geländewagen. Als sie ihn in der Ferne auftauchen sah, jagte ihr für den Bruchteil einer Sekunde der angstvolle Gedanke durch den Kopf, es könne Anwar sein.

»Fahr los, bitte!«

»Wohin willst du?«

»Ich weiß es nicht. Wohin du willst.«

»Hier, nimm!«

Tariq reicht ihr eine Wasserflasche. Emma trinkt in gierigen Schlucken, hebt dabei die Maske lediglich etwas hoch. Sie ist zwar unbequem, aber Emma legt sie lieber nicht ganz ab. Es ist bereits nach acht Uhr, die Rushhour auf Maskats Straßen hat eingesetzt. Sie ist völlig übermüdet und nicht mehr in der Lage, den Verkehr im Auge zu behalten. Als der schlimmste Durst gestillt ist, lässt sie sich in den Ledersitz sinken.

Ziellos fahren sie durch die Straßen. Es herrscht ein unsicheres Schweigen zwischen ihnen. Sie sollte ihm Fragen stellen, aber ihr fehlt der Mut dazu. Das Bild von dem auf dem Boden ihres Appartements liegenden Anwar kehrt wieder zurück, und ihr wird übel. Sie braucht eine Sekunde, bevor sie realisiert, dass Tariq zu sprechen begonnen hat.

»... ich konnte dich nicht mit ihnen allein lassen. Es sind Polizeibeamte, die meinem Vater unterstellt sind.«

»Sind das die Männer, die dich eingesperrt hatten?«

Er nickt mit finsterer Miene.

»Du kannst jetzt nicht mehr ins Flugzeug steigen«, fügt er dann hinzu, als sei das sonnenklar. »Sie werden die Flughäfen kontrollieren. Die Busse aber nicht. Jedenfalls nicht sofort.«

Möglicherweise sind seine Worte eine Falle. Die Vorstellung erfüllt sie mit Grauen. Sie fragt sich, warum sie so wirre Gedanken hat. Hat sie in ihrer Erschöpfung das Gespür für die Gefahr verloren?

Sie durchqueren einen ihr unbekannten Vorort. Nur die Berge kommen ihr vertraut vor. Sie gleichen einem steinernen, wehrhaften Bollwerk, das sich hinter der tentakelartig sich ausbreitenden Stadt erhebt. Der Wagen fährt langsamer und hält schließlich an der Ecke zu einer stark befahrenen Straße. In etwa einhundert Metern Entfernung sieht Emma einige unter einem Vordach wartende Menschen.

»Diese Linie wird dich nach Dubai bringen. Dort kannst du dann ins Flugzeug steigen.«

Emma läuft ein Schauer über den Rücken. *Ist das die Stelle, an der ich nachher Martel treffen soll?* Tief in ihrem Innern entsteht etwas, was ein Schrei werden kann – oder ein unkontrolliertes, hysterisches Lachen.

»Ich würde gern dein Gesicht sehen, Emma.«

Warum? Um mich den Männern gut beschreiben zu können, die mich festnehmen sollen?

Ihre Hände sind kalt und schlaff. Keinerlei Energiefluss. Sie zwingt sich, seiner Bitte nachzukommen, und nimmt die Beduinenmaske ab. Tariq wird blass, als ihre Finger den Schleier gelöst haben und den geschorenen Schädel seinem Blick preisgeben, und damit auch die Narbe, die sich vom Nacken bis zur Schläfe schlängelt.

Es sieht beinahe so aus, als wagte er nicht mehr, sie zu berühren. Die Distanz zwischen ihnen ist jetzt abgrundtief.

Da sie ihn nicht um Verzeihung bitten kann, vermag sie ihm nichts anderes zu bieten als das verunstaltete Bild ihrer Schönheit. Sie denkt an die Frauen, die man nach dem Krieg schuldig befand, mit dem Feind geschlafen zu haben. Komisch, dass ihr erst jetzt diese Verbindung einfällt. Geschoren …

Trotz allem schmerzt sie seine bestürzte Miene.

»*Why?* Warum hast du das gemacht?«

»Ich weiß nicht. Irgendwie musste ich es tun.«

Es spielt letztlich keine Rolle, worüber sie sprechen – ob über ihren Verrat oder ihren massakrierten Schädel. Tariq verharrt reglos, sein Blick ist verhangen. Eine Berührung würde bedeuten, die Kontrolle zu verlieren. Das wissen beide nur zu gut.

Als er wieder etwas sagt, begreift Emma, dass der Augenblick vorüber ist.

»Jetzt siehst du beinahe aus wie eine Frau von hier … *Except the look.*«

The look. Er meint ihren Blick, das ist klar, nicht ihr Aussehen.

Ihr kommt die amerikanische Schauspielerin in den Sinn, der man diesen Beinamen gegeben hat: »*The Look*«. War es nicht Lauren Bacall? Emma ist sich nicht sicher. Verrückt, was für idiotische Einfälle in ihrem Kopf herumgeistern, während ihr Leben komplett aus den Fugen gerät. Gedankenfetzen wehen vorüber wie flüchtige Staubkörner oder zucken grell auf wie Lichtblitze.

»Was ist mit meinem Blick?«

»Es liegt Wut darin. Er ist voller Wut.«

Er lächelt bitter, bevor er seine Aufmerksamkeit wieder auf die Straße richtet. Ein von einem störrischen Esel gezogener Karren ist mitten im Autoverkehr zum Stehen gekommen. Der Kutscher schwenkt träge eine Gerte, die das Tier mit majestätischer Gelassenheit ignoriert. Die Limousinen und Geländewagen machen einen großen Bogen, um dem Fuhrwerk auszuweichen. Emma wartet, bis sich die Stockung aufgelöst hat, um das Schweigen zu brechen.

»Wo sind wir hier?«

Tariq blickt auf das Navigationsgerät und nennt ihr die genaue Ortsangabe. Sie stimmt mit derjenigen aus der SMS von Martel überein.

Seit sie ihren Schleier gelöst hat, ist ihre Angst verschwunden. Tariq wird sie nicht den Behörden ausliefern.

Er ist nicht gekommen, um dich zu verraten, sondern um sich von dir zu verabschieden.

Sie möchte ihn stürmisch umarmen, in seinen Mund hineinweinen und -schreien. Er würde jede ihrer Tränen fortküssen. Er würde ihre Gewissenbisse zum Verschwinden bringen und sie noch einmal lieben. Aber stattdessen bindet sie erneut ihr Kopftuch um und setzt die Gesichtsmaske auf.

»Würde es dir etwas ausmachen, noch ein wenig herumzufahren? Du kannst mich gegen Mittag hierher zurückbringen.«

Wortlos fährt er los, in Richtung der felsigen Ausläufer des Gebirges. Sie fahren eine lange Zeit, und sie schweigen eine lange Zeit.

Immer wieder geht ihr der Song von Indila im Kopf herum. *»Ein letzter Tanz …«*

Der Bus nach Dubai ist schon jetzt überfüllt. Viele dunkelhäutige Männer, von denen manche die *kumma* tragen, andere den

Schesch, die Kopfbedeckung der Tuareg, wieder andere nur eine einfache Kappe. Die Frauen – es sind höchstens ein Dutzend – sind in weite Stoffgewänder gehüllt. Die Hälfte von ihnen trägt wie Emma eine Beduinenmaske. Beim Bezahlen ihres Tickets bleibt sie stumm und wartet mit ausgestreckter Hand und gesenktem Blick, bis man ihr das Rückgeld gibt.

Meine Augen voller Wut.

Hätte sich der Busfahrer nur die leiseste Respektlosigkeit herausgenommen, wäre sie in Versuchung geraten, ihn mit den Fingerspitzen in die Schranken zu weisen.

Sie verzieht sich ganz nach hinten in den Bus und wählt ein ruhiges Plätzchen neben einer alten Frau, die schon jetzt, gegen die Fensterscheibe gelehnt, vor sich hin döst. Emma sitzt auf der Seite zum Gang, sodass sie im Notfall rasch aufspringen und wegrennen kann. Der Notausstieg befindet sich gerade einmal einen Meter von ihr entfernt. Sie entdeckt den dafür vorgesehenen Nothammer, fragt sich allerdings, ob sie ihn ohne fremde Hilfe überhaupt aus seiner Halterung bekäme.

Die Anweisungen von Martel waren spärlich: mittags in den Bus steigen und auf ein Zeichen warten.

Sie versucht zu erraten, wer ihre Kontaktperson sein könnte: der kleine Dicke, der sie angerempelt hat, als er auf der anderen Seite des Ganges Platz genommen hat? Oder vielleicht sogar der Busfahrer?

Der Motor beginnt zu brummen, und ruckelnd setzt sich der Bus in Bewegung. Schon bald werden sie die Wüste erreichen. Der nächste Halt wird bereits dort sein. Unaufhörlich wirbeln Gedankenfetzen durch ihren Kopf, prallen aufeinander, vermengen sich mit Erinnerungen.

Kann die Angst sie verrückt machen?

Als sie bereits etwa fünfzig Kilometer von der Hauptstadt entfernt sind, wird der Bus von einem alten Jeep überholt und von diesem zum Anhalten gezwungen. Adrenalin schießt Emma ins Blut, ihre Hände beginnen zu brennen. Sie sind irgendwo im Nirgendwo, wie sie es vorhergesehen hatte. Um sie herum nichts als Steine und Staub, eine Landschaft wie auf dem Mond.

Die vordere Bustür öffnet sich zischend und gibt den Weg frei für einen Mann, der einen Schesch trägt. Noch bevor Emma seine Gesichtszüge sieht, erkennt sie ihn an seinem Gang. Éric Martel beugt sich zum Busfahrer und wechselt ein paar undeutliche Worte mit ihm.

Sie steht auf und geht den Mittelgang entlang. Während sie noch hört, wie ein Passagier protestiert, glaubt sie zu schweben, fühlt sich seltsam abgekoppelt von allem, als hätte die Angst keinen Zugriff mehr auf sie. Éric hat sie nicht fallen lassen, er hat Wort gehalten. Mit weichen Knien steigt sie aus.

Am Steuer des Jeeps sitzt Zainab und zwinkert ihr aufmunternd zu.

Sie steigt hinten ein und sieht, dass Martel jetzt neben dem Bus steht und sich mit einem Winken von dem Busfahrer verabschiedet. An den Fensterscheiben des Busses hängen neugierige Gesichter, die zu ihnen hinüberschauen. Einer der Passagiere könnte bei der Polizei Auskunft über sie geben, aber das scheint ihr jetzt bedeutungslos zu sein. Die Erleichterung stürzt sie in einen Zustand der Benommenheit.

Eine Fahrzeugtür schlägt zu.

»Okay, fahren wir!«

Der Wagen vollführt eine Kehrtwende und fährt an dem immer noch stehenden Bus vorbei. Kurz darauf kommen sie zu einem Schild am Straßenrand, auf dem »Wahiba Sands« steht.

»Fahren wir nicht nach Dubai?«

»Ihr Konterfei hängt bereits an jeder Zollstation und an jedem Grenzübergang. Aber machen Sie sich keine Sorgen. Wir werden Sie außer Landes bringen. Das habe ich Ihnen versprochen, Emma. Und Frankreich ist Ihnen das wirklich schuldig.«

»Dann ist es jetzt vorbei?«

Martel dreht sich zu ihr um und lächelt sie an.

»Beinahe. Das Schlimmste haben Sie hinter sich, Emma.«

Epilog

Das Bild wackelt bei den schrillen und jaulenden Freudenschreien der Hochzeitsgesänge. Dann zoomt die Kamera auf das Paar: Er trägt einen weißen Anzug, sie ein cremefarbenes, mit Gold besetztes Kleid. Man könnte das Ganze für eine mithilfe von Photoshop erzeugte Traumwelt halten. *Reich und Schön in ihrer glanzvollen Aufmachung*, denkt Emma und kann es sich nicht versagen, das Gesicht spöttisch zu verziehen. Doch das Bild schmerzt sie, weit mehr, als sie es gedacht hätte.

Sie ist beinahe zufällig auf das Video von der Hochzeit gestoßen, die am Vortag stattgefunden hat. Das »Beinahe« ist ein Euphemismus. Tatsächlich wollte sie sich von ihrem quälenden Schuldgefühl befreien und hat eine Internet-Suche gestartet, um sich zu vergewissern, dass Tariq noch lebt. Und ist dabei auf die Bilder seiner Eheschließung gestoßen.

Trotz des zur Schau getragenen Lächelns wirkt das Gesicht ihres Ex-Geliebten verändert. An was hat er in diesem Augenblick gedacht?

Die Feier hat am Abend zuvor stattgefunden. Und es ist noch nicht einmal zwei Wochen her, dass Emma wieder in Frankreich ist, genau gesagt sind es dreizehn Tage. Ihre Flucht hat die Dinge zwangsläufig beschleunigt. Die Heirat mit Rayja Bint Hujaima war wahrscheinlich die Garantie für Tariq, von Nachstellungen durch die Spezialeinheiten der Polizei unbehelligt zu bleiben.

Sieht er deswegen so abwesend aus?

Am liebsten hätte Emma das Video nie gesehen oder es zumindest geschafft, es nicht immer wieder abzuspielen.

Jetzt aber drückt sie entschlossen die Löschtaste und verbannt den Link in den Papierkorb.

Lass die Vergangenheit dort, wo sie ist!

Sie geht in die Kochnische und schaltet die Kaffeemaschine ein. Automatisch streicht sie mit einer Hand liebevoll über ihre wieder wachsenden Haare. Sie muss fertig werden mit dem Packen der Umzugskartons, muss den Zweitschlüssel ihrer Wohnung der Immobilienagentur geben, die sie damit beauftragt hat, die ehemalige Werkstatt zu vermieten. Mardi wird zu Pénélope und Julien zurückkehren, bis sie eine neue Basis gefunden hat. Im Augenblick weiß Emma weder wo noch wie, sie weiß nur, dass sie sich in Bewegung setzen muss, bevor sie ihre Meinung wieder ändert. Dass sie Portivy dringend verlassen muss, ist ihr gleich nach der Rückkehr klar geworden. Weggehen, um sich nicht vereinnahmen zu lassen. Ihre Kündigung einreichen, ihren Vater und die Freunde informieren und plausible Gründe für ihren Aufbruch auftischen. Die Antworten auf neugierige Fragen fallen je nach Gesprächspartner und je nach der Bereitschaft, ihr zuzuhören, unterschiedlich aus. Und ständig ist dieses Feuer da, pulst in ihren Handflächen …

Martel hat sie nicht wieder kontaktiert, ebenso wenig Zainab. Nur Lili hat ihr ein paar Textnachrichten geschrieben. Emma sollte sich nicht enttäuscht fühlen, aber sie kann nicht anders.

Der heiße Kaffee bringt sie wieder auf Trab. Erst die Kartons fertig packen. Dann die Immobilienagentur. Mittagessen mit ihrem Vater und anschließend bei Pénélope vorbeischauen.

Mardi streicht um ihre Knöchel und stimmt ein herzzerreißendes Klagen an. Er mag diese ganze Aufregung nicht.

Du weißt doch, mein Lieblingskater …

Der Klingelton ihres Handys lässt sie innehalten, als sie sich zu Mardi hinunterbeugt, um ihn zu streicheln.

Unbekannte Rufnummer.

Ohne weiter nachzudenken, nimmt sie das Gespräch an. Martel.

Emma schluckt ihren Zorn hinunter. Er hat sie doch nicht vergessen. Sie könnte ihm erzählen, wie elend, enttäuscht, ja, geradezu verraten sie sich gefühlt hat.

Keine schwülstigen Ergüsse. Das hat er nicht verdient. Lass ihn kommen …

In die Erleichterung, die sie verspürt, mischt sich eine ungute Vorahnung.

Irgendetwas stimmt nicht.

»Die Leute im Oman sind Ihnen auf den Fersen. Sie müssen eine Zeitlang untertauchen. So lange, bis wir Ihre Sicherheit garantieren können.«

Im Nu fühlt Emma sich in die drückende Hitze von Maskat zurückkatapultiert.

»Die interessieren sich auch jetzt noch für mich?«

»Da Sie gerade mitten in Ihrem Umzug stecken, werden wir das Ganze einfach etwas beschleunigen. Nehmen Sie den nächsten Zug nach Paris. Dort werden wir Ihnen beim Untertauchen helfen.«

Martel antwortet ausweichend, wie schon so oft. Erstaunlicherweise empfindet sie das jedoch als angenehm.

»Ist das alles? Einfach so?«

»Nein, nicht einfach so. Ich möchte, dass Sie für uns arbeiten, Emma.«

Sie lächelt in sich hinein, statt zu antworten. In diesem Augenblick des Schweigens gehört ihr die ganze Welt.

Ein großes Dankeschön an Virginie Jouannet, die mich während der ganzen Zeit, die ich an diesem Buch geschrieben habe, begleitet hat.